KB057884

셰익스피어를
사랑한여자

최 복 심 장편소설

문이당

추천의 글

−이 호 철(소설가, 대한민국 예술원 회원)

셰익스피어에 들린 여자의 일과 사랑 이야기가 셰익스피어 16개 작품과 어우러진 경이로운 소설이다. 셰익스피어 희비극을 이렇게 신선하고 기발한 방식으로 한 편의 소설 속에 녹여낼 줄 누가 상상이나 했겠는가? 이 작품은 셰익스피어가 가르쳐 준 불가사의한 인생의 비밀과 사랑의 의미를 단숨에 읽어 내게 해 준다. 동시에 작가의 예술주의적 시각으로 풀어낸 문체의 미학과 열정을 한껏 느낄 수 있다.

이 작품 속 '햄릿의 유령'에서 작가는 데리다의 탈구축 이론과 더불어 유령의 정치학을 사유한다. 질서의 반항을 언급하는 작가는 기존의 서사 구조를 깨뜨리고 새로운 형식의 소설을 보여 주었다. 위대한 영혼의 소유자 셰익스피어의 주술로 탄생시킨 이 작품이 독자의 가슴속에 보석 같은 빛을 발하며 오래도록 조명되길 바란다.

추천의 글

-우 한 용(소설가, 서울대 명예 교수)

이 작품 『셰익스피어를 사랑한 여자』를 받아 들고, 나는 단박에 엘 그레코의 「수태 고지」를 떠올렸다. 백합을 한 다발 안은 가브리엘 천사가 마리아에게 성령의 수태를 알리는 이 장면에는 회임과 탄생의 신비는 물론, 생명 탄생의 경외감이 오롯이 넘쳐 난다. 모든 탄생은 떨림 속에서 비롯되는 것처럼, 이 소설 또한 설렘과 떨림 속에서 탄생한 작품이다. 이 작품은 독자의 감성을 설레게 하고 가슴을 떨리게 할 미혹이기도 하다.

한국의 여성 작가가 셰익스피어를 사랑했다면, 무엇보다 셰익스피어에게 들려 살아야 했을 터이고, 그의 아이를 뱄을 것이고, 그 자식을 낳아야 했을 터. 작품과 작품은 시공간의 경계를 넘어 그렇게 핏줄이 연결되고 새로운 작품으로 씨를 퍼뜨린다. 작가가 낳은 셰익스피어의 자식들이 한국에서 살고 사랑하며 고뇌하는 가운데 씨를 뿌린 문학의 유전자를 키워 나가는 일은 독자에게 돌아가는 거룩한 수태 고지에 다름 아니다.

이 작품은 독자가 셰익스피어를 한 아름에 품어 들이게 한다. 『로미오와 줄리엣』과 『안토니와 클레오파트라』가 전율적 사랑으로 다가오고, 의혹과 운명의 비극 『오델로』와 『햄릿』의 유령이 가슴을 친다. '샤일록'이 우글거리는 세상에서 '시저'의 오만과 만나고 『한여름 밤의 꿈』을 꾸기도 한다. 셰익스피어가 인간 군상의 성채를 구축하였듯이 그의 혼을 수태한 작가는 독자의 가슴에 그의 유전자를 현란한 감동의 언어로 심어 놓는다.

작가의 말

이 작품은 내가 꿈속 셰익스피어의 주술에 걸려 쓴 이야기이다. 말하자면 내가 셰익스피어를 통과하기 위해 행한 제사 의식이라고나할까. 어쩌면 나는 이 세상에 살아남기 위해 이 소설을 썼다. 하필이면 왜 셰익스피어인가?

오래전 나는 베로나의 줄리엣의 집을 다녀온 후 꿈속에서 셰익스피어를 만났다. 셰익스피어는 나에게 자기 기억이 담긴 유물이라며 녹색과 회색의 책 두 권을 주었다. 인심 좋게 주고 나선 자기 유산을다 가져가니까 그 대가를 치러야 한다고 강강하게 말했다. 자기 기억이란 셰익스피어의 생애나 사상을 의미하는 걸까? 셰익스피어의기억을 갖는 대신 나는 어떤 대가를 치러야 하는 걸까? 그 과제는나에게 셰익스피어라는 족쇄를 차게 했고 즐거이 셰익스피어를 상

상하게 했다. 한편 대문호와의 거래를 도외시했다간 작가로서 생명
도 끝장일 거라는 중압감에 시달렸다.

직장을 그만둔 후 나는 국회 도서관에 틀어박혀 셰익스피어 탐색 작
업에 돌입했다. 순식간에 나는 셰익스피어가 창조한 생동감 넘치는
인물들과 마법 같은 언어의 성찬에 도취되었다. 특히 주체적이고 자
유분방한 여성상을 보여 준 셰익스피어의 강한 여성주의에 매료되
었다. 나는 셰익스피어의 세상 읽기와 나의 세상 살아남기를 내 작
품 속에 표현해 보고 싶었다. 내가 인식한 셰익스피어의 세계를 작
중 인물들에게 투영하여 삶의 지혜와 사랑의 감성을 전하고 싶었다.
나는 감히 이 소설을 통해 셰익스피어의 모든 것을 녹여내고자 노력
했다.

이 소설에선 셰익스피어 희비극 14개와 소네트 2개 작품과 함께 두
권의 책을 만드는 과정이 쓰여 있다. 주인공이 셰익스피어 작품들을
통과하면서 편집자로서 『영어 입문 사전』을 끝마치고 작가로서 『셰
익스피어 인 드림』을 탈고하며 자유로운 삶을 주도하는 이야기이다.

나는 이 소설에서 셰익스피어에 들린 여자의 도전적인 삶과 운명적인 사랑을 드러내고 싶었다. 나는 주인공에게 부조리한 사회에 맞서 끝까지 명예를 지키는 자유롭고 당당한 여전사의 모습을 부여했다. 하지만 사랑은 꿈속 셰익스피어의 전언을 따라간 결과, 스스로 운명적인 길을 택해 걸어갔다. 인생은 예측할 수 없는 우연들로 가득 차 있으며 죽음 앞에서는 누구도 초연할 수 없다. 하여 영원한 사랑은 우주로 간 연인의 기억 속에서만 존재한다. 마침내 주인공은 셰익스피어와의 기억을 간직하기 위해 『셰익스피어 인 드림』을 완성한다.

우연은 신의 뜻이며 필연이다. 우연이 나를 셰익스피어의 환상에 빠지게 했다면 신의 뜻이 개입했을 것이다. 결국 이 소설은 셰익스피어에 대한 나의 갈망이 빚어낸 내적 필연성의 산물이다. 『셰익스피어를 사랑한 여자』는 장편소설로는 나의 첫 작품이다. 20년 전에 문예지에 등단한 후 중·단편 소설 몇 편만을 발표했으니까 나는 신인에 불과하다. 내가 직장 생활에 얽매인 탓도 있었지만 천부적으로 타고난 재능이 부족했기 때문이다. 그나마 이것은 나의 사회 참여가 있었기에 가능했다. 이것은 출판사라는 사실적 팩트와 가상적 픽션이 결합된 팩션이기 때문이다.

이제 이 소설은 독자들 곁에 머물기 위해서 내 손을 떠났다. 동시에 나의 마법사 셰익스피어와도 결별 의식을 가져야 한다. 왜냐하면 나는 꿈속 셰익스피어가 요구한 대가를 『셰익스피어를 사랑한 여자』로 대신했기 때문이다. 데리다의 말마따나 셰익스피어의 유령과 잘 타협하고 탈구축해서, 즉 나만의 견고한 문학의 집을 세워야 한다. 뭐든 한곳에 머물러 있으면 퇴보하게 되어 있다. 항상 탈구축, 질서에서 벗어나 새로운 세계로 나아가야 한다. 그럼에도 보르헤스가 「셰익스피어의 기억」에서 그랬듯이 벗어나지 못할 운명이라면 셰익스피어 중독자로 남아도 좋을 것 같다.

나는 이 소설을 나의 친애하는 셰익스피어와 나의 사랑하는 어머니에게 바친다. 처음 이 작품을 읽고 지지해 준 아들과 예쁘게 지켜봐 준 가족에게도 고마움을 전한다. 그리고 인복 많은 나에게 격려와 조언을 아끼지 않으신 여러 소설가 선생님들과 출판에 응해 준 문이당 출판사에도 감사드린다.

이 소설은 셰익스피어가 인도해 준 길을 따라서 희망찬 미래를 열어
갈 것이다. 아마도 셰익스피어를 사랑하는 독자라면 이 소설을 마다
할 이유가 없을 테니까. 이 소설이 자기 고향 스트랫포드를 찾아가
든 자기 연인 줄리엣의 집을 찾아가든 무슨 상관이랴. 나머지 일은
이 소설이 모두 알아서 할 일이다.

2014년 12월
최 복 심

차례 | 셰익스피어를 사랑한 여자

프롤로그

"사랑은 눈먼 큐피드! 사랑은 눈으로 보는 것이 아니라 마음으로 본다."

이건 셰익스피어가 사랑의 콩깍지를 우연의 산물로 풀이한 말이다. 큐피드가 쏘아 댄 미친 화살은 연인의 심장에 꽂히지만 우발적이고 무방향적이다. 그래서 모든 사랑의 원천은 단순하고 맹목적인 우연에만 있다. 거기에 셰익스피어가 한마디 덧붙였다. "사랑을 구해서 얻는 것도 좋지만 구하지 않고 얻는 것은 더욱더 좋다"라고 말이다. 그러니 우연히 굴러 들어온 사랑이라면 차 버리지 않는 게 상책이다.

유럽 여행길에 들른 베로나라는 도시에 '줄리엣의 집'이 있었다. 입구의 아치형 벽을 빼곡히 채운 사랑의 쪽지들을 나는 감탄의 눈으로 바라보았다. 한순간 수많은 연인들이 사랑을 맹세하며 써 댄 글자들이 아우성치며 귓가에 들려오는 듯했다. 줄리엣 동상 앞에 사진을 찍기 위해 늘어선 인파 틈에서 나도 줄리엣의 한쪽 젖가슴에 손을 얹고 영원한 사랑을 희구했었다. 나에게 다시 사랑이 온다면 온갖 영감에 둘러싸여 새로운 희망과 환희로 들뜨게 되기를 바랐었다.

내가 디지털카메라에 들어 있는 줄리엣의 젖가슴을 만지는 사진을 꺼내 본 것은 장서우를 만나고 이틀이 지난 뒤였다.

"진실만을 써야 합니다."

그날 나는 초면의 그가 던진 그 말을 떠올리다가 문득 장식대에 놓인 로미오와 줄리엣의 키스상을 바라보았다. 베로나의 카펠로 거리에서 집시 여인에게서 20유로를 주고 산 대리석상이었다. 줄리엣과 로미오가 첫 키스를 교환하기까지 나눈 미묘한 감정의 묘사가 떠올랐다. 성자와 순례자의 이미지로 끌어가는 열화의 순간을 서른한 살의 셰익스피어가 썼던 것이다.

로미오: 성자나 거룩한 순례자나 입술은 있지 않던가요?

줄리엣: 어머, 순례자님! 그 입술은 기도를 위해 있는 거예요.

로미오: 오, 나의 성자여! 손이 하는 일을 입술이 하게 해 주오. 소망이 절망으로 변하지 않도록 입술이 기도하나이다.

줄리엣: 성자의 마음은 움직이지 않아요. 비록 기도를 들어주는 일이 있더라도.

로미오: 그렇다면 움직이지 말아요. 내 기도의 효험을 받는 동안. (키스한다.) 이제 내 입술의 죄가 그대 입술로써 정화되었소.

줄리엣: 그럼 내 입술은 그대의 죄를 간직하겠군요.

로미오: 내 입술의 죄라고요? 오, 달콤하게 내 죄를 나무라는군요.

그럼 내 죄를 다시 가져오겠소. (다시 키스한다.)

줄리엣: 키스에도 이유를 붙이는군요.

—「로미오와 줄리엣」 제1막 제5장

그때 내 머리에 스파크가 일어나듯 스쳐 가는 영상이 있었다. 바로 보름 전에 내 꿈속에 나타나 머릿속을 혼란스럽게 했던 중세풍의 복장을 한 남자와 여자의 모습이었다. 한눈에 봐도 남자의 리넨 옷깃 받침대와 여자의 주름 잡힌 레이스 칼라가 16세기의 의상과 흡사했다. 그 꿈속에서 나는 미지의 여행자로 출현했다.

여행객들을 따라 나는 옛 성의 지하로 통하는 계단을 걸어 내려갔다. 갑자기 내 앞에 쿵! 하고 커다란 관이 놓이더니 순식간에 놀라운 장면이 펼쳐졌다. 바로 중세풍의 복장을 한 남자와 여자가 앤티크 가구가 있는 거실에서 의자에 마주 앉아 있는 모습이 보였다. 마침 그들은 테이블 위에 쌓인 책들을 세 권씩 줄지어 선 사람들에게 나누어 주고 있었다. 그런데 안타깝게도 내 앞에서 책이 뚝 떨어지고 말았다.

내가 발을 동동 구르자 남자는 집 안에 남은 녹색과 회색 장정이 된 두꺼운 책 두 권을 나에게 내밀었다. 남자는 그 책들이야말로 '자기 기억'이 담긴 유물이라며 소중하게 간직해 달라는 부탁을 덧붙였다. 남자는 조금 서운한 듯한 눈빛을 띠었다.

어느새 나는 그들과 함께 앤티크 식탁 앞에 마주 앉았다. 여자는 십자수가 새겨진 빨간색 식탁 방석 세 개를 나에게 건네며 상냥하게 미소 지었다. 또 꽃문양이 새겨진 손수건 연서 두 장을 펼쳐 보이고는 내 손에 쥐여 주기까지 했다. 여자가 자기 딸 자랑을 할 때 드레스 차림의 딸 얼굴도 잠깐 비쳤는데 예쁘장했다. 물론 여자의 얼굴에도 부드러운 우아함이 배어 있었다. 특이하게도 여자가 남자보다 연상처럼 느껴졌다.

그때 남자가 중요한 유산을 가져갔으니 나에게 돈을 달라고 말했다. 내가 돈이 없다고 대꾸하자 남자는 "그럼 책을 가져가는 대신 어떤 식으로든 대가를 치러야 한다!"라고 소리쳤다. '아니, 인심 좋게 줄 때는 언제고 이젠 대가를 치러야 하다니.' 내가 책자를 받아 든 채 난감해하고 있을 때 구원처럼 알람 소리가 들렸다.

나는 재빨리 책상 앞으로 다가가 컴퓨터 전원을 켰다. 섬광처럼 떠오르는 남자의 영상이 셰익스피어가 아닌가 하는 생각이 들었다. 인터넷에서 셰익스피어 사이트를 접속하자마자 그의 초상화가 나타났다. 넓은 이마와 팔자수염과 무뚝뚝하게 쏘아보는 눈과 긴 코와 주름 잡힌 리넨 옷깃의 복장이 내 꿈속 인물과 일치했다. '그래, 이 얼굴이었어!' 나는 꿈속에서 본 남자가 바로 셰익스피어임을 알아보았다. 다만 초상화보다 꿈속 인물이 더 늙어 보였는데 그래서 더욱 실물처럼 다가왔다.

그랬다. 어느 날 나에게 셰익스피어가 왔다. 나는 셰익스피어가 유럽에서 날 불렀고, 꿈에 나타나 계시를 전했고, 현실에서 나타났다고 믿었다. 그날 이후 나는 줄곧 셰익스피어와의 유희에 빠져 있었다. 아니, 셰익스피어가 주선한 선우와의 만남을 운명처럼 받아들였다.

"당신을 누가 인도했나요?"

"사랑이오. 사랑이 당신을 찾으라고 떠밀었어요."

로미오와 줄리엣이 그랬듯이 나에게도 사랑이 왔다. 바다와 같이 한없이 깊은 사랑! 주면 줄수록 더욱 많아지는 사랑! 그 무한한 사랑에 기대어 셰익스피어의 사원 안을 거닐기를 꿈꾸었다. 그 몽환적인 힘에 이끌려 셰익스피어의 마법 안에 이르기를 갈망했다. 그것이 나의 몽상이든 뭐든 셰익스피어가 꾸민 각본으로 생각되었다. 그래서 나의 모든 유희가 죄악이라면 그 모든 것을 셰익스피어 탓으로 돌려야겠다. 나는 단호히 그렇게 생각한다. 아니, 단연코 그렇게 생각할 수밖에 없다.

어느 봄날의 벚꽃 동산에서였던가? 흐드러지게 핀 벚꽃들이 톡톡 꽃망울을 터뜨리던 봄밤이었다. 벚나무 아래 벤치에서 그와 캔 맥주를 마시다가 길고 달콤한 입맞춤을 끝낸 후였다. 그가 사랑스러워 못 견디겠다는 눈빛으로 내게 말했다.

"그래. 줄리엣의 영혼이 내 사랑 귀여니에게 들어온 거야. 그래서 이승에서 맺지 못한 사랑을 완성하려고 하는 거야."

나는 의기양양한 목소리로 그에게 물었다.

"그럼 나의 셰익스피어 찾기가 필연이라는 거죠?"

그때 그에게서 돌아온 답변이 우스꽝스러웠다.

"주변을 한번 둘러봐. 혹시 꿈속 인물과 닮은 사람이 있나 생각해보라고."

나는 부정 탈까 봐서 그의 말에 즉시 반박했다.

"아뇨. 전혀 없어요. 그는 분명히 셰익스피어였다고요."

속내로는 '나는 줄리엣보다 셰익스피어의 역할이 더 좋거든요' 하면서 통 큰 기대를 품고 있던 터였다. 그의 입술이 내 입술을 뒤덮자 수은등 아래 하얀 벚꽃들이 꽃비처럼 머리 위로 어깨 위로 쏟아져 내렸다. 코끝을 스치는 요란한 벚꽃 내음에 몽롱하게 멀미가 났다. 벚꽃의 환희가 영겁으로 이어지던 찰나였다.

밤하늘에서 폭죽 터지는 소리가 들리더니 화려한 불꽃놀이가 펼쳐졌다. 형형색색의 불꽃이 허공에서 꽃잎처럼 피어올랐다가 눈부시게 흩어졌다. 벚꽃 동산 아래 공원 연못가에 몰려든 사람들의 환호성이 들려왔다. 그가 내 손을 잡아끌고 사람들 틈으로 다가가며 말했다.

"왜 하필이면 셰익스피어였을까? 운명이라는 말은 이때 쓰는 걸까?"

"그러게 말예요. 10년 동안 내 머리맡에 두었던 셰익스피어 전집에서 그 영혼이 뛰쳐나왔는지도 모르죠. 아니면 악마가 나를 유혹했거나 말이죠."

그는 돌연 나를 돌려세우더니 무대 위의 배우처럼 소리쳤다.

"드디어 악마가 등장하는군. 대학 교단에서 난 '악마 정신'을 무지 강조했거든. 악마를 발견할 것, 악마와 연애할 것, 악마와 정교할 것! 그리하여 악마를 탕진할 것! 마침내 악마를 넘어서거나 악마를 버리거나 악마를 잊거나 계속해서 악마와 동거하거나. 다음부터는 그대 마음대로 할 것!"

"쉿, 조심해라. 다칠라! 위험하다!"

그의 표정이 하도 진지해서 나는 과장되게 대꾸했다.

"이제야 제 길에 들어선 걸 축하해! 그래 소설이 아니면 왜 우리가 존재하겠어!"

"맞아요. 쓸 수밖에 없는 운명. 그게 바로 작가의 존재 증명이죠."

그가 눈웃음을 머금고 지체 없이 내 말에 화답했다.

"그랬어. 베로나의 줄리엣 동상, 그 젖가슴을 만지며 사랑을 꿈꾸었다는 이야기. 얼마나 멋지니. 멋지다, 멋져! 그 모든 이야기들이 이제 교직되기 시작하는 거야. 아, 부럽다. 그리고 나도 덩달아 흥분해서 그 꿈 이야기를 따라가고 있는 거야. 모조리 등장시켜! 보르헤스, 버지니아 울프, 다 등장시키는 거야. 그리고 자유주의자를 꿈꾸는, 상당히 웃기는 어느 수캐도 등장시키는 거야. 와, 그러고 보니 이미 물건 아닌가!"

그는, 영혼이 육체요 육체가 영혼이라는 사실에 눈뜬 자유주의자였다. 언젠가 그는 유심론에서 유물론으로 옮겨 간 자신의 여정을 드러내 보여 주었다.

"정신이 곧 물질이고 물질이 곧 정신이로다…… 우파니샤드에 나오는 말씀. 놀랍지 않은가? 인도는 정말 대단한 관념의 고향이야. 힌두이즘, 되게 재미있어."

연이어 팡팡 터지는 불꽃놀이가 꿈결처럼 끝나 가고 있었다. 나는 불꽃의 여운에 취해 그의 목에 가만히 두 팔을 둘렀다. 그는 나를 으스러지듯이 껴안으며 말했다.

"100년만 살고 가기에는 이 우주, 이 지구, 이 사랑이 너무 아쉽구나!"

내가 셰익스피어의 책을 가진 대가로 뭔가를 치러야 한다면 기꺼이 치러야 하리라. 그건 내 마음속에서 우러나온 외침인지도 모르고, 꿈속 셰익스피어가 말한 미래에 대한 예언인지도 모른다. 그게 무엇이든 셰익스피어라는 존재는 나에게 신비감을 안겨 준다. 작가라면 세계적인 대문호와의 거래가 나쁘지는 않은 것이다.

그런데 「로미오와 줄리엣」의 줄리엣이 동시대의 작가 크리스토퍼 말로의 연인 줄리아라는 속설이 있다. 셰익스피어가 줄리아를 사랑하면서 말로와 연적 관계가 되자 말로를 돌연한 사망으로 이끈 원인이 되었다고 한다. 말로는 셰익스피어와 한날한시에 태어났으나 스물아홉의 나이에 죽었다. 한편 반항적인 말로가 왕이나 고관들이 보낸 자객에 의해 암살되었다고 보는 역사가들도 있다. 줄리아는 셰익스피어와는 도저히 이루어질 수 없는 왕녀의 신분이었다. 그래서 로미오를 같은 귀족 출신으로 하는 대신, 가문 간의 불화 때문에 이루어질 수 없는 사랑을 그렸다는 것이다. 말로의 죽음 이후 셰익스피어의 작품은 낭만 희극에서 비극으로 변하기 시작했다. 셰익스피어는 악마에게 영혼을 판 인간처럼 퇴락해 갔고 차차 가족도 친구도 모두 떠나기 시작했다는 것이다. 셰익스피어가 생애 마지막에 이르러선 용서와 화해라는 구원 의식으로 화제를 바꿨지만 말이다.

셰익스피어는 여덟 살 연상의 아내 앤 해서웨이에게 자신들이 쓰던 침대를 유산으로 남겼다고 한다. 아무리 사랑이 없다 해도 그렇지, 아내에게 유산으로 달랑 침대 하나를 남겼다는 건 도무지 이해가 되지 않는다. 아마도 셰익스피어는 바람둥이에다가 구두쇠에다가 인정머리 없는 위인임에 틀림없다. 그건 내 꿈속에 나타난 셰익스피어의 무덤덤한 표정만 봐도 알 수 있다. 게다가 책 두 권을 주고자기 유산을 다 가져가니까 돈을 내놓으라고 말한 것도 구두쇠임을 증명한다.

그렇다면 셰익스피어 옆에서 친절하게 대해 준 왕녀 같은 기품의 여자는 바로 그의 연인 줄리아라는 말인가. 처음에 나는 그녀가 앤 해서웨이인지 확인하려고 셰익스피어 연보를 뒤지다가 그녀의 초상화를 발견한 적이 있다. 한데 꿈속의 여자와 닮아 있지 않아서 실망한 적이 있지 않은가. 참말이지 셰익스피어가 자기 연인 줄리아와 나타나서 나에게 영원한 사랑을 이루게 해 주려고 했던 걸까? 나더러 현대판 「로미오와 줄리엣」을 쓰라는 거야 뭐야. 아니면 어떻게 대가를 치르라는 걸까?

나는 그 숙제를 해결하기 위해 셰익스피어와 관련된 것은 작품이

건 평설이건 닥치는 대로 섭렵했다. 그 과제는 나에게 셰익스피어라는 족쇄를 차게 했고, 즐거이 셰익스피어를 상상하게 했다. 지금 내 책상 오른쪽에는 정 부장이 선물로 준, 챈도스 초상화를 표지로 장식한 일본판 『셰익스피어 평전』이 세워져 있다. 나는 온종일 그의 시선을 받으며 일하고 있다. 또 휴대 전화가 울리면 배경 화면에 셰익스피어 초상화가 떠오르고, 나는 유쾌히 전화를 받는다. 휴대 전화 바탕 화면에 떠 있는 내 사진과 셰익스피어의 초상화가 신호음이 울릴 때마다 바뀌어 나타나는 것이다.

줄리엣의 젖가슴을 만지자마자 사랑에 휩싸인 거라면 그 주술이야말로 신비롭기 그지없다. 나는 입 싼 여자처럼 도저히 참지 못하고 선우에게 꿈속 인물에 대해 말했다. 그 역시 단번에 셰익스피어의 주술에 걸리고 말았다. 셰익스피어의 연인이 나에게 준 연서 두 장은 무얼 의미하는 걸까? 두 번의 사랑? 두 명의 연인을 말하는 걸까? 그는 그 부분에 대해 실망스럽다는 듯이 인상을 썼다.

"그럼 나 말고 다른 남자가 또 있다는 거야?"

"글쎄, 뭐 꼭 그렇게 해석할 일은 아니죠."

나는 그렇게 말하며 즐거운 상상으로 웃어 젖혔다.

"하긴 너 정도 나이면 한 번 더 사랑을 해도 되지. 아니, 두 번도 가능해. 나에겐 네가 마지막이지만 말야."

그는 인정한다면서도 짐짓 자조적으로 덧붙였다.

"좋아. 대신 나는 수사자처럼 달려들어 네 목덜미를 물어뜯을 거야!"

나는 태연한 척했지만 두 개의 연서를 달리 해석할 길이 없었다. 아무리 부정해도 두 개의 숫자는 하나가 아니라는 의미로 와 닿았다.

지난 늦가을 점심 무렵에 그가 출판 단지로 나를 찾아온 적이 있었다. '노을'이라는 레스토랑에서 식사했는데, 혹여 사장이라도 마주칠까 걱정하는 나를 보고 그가 말했다.

"너 웃을 때 얼마나 귀여운지 아니? 근데 명문사가 널 사나운 여인으로 만들었다는 것 아니니."

"글쎄, 실력 있는 게 무슨 죄예요? 다들 편하게 일하는데 일복 터진 나는 야근에 특근에 쉴 틈이 없으니 말예요."

한불사전 편집 기한에 쫓겨 회사에서 소파 잠을 자며 심신이 몹시 지쳐 있던 나였다. 그때 나는 연말까지 편집 일을 끝마치지 못하면 사표를 내야 할 위기에 처해 있었다. 일 지옥에 빠진 나를 그는 특유의 화법으로 달래 주었다.

"다 잘될 거야. 때는 때때로 가는 법이니까. 너는 말끝마다 언제나 소설 『셰익스피어 인 드림』을 거론하잖아. 그래서 나는 안심하고 행복해. 그럼 그럼. 다 버릴 수 있지만, 우리의 명예와 우리의 소설만큼은 버릴 수 없지."

그 순간 레스토랑 창밖에 부서진 햇살이 단풍 진 풍광과 어우러져 눈부시게 비쳐 왔다. "아, 좋구나!" 그와 나는 동시에 탄성을 질렀다. 그가 태국 여행 중에 사 온 보랏빛 실크 스카프를 쑥스러운 듯이 나에게 내밀었다. 나는 그걸 보기도 아까워 포장지째 서랍에 넣어 두었다. 세월이 흘러도 변색되지 않을 그 무언가가 필요하기에.

그날 시간에 쫓겨 억지로 그를 버스에 태워 보내며 나는 하염없이 손을 흔들었다. 그는 "충성!" 하며 이마에 거수경례를 하고는 버스에 올라탔다. 부릉부릉 검은 연기를 내뿜으며 떠난 버스가 시야에서 사라질 때까지 나는 한참을 멍하니 서 있었다. 감미로운 슬픔이 느껴져서 나는 목울대까지 울컥하고 올라오는 옅은 통증을 느꼈다.

사무실로 돌아가는 길목 적요한 가을 늪지 위에 잠자리 떼가 어지러이 날고 있었다. 언뜻 소리도 없이 가장 높이 날갯짓하고 있던 잠자리 한 마리에 시선이 머물렀다. 그 잠자리는 마치 태양을 향해 찬란한 비행을 꿈꾸는 듯했다. 문득 그가 보낸 메일의 한 대목이 잠언처럼 떠올랐다.

여기 떠돌이별에서 살고 가는 잠깐을 우리가 영원에 각인하듯이 그렇게 가꾸자. 그대와 함께할 은밀한 미래가 있음이여. 그 길로 우리는 함께 가게 될 거야. 저 별의 신비를 손으로 만지는 그 미래로. 사랑해. 영원 뒤까지.

그러니까 그는 셰익스피어가 맺어 준 사랑이다. 내가 베로나를 다녀온 지 한 달도 안 되어 만난 남자인 데다 그를 만남으로써 셰익스피어를 발견하게 되었으니 말이다. 사랑의 엔도르핀이 나오는 시간은 대략 1년 반이라고 했던가. 그런데 그를 만나고 2년이 흘렀는데도 사랑의 열기가 식을 줄 모르는 것이다. 하지만 주술의 힘을 빌리지 않더라도 그는 사랑받을 만큼 충분한 재능을 지니고 있다. 굳이 셰익스피어가 아니어도 목소리와 시선에서 사랑을 불러일으키는 매력적인 남자인 것이다.

　나는 사랑의 영원성을 믿고 싶다. 그를 사랑한다고 믿고 있기 때문이다. 사랑이란 함께 현재를 살아가고 싶은 본능적 욕구와 정신적 결핍을 채워 주는 일이다. 하지만 그와의 사랑이 언제까지 계속될 수 있을까? 그를 떠올리면 가슴 가득 행복감이 차오르다가도 생각의 끄트머리께선 희뿌연 안개가 뒤덮곤 한다. 그럼에도 서광처럼 비치는 빛줄기에 끌려가다 보면 안개는 물러가고 없는 것이다.

이아고의 계략

이아고: 아, 장군님. 질투를 경계하세요. 질투란 초록색 눈빛을 한 괴물인데, 사람의 마음을 먹이 삼아 조롱하는 놈이죠. 설사 아내가 불륜을 저질러도 그걸 운명으로 체념하고 아내에게 미련을 갖지 않는 남자는 행복하지요. 하지만 아! 끔찍이 사랑하면서도 의심하고, 의심하면서도 열렬히 사랑하는 남자는 하루하루가 얼마나 저주스럽겠습니까?

오셀로: 그런데 왜 그런 소릴 하는가? 자네는 내가 질투에 사로잡혀, 저 달이 모양을 바꿀 때마다 새로운 의심을 품을 거라고 생각하는가? 천만에. 난 한번 의심이 들면 즉석에서 해결을 짓는 성미라네. 내가 염소가 된다면 모를까, 자네가 추측하듯이 그렇게 엉뚱한 의심으로 속을 썩이는 나는 아니야. 내 아내가 미인이고, 가족을 잘 건사하고, 사교적이고, 말과 놀이를 자유자재로 하고, 춤을 잘 춘다

고 해서 그런 걸로 나는 의심하거나 질투하진 않네. 그것이 곧 미덕
이고, 그것이 더욱 고매한 일이니 말일세. 내 비록 부족한 점이 있긴
해도 아내가 바람피울까 걱정하거나 의심하진 않네. 아내는 자신의
눈으로 날 골랐으니까. 아니야, 이야고. 나는 의심하기 전에 먼저 확
인할 걸세. 일단 의심하게 되면 증거를 잡지. 증거가 잡히면 방법은
하나야. 당장 사랑을 포기하든가, 질투심을 버리든가!

—「오셀로」제3막 제3장

1

셰익스피어가 여행의 기쁨을 노래한 적이 있던가?

있겠지. 아무리 시대가 달라도 왜 없겠어? 「실수 연발」만 해도 주
인공이 육지에 상륙해 낯선 도시를 배회하는 이야기이고, 「십이야」
도 배가 난파되어 떠밀려 간 곳에서 주인공이 우여곡절을 겪는 이야
기이다. 그래 맞다. 「베로나의 두 신사」에선 "젊을 때 여행하지 않으
면 나이 들어 크게 후회하게 된다"라고도 말했지. 이들 낯선 여행지
에서의 경험은 주인공들에게 온갖 해피 엔딩을 선사하지 않던가.

새해 둘째 날 아침, 나는 인천공항 휴게실에서 뜨거운 카페 모카
를 홀짝이며 여행의 묘미를 떠올렸다. 방금 전 베트남발 KAL기에
서 내려 엄마와 여동생과 조카를 서울행 공항버스에 태워 보낸 참이
었다. 엄마를 모시고 5박 6일 동안 캄보디아 유적지며 베트남의 바다
풍경을 즐겼으니 그만하면 성공적인 효도 관광이었다.

나는 택시를 타고 회사가 있는 파주 출판 단지로 향했다. 차창 밖

으로 탁 트인 도로를 바라보니 '야호!' 하는 환호성이 저절로 터져 나왔다. 앞으론 모든 게 탄탄대로야. 회사와의 약속 기일도 분명히 지켰잖아. 누가 내 앞길을 가로막겠어. 그렇게 홀가분하고 느긋한 평화에 젖어드는 동안 택시는 어느새 회사 앞에 도착했다.

지문 인식기에 찍힌 숫자를 보니 출근 시간 한 시간 전이었다. 여행 가방을 자료실에 갖다 두고 책상 앞에 앉았다. 제일 먼저 책상 위에 세워진 챈도스 셰익스피어 초상화가 날 반겨 주었다. 시인이자 번역가인 정 부장의 서재에서 2년 전 내 자리로 옮겨 온 이후 한시도 내 시선을 놓쳐 본 적이 없었다. 회사에 있는 동안은 셰익스피어 초상화와 동고동락하고 있다고나 할까. 잘 다녀왔어! 셰익스피어는 덤덤하게 내게 말했다.

복도 자판기에서 커피를 뽑아 들고 와선 컴퓨터 전원을 켰다. 우선 밀린 회사 메일과 게시판을 검색하고 개인 메일을 확인했다. 선우에게서 메일이 와 있었다.

사랑아! 동남아 여행은 즐거웠겠지? 큰일 끝낸 뒤니 얼마나 홀가분했을까. 프라우드 문영! 자, 우리도 새해 출발하자. 이번엔 장편소설 꼭 시작해. 나도 꼭 쓸 테니까. 그리고 아침 운동 시작해야지. 참, 오늘 홍대 앞 카페에서 7시 반에 만나기로 했지? 너무 보고 싶구나.

선우는 항상 나를 '사랑아!'라고 불러 주었다. 그의 정다운 목소리는 내게 세상사의 시름을 견디는 힘을 실어 주곤 했다. 그와 함께 오붓하게 셰익스피어의 고향으로 찾아갈 날이 있을까? 글쎄, 잘 모르겠다. 민얼굴을 보이며 하룻밤도 오롯이 보내 본 적이 없으니 말이다. 과연 셰익스피어는 그와 나를 어떻게 하려는 걸까?

"어, 왔어요?"

정 부장의 낯익은 목소리가 뒤쪽에서 들려왔다.

"안녕하세요. 잘 지내셨죠?"

나는 자리에서 일어나 반갑게 인사했다. 정 부장은 여행이 어땠는지를 물어 왔고, 나는 덕분에 즐거웠다고 말했다. 정 부장이나 나나 한불사전 넘기느라 여름휴가를 반납했지만 연말 휴가를 신청한 것은 나뿐이었다. 정 부장은 올해 출판 기획안인 영어 입문 사전 준비 때문에 여유가 없는 탓이었다.

이어서 공 이사와 박 차장과 남 차장과 여직원들이 사무실로 들어섰다. 주위를 둘러보니 30명의 편집국 직원들이 제자리를 찾아 앉았다. 내가 속한 영어 부서에서 가장 늦게 들어선 사람은 신 상무였다. 곧바로 시무식이 시작된다는 사내 방송이 있었다.

계열 회사인 지식사며 명문사 편집국과 학습 부서며 관리 부서까지 총 100여 명의 직원들이 강당에 모여 있었다. 정 부장의 주선으로 이 직장으로 옮겨 온 건 3년 전이었다. 내가 속한 명문사는 학습 교재 출판사이고, 지식사는 인문 서적 출판사이다.

"알다시피 출판계가 지금 위기 국면에 접어들고 있습니다. 이미 사전 업계도 유명 출판사 사서부가 거의 폐쇄되었고, 우리 회사만 살아남았습니다. 또 복사물과 인터넷이 성행하는 마당에 대학 교재물도 잘 팔리지 않는 실정입니다. 이제 우리 회사도 경영이 어려울 정도로 비상사태에 직면해 있습니다. 새로운 타개책을 세워야 할 시점에서 올해 회사로선 구조 조정이 불가피합니다. 여러분 한 사람 한 사람이 전자 시대에 살아남을 좋은 기획안을 내어 위기를 극복해 주기 바랍니다. 이상입니다."

사장은 지난해보다 더 강도 있게 회사 경영의 어려움을 강조하면서 사원들의 구조 조정을 선언했다. 시무식이 끝나자 사무실엔 무거운 침묵이 감돌았다. 바람 앞의 등불처럼 다들 위기일발의 조짐을 느끼고 있었다. 사무실 분위기가 뭔가 심상치 않게 돌아가고 있었다. 나는 앞자리에 앉은 박 차장에게 다가가 나직이 말했다.

"박 차장님! 선생님들 모시고 점심 식사 대접하고 싶은데요. 여행 선물 대신하는 거예요."

"고맙지만 회사가 어수선하니 다음으로 미루는 게 좋겠어요. 그런데 이상하네! 정 부장이 무슨 말 안 해 줬어요?"

머뭇머뭇 난처한 표정을 짓는 박 차장에게 나는 의혹에 차서 "왜요? 그동안 무슨 일 있었나요?"라고 물으려다가 그만두었다. 박 차장은 신 상무의 지지자로서 나를 라이벌 대하듯이 하는 때가 많았다. 박 차장은 영영한사전 교정 작업을 해 왔고, 과장인 나는 한불사전 편집 책임을 맡아 무사히 끝마친 터였다.

점심시간에 정 부장, 미스 전과 같이 근처 한식집에 가서 대통밥

정식을 주문했다. 동동주도 곁들여 시켜 셋이서 건배를 했다. 나는 또다시 여행 이야기를 꺼냈다.

"캄보디아 아이들을 위해 옷가지나 과자를 준비하지 못한 게 아쉬웠어요. 아이들이 따라다니면서 구걸하는데 안타깝더라고요."

"그래요. 선상 가옥에서 사는 것 보면 정말 비참하더군요. 그 구정물을 받아다가 목욕이며 화장실까지 모든 걸 해결하잖아요."

정 부장은 캄보디아 여행 경험을 되살리며 선선하게 대꾸했다. 벌써 쉰 중턱에 들어선 정 부장은 사려 깊은 성품에서 비롯되는 믿음직한 목소리를 갖고 있었다. 게다가 그의 자애로운 눈매와 해맑간 얼굴에는 시인다운 순수함이 어려 있었다.

"그래도 앙코르 와트 유적지는 정말 볼 만했어요. 인간의 힘으로 어떻게 그런 정교한 조각들을 새길 수 있었는지 모르겠어요. 그 문화를 유지하기 위해서 오히려 쇠퇴를 가져온 건 아이러니죠."

"그게 12세기의 건축물인데 세계 7대 불가사의 중 하나라죠? 2만 5000명의 인력이 동원되어 37년 동안 지었다더군요."

"그곳 조각 벽화 중에는 사람을 징벌하는 조각들이 많던데요. 그 시절엔 바람피우는 남자는 온몸에 못을 박는 벌을 주었대요."

그렇다면 바람피우는 여자는 어떻게 했을까? 아귀처럼 사람들이 달려들어 여자를 불에 던져 넣기 위해 뼈 마디마디를 부러뜨렸다나. 나는 잔혹한 조각 벽화를 기억해 냈으나 그 대목은 살짝 생략했다.

해박한 지식을 갖춘 정 부장과는 어떤 의견을 나누든 코드가 맞았고 일의 콘셉트도 대부분 일치했다. 한때 그는 대학 강사로서 영문학을 강의한 적도 있지만 지금은 번역가로 활동하고 있다. 사실 한불사전 편집 작업도 그의 도움이 없었으면 불가능했을 것이다. 나로선 헌신적으로 도와준 정 부장이 은인으로 여겨질 정도였다. 나는 궁금증에 한마디 던졌다.

"영어 입문 사전은 시작하기로 결정이 났나요?"

"일단 기획안을 제출하기로 했으니 무슨 말이 있겠죠. 미리 내가 작성해 놨으니까 김 과장이 검토해 보고 보완하도록 합시다."

정 부장은 내가 전 직장에서 입문 사전 베스트셀러를 낸 것을 익히 알고 있었다. 그는 내 편집 실력을 믿었고, 입문 사전은 나로서도 자신 있는 기획물이었다. 게다가 일을 시작하면 반드시 끝내고야 마는 나의 악바리 근성도 알고 있던 터였다. 정 부장이 미스 전에게 동동주를 따르며 말했다.

"이번에도 미스 전과 같이 팀워크를 이룰 것 같은데 잘해 봅시다."

"열심히 하겠습니다. 부장님이 지시하신 자료들은 다 정리했어요."

서른 살 미스 전은 대학 2년 후배로, 여전사 같은 체력과 순수함을 갖고 있었다. 미스 전이 철야에 동참해 주었기에 한불사전 완성이 가능했을 것이다. 정 부장과 나와 미스 전은 회사에서 야근 작업을 같이한 동지애로 똘똘 뭉쳐 있었다.

2

출판 조합 셔틀버스를 타고 합정동에 도착한 뒤 홍대 앞으로 가기 위해 버스를 갈아탔다. 핸드백 안에서 메시지 신호음이 울렸다. 휴대 전화 수신함을 열자 '사랑아!'라는 문자가 보였다. 카페 '아모르'에 미리 와 있던 선우가 하트 세례와 함께 보고 싶다는 메시지를 보내 왔다. 나는 문자 대신 더 많은 하트를 쏘아 주었다.

카페에 들어서자 타레가의 「알람브라 궁전의 추억」이 기타의 선율을 타고 잔잔히 흘러나왔다. 다사로운 조명 아래 꽃무늬 소파가 놓인 실내 분위기는 아늑한 느낌을 풍겼다. 왠지 옛 연인을 재회하듯 가슴이 쿵쿵 울렸다. 저만치서 선우가 두 손을 벌리며 반겨 주었고, 나는 자동적으로 그의 품에 안겼다.

"이게 누구야?"

선우는 두 손으로 내 얼굴을 감싸며 싱긋 웃었다. 서글서글한 눈매에 반듯한 콧날을 가진 그의 미소년 같은 얼굴에선 다정함이 배어 나왔다. 녹색 체크 남방 위에 진회색 코트를 걸쳐 입은 그가 한층 매력적으로 느껴졌다. 서른여덟 나이에 걸맞지 않게 부드럽고 지적인 인상의 그에게 끌렸던가. 아담하지만 한없이 넓은 가슴을 가진 그에게 온통 마음을 빼앗겨 버린 것이다.

"나 보고 싶었어요?"

"그럼 이게 얼마 만인데. 내 눈엔 그대가 태양처럼 보이는걸."

나는 선우의 말에 무턱대고 기분 좋아서 하하거렸다. 달콤한 거짓 말일지라도 연인들은 매 순간 서로의 사랑을 확인하려 한다. 하지만 어쩌랴. 눈부시게 빛나던 태양도 곧 야비한 구름이 몰려와 가려 버리면 총총히 사라지지 않는가. 머릿속에서 친숙한 셰익스피어 소네트의 한 구절이 튀어나왔다.

선우는 선배들을 만나서 전작이 있었다며 맥주를 마시자고 말했다. 대신 나를 위해선 촙스테이크를 주문해 주었다. 나는 그에게 캄보디아에서 사 온 상황버섯 봉지를 내밀었다. 기러기 아빠인 그에게 좋은 선물이 뭘까 궁리하다가 지갑이나 향수보다는 낫다는 생각이 들었다. 미국에 있는 아내가 그의 개인 용품을 챙기는 걸로 봐서 낯선 소지품은 오해를 불러일으킬 것이 분명했다. 선우는 내 손등에 입 맞추며 말했다.

"이제 애인 건강도 챙겨 주는 거야? 상황버섯이 암도 물리치는 효험이 있다지?"

"선배가 어지럼증이 있잖아요. 수시로 달여 마시면 혈액 순환에도 좋대요."

선우는 두 손을 턱에 괴고 함박웃음을 지으며 말했다.

"얼마나 네가 그리웠는지 알아? 당장 널 갖고 싶어."

"난 자기 생각 안 나던데요. 마냥 행복하다는 느낌 외엔 아무 생각 없었어요."

"그래 넌 좀 쉬어야 돼. 그동안 회사 일로 얼마나 고생했니."

그렇게 선우는 내 편이 되어 말해 줄 줄 알았다. 사실 선우는 따로 꺼내 두지 않아도 항상 내 기억 속에 떠 있는 바탕 화면 같은 존재이다. 그런데 맥주를 마시면서 나를 바라보는 선우의 눈빛이 여느 때 같지 않다는 느낌이 들었다. 내 말을 들으면서도 뭔가에 도취된 듯한 몽롱한 눈빛은, 뭐랄까 처음 선우가 나와 사랑에 빠졌을 때 보였던 그 눈빛이었다. 즉각 나는 그의 마음 한가운데를 툭 건드려 보았다.

"무슨 일 있었어요?"

선우는 잠시 망설이다가 그간의 일을 털어놓았다.

"이현진이라고 왜 화가 겸 소설가 있잖아. 너도 알고 있지? 내가 편집장으로 있어서 출판 관계로 몇 번 만났는데, 자세히 보니 아주 미인이더군."

"이현진은 여자가 봐도 매력적인 캐릭터죠. 상냥하고 애교 있지 않아요?"

"글쎄, 내게 '오빠, 오빠!' 하고 매달리는데 조금 부담스러울 정도 더군."

몇 번인가 문인 모임에서 만난 이현진과는 동갑내기답게 서로 말이 통하는 사이였다. 그녀의 유려한 문체를 만나면 그녀가 뮤즈의 여신이며 사리 분별 있는 작가임을 알게 해 준다. 그래도 그렇지, 남의 애인에게 오빠라니 참 염치도 좋네. 살짝 감정이 상하려는데 선우가 감상적인 말 한마디를 덧붙였다.

"그녀에겐 어딘가 그늘이 있더라고. 네가 태양의 여자라면 그녀는 달의 여자야."

지금 내가 비교당하고 있는 거야 뭐야. 이게 오랜만에 만난 애인에게 해야 될 소리냐고. 순간 나는 여자의 본능적 직감이 발동해서 버럭 화를 내고 말았다.

"내가 태양이고 그녀는 달이라고요? 보통 태양이 남자를 나타내면 달은 여자를 나타내잖아요. 나도 달이 더 좋거든요."

"난 태양을 더 좋아한단 말이야. 그녀처럼 그늘 있는 여자는 별로라고."

선우는 나를 달래려 했지만 이미 감정의 선이 무너진 상태였다. "오늘은 그냥 갈 거예요!"라며 쏘아붙이곤 밖으로 뛰쳐나왔다. 선우가 뒤따라와 내 여행 가방을 빼앗아 들었다. 내가 택시를 잡아타자 선우도 옆자리에 합석했다.

그와 만난 지 2년이 되었지만 이처럼 의혹에 찬 불쾌감을 느껴 보기는 처음이었다. 불과 열흘여 만나지 못했다고 내 자리에 다른 여자를 끼워 넣다니. 그것도 달 같은 여자라고? 나는 "정말 이상해" 하며 다그쳤고, 그는 "그건 함정이야"라고 맞받았다.

"난 다만 편집장으로서 공적으로 이현진의 일을 돕고 있을 뿐이야. 참, 이현진이 출판 기념회에 너도 꼭 초대해 달라고 말하더라."

선우는 나를 괜한 일로 날카로운 촉수를 세우는 여자로 몰아갔다.

"알았어요. 하지만 난 오늘 일 결코 이해할 수 없어요. 앞으로 지켜볼 거예요."

"그래, 마음 풀어. 이제 마음 돌려서 내게 시간 내줄 수 없겠니?"

아파트 어귀에서 내린 나는 기어이 선우를 돌려보내고 말았다. 싸늘한 정적에 싸인 아파트 광장을 걸으며 별 하나 없는 밤하늘을 올려다보았다. 지금 그와 함께 별빛 쏟아지는 밤하늘을 볼 수 있다면 우울한 감정을 떨쳐 버릴 수 있을까? 거실 창가에 세워 둔 고흐의 복제화 「밤의 테라스」가 떠올랐다. 프랑스 아를 시내에 재현된 별빛 쏟아지는 밤의 테라스를 언젠가 선우와 함께 가 보기로 약속했었다. 과연 그 꿈은 이루어질까? 비록 환상일지라도 지탱하기 어려운 현실을 살게 해 주는 꿈 말이다.

3

집에 도착해 거실 소파에 털썩 앉자마자 텔레비전 리모컨을 눌렀다. 며칠 동안 잠겨 있던 거실에 연예계 방송이 화들짝 활기를 불어넣었다. 주인의 부재를 목말라하던 화분들도 어서 적셔 달라고 아우성쳐 댔다. 양동이에 물을 받아 식물들을 살려 내고 있는데 전화벨이 울렸다. 수화기를 집어 들자 여동생의 밝은 목소리가 튀어나왔다.

"언니야! 덕분에 여행 즐거웠어. 엄마가 얼마나 좋아하시는지 몰라."

"인영아! 언니가 네 덕분에 호강했다. 다음에 엄마 모시고 해외여행 또 가자."

"응, 그래야지. 언니! 오늘 피곤할 텐데 푹 자고 좋은 꿈 꿔!"

"너도 예쁜 꿈 꿔! 다음 주말에 수동으로 놀러 갈게."

가족만큼 위로되는 존재가 있을까. 엄마와 여동생 가족이 없다면 서른두 살 나의 독신 생활은 무척 외롭고 건조했을 것이다. 먼 훗날 나는 여동생 곁에서 유유자적 전원생활을 하며 지낼 것 같은 예감이 든다. 제부도 너그럽고 여동생도 다감한 성격이라 같이 있으면 마음이 편안하다. 그렇다고 내가 결혼에 대한 환상을 저버린 건 아니다. 선우와 함께할 수 없기에 나는 독신 생활을 선택했을 뿐이다.

근데 셰익스피어는 부부의 인연에 대해 어떻게 생각했을까? 「베니스의 상인」에 "교수형을 당하는 일과 아내를 얻는 건 팔자소관이라고 하죠"라는 재미있는 대사가 있다. 운명의 힘에 맞서 결혼의 끈을 지킨다는 건 불가능하다는 뜻일까? 「로미오와 줄리엣」이 비극인 것은 그들이 결혼 생활을 펼쳐 보기도 전에 죽음을 맞았기 때문이다. 그래서일까, 줄리엣의 젖가슴을 온 세계인이 만지게 함으로써 영원한 사랑을 기원하도록 한 것은 그들의 질긴 인연을 잇게 하려는 것이리라.

휴대 전화 통화 기록을 보니 메시지 두 통이 와 있었다. 영미에게서 온 메시지를 먼저 읽었다.

> 엄마 모시고 여행은 잘 다녀왔겠지? 이번 주말에 효주와 너와 나 셋이서 신년 하례식 멋지게 하자. 나이 들어가니 친구밖에 없다. 그럼 안녕!

그러고 나서 하트 세례를 담은 선우의 메시지를 음미해 보았다.

> 오! 나의 태양! 나는 음습한 달보다 밝은 태양을 사랑한다오. 부디 내 진심을 알아주시길. 그럼 내 사랑을 껴안을 날을 기다리며.

유치한 문구지만 선우의 하트 세례로 억눌렸던 가슴이 조금씩 풀어지는 것을 느꼈다. 선우는 얼어붙은 마음을 녹이듯 나에게 늘 애정 어린 눈길을 보내 주곤 했다.

"저기가 동쪽이오. 줄리엣은 태양이다."

이제 보니 로미오도 줄리엣을 태양으로 묘사했다. 줄리엣도 연인들이 하는 거짓말은 주피터도 웃어넘긴다며 변덕스러운 달 앞에선 맹세하지 말라고 했지. 하긴 우리 사이에 사소한 에피소드 하나쯤 끼어들어야 둘의 관계가 신선해지는 게 아닐까.

그나저나 새해부터 전쟁터에 내몰린 여전사 같은 기분이 든다. 내일도 오늘 같은 하루가 계속된다면, 그럴 리야 없겠지만 꿋꿋이 버텨 나가면 된다. 싸워야 할 상대가 있을 때는 싸워서 이기면 될 것이다. 신 상무는 남자니까 끝까지 싸우겠지만, 이현진과는 같은 여자니까 싸우지 않겠다. 여자끼리는 서로 잘 지내면 되는 것이다. 나는 거실 바닥에 여행 가방이며 옷가지며 마구 늘어놓고 침대에 일자로 누워 스르르 눈을 감았다. 세수고 뭐고 만사가 귀찮아 그대로 잠의 여정 속으로 빠져들었다.

어느덧 나는 옛 사원으로 들어가는 공원 입구에 서 있다. 여행지에서 본 앙코르 와트 사원 앞에 거대한 수족관 기둥 두 개가 서 있다. 각각의 수족관 기둥 안에 수백 마리의 황금 잉어들이 뒤엉켜 황금 비늘들을 반짝이며 튀어 오르는 광경을 보고 나는 감탄을 연발했다. 황금 비늘들이 날줄과 씨줄로 엮여 빚어낸 눈부신 황금 기둥들이 신기루처럼 눈앞에 펼쳐졌다. 신기한 것은 내 옆에서 선우가 "와우!" 하고 같이 환호성을 질렀다는 것이다. 바로 전 장면을 되돌려 보면 관광지 호텔에서 잠든 지인들 몰래 선우를 불러내 사원으로 데려갔던 것이다. 선우와 단둘이서 황금 기둥들을 지켜보다니 너무도 경이로웠다.

4

출근길 출판 단지행 셔틀버스에서 내려 사무실까지 전속력으로 달려가 간신히 9시 정각 지문을 찍었다. 1분 차이로 아슬아슬 지각을 면한 게 얼마나 흡족한 일인가. 이런 날은 행운의 여신이 나를 보며 활짝 웃음 짓는 것만 같았다. 정 부장이 손목시계를 들여다보며 내가 정시에 출근한 것을 반겨 주었다. 책상이라는 고지에 안착한 나는 인터넷에 접속해 선우의 메일을 확인했다. 그는 아침 일찍 내게 사랑의 보고를 마친 터였다.

사랑아! "넌 태양 쪽이고, 이현진은 달 쪽이야." 뭐 그런 이야기를 했던 기억이 새롭게 떠올랐겠지. 적확한 표현이 었어. 내가 감정 표현을 자제할게. 원체 내가 사람 좋아하 잖아. 네게 고통 주는 일, 그거 하지 말아야지. 네 지적은 무조건 받아들일게. 난 태양의 아들이고 싶어. 내겐 너의 에 너지가 필요하다고. 베이비, 이현진은 그저 지인이야. 어찌 우리의 저 화염 사랑이 다시 가능하리? 난 너만 사랑해.

오후에 동양전산 이 사장이 사무실을 방문했다. 한불사전이 끝났으니 조판료 때문에 신 상무와 협의하려는 것이다. 이 사장은 내게 다가와 악수를 청했다.

"요즘 어때요? 속이 시원하겠어요."

"도와주신 덕분에 편안해졌어요. 짐을 덜어 버리니 행복하네요."

이 사장은 내게 흐뭇한 덕담을 던지곤 신 상무에게 다가갔다. 동양전산 사무실에서 미스 전과 함께 날밤을 새우던 기억이 떠올랐다. 약속 날짜를 맞추기 위해 오케이 작업을 할 때 이 사장은 꼼꼼히 점검하라며 사무실에 난방을 해 주기도 했다. 한 글자도 오류가 나선 안 된다며 조급한 손길을 제어해 주던 이 사장의 배려가 고마웠다.

이 사장이 다녀가고 신 상무가 경리부에 다녀오더니 정 부장 자리로 다가왔다. 그러고는 깡마른 미간을 찌푸리며 나 들으라는 듯 또박또박 말했다.

"경리부에서 한불사전 조판료가 너무 많이 나왔다며 근거를 밝히라고 하더군요. 이거 어쩌면 좋겠소?"

"조판료가 얼마나 나왔는데요?"

정 부장이 놀라서 신 상무의 손에 쥔 청구서를 보며 되물었다. 나도 '이게 무슨 일인가?' 싶어 놀라서 일어섰다.

"글쎄, 조판료가 7000만 원이나 청구됐으니 경리부에서 어떻게 된 일이냐고 묻더군요. 정 부장은 그 사실을 알고 있었소?"

"조판료는 신 상무님 소관 아닙니까? 우리야 일만 하느라 알 턱이 없죠."

정 부장이 난색을 표했고, 이제 내가 나설 차례였다.

"그 청구서 좀 줘 보시겠어요? 조판 과정을 제가 잘 알고 있으니까요."

신 상무가 비웃는 것처럼 가는 눈꼬리를 날카롭게 치켜세웠다. 그 바람에 가뜩이나 강파른 얼굴이 심술궂게 일그러져 보였다. 그는 혀를 쯧쯧 차더니 내게 청구서를 휙 던져 놓고는 자기 자리로 가 버렸다. 그는 간부 회의에서 한불사전이 기일 안에 절대 끝날 수 없다고 공언해 왔다. 하지만 내가 기일을 맞추자 그로선 새로운 트집거리가 필요했을 터였다.

청구서를 살펴본 나는 통상 지불해야 할 금액의 두 배가 청구되어 있는 것을 파악했다. 한불사전을 3년씩이나 끌었고 중간에 200페이지가량 줄였으니 그 결손량을 감안해도 터무니없는 청구액이었다. 정 부장과 나는 회의실에서 머리를 맞대고 상의한 끝에 3600만 원이면 적정한 금액으로 결론 내렸다. 갑자기 친근했던 이 사장이 날도둑처럼 낯설게만 느껴졌다. 단단히 마음을 다잡고 이 사장에게 전화를 걸었다.

"이 사장님! 한불사전이 까다로웠고 시간은 좀 걸렸지만, 조판 작업을 두 배씩 한 것은 아니거든요. 여기 조판 기록도 다 남아 있고요."

"그래요? 우리 전산 담당자에게도 확인했지만 실제 금액이 그렇게 차이 날 줄 몰랐어요. 신 상무가 허락했으니까 청구했지 내가 임의대로 청구했겠어요?"

"사장님 엄격하신 것 아시잖아요. 청구액 그대로는 받아들이지 않으실 겁니다."

"내가 남의 돈을 밝히는 사람이 아닌데 창피하네요. 그럼 어떻게 하면 좋겠어요?"

수화기 너머 어쩔 줄 몰라 하는 이 사장에게 나는 단도직입적으로 말했다.

"정 부장님과 제가 계산한 금액은 대략 3600만 원입니다. 그 정도로 청구하시면 경리부에서도 통과시킬 거예요."

"그럼 김 과장 말대로 할 테니 다른 직원들에게 말 좀 잘해 줘요. 이거 신 상무 때문에 톡톡히 망신만 당했네요. 앞으로 어떻게 고개를 들고 다니죠?"

나는 당장 경리부 오 부장을 찾아가 반절로 깎은 조판료에 대해 보고했다. 하마터면 신 상무의 계략대로 회사에 손실을 입혀 구조조정 대상자로 낙인찍힐 뻔했다.

"회사도 어려운데 책임자라는 사람이 조판료 한 푼 안 깎고 백지 수표를 내밀다뇨. 도대체 신 상무가 양식 있는 사람인지 이해할 수 없어요."

퇴근길에 내가 정 부장에게 투덜거리자 그가 맞장구를 치며 거들었다.

"신 상무가 김 과장 골탕 먹이려고 작정했는데 안 되니까 작전을 바꿨나 보군요."

"도대체 신 상무는 왜 날 꺾지 못해서 안달하는 거예요?"

"그건 김 과장이 상사의 명령을 거역하고 자기 마음대로 하기 때문이래요."

"저도 상사가 시키는 대로 하면 매사가 편하겠죠. 근데요, 신 상무 말만 믿다가 이상한 사전 만들면 그 책임은 누가 지게 되는 거죠?"

"앞으로도 신 상무가 언제 어떻게 나올지 모르니까 한시도 방심해선 안 돼요."

역시나 정 부장은 내 보호자 역할에 충실했다. 부하 직원을 계속 부려야 할 상사로서 업무상 꼭 필요한 부하 직원을 챙기는 건 당연한 일이었다.

♣

"신 상무는 사사건건 날 방해하고 모함하는 이아고 같은 인물이에요."

나는 「오셀로」에 나오는 이아고를 떠올리며 말했다. 대학 연극부 시절, 오셀로의 처 데스데모나 역할을 해 봤기에 나는 이아고의 악마성을 꿰뚫고 있었다.

"맞아요. 이아고가 겉과 속이 다른 인간이잖아요. 오셀로를 교사해서 그의 처 데스데모나를 목졸라 살해하게 만든 장본인이죠. 시기와 질투와 온갖 악의적인 행동을 양심의 가책 없이 해 대고요."

정 부장이 물 만난 고기처럼 활기차게 대답했다. 정 부장은 젊어서 셰익스피어 전집을 편집한 것을 자랑삼아 말하곤 했다. 그는 셰익스피어 전공자로서 대학 강단에도 섰지만 도중하차한 것을 아쉬워했다. 그래선지 그는 내가 구상 중인 『셰익스피어 인 드림』에 애착을 보였다. 그 증표로 자신이 아끼던 셰익스피어 챈도스화를 내게 넘겼다.

"이아고는 오셀로에게 그의 처가 캐시오 부관과 부정한 관계라는 것을 믿게 해서 질투의 늪에 빠지게 만들죠. 사실 데스데모나는 남편만을 사랑한 순결한 여인이었는데 말예요."

"이아고가 질투를 푸른 눈을 가진 괴물이라고 말하잖아요. 오셀로는 질투 때문에 아내를 죽이고 자기도 죽지요. 죽음으로 끝나는 사랑이라 너무 안타까워요."

나는 처절한 사랑의 종말을 고한 오셀로의 광기를 떠올렸다. 결국 이아고에게 속은 자신의 어리석음을 깨닫고 오셀로도 칼로 자결하고 마는 것이다.

"이아고의 악의도 질투심에서 비롯된 거죠. 오셀로가 자기 대신 캐시오를 부관으로 임명한 데 앙심을 품고 두 사람을 파멸시킬 작정을 하잖아요. 자기 처와 오셀로 사이도 까닭 없이 의심하고요."

"그러고 보면 이아고에게 휘둘리는 오셀로도 무지몽매한 인물이에요. 이아고를 만나기 전까진 모두에게 칭송받는 고결한 인물이었는데 말이죠."

정 부장이 어깨를 으쓱하며 고견을 덧붙였다.

"피부색이 검은 무어인 오셀로가 열등감이 많아서 명예 운운하는 이아고의 간계에 넘어간 거죠. 그 당시 아내의 정절은 남성을 지켜주는 명예나 다름없었죠."

나는 오셀로가 손수건 때문에 아내를 추궁하는 장면을 떠올리며 말했다.

"결정적으로 오셀로가 아내를 의심하게 되는 건 손수건 때문이죠. 데스데모나가 손수건을 캐시오 부관에게 선물로 준 것처럼 이아고가 조작하고요. 그 시절엔 수놓인 손수건이 유행했나 봐요."

"아, 딸기 무늬 손수건 말이죠? 오셀로는 그 손수건을 주술적인 힘이 있는 물건으로 믿게 만들죠. 그들의 사랑을 결정짓는 물건인 듯 말하고요."

혹시 내 꿈속에서 셰익스피어의 연인이 건넨 꽃무늬 손수건 두 장도 주술적인 힘이 있는 걸까? 손수건으로 만든 연서 두 장을 선물받다니! 그것만으로도 그 시절과 절묘하게 맞아떨어지지 않는가. 나는 점점 꿈속 셰익스피어의 실재를 확신하고 싶어진다.

나는 본론으로 돌아와 한마디 덧붙였다.

"요즘 소시오패스 같은 이상 성격자가 많은데 신 상무도 같은 부류라고 할 수 있어요. 신 상무의 덫에 걸리지 않도록 조심해야죠."

"나도 신 상무의 본성을 알고 나니 상대하기가 꺼려지더군요."

길가에 서서 열변을 늘어놓는 정 부장과 나는 한통속이나 다름없었다. 한배를 탄 두 사람은 상사와 부하로서 조화로운 공생을 하고 있는 셈이다. 아니, 나는 정 부장을 상사로서 존중하기에 기꺼이 실력을 발휘할 자세를 갖추고 있는 것이다. 아자아자!

무익한 헛소동

베아트리체: 참 이상한 분이군요. 아무도 듣고 있지 않는데 언제까지 지껄이실 거예요, 베네디크 씨.

베네디크: 이게 웬일이오? 콧대 센 아가씨가 아니오? 아직도 살아 계시군요.

베아트리체: 베네디크 씨 같은 군침 도는 먹이가 코앞에 있는데 이 콧대가 죽을 수 있나요? 당신이 나타나면 정숙함이 오만함으로 변한단 말예요.

베네디크: 그렇다면 정숙함이란 변덕쟁인가 보군요. 당신만 빼놓곤 난 모든 여성의 선망의 대상이란 걸 알아야 해요. 하지만 난 속으로 생각하지요. 나라는 남자는 어떤 여자도 사랑할 수 없기 때문에 다정한 마음이 조금이라도 들었으면 하고 말예요.

베아트리체: 여자들에겐 천만다행한 일이군요. 아무에게나 짓궂게

구애를 해 대면 모두들 골치깨나 썩었을 테니까요. 하느님의 은총을 입어선지 내가 냉정한 사람으로 타고난 게 당신과 같군요. 뭐냐 하면, 남자들의 사랑 맹세를 듣느니 까마귀한테 개가 짖어 대는 소리를 듣는 게 훨씬 나으니까요.

베네디크: 제발 그런 마음이 변치 않기를 바라오. 그래야 어떤 사내인지 전세의 인연으로 얼굴을 할퀴는 일을 모면하게 될 테니까요.

베아트리체: 당신의 얼굴 같으면 아무리 할퀴어도 더 나빠질 것도 없겠군요.

베네디크: 앵무새를 가르치는 선생으로선 다시없는 적격자로군요.

—「헛소동」 제1막 제1장

1

한겨울 이상 한파 탓인지 밖은 바람이 세게 불고 추위가 맹위를 떨쳤다. 사무실 안의 난방도 한계에 다다라 으슬으슬 한기를 느낄 정도였다. 나는 미리 편집 일지를 써서 영어 부서 권 대리에게 사인을 맡아 달라고 부탁했다. 이현진 출판 기념회에 가기 위해 서둘러야 했기 때문이다. 나는 검정 알파카 코트 위에 검정 밍크 목도리를 두르고 오후 4시경 회사 밖으로 빠져나왔다.

셔틀버스 안에서 선우에게 '출발!'이라는 메시지를 띄우자마자 총알같이 답장이 왔다. 출판 기념회는 5시경에 끝나니 곧장 회식 장소로 오라는 내용이었다. 회식 장소에 도착하자 그곳에는 이미 20여 명의 지인들이 술판을 벌이고 있었다. 문학 평론가와 소설가들 그리고 선우의 친구인 진 감독과 직원들이 나와 있었다. 내가 지인들과 인사하고 있을 때 선우가 다가와 금테 안경을 낀 젊은 남자를 소개했다.

"이 친구는 미래출판사 사장인데 소설가이기도 해요."

"반갑습니다. 서경민이라고 합니다."

그 남자가 명함을 건넸고, 나도 질세라 명함을 건넸다. 그는 훤칠한 키와 말쑥한 외모로 호감을 끄는 캐릭터였다. 요즘 대세인 도시 남자 '자도남' 스타일이었다.

"어, 파주 출판 단지에 계시네요. 우리 회사도 거기 있는데요."

"어머, 반가워요. 동네가 좁아서 마주칠 수도 있겠네요."

서경민은 내 호기심을 자극하며 곰살궂게 굴었다. 게다가 그는 내 잔이 비기 바쁘게 채워 주는 매너까지 갖추고 있었다. 나는 자칭 출판 전문가인 양 말했다.

"난 단행본을 해 보고 싶었는데 주로 사전류를 하게 되더군요."

"단행본이야 가장 간단한 것 아닙니까? 특별한 기술을 요하는 것도 아니고요."

옆에서 가만히 듣고 있던 진 감독이 끼어들었다.

"「남자의 정원」 시사회를 하는데 초대장 보낼 테니 참석해 줘요."

"아, 좋은 소식이네요. 영화 꼭 성공하길 바랍니다."

서경민이 나를 의식하며 진 감독에게 말을 걸었다.

"진 감독님, 곧 시나리오 작업 들어갈 테니까 내 작품도 한번 검토해 줘요."

"그래요. 할리우드를 목표로 멋진 시나리오를 완성해야죠."

이번엔 서경민이 나를 향해 물어 왔다.

"참, 주변에 다큐멘터리 작가나 드라마 작가 아는 사람 없나요?"

"친한 친구 중에 '인생 다큐' 드라마 작가가 있는데 왜요?"

"언제 시간 되면 소개해 줘요. 다큐 드라마에 소개할 이야기가 있거든요."

나는 방송 작가인 효주를 추천하며 명랑한 웃음을 날렸다. 권 주간 옆에서 선우가 나를 향해 눈을 찡긋해 보였지만 본체만체 서경민과 이야기를 나누었다.

주인공 이현진은 방긋방긋 미소 지으며 지인들을 매혹했다. 하얀 이마와 오똑한 콧날과 우수에 겹친 눈매까지 지닌 그녀는 마치 달의 여왕처럼 우아해 보였다. 3년여에 걸쳐 쓴 장편소설은 호평을 받았고, 그녀 자신은 역량 있는 작가로 칭찬을 받았다. 지인들은 폭탄주를 만들어 건배했고, 방명록에 축하 메시지를 적어 그녀를 축하해 주었다. 선우가 자리에서 일어나더니 이현진을 격려하고 나섰다.

"이현진 씨는 아주 저력 있는 작가예요. 장편소설에 특별한 소재와 형식을 도입해서 탁월한 작품을 써냈지요."

"장 선배가 소설 발간에 많은 도움을 주었어요. 계속 부탁드립니다."

이현진도 선우를 올려다보곤 응석을 부리듯 말했다. 권 주간이 헛기침을 하더니 문학의 벤처 정신을 강조하고 나섰다.

"문화 예술은 모두 모험, 투기를 의미하는 '벤처'라고 말할 수 있어요. 원래 벤처는 셰익스피어의 「베니스의 상인」에서 무역선에 실린 화물을 지칭했어요. 베니스 상인들이 동방 무역에서 가져오던 벤처들은 최고의 고부가 상품들이었죠. 배가 무사히 귀환하면 대박이 되고, 도중에 풍랑을 만나 침수되면 쪽박이 되잖아요. 예술가들이 창조의 욕망을 가지고 목숨을 걸 때 비로소 벤처를 풀게 된다는 거죠."

권 주간의 지론에 의하면 이랬다. 소설은 명예와 치부致富를 박탈당한 수재들을 위해 활짝 열려 있는 영광의 대로다. 소설은 다음 세대에게 이익 배당을 지불하는 천재의 투자라는 것이다. 물론 소설로 장사하자는 것은 아닐 테고.

선우 옆으로 옮겨 앉은 이현진이 "장 선배를 저의 멘토로 삼기로 했어요"라며 공개적으로 말했다. 그리고 마치 선우에게 허락을 구하듯이 팔짱을 끼며 애교를 부렸다. 모두 무심하게 그들을 바라봤지만 나는 그 이상한 광경을 참을 수가 없었다. 자꾸만 내 시선은 두 사람을 향했고, 선우의 자상한 태도에 신경이 곤두섰다.

노래방으로 옮겨 가서 이현진은 보라색 벨벳 원피스 차림으로 선우와 춤을 추었다. 몸을 바짝 밀착한 채 선우의 귓가에 소곤거리는 그녀를 보면서 나는 걷잡을 수 없는 슬픔을 느꼈다. 아무래도 거부할 수 없는 매력을 풍기는 그녀를 선우에게서 떼어 놓고 싶은 충동을 느꼈다. 나중에 선우와 나는 길 건너편에서 만나 택시를 타고 동네 공원에 도착했다. 내부에서 타들어 가던 의혹의 도화선이 막 폭발하려는 순간이었다.

"말해 봐! 이현진과 무슨 일 있었어?"

"이현진은 잘못 없어. 다 나 때문이지."

그의 어물쩍한 태도가 내게 강한 의혹을 불러일으켰다. 아니, 질투의 여신이 "바보 같으니!" 하며 귓전에 속삭이는 것 같았다. 급기야 나는 선우의 뺨을 세차게 때렸다.

"영원히 같이 가자고 맹세하지 않았어? 그새 사랑이 변한 거야?"

나는 울음 섞인 목소리로 소리 질렀다.

"문영이! 마음 풀어. 단언컨대 이상한 일은 결코 없었어. 그녀가 내 호의를 자기 식대로 받아들인 거야. 내가 따끔하게 타이를게."

갑자기 뺨 세례를 받은 선우는 오히려 나를 달래 주었다.

"이제 우리 사이는 끝났어! 다신 만나지 않을 거야!"

내가 하고 싶은 말을 속사포처럼 쏟아붓고 앞서 걸어가자 선우가 말없이 뒤따라왔다. 나는 뒤돌아보지 않고 차가운 아파트 광장을 가로질러 걸어갔다. 살갗을 에는 한기가 외로움처럼 뼛속 깊이 파고들었다. 한참 후에 선우에게서 문자 메시지가 왔다.

베이비, 편한 밤 보내고 취재 여행 다녀와서 보자. 굿 나잇!

침대에 쓰러져 잠이 들었다가 새벽에 눈을 떴다. 선우를 마구 몰아세웠던 일이 꿈만 같아서 눈물이 솟구쳤다. 거실의 블라인드를 밀어젖히고 창문을 열자 찬 기운이 훅 끼쳐 왔다. 희붐한 여명 속에 도시의 불빛이 군데군데 명멸하고 있었다. 창문에서 등을 돌리자 울적함이 우우 하고 밀려들었다.

나는 케이블 방송을 틀고 올드 팝송 채널에 고정시켰다. 마침 노래방에서 선우가 즐겨 부르던 「포 더 굿 타임」이 흘러나왔다. Don't look so sad, I know it's over, But life goes on, And this old world just keeps on turning…… 그렇게 슬픈 표정 짓지 말아요. 모든 게 끝났다는 걸 알아요. 하지만 인생은 계속되고, 이 오래된 세상은 변함없이 돌아가겠죠……. 지인들 틈에서 둘만의 눈빛을 교환하며 그의 노래를 듣던 장면이 떠올랐다. 한없이 감미로운 그의 목소리, 한없이 황홀한 그의 시선을 또다시 차지할 수 있을까? 도대체 그와 나 사이에 무슨 일이 벌어진 걸까?

도저히 마음을 진정시킬 수가 없어 컴퓨터 앞에 앉았다. 오래전 메일을 열어 보니 수많은 사랑의 언어들이 나열되어 있었다. 그와 주고받은 사랑의 성찬들이 주마등처럼 스쳐 지나갔다. 사랑의 밀어는 이미 시효가 끝났을까. 이제 사랑은 돌이킬 수 없는 것이 되었을까. 나는 슬픔에 북받쳐 메일을 쓰기 시작했다.

선배! 어제 폭발적으로 화내고 손질까지 한 것 너무 미안해요. 그믐달 같은 여자 때문에, 달이 태양을 가리면 나쁜 일이 생긴다더니, 정말 이상한 일이 생기고 말았네요. 어쩌다 우리 순결한 사랑이 이토록 오염되었을까? 내가 선배에게 무얼 얼마나 잘못했을까? 깊이 생각하고 있답니다.

선배! 지난 우리 사랑이 어땠는지 떠올려 봐요. 우린 쉽게 서로를 사랑한 게 아니라고요. 사랑에 대한 확신이 없으면 단 한 순간도 버티지 못하고요. 선배는 내 우상이고,

내 이상이랍니다. 선배에게 다가간 게 내 운명의 노정에 있는 거라면, 아니 있는 거겠죠. 적어도 감정에 정직한 있는 그대로의 나를 발휘하고 싶어요. 그래서 확실하게 다가오는 내 실체를 느껴 봐야겠죠.

그래요. 서로에 대한 믿음이 없다면 관계를 유지하기가 어렵겠죠. 난 미숙하지만 내게 어떤 것이 귀중한지 가릴 줄 안답니다. 중요한 건 아름다움이죠. 우리 만남에 아름다움이 있다면 어떤 역경도 그 미학의 힘으로 빛날 거예요. 그럼 취재 여행 잘 다녀오고요. 언젠가 우린 같이 지낼 수 있을 건가요? 그때가 그립답니다.

2

직장이라는 정글에서 여성이 승리하는 비결은 뭘까? 모닝커피를 마시며 여성을 위한 게임의 법칙을 가르쳐 주는 책을 펼쳐 본다. '남자처럼 일하고 여자처럼 승리하라'는 긴 제목이 인상적이다. 특히 이 대목이 내 시선을 끌어당긴다.

"게임의 목적은 이기는 것이 아니고 단순히 자기가 하는 일에 좋은 감정을 느끼는 것이다. 그래서 자기 일을 사랑하는 사람이 게임의 마지막 승자가 되는 것이다."

부서에서 기획안이 주어지면 나는 어떻게든 일을 성사시키는 투사가 되었다. 운 좋게도 나는 다양한 일을 떠맡았고 모두 다 성공적인 결과물을 생산했다. 이번 영어 입문 사전도 최고의 작품이 될 것이다. 언제든 나는 건강하고 총명한 아이를 낳기 위한 산모의 마음 가짐을 갖고 있다. 아자아자!

오전에 정 부장, 미스 전과 함께 영어 입문 사전에 대한 편집 회의를 가졌다. 우선 초등학생과 중학생을 타깃으로 편집 방향을 설정했다. 기존의 중학 영어 사전과 초등 영어 사전에서 핵심 내용을 뽑고 타 사전과 미국 사전을 참고하여 1500페이지의 원고를 정 부장과 내가 만들기로 했다. 원고 준비는 자료 활용과 편집 능력이 관건이므로 전문 교수보다 편집 팀이 맡는 게 더 나았다. 미스 전은 자료를 준비하고 원고 작업을 돕기로 했다. 그 외 기본적인 편집 일정을 세부적으로 짜 두었다.

점심시간에 정 부장과 나는 회사 앞에서 삽화가를 만났다. 정 부장 후배인 그는 근처 출판사에 삽화를 넘겨주러 온 김에 들렀다고 말했다. 그와 함께 출판 회관에 있는 양식당에 갔다. 음식 주문을 마치고 정 부장이 근황을 묻자 그가 입을 뗐다.

"삽화 작업만으로는 먹고살기 힘들어요. 거의 휴업 상태이고 그저 아르바이트를 하는 정도죠."

"도서 시장이 불황이라 더 심할 거야. 보통 작은 삽화 1500컷을 그리는 데 시간이 얼마나 걸릴까?"

"작은 삽화 1500컷은 보조원 두 명을 두고 작업하면 석 달에 끝낼 수 있어요."

삽화가가 허심탄회하게 대답하자 정 부장이 본론으로 들어갔다.

"회사에선 재정이 어려워 삽화가 많이 들어가는 걸 부담스러워하고 있어. 컷당 얼마면 될까?"

"컷당 3만 원은 되어야 하는데요, 최저 비용 2만 2000원으로 맞춰 드리지요. 그 이하는 인건비 때문에 안 됩니다."

"회사와 조정해 보겠지만 채택이 안 되면 어떡하지?"

"채택이 안 되는 경우도 많으니까 부담 갖지 않으셔도 됩니다."

삽화기는 계약서를 쓰기까지 변동이 많기 때문에 기대하지 않는다는 투로 말했다. 그러고는 참고용으로 삽화 몇 장을 건네며 자신의 블로그 주소를 알려 주었다. 그는 기존의 출판물을 많이 다루어 봐서 마감 날짜만큼은 확실히 지킬 수 있을 것이었다. 그의 삽화는 독특하고 재미있는 캐릭터에 선명한 컬러로 처리되었다. 하지만 아이들 대상으로 한 사전용은 순정 만화풍의 예쁜 캐릭터가 잘 어울릴 것 같았다.

순정 만화를 좋아했던 초등학교 시절에 만화방도 모자라 영화관으로 직행했던 날이 있었다. 저녁도 쫄쫄 굶고 순정 만화에 취해 있다가 어두워지자 바로 옆 영화관에 자석처럼 빨려 들어갔다. 영화에 잔뜩 몰입해 있는데 "김문영 어린이는 밖으로 나와 주세요!"라는 방송이 두 번씩이나 들려왔다. 나는 책가방을 들고 죄인처럼 사촌 오빠에게 끌려 나갔다. 엄마가 머리끝까지 화났다는 사촌 오빠의 엄포에 질려 나는 가출이라도 하고 싶은 심정이었다. 격분한 엄마는 "계집아이가 때 되면 들어와야지 도대체 뭐가 되려고 그러냐!" 하며 싸리비를 휘둘러 대셨다. 그때 나는 엄마를 뜯어말리는 외할머니의 등에 착 달라붙어 간신히 매타작을 피했다. 그해 성적표에도 '영리해서 급우들의 귀여움을 독차지하는 반면 방과 후 만화 단속의 주의를 요함!'이라는 내용이 적혀 있었다.

선우는 만화광인 여자아이를 상상하며 웃어 댔다.

"그랬어. 어제 찻집에서 어린 시절 이야기하면서 네 귀여움의 어떤 실체를 만났지 뭐야. 만화와 영화에 푹 빠져 있는 열 살짜리 계집아이! 그런데 볼수록 똘망똘망하단 말이지. 게다가 정말 재미있는 웃음을 가지고 있단 말이지. 눈에 넣어도 아프지 않을 거란 표현은 그때 쓰는 거야. 이제는 만화 가게 대신 도서관에 다닌다고? 이제는 영화관이 아니라 어디로 도망치고 있니? 우하하."

선우는 그 여자아이가 「시네마 천국」의 토토만큼은 될 거라며 즐거워했다. 그렇게 선우는 어린 시절의 나를 미학의 존재로 끌어올려 주었다. 우습게도 나는 "이제 우리 사이는 끝났어!" 하고 돌아선 지 사흘도 안 되어 선우를 생각하며 미소 짓고 있었다. 선우는 취재차 떠난 여행지에서 내 메일을 받아 보곤 답변을 보내왔다. 일행이 자고 있는 새벽에 컴퓨터를 켜고 말을 걸어온 것이다.

안녕. 잘 쉬었어? 어젠 진종일 네 생각으로 마음이 아팠지. '내 탓이오, 내 탓이오, 내 탓이오.' 그러니 베이비, 마음 가라앉혀. 이제부터 사랑을 위한 변설이야.

이현진이 출판 문제로 도움을 청했을 때 몇 차례 친숙한 이야기들이야 오갔었지. 하지만 단연코, 네게 부끄러운 짓 하지 않았으며, 부끄러운 말조차 하지 않았어. 이현진이 잘못한 거야. 문제는 나의 친절을 그녀가 잘못 받아들인 거겠지. 난 정말 공적으로 책임 있게 도와준 거 외엔 흑심 품고 손을 잡아 보지도 않았거든. 그녀의 지나침을 당혹해하면서도 혹시 화를 냈다가 엉뚱한 상처를 입힐까 봐 배려했던 거야.

사랑아, 이야기하자. 네가 뺨따귀 올려붙인 일로 내가 제자리를 잡았다면 네가 하늘을 대신하여 나를 지켰겠지. 난 정말 너 아닌 또 다른 몰래 사랑에 정열을 빼앗길 마음도 힘도 없어. 그건 내가 죽는 길임을 내가 먼저 알고 있거든.

사랑아, 다시 이야기 계속하자. 그래 우리 사랑 어떻게 쌓아 올린 공든 탑이던가! 태울 대로 다 태운, 그러나 아직도 다 타기엔 남은 장작이 하늘 높이인 사랑 아니던가. 그리하여 때로는 화력을 조절하는 지혜조차 배우고 있지 않던가. 그래서 이제는 높이 나는 만큼 깊이 잠기는 시간 아니던가. '사랑해!' 이 한마디로 천 마디 말을 대신하기에 이르지 않았던가. 베이비, 우리 이미 '죽어야 끝난다'고 약속했었지.

사랑아, 대답이 미진하다면 다시 쓰고. 취재 여행 마치고 나서 보자. 사랑해!

퇴근 무렵에 영업부 안 이사가 정 부장과 나를 회의실로 불렀다. 안 이사는 쌍꺼풀 진 눈을 찡그리며 난감한 듯이 말했다.

"저자 가족 측에서 한불사전 저작권 문제로 제동을 걸어왔어요. 한불사전 판권 작업 전에 자기들과 상의하지 않았다며 인지에 도장을 찍을 수 없다네요."

"그래서 아직 한불사전 출고를 못한 겁니까? 그것참 큰일이군요."

정 부장이 걱정스러운 말투로 묻자 나도 놀라서 끼어들었다.

"왜요? 저자 가족과 당연히 사전 협의가 된 걸로 알았는데요."

안 이사가 손수건으로 이마를 찍어 대며 짜증스럽다는 듯이 말했다.

"문제는 저자와 감수자가 분리되지 않고 공저자로 처리되었다는 거죠. 이걸 해결하지 않으면 법정 소송까지 불사하겠대요."

"공저자로 제의한 건 애초에 신 상무님이 아니었나요? 저는 편집국을 공저자로 추가하자고 주장했거든요."

신 상무의 저주가 먹혔는지 한불사전 5000권이 햇빛도 못 본 채 창고 속에 방치되어 있었다. 신 상무는 이번 사태가 자기와는 무관하다며 시니컬한 표정을 짓고 다녔다. 그는 우두머리라는 직책에 걸맞지 않게 언제나 부서 일에 이기주의적인 태도를 보였다. 마침 정 부장이 진풍경을 포착하고 내게 알려 왔다.

"저기 좀 봐요. 뭐라고 사인을 보내고 있잖아요."

신 상무가 자기 자리에 서서 미스 양을 향해 한 손을 들어 보이며 야릇한 표정을 짓고, 미스 양은 신 상무의 손과 얼굴을 바라보며 뭔가 암호를 읽어 내고 있었다. 남의 시선은 아랑곳하지 않은 채 여직원과 사랑 놀이를 즐기는 신 상무의 심리 상태를 알고 싶었다. 어쩌면 악어와 악어새처럼 그들은 서로를 이용하고 있는지도 몰랐다. 하지만 사랑은 종류도 가지가지니까 굳이 그들의 관계를 매도하고 싶지는 않았다. 바쁜 사무실에서 탐정 놀이 하면서 남들 눈살 찌푸리게 하는 게 문제였다.

3

토요일 오후, 나는 영미와 효주를 만나기 위해 동숭동으로 향했다. 친구들을 만나면 솔직하고 파격적인 이야기판이 벌어져서 좋다. 오랜 세월 서로를 알고 있기에 질투할 필요도 없고, 진솔하게 서로를 토로할 수 있어서 좋다. 좋아하는 친구들을 생각하는 것만큼 행복한 일이 없고, 불성실한 친구를 가질 바에야 차라리 적을 가지는 편이 낫다고 셰익스피어도 말하지 않았는가.

카페 '안단테'에 들어서자 영미와 효주가 손을 흔들며 반겨 주었다. 이미 주문을 마쳤는지 테이블 위엔 맥주잔과 치킨 샐러드와 모둠 소시지가 놓여 있었다. 나는 자리에 앉자마자 친구들의 수다에 합류했다.

"'먼저 사랑을 고백한 사람이 그 사랑에서 지게 된다'는 속설이 있어. 남녀 관계도 권력처럼 누가 주도권을 쥐느냐가 중요해."

"그래서 사랑 고백을 받을 때까지는 카멜레온처럼 변덕을 부릴 필요가 있다 그거지?"

효주가 연애 지상주의자답게 사랑이란 화제를 꺼내 들자 영미가 맥주잔을 치켜들며 장단을 맞추었다.

"연초부터 웬 사랑 타령이야? 누가 누구를 만난대?"

내가 궁금해하자 효주가 양 볼에 보조개를 지으며 대답했다.

"요즘 내가 연하남의 지극한 사랑을 받고 있다는 것 아니냐. 성실하고 잘생긴 데다 풋풋하기까지 해."

"그 연하남이 네 그물망에 걸려들기까지 나비처럼 날아다니고 있다 그거니?"

방송 작가인 효주가 요즘 세 살 연하남 피디에게 사랑 고백을 받곤 신이 나서 사랑학 개론을 펼치는 것이다. 「윈저의 즐거운 아낙네들」에서 "사랑이란 그림자 같아서 아무리 쫓아가도 달아나 버리는 것, 이쪽에서 도망치면 따라오고, 따라가면 도망친다"라고 하지 않았던가. 그렇다면 사랑은 운에 달렸을까? 큐피드는 어떤 이는 화살로, 어떤 이는 덫으로 잡으니 말이다.

"부부 관계도 힘의 놀이인 건 마찬가지야. 결혼 생활에서 처음 주도권을 쥐는 사람이 평생을 제왕 내지는 여왕으로 군림하게 되는 거라고."

가정주부인 영미가 앞머리를 쓸어 올리면서 붉고 도톰한 입술로 말했다.

"직장 내 부하와 상사 사이에도 일을 중심으로 권력관계가 형성되거든. 아무리 상사라 할지라도 일의 주도권을 쥔 부하에게는 쩔쩔매게 되어 있다니까."

나는 관심사가 온통 직장뿐이라는 듯 일과 직장을 연관시킨다. 효주가 초롱초롱한 눈길을 내게 고정한 채 상냥하게 물었다.

"문영아, 주변에 괜찮은 사업가가 있는데 소개시켜 줄까?"

"글쎄, 바쁜 일 좀 비켜 가면 너한테 부탁할게."

나는 친구들에게 선우와 연인 관계로 발전한 것을 말하지 않았다. 친구들에게도 함부로 발설해선 안 되는 금기 사항이 있는 것이다.

"네게 맞는 멋진 남자인지 아닌지는 부딪쳐 봐야 알 것 아냐?"

실전에 강한 영미가 코를 찡긋하고 웃으며 충고자로 나섰다.

"하긴 언에 경험은 많을수록 좋은 거야. 하지만 먼저 네가 원하는 남자인지 아닌지 판단하는 게 가장 중요해. 성급하게 자고 나서 후회하는 경우도 있거든."

영미는 취미가 다양해서 늘 화제가 넘쳤다.

"사실 난 카톡에 푹 빠져 있었단다. 상대는 신문사 문화부장인데 전형적인 바람둥이야. 얼마나 사근사근한 남자인지 여자 마음에 쏙 드는 말만 해 대는 거야."

내가 깜짝 놀라 영미에게 조심스레 파고들었다.

"왜 남편하고 사이가 안 좋니? 들키지 않을 자신 있어?"

"남편하곤 섹스가 잘 안 되거든. 신혼 때부터 섹스 트러블이 있었는데 개선이 안 되더라고. 요즘은 아예 각방을 쓰고 있어."

"네 남편 보기엔 건장하잖아. 전혀 그런 줄 몰랐는데."

예전부터 영미는 남편과 말도 섞지 않는다며 푸념을 늘어놓곤 했다. 샐러리맨 남편이 스트레스를 폭언으로 풀어 대는 바람에 상처를 받는다는 것이다. 게다가 섹스리스라니?

"난 요즘 폭발 직전이야. 지난 토요일에 남편이 집에 있는데 그 남자에게서 전화가 걸려 온 거야. 욕실에서 그 남자 전화를 받는데 이

집을 나가면 다시 돌아올 수 있을까 아주 아찔한 기분이 들더라고."

영미의 적나라한 발언에 효주가 노골적으로 캐물었다.

"그래서 그 남자하고 만났어? 아니, 잤어?"

"아직 거기까진 안 갔지. 시내에서 만났는데 불쑥 자기 첫사랑 이야기를 하는 거야. 아내에다 애인까지 두고 날 액세서리로 만나고 있다는 거지. 결론은 자기 같은 바람둥이 만나서 상처 받지 말고 남편에게 잘해 주라더라. 자기는 신문사 퇴직하면 경험담을 소설로 발표할 거라더군. 참, 기막힌 것 있지."

효주가 안쓰럽다는 듯이 영미의 등을 토닥거렸다.

"쯧쯧, 바람도 피워 본 사람이 피운다고. 하필이면 도사를 만날 게 뭐니."

"나처럼 착한 여자는 처음 만난다고 하더구나. 내게 상처 입히기 싫대."

"하긴 착한 여자가 어떻게 나쁜 짓을 하겠니?"

세 친구는 한바탕 웃음판을 벌이고 나서 밖으로 나왔다. 밤거리에 싸락눈이 내리고 있었다. 눈이 내리고 눈이 쌓이고 눈이 녹기까지 친구들의 이야기는 끝이 없을 것 같았다. 나는 집으로 가는 버스 안에서 선우에게 전화를 걸었다. 그도 종로에서 고교 동창들을 만나 술을 마시고 있었다. 친구들과의 술자리가 길어져 3차를 하고 있다고 했다. 당장 그에게 달려가고 싶었지만 나는 친구들 몰래 그를 불러내기 싫어 마음을 가라앉혔다. 그는 '굿 나잇!'이라고 말해 주었다.

4

결국 무익한 헛소동이었을까? 지난주 선우가 취재 여행을 마친 주말 저녁에 나를 찾아왔었다. 선우의 출현으로 내 마음의 공허는 한순간에 사라져 버렸다. 그와 끝났다는 상상 자체가 지옥이었고, 그와 만났다는 현실 자체가 천국이었다. 그와 나는 조용한 카페에 둥지를 치고 앉았다.

"네가 화내니까 짜릿하더라. 아무것도 아닌 일로 화내는 널 보면서 아내 생각을 했어. 아내가 날 몰아붙이면 난 꼼짝 못하거든."

"자기가 그녀에게 마음 뺏겼던 건 아니고요? 난 아직도 쉽게 안 풀리는데."

"이젠 더 이상 의심하지 말자! 마귀 중에 가장 골치 아프고 치사한 마귀가, 그것도 남녀 관계에서는 의심 마귀라잖아."

"그래요. 사랑하면 의심하지 말아야겠죠."

나는 그에게 안도의 눈길을 보내며 웃어 보였다.

"사랑의 신 에로스도 프시케에게 말했지. 의심하는 마음에는 사랑이 깃들지 못한다고."

"선배를 의심하는 것보다 괴로운 게 내 자존심을 떨어뜨리고 명예를 추락시키는 것이었죠. 난 명예를 잃고는 한순간도 살아갈 수 없어요."

"그래, 알았어. 난 네가 원하지 않는 일은 절대 하지 않을 거야."

"앞으로 메일이든 전화든 그녀와 연결되면 안 돼요."

"엡, 알아 모시겠습니다, 마마."

선우는 이마에 거수경례하는 자세로 말했다. 그로써 나는 단번에 추락한 명예를 되찾았다. 그렇다. 명예란 누구에게나 영혼의 귀한 보배와도 같은 것이다.

"나에게서 명예를 훔친 자는 자신에게는 아무 이득도 되지 않지만, 명예를 빼앗긴 저를 정말 구차하게 만드는 자이죠."

이렇게 이아고도 오셀로를 부추겨 오직 명예를 위해 데스데모나를 죽이게 하지 않던가. 오셀로는 자신을 명예로운 살인자로 불러 달라고까지 말한다. 그의 명예는 그의 생명이고, 그 둘은 함께 커 가는 것이다.

오셀로를 떠올리면 그의 손에 목 졸려 죽어 가는 데스데모나의 처연한 모습이 떠오른다. 곧바로 열여덟 살 여자아이가 그악스레 칼을 들이대던 남자의 손길에 목 졸려 버둥대던 영상이 오버랩되어 나타난다.

뜨거운 햇살이 쏟아지던 초가을 날이었던가. 소나무 숲가 황토에 하얀 교복을 더럽히며 필사적으로 저항하며 바라보았던 하늘엔 태양이 이글거리고 있었다. 남자에게 목을 졸리며 개처럼 죽어 가기엔 여자아이가 세상에 품고 있던 꿈은 너무도 원대했다. 땡볕 아래 처절하게 버둥거리던 여자아이가 하늘을 향해 뇌파를 쏘아 올렸다.

'이건 아니잖아요. 앞으로 내가 해야 할 일이 얼마나 많은데요. 왜 사랑 때문에 목이 졸려 죽어 가야 되나요? 사랑이란 이름으로 목을 졸라 대는 이 남자는 도대체 누구일까요? 이게 온당치 않다면 제발 내게 구원의 동아줄을 내려 줘요.'

그날 돌연히 오셀로를 자처한 남자를 14년이 지난 아직까지도 이해할 수 없다. 아니, 도저히 용서할 수가 없다. 예쁘고 순수해야 할 첫 기억을 그토록 망쳐 놓았으니 말이다. 그때 내가 길길이 날뛰며 그의 죄를 따져 묻지 못했던 탓일까. 가끔씩 내면의 여자아이의 분노가 온몸으로 느껴지곤 했다.

"문영아! 나는 너가 고프다. 우리 함께 있은 지 오래됐잖아."

선우가 구원자처럼 내 머릿속에서 치욕스러운 화면을 걷어 냈다. 선우라면 나를 죽이려고 내 목을 조를 수 있을까. 그것도 사랑이란 이름으로. 어떤 소설에선 극도의 쾌감을 위해 여자가 남자에게 목을 졸라 달라고 부탁하는 장면도 있다. 반면 아미앵이란 작가는 목이 졸리는 수치감이야말로 이 세상에서 경험할 수 있는 가장 모욕적인 일이라고 말했다. 나는 후자 쪽에 동의한다.

이제 예정된 순서대로 선우와 나는 모텔을 찾아 들어갔다. 셰익스피어도 사랑의 행로를 가로막는 온갖 장애물은 더 깊은 사랑을 만드는 계기가 된다고 말했다. 방에 들어서자마자 우리는 달콤한 키스를 퍼부으며 솟아오르는 정염의 샘을 분출시켰다. 둘만의 감각의 왕국에서 마음껏 애무하고 기쁨에 넘쳐 환호성을 내질렀다.

선우의 입술이 내 귓불을 깨물고 내 가슴을 핥다가 내 정점에 닿으면 나는 화로 속 참숯처럼 타다닥 불타올랐다. 그의 입술은 악사의 키처럼 나라는 섬세한 악기를 켜 가며 터질 듯한 희열을 유도했다. 내 몸에 그의 몸이 깊숙이 파고드는 순간, 우리는 하나가 되기 위해 요동치며 침대 위를 뒹굴었다. 몇 차례 황홀한 몸 사위가 끝나고 그가 뜨거운 기운을 분출하면 나도 동시에 '아하!' 하는 탄성을 터뜨렸다. 우리는 옆으로 포개 누워 다정한 오누이 강아지처럼 잠이 들었다. 얼핏 눈을 떠 보니 선우가 나를 내려다보며 미소 짓고 있었다. 나는 그의 품속에 안도하듯 파묻히며 눈을 감았다. 지극한 평화가 몰려와 스르르 단잠에 빠져들었다.

"넌 어쩜 여왕처럼 잠을 자니? 예뻐도 너무 예쁘구나."

그가 몸을 일으키고 담배를 피워 물며 말했다. 나는 엎드려 누워 담배 한 개비를 청했다. 사실 그와 침대에서 주고받는 이야기의 성찬은 사랑의 풀코스 중 디저트에 속했다. 나는 어떤 환상적인 커플을 떠올리며 말했다.

♣

"「헛소동」이란 작품에 베아트리체와 베네디크라는 커플이 등장해요. 베아트리체는 남자를 싫어하는 여자이고, 베네디크는 말싸움만 하는 여자를 싫어하는 남자예요."

"그래, 나도 생각난다. 친구들이 장난삼아 서로 짝사랑한다는 소문을 내서 두 사람이 사랑하는 사이가 되는 이야기지. 두 사람은 만나기만 하면 견원지간처럼 말싸움을 해 대잖아."

그가 의견을 보태자 내 입가에서 미소가 배어 나왔다. 그가 소설 『셰익스피어 인 드림』의 도우미를 자청하면서 셰익스피어 광팬이 되었기 때문이다. 그 참에 그도 오래전에 기획했던 연극 대본을 마무리 짓겠다고 야심을 발했다.

"그들은 말싸움에 일가견이 있는 커플이죠. 베아트리체가 항상 우위를 차지하고, 베네디크는 너그럽게 봐주는 역할을 하잖아요."

"그래. 베아트리체가 독설을 퍼부으면 베네디크는 익살스레 받아 넘기지. 친구들이 퍼뜨린 소문에 속아 넘어가 두 사람 다 사랑을 고백하는 장면이 웃기잖아."

그가 담배 연기를 손으로 휘저으며 말을 이었다.

"근데 정작 사랑을 고백한 뒤에는, 베아트리체가 베네디크에게 친구를 죽여 달라고 주문하잖아. 베네디크는 사랑을 증명하기 위해 친구와의 결투를 약속하지."

"그 친구라는 작자가 베아트리체의 사촌 여동생을 불신하고 결혼식장을 떠나 버린 남자잖아요. 다행히 신부를 모함한 악당이 잡혀서 사촌 커플은 결혼에 골인하게 되지만요."

"덕분에 친구끼리 사생결단도 면하게 되지. 근데 베네디크가 칼에 두고 사랑을 맹세하는 장면이 독특하지 않아? 자기 사랑을 부정하는 자가 있다면 칼 맛을 보여 주겠다고 말하잖아."

"베아트리체가 그 말을 삼키지나 말라고 빈정거리잖아요. 참 개성 있는 커플이죠."

"하하하. 그들은 아주 잘 어울리는 한 쌍이지. 둘 다 너무 고집 세고 영민해서 평화롭게 살아갈지는 모르겠지만 말야."

"왜요? 두 사람은 본성이 착해서 행복하게 잘 풀어 갈 거예요. 둘 다 유쾌하고 선량한 기질을 갖고 있으니까요."

"그러니까 「헛소동」은 로맨틱 코미디의 기원이 된 셈이지. 영화

「해리가 샐리를 만났을 때」도 앙숙이던 두 사람이 사랑에 빠지는 내용이잖아.”

"맞아요. 사촌 커플이 보여 준 건 궁정풍 연애이고, 베아트리체 커플이 보여 준 건 모던 연애이죠. 상대를 자꾸 놀리고 싶어지는 건 그 사람을 좋아한다는 증거라고요.”

선우가 내 어깨를 두 손으로 감싸더니 베네디크처럼 말했다.

"조용히 해요! 그 입을 틀어막아야지!”

선우가 내 입술을 자기 입술로 포개더니 혀를 밀어 넣었다. 나는 그의 혀를 깊숙이 빨아들였다. 베네디크가 자존심 긁는 말을 하는 베아트리체에게 키스하는 장면을 재현하듯.

마지막 절차로 옷을 챙겨 입고 나는 맨발로 침대에 걸터앉았다. 그는 침대 발치에 앉아 정성스레 내 발에 양말을 신겨 주었다. 그건 그가 날 위해 존재하는 남자라는 뿌듯한 증거였다.

"사랑해!”

"미 투!”

문 앞에서 우리는 포옹하며 속삭였다.

굿모닝, 내 사랑! 어제 사랑을 거사로 치르고 나니 세상이 달라진 듯, 아니 비로소 세상이 제자리를 찾은 듯했어. 돌아오는 길 내내 달콤하고 행복했어. 육체의 비밀일까? 몸이 그토록 충만하게 포식하고 나니 새로워졌거든. 역시

'정신이 곧 물질'이라는 힌두이즘의 직관은 옳았던 거야.

　다음 날 아침 선우는 내게 멋진 메일 서비스를 보내왔다. 그는 나에게 사랑의 날개를 달아 주는 천상의 기사였다. 그렇듯 우리는 서로의 가슴을 파고들며 격정적인 화해를 했다. 사랑의 신 비너스가 아도니스에게 "열 번의 키스, 한 번같이 짧고, 한 번은 스무 번같이 길 것이다"라고 말했듯이.

　"너하고 나하고 닮은 점 열 가지를 대 봐! 숙제야. 낼 대답해 줘."

　선우에게 이끌렸던 초창기에 그는 내게 물었다. 그러고 보면 그와 나는 서로 많이 닮았다. 우리는 즉석에서 이렇게 합의한 바 있다.

　"첫째, 웃긴다. 웃겨도 상당히 웃긴다. 둘째, 같은 개념으로 잘 웃는다. 웃어도 상당히 잘 웃는다. 셋째, 밝힌다. 밝혀도 상당히 밝힌다."

　뭔가 또 한 가지 있었던 것 같은데 영 생각이 나질 않는다. 아무튼 그는 열 가지를 채워 보자고 말해 놓고 세 가지만 말하는 습성이 있다. 나머지는 아직까지 듣지 못했다.

셰익스피어와의 기억

세바스찬: (올리비아에게) 그래서 당신께서 저를 잘못 아신 거예요. 하지만 그것은 자연의 섭리가 그렇게 인도한 것이죠. 처녀와 결혼하실 뻔했으니, 당신께서 속으신 건 결코 아닙니다. 처녀이자 사내인 저와 약혼을 했으니까요.

공작: (올리비아에게) 놀랄 것 없소. 그 가문이라면 아주 훌륭한 혈통의 남자니 안심하시오. 일이 이렇게 된 거라면, 조화의 거울은 진실 그대로를 비춰 준 것 같군요. 이 행복한 난파선 사이에 나도 한몫 끼어듭시다. (비올라에게) 네가 날 사랑하는 것은 그 어느 여자의 사랑 못지않다고 여러 번 말했었지?

비올라: 그 모든 말을 제가 다시금 맹세하겠어요. 그리고 그 모든 맹세를 마음속의 진실로 지켜 나가겠어요. 낮과 밤을 가르는 궤도의 태양이 언제나 타오르는 불을 간직하고 있듯이.

공작: 네 손을 이리 다오. 여인 차림의 네 모습을 빨리 보고 싶구나.

비올라: 저를 이 해변으로 처음 데려다 준 선장님이 제 처녀 옷을 보관하고 있어요. 그분은 어떤 혐의를 쓰고 감옥에 갇혀 있답니다. 바로 아씨의 하인인 말볼리오 씨가 고소했지요.

올리비아: 당장 방면하도록 할게요. 말볼리오를 이리로 데려와요. 참, 이제야 생각나는군요. 사람들 말이, 불쌍하게도 그가 실성했다던데요.

— 「십이야」 제5막 제1장

1

연인들이 서로 반해 첫 섹스를 하기까지 보통 얼마나 걸릴까? 첫날 만나자마자 모텔로 직행하는 원 나이트 스탠드가 있는데 나로선 거리가 먼 별세계처럼 느껴진다. 섹스에도 합당한 이유와 논리가 있어야 된다고 믿기 때문이다. 따라서 만취를 가장해 우발적 실수를 한다는 건 내 경우엔 해당되지 않는다. 연인들이 서로 간에 어떻게 시작되었는가? 시작이 우연인가 필연인가 아니면 우연을 가장한 필연인가? 연인들은 유독 첫 만남에 신성한 가치와 의미를 부여한다.

선우와 만난 첫날, 그는 나에게 '모텔 서비스'라는 말을 뱉었다가 수습하느라 무척 힘들어 했다. 황당하다는 반응을 보이는 나에게 약점을 잡힌 그는 행여 내가 사람들에게 그 말을 발설할까 두려워했다. 심지어 그는 내게 뺨을 맞지 않을까 무섭기까지 했다고 실토했다. 그는 내 눈치를 보고 나는 그의 마음을 간파하느라 첫 키스까지 두 달여의 시간을 소비했다. 늦가을 밤 포장마차에서 나와 "너, 준비해!"라고 말하며 그는 두 팔을 벌렸고, 나는 동의의 몸짓으로 그에게 안겼다. 그러고 나서 이틀 후 공원에서 키스를 했고, 그 주 토요일 모임까지 그를 따라가 작정하고 첫 섹스를 가졌다.

지금 나는 통유리창을 통해 네온사인이 반짝이는 밤거리를 바라보고 있다. 저기 수많은 사람 속에서 하필이면 선우에게 필이 꽂히다니 무슨 조홧속인지 모르겠다. 아무 미래가 없는 유부남과 열정을 불태워서 무슨 영화를 꿈꿀 것인가. 그런 생각이 들 때마다 가슴이 콱 막히지만 나는 나름대로 합당한 변명거리를 마련해 놓고 있다. 그는 셰익스피어가 만나게 해 준 운명의 남자가 아닌가. 셰익스피어가 있기에 그가 있고, 그가 있기에 셰익스피어가 있는 것이다.

2

그날 아침 나는 커피를 마시다가 책꽂이에서 프랑스어판 녹색 라루스 백과사전을 뽑아 들었다. 며칠 전 내 꿈속에 나타나 궁금증을 불러일으킨 중세풍 복장의 남자와 여자를 찾기 위해서였다. 당시 한 불사전 편집 책임을 울며 겨자 먹기로 떠맡았던 터라 자료실에서 불어 사전 몇 권을 가져다 놓은 상태였다. 영어 전공자인 나는 해외 출판물이며 영어 사전 일을 계속해 왔다. 하지만 복수 전공으로 프랑스어를 했다고 하니 떠맡기는 일을 무턱대고 거부할 수도 없었다.

라루스 백과사전 인명 편을 펼치고 보름 전에 꿈에서 본 인물들을 추적해 보았다. 인명사전에 실린 초상화의 의상을 보고 16세기라는 시기를 유추해 냈는데 비슷한 인물들을 겨우 찾을 수 있었다. 남자는 『돈키호테』의 작가 세르반테스였고, 여자는 프랑스의 왕녀였다. 넓은 이마와 긴 코와 팔자수염과 주름 잡힌 칼라 옷을 입은 세르반테스는 꿈속 남자와 조금 닮아 보였다. 프랑스의 왕녀도 주름 잡힌 넓은 레이스 칼라 옷을 입었지만 꿈속 여자가 더 기품 있어 보였다.

여름휴가치 보름 동안 유럽 여행을 다녀오고 나서 채 한 달도 되지 않아서였을까. 중세 유럽 남자와 여자가 꿈속에서 내게 자기 물건들을 주며 대가를 요구했던 것이다. 아무튼 혼자 다녀온 6개국 유럽 순례는 자유와 낭만 그 자체였다. 혼자여서 더 자유로웠고, 행복한 여행이었다. 영국의 브리티시 박물관 도서관 의자에 앉아 버지니아 울프를 떠올렸던 생각이 났다. 도서관 안에 소장된 수만 권의 책들에 둘러싸여 버지니아 울프처럼 지적 영감을 얻어 내고픈 욕구를 느꼈던 것 같다. 또 영국의 고서점이 눈에 띌 때마다 도서 애호가처럼 그 앞에서 포즈를 취하기도 했었다.

나는 사르르 눈을 감고 여행지의 풍광들을 떠올렸다. 프랑스의 몽마르트르 거리와, 이탈리아의 베네치아 광장과, 스위스의 알프스 산악 열차가 빠른 화면처럼 스쳐 지나갔다. 연이어 독일의 백조의 성이며 밀라노의 두오모 성당이며 파리의 에펠 탑이 파노라마처럼 펼쳐졌다. 기억의 화면 속에 재생되는 거리거리에서 누군가 나를 향해 손을 흔들었다. 사르트르와 카사노바가 즐겨 찾던 카페에서 커피를 마시며 누군가를 떠올렸던 탓일까? 오스트리아 마리아 테레지아 거리에서 누군가에게 말을 걸었던 탓일까? 문득 나는 누군가를 만나고

싶은 아련한 마음에 들떠 올랐다. 나는 그 누군가를 찾고 싶은 충동
에 자리를 박차고 일어섰다.

나는 휴대 전화를 찾아 쥐고 회사 복도의 계단을 뛰어 올라가 옥
상에 다다랐다. 눈앞에 탁 트인 도로에 자동차들이 지나갔고 멀리
강과 산이 보였다. 뒤돌아보니 심학산 꼭대기가 한눈에 잡혔고 출판
사 건물들이 흩어져 있는 것이 보였다. 심호흡을 한 뒤에 휴대 전화
에 월간문예사 편집국 번호를 누르자 장선우 편집장이 바로 전화를
받았다.

"안녕하세요? 김문영인데요."

"아, 김문영 씨! 웬일입니까?"

그는 안면도 없는 나에게 이름을 불러 주었다.

"제 작품 실어 줘서 감사합니다. 식사도 대접할 겸 오늘 퇴근 후에
뵙고 싶은데요."

"고마운데요. 오늘은 권 주간이 안 계시니 다음에 같이 만나죠."

"권 주간님은 나중에 찾아뵈면 되고요, 오늘 장 선생님을 꼭 만나
고 싶거든요."

그의 의견은 무시한 채 나는 굳이 그를 만나겠다고 고집을 부렸
다. 미리 인터넷을 통해 인물 정보를 확인했었다. 그는 서른여섯 살
에 2월생이었다. 문학 초창기에 연속 베스트셀러 소설을 냈고, 최근
엔 월간문예사 편집장으로 활동하고 있었다. 오랜만에 나는 새로운
남자에게 폭발적으로 관심이 이는 것을 느꼈다. 이 남자에게서 내가
모르는 세계를 발견하고픈 강렬한 감정을 감지했다.

퇴근 후, 합정동에서 택시를 타고 마포에 있는 월간문예사 사무실로 찾아갔다. 직원 몇 명과 함께 있는 사무실에서 이름을 밝히고 그와 대면했다. 손도 내밀지 않고 반가워하는 그에게 악수를 청했다. "참, 미인이십니다!" 그의 인사치레에 "요즘은 아니거든요" 하며 내가 공처럼 말을 받았다. 밖으로 걸어 나갈 때 그가 뱉은 인상적인 말은 "그댄 참 열정적인 성격이에요"였다.

그와 골목길 숯불갈비집에서 마주 앉아 한우 갈비와 소주를 주문했다. 이글거리는 숯불 위 철판에 갈비를 올리고 내가 먼저 그에게 두 손으로 술을 따라 주었다. 그가 깍듯한 말투로 말했다.

"작품 잘 읽었어요. 문장이 아주 좋더군요."

"제가 소설은 못 써도 문장 좋다는 말은 듣는 편이거든요."

그가 만만하게 느껴져서 나는 무조건 자랑 모드로 들어갔다.

"요즘 소설가들은 다 죽었죠. 이제 소설의 시대는 지나갔나 봐요."

"그래요. 오죽하면 죽은 소설가의 사회라는 말도 있겠어요."

"아무리 독자가 없어도 그렇지 자비 출판이 뭡니까? 문학상 말고는 원고료 받기가 어려운 세상이에요."

내가 고개를 끄덕이며 그의 말을 받았다.

"원고료 받아도 기회비용을 못 채우니 자기만족이나 하려고 쓰는 것밖엔 안 되잖아요. 소설은 독자와의 만남이 중요한데요."

"그럼에도 작가는 무조건 쓰고 봐야 해요. 울지 않으면 새가 아니듯, 쓰지 않으면 작가가 아니죠."

그는 내 말마다 득달같이 토를 달고 늘어졌다. 이를테면 내가 정치권 선배를 거론하면 권력을 비하하는 발언을 했고, 내가 문학의 은사를 칭송하면 우상을 경계하라는 조언을 했다. 적당히 술기운이 오른 그가 내 말을 안주 삼아 툭 치고 들어왔다.

"사는 게 편하고 직장도 있는데 왜 소설을 쓰죠? 직장이나 다니면서 편하게 돈 벌려면 아예 소설 쓸 생각 하지 말아요."

"네? 소설을 쓰지 말라니요? 아무리 선배라고 해도 지나친 월권 아닌가요?"

나는 그에게 언성을 높이며 따지듯이 말했다. 이상하게도 그를 깔아뭉개고 싶은 마음을 억누를 수 없었다. 그는 당황한 표정으로 내 말을 수긍해 주었다.

"좋아요. 어떤 경우든 작가로서의 아이덴티티를 잃지 말라는 얘기예요."

"충고는 그만하시고요, 나가서 한잔 더 하죠."

밖으로 나와 호프집으로 자리를 옮겨 앉았다. 벽에 붙은 기네스 광고지를 보며 종업원에게 기네스 흑맥주와 케이준 샐러드를 주문했다. 그가 먼저 말했다.

"기네스는 부드러운 거품이 일품이죠. 근데 유럽 맥주는 향이 강해요."

"난 그 쌉싸름한 맛이 좋아요. 영국 여행 때 처음 기네스를 마셔보고 반했죠."

나는 기네스 광고지를 쏘아보며 영국 호텔 바를 떠올리듯 잠시 생각에 잠겼다. 그가 나의 시선을 포착하더니 의미 깊은 말을 던졌다.

"바로 그거예요! 그게 소설 쓰는 사람의 눈빛이죠."

순간 그에게 마음이 열린 탓인지 나는 속내를 털어놓았다.

"배부르고 등 따시니 소설은 한 줄도 못 쓰고 패배감만 늘어 가는 것 같아요."

"일반인에게는 지복인 환경이라도 작가에겐 신의 저주와 같다고 나 할까요. 고통과 결핍이 없다면 저주받은 작가의 운명이라고 할 수 있죠."

"대신 나는 조직의 쓴맛을 알고 있거든요. 이제껏 싸움꾼처럼 싸우면서 살아온 기억밖에 없네요."

그와 나는 병목을 부딪치며 수다를 이어 갔다. 내가 화두를 던지면 그는 탁구공을 받아 내듯이 내게 일격을 가했다. 나는 그냥 입에서 나오는 대로 지껄였다.

"친구들이 내 생일 파티를 해 주었거든요. 별안간 외롭다는 생각이 들더라고요."

"그럼 제공한 김에 세트로 해 줄까요? 모텔 서비스 어때요?"

그의 어색한 얼굴이 찬찬히 나를 바라보았다. 나는 기가 차서 머리부터 발끝까지 경직되었다. 아무리 술김이라도 그건 지나친 오버센스였다.

"그렇게 제의하는 이유가 뭐죠? 혹시 내 말을 오해한 것 아녜요?"

"그댄 아주 재미있고 아주 매력적이에요."

밖으로 나오자 그는 내 버버리 가방을 빼앗아 어깨에 메더니 내 손을 잡았다. 이성으로는 그의 손을 뿌리쳐야 하는데 그가 무안해할 까 봐 내버려 두었다. 아니, 내 손이 움직이질 않았다. 그는 걸으면 서 "어, 끼도 있고" 하며 혼잣말을 했다. "다음에 또 만날 기회가 있 겠죠?" 얼결에 나는 그에게 "네!" 하며 동의하듯 대답했다. 건널목에 서 그에게 손을 흔들어 주고 나는 택시에 몸을 실었다.

새벽에 눈을 떴을 때 나는 간밤의 기억을 떠올리곤 불쾌감을 느 꼈다. 처음 만나자마자 모텔 서비스 운운한 그가 나쁜 남자처럼 느 껴졌다. 그와 연신 병목을 부딪치며 이야기하다가 도달한 결론이 그 거였단 말인가. 그는 내가 말만 했다 하면 마구 웃어 댔다. 호쾌하게 웃는 그를 바라보며 나와 닮은 데가 있다고 느꼈다. "진실만을 써야 합니다." 마치 취조하는 형사처럼 구는데, 간만에 임자 만났다는 생 각이 들었다.

다음 날 오후, 식곤증에 졸고 있는데 휴대 전화가 진동했다. 화면 에 월간문예사 전화번호가 떠 있었다. 나는 휴대 전화를 들고 복도 로 나가 통화 버튼을 눌렀다.

"어제 잘 들어갔죠. 근데 뭣 때문에 우리 다투었죠?"

"글쎄요, 원래 다투기를 좋아하는 건 아닌가요?"

"아뇨. 평소엔 그러지 않는데 어젠 조금 심했던 것 같네요."

"제가 그랬죠. 우리 싸우면 제가 이긴다고요. 아마 제가 이길 거예 요."

전화를 끊고 나자 장선우가 그래도 예의는 아는 사람이라는 생각이 들었다. 처음 만난 여자에게 모텔 서비스를 제안한 남자라면 얼마나 가벼운 남자인가. 한마디로 충격이었다. 그렇긴 해도 장선우에게 살금살금 끌리는 마음을 억제할 수 없었다. 그라는 남자를 알고싶은 묘한 감정이 물결치듯 일어났다. 마지막 연애 상대와 결별한지 1년 반이 되었지만 이성적으로 끌리는 남자가 없었다. 내 마음의 벽이 두꺼운 탓일까. 나는 남자와 대적할 수는 있어도 좋아하게 될것 같지 않았다.

나는 세상이 질서 있고 바르게 놓여 있는 것이 편했다. 사무실에서 갖는 보편타당한 조직 생활을 즐기며 모든 사람과 동등하고 인간적인 관계를 갖고자 했다. 그렇게 세월은 까다롭고 파괴적인 나를 동글동글 원만하게 만들어 놓았다. 세파를 헤치며 분노를 건너는 법을 익혔고, 광기를 잠재워 고요해진 나날이었다. 한번 만들어 놓으면 지속적인 보완을 통해 오래도록 남는 사전처럼 평온한 나날이었다. 정확한 내용을 만들고 글자를 교정하고 편집해서 끼워 넣는 사전 작업이 매력 있게 느껴졌다. 광고처럼 독특하고 새로운 아이디어를 짜내야 하는 일은 일회성이 되기 쉬웠다. 내가 전문가처럼 일할 수 있는 것은 사전의 영역이기에 가능했다.

3

토요일 늦잠에서 깨어난 나는 토요 신문을 뒤적이며 신간 소개란을 훑어보았다. 수년간 나는 책 사냥만 하면서 단편 한 편밖에 끼적이지 못했다. 내가 언쟁까지 벌인 장선우는 장편을 다섯 편이나 썼고 나는 중·단편을 몇 편 발표했을 뿐이다. 과연 그의 문학 세계는 어떤 빛깔로 채워져 있을까? 그의 소설들을 찾아 읽고 싶었다.

그때 거실에서 베로나에서 사 온 로미오와 줄리엣의 키스상이 눈에 띄었다. 문득 「로미오와 줄리엣」을 쓴 영국의 대문호 셰익스피어가 떠올랐다. 나는 인터넷에서 셰익스피어 사이트에 접속하고 자세히 들여다보았다. 아니, 이럴 수가! 팔자수염에 대머리에 긴 말상의 얼굴, 무뚝뚝한 표정의 셰익스피어 초상화를 보며 나는 경악했다. 내가 보름 전 꿈속에서 본 남자가 바로 셰익스피어였기 때문이었다.

셰익스피어 연보를 읽어 나갔다. 셰익스피어는 열여덟 살에 8년 연상의 부인과 결혼하여 큰딸과 아들딸 쌍둥이를 낳았는데 아들을 잃었다고 쓰여 있었다. 내가 본 여자도 남자보다 연상으로 보였고 딸 이야기를 했었다. 대문호의 격려를 받다니, 그럼 셰익스피어가 장선우와의 만남을 주선했단 말인가? 나는 책장에 꽂힌 셰익스피어 전집을 뒤적였다. 열 권짜리 전집을 손에 넣은 지 10년이 지났지만 대표작만 읽었을 뿐이다. 이참에 셰익스피어 전 작품을 읽어 봐야 되리라 생각되었다.

그러자 장선우가 궁금해졌다. 월간문예 작업 때문에 토요일에도 사무실에 나올 거라고 말했던 것이다. 내친김에 나는 그의 직통 전화번호를 눌렀다. 어쩜 주도권을 쥔 상황에서 그를 좌지우지하고 싶은 장난기가 발동했는지도 모른다.

"김문영인데요, 잘 지내셨죠?"

"그렇지 않아도 파일을 뒤적이고 있던 참이었어요. 이거 이심전심

인 모양입니다."

그는 유쾌한 목소리로 나를 응대했다.

"『청춘 시절』이 어느 출판사에서 나온 거죠?"

"'철학마당'이란 곳이거든요. 내가 한 권 줬으면 좋겠는데 작가가 책이 없어요."

"서섬에서 책을 사 보는 것이 더 의미 있겠죠. 금요일 저녁에 권 주간님이랑 식사 약속 하고 싶은데 시간 어떠세요?"

"그냥 두 분이서 하십시오. 약속은 대신 해 드리죠."

"난 셋이서 식사하고 싶은데요. 제가 좋은 데 예약해 둘게요."

나는 일방적으로 전화를 끊고 그날 약속 장소에서 기다렸다. 길가에서 권 주간과 악수하고 나서 나는 멈칫거리는 그를 보고 두 손을 뒤로 감추었다. 다시 한 번 장난기가 솟구쳐서 웃음이 절로 나왔다.

"지난번에 악수했잖아요."

내가 손을 내밀자 그는 내 손을 휙 잡아당기더니 내 몸을 반쯤 껴안는 자세를 취했다. 그의 껄렁거리는 몸짓에 깜짝 놀라 나는 하하 하 웃고 말았다. 앞서 가던 권 주간이 뒤돌아보았다. 나는 예약해 둔 한정식집으로 그들을 안내했다. 창가 쪽에 세 사람 자리가 세팅되어 있었다. 권 주간이 내게 물었다.

"12시까지 이야기했다면서 무슨 이야기가 그렇게 길었나?"

"아뇨. 집에 도착하니까 12시가 다 되었던데요."

그날 그는 이상하게 별말이 없었다. 아마 권 주간이라는 상사를 어려워하는 것 같았다. 술김에 뱉은 말 때문에 그 스스로도 수습하지 못해 애쓰고 있는지도 몰랐다.

"가을 호에 실린 김문영 씨 단편, 아주 잘 빚은 작품이에요. 주제 설정이나 소재의 상징성도 좋았고, 시대 배경이나 현실 묘사가 안정감이 있더군요."

권 주간이 나를 향해 호의적으로 말했다.

"미흡한 작품인데 잘 봐주셔서 감사합니다."

선우가 상그레 웃으며 재미있는 멘트를 던졌다.

"불칼 위의 김문영 작가! 노고를 치하하는 바입니다."

나도 그에게 걸맞은 대꾸를 해 주었다.

"참, 서점에서 『청춘 시절』 사서 읽었어요."

나는 그의 다른 연애 소설에 대해선 일체 모른 척했다. 내용이 야하고 지적인 코믹 소설이었는데 너무 웃겨서 거의 눈을 감고 읽었다. 그의 문장은 아름다웠고, 지적 통찰력 또한 뛰어났다. 한마디로 그의 책은 나를 무지 감동시켰다. 책을 통해 그의 심미적인 문학 세계를 알 것 같았다.

권 주간이 호기심이 동한 듯 내게 말했다.

"주역으로 사주 풀이를 해 주었다면서요. 내 것도 좀 풀어 줘요."

"아유, 잘 몰라요. 그저 재미 삼아 이야기한 것뿐인데요."

그가 듣고 있더니 관심을 갖고 끼어들었다.

"그것 보면 나하고 인연은 있는 건가?"

"그거야 모르죠. 내가 볼 줄 아는 건 누가 이기고 지느냐 하는 투쟁의 원리만 알 뿐이에요. 누가 강자고 약자냐 정도죠."

"그럼 싸움닭이에요?"

"네, 맞아요. 싸움닭이죠."

권 주간은 고개를 갸우뚱하더니 말을 던졌다.

"최고의 싸움닭은 뽐내지 않는데, 이걸 목계지덕木鷄之德이라고 하거든. 나무로 만든 닭처럼 자신의 감정을 완전히 제어할 줄 아는 능력을 말하지."

"『장자』 달생 편에 나오는 이야기로, 나무와 같은 목계는 상대방이 아무리 소리 질러도 반응하지 않고 완전히 평정심을 찾은 모습이죠."

선우가 부연 설명을 하며 아는 체했다. 나도 질세라 반응했다.

"하지만 공격성을 상실하면 그땐 이미 싸움닭이 아니잖아요."

헤어질 때 그는 또 한 번 내 손을 자기 몸 쪽으로 잡아당기더니 반쯤 안는 자세를 취했다. 그 특유의 몸짓이 내게 또다시 깊은 인상을 남겼다. 젊고 활기찬 생명력이 싱싱한 즐거움을 주었다.

퇴근 후에 나는 전철을 타고 구립 도서관에 갔다. 자료 열람실에서 장선우의 책들이 있는지 살펴보았다. 『청춘 시절』과 『사막의 별』과 『신화 탄생』과 에세이집이 자료 목록에 나와 있었다. 그때 서가에 꽂힌 그의 책들이 내 마음을 강하게 사로잡았다. 나는 그의 책들을 펼쳐 보다가 읽지 않은 두 권을 빌려 집으로 돌아왔다.

『사막의 별』은 처음부터 흡인력 있게 잘 읽히는 내용이었다. 밀란 쿤데라의 가벼움과 무거움을 동시에 이야기하고 있는 책이었다. 한국에도 이런 작가가 있었나 할 정도로 신선한 충격을 받았다. 역사적 사건과 사랑의 문제를 씨줄과 날줄로 엮어 한 권의 멋진 책을 만들어 낸 그가 부러웠다. 특히 남자 주인공의 성격이 어찌나 재미있고 소탈한지 그와는 연애 감정에 빠질 것 같았다. 그는 굳게 닫혀 있던 내 감각을 한꺼번에 열어 버렸다. 그만큼 소설을 매력 있게 쓸 줄 아는 작가였다. 한때 베스트셀러 소설도 세 권씩이나 낸 작가를 이제야 알게 된 것이 신기했다.

우리 문학으로 정 드시렵니까? 『사막의 별』 꼭 읽어요.

사무실 일로 눈코 뜰 새 없이 바쁜 그가 문자 메시지를 보내왔다. 그때 나는 뒤라스의 소설 『모데라토 칸타빌레』의 주인공처럼 이야기에의 욕구와 혼돈에 빠져 버렸다. 동시에 나의 셰익스피어 이해와 탐색이 시작되었다. 닥치는 대로 셰익스피어와 관련된 책들을 사들이고 그의 작품들을 탐독하기 시작했다. 셰익스피어의 주인공들이 나에게 끊임없이 말을 걸어왔다. 나는 기꺼이 셰익스피어의 언어들을 답습하기 시작했다. 날이면 날마다 셰익스피어가 머릿속에 판박이처럼 박혀 떠나지 않았다. 말 그대로 셰익스피어와 도서관의 나날이었다.

"빨리 일 끝내고 시간 낼 거예요. 다음에 만날 때 작품 가져와요. 나도 가져갈 테니까요."

잇달아 그의 정감 어린 목소리가 들려왔다. 하필 그때 그는 문예지 일로 바빠 나를 돌아볼 여유가 없었다. 해바라기에 지친 나는 만남을 미적거리는 그에게 화를 내고 말았다. 그가 어이없다는 듯 풋!

하고 웃음을 터뜨렸다. 드디어 시간을 내어 카페에서 이야기하고 노래방에 가선 서로 살짝 껴안았다. 그가 또다시 제안했다.

"내가 얼마나 견고한데요. 날 쓰러뜨려 줘요."

그날 이후 그의 모텔 서비스를 받기까지 두어 번 말다툼이 있었다. "우린 싸우면서 정이 드는구나"라고 그가 말했을 정도였다. 그와의 첫 섹스는 나의 환상을 채워 줄 만큼 최고의 경험이었다. 서로의 뇌 기억 장치에 셰익스피어라는 공유 대상이 있어서였을까. 정신과 육체의 합일이 최상의 파트너를 만들어 준 것이다.

"노벨 문학상 수상자 클로드 시몽의 말을 함께 생각해 봅시다. '시작한다. 계속 쓴다. 그리고 끝낸다.' 소설에는 왕도가 따로 없죠. 마침내 시작하기를 꿈꿉니다. 셰익스피어! 과연 인도와도 바꾸지 않을 정신이죠. 한번 해치워 봐요! 그대의 문학을 위해 내가 있었던 거라면 기꺼이 동행이 되어 드리죠."

그는 언제나 내가 만든 환상의 셰익스피어를 지지해 주었다. 아니, 나보다 더 셰익스피어를 믿고 따르는 추종자가 되어 주었다. 만약 그 순간 셰익스피어가 나타나지 않았다면 아마 그를 만나지 않았을 것이다. 그래서 나는? 앞으로의 모든 걸 셰익스피어 탓으로 돌릴 수밖에 없다. 모든 광기, 모든 죄악, 모든 애증, 모든 열정, 그것들은 전부 셰익스피어에게서 기인했으니까.

4

내가 창유리에서 고개를 돌리자 선우가 상기된 표정으로 내 앞에 앉았다. 동창회보 건으로 인터뷰를 마치고 전철에서 내려 급히 달려 왔다는 것이다. 카페에서 나온 선우는 나를 고등학교 친구들이 기다 리고 있는 인사동 도자기 가게로 데려갔다. 친구들은 도예과 교수와 화가와 시인이었는데, 도자기 그룹전을 열 계획이라고 했다. 도예과 교수가 복찌개집으로 친구들을 안내했다.

"연초부터 주말마다 친구들에게 도자기 굽는 법을 가르쳤지요. 화 가는 그림을, 시인은 시를, 소설가는 산문을 도자기에 새겨 넣어 공 동 작품을 만들고 있어요."

도예과 교수가 도자기 그룹전에 대해 간단히 소개했다.

"즉 도자기와 그림과 시와 산문의 만남이라고 할 수 있죠."

시인이 보충 설명을 하자 화가가 끼어들었다.

"친구들끼리 흙장난하며 놀듯이 예술을 빚어 내는 놀이가 전시회 주제예요."

나도 한마디 해야 도자기 그룹전의 말미를 장식할 것 같았다.

"저는 전시회 관객이고요. 꽃 들고 찾아가면 되겠네요."

네 명의 남자와 한 명의 여자는 복찌개에 소주를 주거니 받거니 하면서 공통의 화제를 이어 갔다. 선우 주변의 친구들은 예술 활동 을 하는 사람들이 많았다. 돈이야 어떻든 각자 자기표현의 영역을 갖고 살아가는 사람들이었다. 나는 도예과 교수에게 말을 걸었다.

"학교 연구실에서 도자기를 만들어 직접 굽기도 하나요?"

"이천에 따로 가마터가 있어요. 굽는 건 거기서 하죠."

"잡지사 다닐 때 취재 삼아 이천 가마터를 간 적이 있는데, 도자기 굽는 일이 꽤 공을 들여야 하는 일이더군요."

"무엇보다 기다리는 인내가 필요해요. 타고났으니까 하는 거죠."

화가가 도예과 교수의 말을 예술의 영역으로 끌어들였다.

"예술이란 타고나지 않으면 정말 힘들어요. 천부적인 재능은 필수니까요."

"저는 다시 태어나면 예술가와 살아 보고 싶어요."

내가 화가를 겨냥하여 말하자 그가 너털너털 웃으며 말했다.

"현세에서도 얼마든지 가능해요. 여기 소설가도 시인도 다들 예술가잖아요."

"막상 살아 보면 생각이 바뀔 거요. 한쪽이 지원하고 한쪽이 지원받는 게 좋거든요. 부부가 둘 다 예술가 노릇 하려면 힘들어요."

부인이 화가인 시인이 옆에서 술을 따라 주며 무거운 입을 열었다. 나는 선우를 의식하며 목소리를 키웠다.

"왜요. 돈 좀 쓸 만큼 있으면서 부부가 같이 예술 활동을 하면 안 되나요?"

"예술가는 결핍을 바탕으로 서는 존재예요. 기본적으로 결핍이 없으면 예술을 할 수가 없다고요."

내 말이 얼토당토않다는 듯 화가가 열을 올리며 기염을 토했다.

"당대엔 굶어 죽는 화가들이 많았어요. 세잔이나 마티스 같은 화가들도 죽고 나서야 유명해졌지요. 「만종」의 화가 밀레도 사실은 굶어 죽었다고요."

거나하게 술이 오른 친구들은 노래방으로 몰려갔다. 선우가 경쾌한 곡을 선곡하자 화가가 화음을 맞추며 분위기를 돋우었다. 도예과 교수도 친구들의 노래를 따라 불렀다. 뒤이어 시인의 노래에 맞춰 나는 선우와 즐겁게 춤을 추었다. "당신이 춤을 추면, 난 당신이 바다의 파도라면 좋을 거라 바라고 있죠. 파도라면 영원히 춤만 추고 있을 테니까요." 나는 셰익스피어의 연가를 되새기며 선우에게 귓속말했다. 마치 내가 이현진 흉내를 내는 것 같았다.

"참, 이현진과 경민 씨는 잘 아는 사이인가요?"

"이현진 씨와 경민이 대학 동문이잖아. 국문과 선후배 사이라서 친하더구나."

선우와 내가 특별한 사이임을 친구들이 눈치챘겠지만, 나는 주저하지 않았다. 나는 그에게 속삭이듯 물었다.

"어때요? 요즘은 이현진에게서 아무 소식 없어요?"

"내가 전화로 따끔하게 일렀더니 그냥 알았다고 하더군. 조금 서운했을 거야."

"자존심이 얼마나 상했을까? 선배에게 마음 열고 싶었을 텐데 말예요."

"앞으로는 선후배로서 작품으로만 이야기하자고 했으니까 이해할 거야."

친구들과 헤어진 후 선우는 택시를 타고 집까지 나를 바래다주었다. 택시 안에서 기사 몰래 나누는 입맞춤은 너무 짜릿했다. 선우와 나는 서로 집을 개방하지 않았다. 이웃의 눈도 눈이려니와 가족들 생각도 해야 하기 때문이었다. 선우 집에는 아내가 외국에 나가 있는 대신 대학생 조카가 방을 빌려 쓰고 있었다. 내 경우에도 엄마가 있기 때문에 서로의 집은 독립된 영역에 속해 있었다.

5

셰익스피어는 나에게 자기 기억이 담긴 유물이라며 녹색과 회색의 책지 두 권을 주었다. 인심 좋게 주고 나선 자기 유산을 다 가져가니까 그 대가를 치러야 한다고 완강하게 말했다. 자기 기억이란 무얼 의미할까? 셰익스피어의 생애나 사상을 의미하는 걸까? 「맥베스」에 "기억은 정신의 문지기이다"라는 대사도 있지 않은가. 그렇다면 나는 어떤 모험을 감수하고라도 셰익스피어의 기억을 받겠다.

보르헤스의 말마따나 셰익스피어는 모든 이인 동시에 아무도 아니다. 그래서 나와 비슷한 고민을 한 보르헤스의 「셰익스피어의 기억」이란 작품을 찾아 읽었다. 그건 셰익스피어에게 중독된 남자가 아무리 벗어나려고 발버둥 쳐도 계속 셰익스피어 중독자로 남게 된다는 이야기이다. 셰익스피어 찬미자인 보르헤스다운 발상이며, 이 작품은 내게도 순식간에 영향을 끼쳤다. 나 역시 조만간 셰익스피어의 기억에 중독될 것 같은 예감에 휩싸인다. "보르헤스, 보르헤스! 작가라면 보르헤스 정도는 써야지!" 선우도 나만큼이나 보르헤스를 좋아했다. 선우는 나로 하여금 마음속에 있는 말을 털어놓게 하는 힘을 가졌다. 셰익스피어에 관한 한 그는 나의 쌍둥이 오빠 같은 이야기 상대였다. 내가 먼저 그에게 말을 걸었다.

♣

"「셰익스피어 인 러브」는 '로미오와 줄리엣'의 탄생 비화를 다룬 영화잖아요. 영화 속 셰익스피어는 로미오가 되어 줄리엣과 사랑하지만 결국엔 서로에게서 자유로워지죠."

"그래. 마지막 장면에서 셰익스피어가 거위 깃 펜을 들고 「십이야」를 써 내려가잖아. 줄리엣 대신 비올라를 재탄생시켜 어디서든 씩씩하게 살아가도록 하기 위해서지."

나는 「십이야」의 연애 소동을 떠올리며 이야기 속으로 들어갔다.

"원래는 비올라에게 쌍둥이 오빠가 있는데 배가 난파되어 서로 헤어지잖아요. 비올라는 남장을 하고 공작의 시종으로 들어갔다가 공작을 짝사랑하게 되고요."

"공작은 올리비아라는 백작의 딸을 사랑한다고 비올라에게 속마음을 털어놓지. 그런데 우습게도 올리비아가 공작의 연애편지를 배달하러 간 비올라에게 첫눈에 반해 버리잖아."

"그래요. 올리비아는 공작을 뿌리치고 시종으로 변장한 비올라에게 사랑을 고백하지요. 반면 비올라는 공작의 연애편지를 열어 보고 그의 사랑의 깊이를 알게 되고요."

"공작도 비올라에게 동성애적인 감정을 느끼고 있었지. 어쩌면 공작이 셰익스피어의 마음을 대신한 건지도 몰라. 공작은 온후하고 낭만적인 시인 기질을 갖추었잖아."

선우가 머리칼을 쓸어 올리며 미소 지었다. 나야말로 그의 연애편지에 반해 버렸지 않은가.

"비올라는 남녀 모두에게 호감을 주는 타입이죠. 다행히 쌍둥이 오빠가 나타나 올리비아의 결혼 상대가 되잖아요. 외모가 똑같으니 쌍둥이 오빠가 삼각관계를 해결해 준 셈이죠."

"공작도 이내 대상을 바꿔 비올라에게 청혼을 하지. 올리비아를 향해 사랑의 열병을 앓다가 금세 돌변하는 남자라니까. 그래서 공작의 사랑은 오리무중인 셈이지."

"꿩 대신 닭인가요? 그제야 공작의 눈에 비올라가 아름다운 여자로 비친 거겠죠."

이제 선우가 나를 위해 이야기의 팁을 제공할 차례였다.

"「십이야」에서 가장 재미있는 인물은 집사 말볼리오야. 그는 거만하고 허영심이 강해서 주위 사람들에게 원한을 사는 인물이지."

"말볼리오는 사람들이 웃고 떠들며 술 마시는 꼴을 용납하지 못하죠. 그들을 억압한 덕분에 계략에 휘말려 웃음거리가 되잖아요."

"하하. 그는 가짜 편지에 속아 넘어가 이상하게 차려입고 미친 사람 취급을 당하잖아."

「십이야」의 술친구들은 밤늦게까지 웃고 춤추며 축배를 들곤 한다. 인생의 덧없음을 아는 그들은 사랑에 대해 미덕에 가까운 말을 꺼낸다.

"사랑이란 무엇인가? 나중이란 없는 게 사랑이지. 현재의 환락은 현재의 웃음일 뿐. 앞으로의 일은 언제나 알 수 없는 것. 망설이면 아무 소득 없으니, 자, 나에게 키스해 주세요. 달콤하게 많이. 청춘이란 결코 영원하지 않은 것."

선우와 왁자한 선술집에서 이야기하고 있노라면 셰익스피어가 크리스토퍼 말로며 벤 존슨 같은 작가들과 술을 마시며 마음껏 지껄이고 있는 광경이 연상된다. 그땐 선우가 셰익스피어이고, 내가 말로이거나 벤 존슨이 된다. 선우와 모텔에서 사랑을 나누고 있노라면 선우는 실버 스트리트의 하숙인 셰익스피어가 되고, 나는 불륜의 연인 다크 레이디가 된다. 백화점에서 선우에게 물건을 골라 주고 있노라면 내가 후견인 사우샘프턴 백작이 되고, 선우는 촉망받는 시인 셰익스피어가 된다. 셰익스피어의 기억들은 내가 책장을 열 때나 사람들 틈에 있을 때나 언제든 불쑥 나타나곤 한다. 그 기억들이 내 머릿속을 훑고 지나갈 때 나는 즐거이 셰익스피어를 떠올리는 것이다.

이제 선우와의 밝고 어두운 기억 모두가 셰익스피어와의 기억에 스며들게 되었다. 사람들은 과거의 일을 떠올릴 때 긍정적이고 즐거운 면만 부각시킨다. 하물며 연인들에게 과거의 기억은 아무리 쓰라려도 아름다운 추억으로 남아 있는 것이다. 게다가 서로에게 꽂힌 기억을 되새김질하는 것은 듣고 또 들어도 유쾌한 일이다. 어느 날 선우는 '그대를 사랑할 수밖에 없는 이유'를 메일로 보내왔다.

첫째, 사랑은 눈으로 들어오나니 내 눈에 그대 모습 참으로 어여뻤더라! 둘째, 눈으로 사랑이 들어오기 전에 이미 목소리를 서너 차례 나눴었지? 아하, 그 목소리 듣기에 좋을뿐더러 똑똑 소리가 나더라. 셋째, 오오, 대단히 지적이더라. 면허 낸 작가라고 모두 그렇게 자신의 지적 능력

을 드러낼 수 있는 건 아니지. 그건 말하자면 말솜씨하고
도 상관관계거든. 그 점에서 내 귀여니는 참으로 지적이었
단 말이지. 자, 위의 세 가지 느낌, 그 첫인상이야말로 내
게 꽂힌 그대의 화살이었다는 이야기.

떠도는 소문

이자벨라: 오, 이럴 수가! 그런 추악한 요구를 하는 사람에게도 명예 가 있나요? 그건 무서운 위선이에요, 위선! 제가 이 사실을 세상에 폭로할 테니 두고 보시지요! 지금 당장 오빠의 사면장에 서명하세요. 아니면 나는 큰 소리로 당신이 어떤 사람인지 온 세상에 외치겠어요.

안젤로: 누가 당신 말을 믿겠소? 내 깨끗한 이름과 엄격한 사생활, 그리고 대리 공작으로 있는 내 직권을 앞세워 당신의 말을 묵살해 버릴 거요. 그렇게 되면 그대의 고소는 무위로 끝나고 영락없이 남 을 헐뜯고 모략하는 무고죄를 면치 못하게 될 거요. 내친김이니 내 끓어오르는 욕정을 드러내 놓겠소. 내 타오르는 욕정을 받아들이는 게 어떻소? 그대도 내심으론 싫지 않으면서 순결을 가장하며 수줍 어할 필요는 없소. 내 욕망에 그대의 몸을 맡기고 오빠의 목숨을 구 하란 말이오. 그렇게 안 하면 오빠는 죽게 될 뿐만 아니라 그 무정한

거역의 보복으로 오래도록 심한 고통을 받게 될 거오. 내일까지 대답해 주오. 거절한다면 지금 나를 휘감는 이 불길 같은 감정으로 그대의 오빠를 가혹하게 대하리라. 그리고 당신, 폭로할 테면 얼마든지해 봐. 내 거짓말이 그대의 참말을 뒤집어엎어 버릴 거니까.

—「자에는 자로」 제2막 제4장

1

월요일에는 총간부 회의와 편집 회의가 있는 날이다. 사장실에서 회사 간부들이 모여 머리를 쥐어짜는 월요일엔 뭔가 요상한 사건이 터지지 않을까 긴장되는 날이다. 게다가 2월 말이 아닌가. 지금처럼 회사가 뒤숭숭한 상황에선 공이 어디로 튈지 아무도 모르는 것이다. 자료실에서 신 상무가 주관한 편집 회의가 끝나자 임원들이 몰려나왔다. 정 부장이 나를 불러 세 가지 소식을 전해 주었다.

첫째는 아트 디렉터와 내가 만든 영어 입문 사전 샘플 중에서 내 것이 통과된 것이다. 둘째는 지식사 주 전무가 소개한 여성 삽화가가 오후에 방문하기로 한 것이다. 셋째는 나쁜 소식으로, 나이 든 선생님들 몇 분이 1차로 구조 조정 대상이 된 것이다.

전문적인 원고 작업을 하는 사전 업계여서 회사엔 60세가량 되는 편집 위원이 몇 분 있다. 선생님들이 3월 말까지 나오기로 되어 있어 그동안은 비밀에 부치기로 한 것이다. 내가 한숨을 푹 쉬자 정 부장도 낯빛을 굳히며 말했다.

"나야 운 좋게 비켜 갔지만 남 차장이랑 선생님들이랑 큰일이네요. 아직까지 일할 능력이 넘치는데 어떡해야 될지."

"아직 하던 일이 남아 있으니까 연말까지라도 유보해 주면 좋을 텐데요."

사전 업계가 다 문을 닫아도 명문사만큼은 굳건히 자리를 지킬 줄 알았다. 그런데 전자사전과 인터넷이 판치는 세상이다 보니 학생들 책상에 종이 사전이 놓일 겨를이 없게 된 것이다. 종이 사전이 팔리지 않으므로 돌파구가 있다면 아동용 사전을 개발하는 일이다. 부모들은 아이들을 위해서라면 책값을 아끼지 않기 때문이다.

오후에 젊은 여성 삽화가가 그려 온 삽화는 생동감 있고 예쁜 캐릭터로 되어 있었다. 기존의 사전에 실린 삽화를 참고하여 영어 입문 사전 삽화의 콘셉트를 정했다. 화보 느낌이 나도록 삽화 크기를 키우고 바탕색을 깔아 효과를 보기로 했다.

"아이들용이므로 삽화가 중요한 것 아시죠? 삽화가 사전의 이미지를 좌우하니까 영어 입문 사전의 성공은 삽화에 달려 있어요. 우리 한번 멋지게 해 봅시다."

"잘해 볼게요. 이번 일은 제 경력에도 도움이 되니까요."

사내아이처럼 짧은 커트 머리를 한 여성 삽화가는 시원스레 반응했다.

"처음엔 요구 사항이 많겠지만 콘셉트만 잘 맞으면 수월할 거예요."

"언제든 필요한 사항이 있으면 메일로 알려 주세요."

그녀의 생기발랄한 인상에서 성공의 예감이 느껴졌다. 그녀가 딱히 전문 삽화가는 아니지만 지식사 주 전무를 믿고 계약서 작성을 마쳤다. 나는 버스 정류장까지 따라가 그녀에게 교통비를 넣은 봉투를 건넸다. 이제 샘플도 통과되었고 삽화가도 결정되었으므로 실력 발휘할 일만 남은 것이다. 룰루랄라.

퇴근 무렵 화장실에 갔다가 재미있는 광경을 목격했다. 여직원 세 명이 화장실 앞 발코니에서 들려오는 소리에 귀를 쫑긋 모으고 있었다. 나도 호기심이 발동해 바짝 귀 기울이자 여직원들은 듣기를 포기하고 나가 버렸다. 발코니로 뚫린 불투명창 틈을 통해 바라보니 신 상무가 지식사 주 전무에게 하소연을 늘어놓고 있었다. 거기서 흘러나온 몇 개의 단어를 조합해 보니 대충 내용을 짐작할 수 있었다.

몇 달 전부터 점심때마다 신 상무와 미스 양이 손잡고 회사 뒷길에서 산책을 해 왔다는 소문이 떠돈다는 것이었다. 이에 대해 인사부 강 전무가 해명을 요구하자 신 상무가 소문의 진원지를 캐물었다. 강 전무 왈, 미스 전이 직접 목격한 사실을 총무부 직원들에게 전했으며 나도 함께 동료들을 선동했다는 것이다. 바로 그런 맥락이었다.

"두고 보시오. 내가 어떻게든 두 사람에게 소문의 책임을 묻겠소."

톡톡히 망신살이 뻗친 신 상무는 근거 없는 소문을 불식시키겠노라고 으르렁거렸다. 나는 긴장하는 대신 셰익스피어가 「자에는 자로」에서 지도자의 행적을 거론한 대목을 떠올렸다.

"지위가 높고 권력 있는 자여! 수백만 백성의 눈이 그대를 노려보고 있느니. 이 미심쩍어 하는 눈길로 인해 그대의 행적에는 수많은 소문이 따르느니라."

내가 전의를 가다듬고 퇴근 일지를 신 상무 책상에 올려놓자 그는 나를 매섭게 노려보았다. 독사 같은 그의 표정에서 섬뜩한 악의가 느껴져 팔에 작은 소름이 돋았다. 그는 자리로 돌아가는 나를 뒤쫓아 오더니 정 부장을 향해 힐난조로 말했다.

"지금 미스 전 하는 일이 모호하지 않소? 직원 관리를 어떻게 하길래 전문 인력을 원고 작업 뒤치다꺼리나 시키는 거요?"

"네? 지금은 원고 준비 기간이라 그렇지만 곧 교정 작업에 들어갈 겁니다."

넋 놓고 있다가 신 상무에게 벌침을 쏘인 정 부장은 불쾌한 기색이 역력했다. 신 상무의 데이트설을 총무부 직원들에게 까발렸으니 미스 전을 응징의 대상으로 삼을 터였다. 그 소문에 연루된 나에게도 위협의 손길이 뻗어 올 기세였다. 근데 미스 양은 성형발도 안 받는 추녀인 데다 몸매도 뚱뚱한데 신 상무를 매혹시킨 근거가 뭘까? 미스 양 눈에도 신 상무가 이상형이라고 비쳤다던데, 남녀 관계란 도통 알 수 없단 말이지.

2

토요일 오후 3시, 교보 빌딩 정문에서 효주가 나를 기다리고 있었다. 나는 살짝 다가가 녹색 가죽 재킷 차림의 효주를 등 뒤에서 감싸 안았다. "어머, 깜짝이야!" 하며 효주가 뒤돌아보았다. 세련미가 돋

보이는 효주는 지난번보다 볼살이 탱탱해 보였다. 저만치서 경민이 우리 쪽을 향해 다가왔다. 3월 초에 걸맞게 노타이에 감색 양복을 걸쳐 입은 모습이 산뜻해 보였다.

"서로 인사해요. 이쪽은 서경민 씨, 이쪽은 윤효주 씨!"

내 소개가 끝나자 두 사람은 명함을 교환하며 인사를 나눴다. 경민과 두 차례 전화를 주고받고는 즉시 효주와의 미팅을 주선했다. 경민이 '인생 다큐'라는 프로에 관심을 보였기 때문이었다. 광화문 근처의 참치 횟집을 찾아 방으로 들어가 탁자 앞에 앉았다. 참치회 특정식이 차려지는 동안 효주가 먼저 이야기를 꺼냈다.

"메일로 보내 준 원고는 검토해 보았어요."

"아, 내용이 어땠어요? 방송에 나올 만하던가요?"

경민이 대답을 재촉하자 효주가 뜸을 들였다.

"내용은 아주 훌륭한데요, 방송에 나갈 만한 인생 이야기라면 첫째는 가족의 도움이 있어야 되거든요. 온 가족이 출연해서 인생의 쓴 고비들을 보여 줘야 하는데 이야기성이 부족해요. 둘째는 방송이 상업적인 목적으로 이용되어선 안 돼요."

"방송의 공공성을 먼저 고려해야 한다 이거죠?"

"자칫하면 책 소개가 되기 때문에 시청자들에게 반감을 불러일으키게 되죠."

효주는 전문가다운 멘트를 날리고 있지만 경민은 다소 실망스러운 눈빛이었다. 중간에 효주를 소개한 나도 의외의 결과에 민망해지려 했다. 경민의 출판사에서 역사 추리 소설 전집을 출간했는데 저자인 사촌 형이 수년여에 걸쳐 썼다고 했다. 신문에 광고도 냈지만 방송에 사촌 형의 인생 행로와 더불어 책 소개를 하려 했던 것이다.

"책 소개라면 차라리 '오늘의 책' 같은 프로가 더 어울릴 것 같지 않나요?"

참치회 한 점을 김에 싸서 먹으며 내가 아는 체를 했다.

"듣고 보니 이해가 되네요. 유선 방송 피디를 알고 있는데 그쪽을 만나야겠네요."

"좋은 생각이에요. 공중파 방송 말고 케이블 티브이를 이용하면 될 것 같네요."

"그럼 우리 회사에서 출판된 책을 드라마로 각색할 순 있겠죠?"

경민은 아깝다는 듯 효주를 향해 새로운 관심사를 펼쳤다.

"각색이야 내 전문이니까 가능하겠죠. 그런데 왜요?"

"소설도 드라마화해서 방영되면 책이 잘 팔리거든요. 나중에 좀 맡아 줘요."

경민의 비즈니스는 거기까지만 해 두고 맥주집으로 자리를 옮겼다. 2차는 기꺼이 내가 쏘겠다고 제안했다. 술자리가 길어지자 경민이 너스레를 떨기 시작했다.

"여기 모인 사람들은 다들 싱글이네요. 능력 있으시니까 애인도 있겠죠?"

"애인이야 있지만요, 적어도 셋은 있어야 균형을 유지할 수 있잖아요."

효주가 말해 놓고 오목오목 보조개를 패며 웃었다. 나는 장난삼아 말을 던졌다.

"내가 애인 복 있다고 하던데 아직까지 안 나타나네요."

"정말 애인 없어요? 내 자리 비어 있는데 데이트할래요?"

경민이 진담으로 내 말을 받았을 때 나는 속으로 아차 싶었다. 하지만 싱글들끼리인데 어쩌랴. 나는 선우의 존재를 감춰 두고 자유로운 날개를 활짝 펴쳐 들었다.

"문영 씬 큰누나를 많이 닮았어요. 처음에 보고 너무 놀랐어요."

"큰누나 나이가 많으실 텐데 내가 늙어 보이나?"

"큰누나는 굉장한 미인이에요. 재벌가에 시집갔는데 복이 주렁주렁 열렸죠. 내가 큰누나한테 많이 의지하는 편이죠."

경민은 결혼 자체가 독신주의자인 자기에게 어울리지 않는다고 말했다. 소설 쓰랴 사업하랴 바빠서 결혼할 여유도 없지만 연애는 얼마든 환영한다는 것이다.

"집 주소 알려 주면 제 소설 몇 권 보내 줄게요. 보고 나서 각색용으로 좋은 소설이 있으면 추천해 주고요."

"명함에 집 주소가 나와 있어요. 소설들은 잘 읽어 볼게요."

경민의 제안에 효주가 흔쾌히 응하는 걸 보면서 마음이 흐뭇해졌다. 당당하고 자신감 있는 효주가 친구로서 자랑스러웠다. 경민과 효주를 일로써 엮어 주려던 그날의 미션은 그냥저냥 절반의 성공이었다. 어둠이 깔린 거리를 질주하는 버스 안에서 나는 눈을 감고 상념에 잠겼다. '언제든 마음 가는 대로 행동할 거야! 자유, 자유가 가장 중요하니까.' 나의 내면의 목소리가 우렁우렁 흘러나왔다.

3

주 중에 나는 정 부장과 동양전산 이 사장과 함께 회식 자리를 가졌다. 연초에 조판료 건으로 서먹했지만, 그는 회사 사정을 이해한다며 나를 편하게 대해 주었다.

"사장님께 김 과장처럼 열심히 일하는 직원을 두어 좋으시겠다고 말했죠."

"아유, 쑥스럽네요. 그때 사장님 반응이 어떠시던가요?"

"김 과장이 매사에 적극적이라고 칭찬하시더군요."

나는 이 사장의 말에 해죽거리다가 예의 근심거리로 되돌아갔다.

"그나저나 한불사전이 문제가 생겨서 신학기를 놓쳤네요."

"편집부에선 책 만드는 의무를 다 했으니까 괜찮아요."

이 사장은 동병상련이라는 듯 나를 두둔했다. 정 부장이 옆에서 끼어들었다.

"러시아어 중사전은 진행이 잘되나요?"

"시작한 지 3년이 넘었는데 원고 입고가 잘 안 되나 봐요."

이 사장이 심드렁한 태도로 설명했다. 사전이 예정대로 끝나야 조판료를 받는데 조판을 중단할지도 모른다는 것이다. 러시아어 중사전이 거액의 원고료만 들어가고 별 진전이 없자 골칫거리로 등장한 건 최근의 일이었다.

"신 상무는 뭐든 자기 책임이 없다고 오리발을 내밀어요. 러시아어 중사전 원고료 문제나 한불사전 저작권 문제나 무조건 모른 척하는 거예요."

내가 신 상무에 대해 열을 올리자 이 사장이 억울함을 토로했다.

"조판료 문제도 신 상무가 부추기지 않았으면 담당자와 상의해서 무난히 갔을 겁니다. 사장님 볼 면목이 없어 송구스럽더라고요."

이 사장이 말 나온 김에 새로운 소식 한 가지를 덧붙였다.

"회사에서 일어 부서를 해체하려 한다는 소문도 들리더군요."

"그럼 직원들은 어떻게 되는 거죠?"

내가 놀라서 묻자 이 사장이 회사의 정보통처럼 소상히 말했다.

"지금까지 일어 사전을 만들 만큼 다 만들었잖아요. 진행 중인 소사전 끝나면 관리할 직원 한 사람만 남긴다는 말이 있어요."

정 부장이 고개를 가로저으며 단정적으로 맞받았다.

"그래도 일본어 번역할 직원들은 필요할 겁니다. 일본 출판사에서 간행된 사전들을 참고로 많이 쓰고 있으니까요."

그때 정 부장은 윗선에 대해선 어떤 언급도 하지 않았다. 정 부장은 실력과 인품은 물론 조직에서 살아남기 위한 처세술을 갖추고 있었다. 외유내강형으로, 이쪽과 저쪽에도 미움받지 않고 조직에서 인정받는 유능한 남자였다. 나로 말하면 정 부장의 흔들리는 줄을 잡고 곡예 부리는 위태로운 곡예사에 불과하다. 오히려 내가 정 부장의 줄을 지지하는 버팀대가 되기 위해 정 부장을 부추기고 위로하는 형국이다. 나라는 여자는 주변의 외압에도 굴하지 않고 내 의지를 실현시키는 여전사처럼 무장되어 있는 것이다. 아자! 나가자, 싸우자, 이기자!

4

    신학기가 넘어가도록 한불사전 저작권 문제가 해결되지 않아 내가 안 이사를 돕기로 했다. 회사 차를 타고 신촌에 있는 저자 아들의 집을 찾았을 때 그는 아예 우리를 무시하기로 작정한 듯했다.

    "사전에 협의 한마디 없이 저작권 문제를 회사 마음대로 해도 되는 겁니까?"

    "그 문제는 이제껏 관행대로 하면 되는 것 아닙니까?"

    "책 출간을 하든 말든 그건 알아서 하세요. 대신 법적으로 대응하겠습니다."

    그는 바늘로 찔러도 피 한 방울 안 나올 것 같은 표정으로 차갑게 굴었다. 입을 꼭 다문 안 이사 대신 내가 그를 상대했다.

    "그럼 저자에겐 로열티 10프로를 적용해 드리지요. 감수자는 학계에서 권위 있는 분을 내세웠으니 회사 사정을 고려해 주세요."

    "당연히 편저자와 감수자는 분리시켜야 되는 것 아닙니까?"

    "물론 그렇게 해 드려야죠."

    저자 가족과 겨우겨우 타협점을 얻어 내긴 했지만 판권과 표지를 재인쇄해야 하는 문제가 남았다. 안 이사는 이 일을 해결하지 못한 실책 때문에 업무적으로 책임져야 할 형편에 놓여 있었다. 외출 나온 김에 마포 지사에 들러 전산실장과 아트 디렉터를 만나 사진 다운로드에 필요한 시디 몇 장을 챙겼다. 아트 디렉터는 예쁜 용모만큼이나 친절하게 내가 시디 자료집을 검토하도록 배려해 주었다. 아울러 구글 사이트에서 공짜로 사진을 퍼 갔다간 몇 배로 보상해야 한다며 내게 주의를 주기도 했다.

그날 세종문화회관 뒷골목에서 선우를 만난 건 저녁 8시경이었다. 선우는 동창회보 건으로 광화문에서 편집 회의를 마치고 빠져나온 터였다. 우리는 아늑해 보이는 꼬치구이집을 찾아 들어갔다. 남자 주인이 스탠드바 둘레에 앉은 손님들에게 안주와 술을 서빙하고 있었다. 우리는 주인이 권하는 꼬치구이와 함께 일본 술 사케를 마셨다. 나는 선우에게 교보문고에서 산 소설책 『셰익스피어 스파이』 세 권을 보여 주었다.

"주인공이 셰익스피어 극단의 풋내기 연극배우인데요, 셰익스피어 시대의 연극 공연을 역사적 진실과 상상력으로 조합해 낸 소설이에요."

"어디 보자. 위지와 캐릭터리, 비밀의 무대니 점술가의 예언이니 제목만도 재미있을 것 같은데. 우리 귀여니 덕분에 나도 셰익스피어 애호가가 되었구나."

"셰익스피어는 작품 하나만 읽어도 감동적이어서 머릿속에 꽉 차는 느낌이에요."

"유선 방송에서 「십이야」를 영화로 만든 걸 하더라고. 일단 4대 희비극과 주요 작품 읽기가 『셰익스피어 인 드림』에 영감을 줄 거야. 그리고 적절한 인용과 패러디가 작품의 품격을 도와줄 거라는 생각이야."

선우는 소설책을 펼쳐 보다가 그으한 눈빛으로 나를 바라보았다. 오, 바다! 그리고 썰물 때의 갯벌. 그를 매혹시킨 바다가 그의 눈 속에 넘실거렸다. 바닷가에서 살았던 유년 시절부터 그는 하염없이 무언가를 바라보는 버릇을 길렀다고 했다. 그러면서 사랑하는 여자를 하염없이 바라보는 그 묘한 쾌락과 고통까지 배웠다고 했다.

"오늘 참 예쁘다."

그는 내 한쪽 머리를 귀 뒤로 넘겨주며 덧붙였다.

"오늘 마포 사무실에 들렀다고? 네가 마포에 파견 근무 할 때 출근길 길목에 서서 레쓰비를 전달해 주던 일이 생각난다. 식을까 봐서 레쓰비를 코트 안에 품고 기다리면 넌 택시 안에서 선배! 부르며 손을 흔들곤 했지."

"택시 안에서 손 내밀어 선배에게 캔 커피를 건네받으면 기사 아저씨도 즐거워하고 그랬어요. 벌써 추억이 돼 버렸네요."

내가 한 손을 흔들어 대자 선우가 크게 너털웃음을 웃었다. 그런데 자리가 협소해서인지 옆자리 남녀가 속삭이는 말까지 다 들릴 지경이었다. 단골인 듯한 그들은 잉꼬부부처럼 경비행기 운운하는 말을 주고받았다. 마치 주인 남자가 무대 중앙에서 객석을 바라보며 각자의 연기를 참관하는 분위기였다.

"두 분이 무척 다정해 보이시네요. 부부이신가 봐요."

옆자리에 앉은 남자가 선우에게 말을 걸어왔다.

"아뇨. 우린 애인 사이예요."

선우는 당당하게 말했지만 순간 나는 얼굴이 후끈 달아올랐다. 기혼남인 선우와 노처녀인 내가 애인 사이라면 누구도 순수하게 바라보기 힘들 것이었다.

"아, 네. 좋아 보이시네요."

남자가 뭔가 이해한다는 표시로 고개를 주억거렸다.

"경비행기를 타시나 봐요. 위험하지 않나요?"

나는 어색함을 감추기 위해 남자에게 말을 걸었다.

"괜찮아요. 비행사 자격증이 있으니까요. 아주 즐거운 일이죠."

"그럼 경비행기 조종사 직업을 갖고 계신가요?"

선우도 덩달아 그에게 말을 걸었다.

"아, 그런 셈이죠. 이 직업의 장점은 특별한 사람들을 만날 수 있다는 데 있어요. 그들에게 보고 듣는 게 많아서 좋지요."

여자가 다소곳이 듣고 있다가 선우에게 물었다.

"혹시 장선우 작가님 아니신가요?"

"그렇습니다만, 저를 어떻게 아시죠?"

"『사막의 별』을 인상 깊게 읽어서 프로필을 기억하고 있어요."

"아, 나도 읽었는데요. 이거 영광입니다."

술집 주인이 매끄러운 목소리로 끼어들었다. 그는 능란한 말솜씨로 지적인 단골손님들을 압도해 나갔다. 묘하게 개인의 사생활이 들추어지는 자리였다. 옆자리 부부는 사람들과 대화 나누는 재미를 만끽하려는 것 같았다. 서로 사회 활동 하면서 함께 외식을 즐기는 그들은 바람직한 부부상으로 보였다.

"사실은 장 선생님의 배우자분이 제 친구거든요."

여자가 불쑥 내뱉는 말에 선우는 움찔 놀라는 것 같았다.

"네? 그럼 제 집사람을 잘 알고 있나요?"

"그럼요. 제 친구 지금 미국에 있잖아요. 가끔 소식도 주고받거든요."

여자가 목소리를 높이자 선우가 되받아넘겼다.

"이거 반갑습니다. 집사람은 방학 때나 올 겁니다."

순식간에 찬물을 끼얹은 것처럼 그곳 분위기가 경직되었다. 여자는 남자에게 고개를 돌려 자기네들 화제로 되돌아갔다. 내가 집에 가야 한다며 일어날 기미를 보이자 선우도 따라 일어났다. 뒷골목 밤거리를 빠져나오면서 내가 투덜거렸다.

"우리가 애인 사이라고 말하면 어떡해요? 그 사람들이 우릴 이해해 줄 것 같아요?"

"내가 어떻게 거짓말을 하니? 난 너를 떳떳하게 자랑하고 싶었단 말야."

"세상이 얼마나 좁은지 모르겠네요. 자기가 장선우라는 걸 다 알고 있잖아요."

"글쎄 그렇더라고…… 더구나 아내 친구라니."

"이제 조만간 미국까지도 소문이 나겠네요."

나쁜 일은 천 리 밖에 난다고 하지 않던가. 인정받지 못하는 관계를 아무리 당연시하려 해도 사회 통념을 무시할 순 없었다. 어쩌다 내 운명이 어두운 쪽으로 흐르는지 알 수가 없었다. 나는 암울한 기분을 떨쳐 버리려고 선우에게 억지로 웃어 주었다. 그는 그저 안쓰럽게 나를 바라볼 뿐이었다. 선우가 날 바래다주기 위해 빈 택시를 향해 손을 들었다.

5

영어 입문 사전을 진행하면서 정 부장과 나는 온종일 붙어 있다시피 했다. 수시로 원고 작업이니 삽화니 사진 작업에 대해 상의하다 보면 트러블이 발생하기도 했지만 이내 수습되었다. 조합 식당에서 점심을 먹던 도중에 정 부장이 속엣말을 꺼내 놓았다.

"신 상무가 회의 때마다 입문 사전 멤버 체인지를 원하는데 불가능하다고 말했어요. 처음부터 김 과장을 배제하고 싶어 안달이 났던 사람이오."

"저야 무슨 일을 하든 상관없으니까 알아서 하라고 그러세요. 그럼 누구 마땅한 사람 있답니까?"

내가 날 선 어투로 묻자 정 부장이 확신에 찬 목소리로 대꾸했다.

"아니, 없지요. 신 상무가 삽화 사전 경험이 없어서 아무나 할 수 있는 줄로 착각하고 있단 말이오. 신 상무가 미스 양하고 다니더니 많이 변한 것 같아요."

"나 대신 미스 양을 심으려고 애쓰나 보죠. 나를 제거해야 미스 양이 과장 자리 꿰차고 영어 부서에 자리 잡을 수 있을 거고요."

나는 신 상무의 행적이 못마땅해서 귀먹은 푸념을 늘어놓았다.

"점심시간에 두 사람이 회사 주변을 어슬렁거리는 건 정말 이해가 안 돼요. 퇴근 후에 만나는 건 그렇다 쳐도 말이죠."

"미스 양이 정신이 오락가락해서 복잡한 일이나 할 수 있나요? 신 상무가 무슨 꿍꿍이속이 있어서 미스 양을 휘어잡고 있는 것 같더군요."

"신 상무는 성의 정치학을 연상시키는 인물이에요. 겉으로는 점잖은 척하면서 여직원을 성적 대상으로 이용하려 하고요."

신 상무가 상사라는 직책을 앞세워 어떤 타락한 대리 공작처럼 순진한 미스 양을 옥죄고 있을 거라는 생각이 스쳐 갔다.

♣

"「자에는 자로」라는 문제극에서 안젤로라는 도덕군자가 등장하는데요. 그는 권력을 남용해 성범죄를 짓고 약속도 저버리는 파렴치한 인물이죠."

"아, 비엔나의 공작이 법을 바로잡으려고 전권을 위임한 대리 공작을 말하는 거죠? 그 공작이 수도사로 변장해 안젤로의 통치를 관찰하잖아요. 원칙주의자라는 안젤로가 약혼녀를 임신시킨 남자에게 간음죄를 적용시켜 사형 판결을 내리죠. 자기도 약혼녀를 차 버린 전력을 숨기고서 말이죠"

이번에도 정 부장은 내 기대에 어긋나지 않게 거침없이 대답했다. 나는 흰 수녀복에 검은 두건을 쓴 이자벨라를 떠올리며 말했다.

"여동생 이자벨라가 안젤로에게 오빠를 살려 달라고 간청하니까 대신 성관계를 요구하잖아요. 이자벨라가 그의 잘못을 폭로하겠다고 협박하지만 코웃음만 치고요."

"당시 비엔나에선 여자가 뭐라고 주장하든 무시되기 일쑤였으니까요. 정작 야욕을 채운 안젤로는 약속을 깨고 오빠를 처형하라고 명령한 사기꾼이죠. 아무래도 후환이 두려웠을 테니까요."

쯧쯧, 남자들이란! 과연 이자벨라가 오빠를 구하기 위해 귀한 순결을 바쳤을까? 여기에 셰익스피어가 기지를 발휘해 수도사로 변장한 공작을 등장시킨다.

"다행히 공작이 해결사로 나서서 이자벨라 대신 약혼녀를 동침시키고 간수를 설득해 오빠도 형 집행을 연기하게 해 주죠. 대신 감옥에서 죽은 다른 남자의 머리를 안젤로에게 보내라고 하고요."

"결국 공작이 안젤로의 죄상을 밝히자 이자벨라가 자비를 베풀도록 간청하잖아요. 공작은 안젤로에게 사형을 면해 주고 약혼녀를 사랑하라고 명하죠. 공작 또한 고결한 이자벨라에게 반해서 두 번씩이나 청혼하고요."

정 부장은 공연을 지휘해 본 연출가처럼 실감 나게 말했다. 실제로 그는 대학원 시절에 「자에는 자로」라는 영어 연극에서 오빠 역할로 참여한 적도 있다고 했다.

"그래요. 이자벨라의 연민이 정의를 자비 속에 녹아들게 한 거죠. 근데 이자벨라가 수습 수녀인데 공작의 말대로 거짓 연기한 게 조금 찜찜하지 않아요? 그 계략으로 안젤로가 속아 넘어가 오빠의 생명과 자신의 명예를 지키게 되지만요."

"공작이 이자벨라에게 세상은 속임수를 써야만 살아남는다는 교훈을 가르쳐 준 셈이죠. 또 권력자는 죄를 저질러도 그냥 무마될 수 있다는 걸 보여 주고요."

역시나 정 부장은 셰익스피어 전문가답게 작품의 정곡을 찔러 주었다.

"공작은 참 수상한 인물이에요. 복잡한 일은 살짝 빠진 채 뒤에서 암행이나 하고 말이죠. 안젤로처럼 기만적인 인물을 왜 대리 공작으로 내세웠는지도 의문이고요."

"어찌 보면 공작은 정의를 위해 온갖 속임수를 쓰는 괴상한 인물이죠. 요즘에도 권력을 가진 정치인들이 같은 행태를 보이잖아요."

공작은 이자벨라에게 구혼하지만 이사벨라는 침묵으로 반응하며 무대에 홀로 남겨진다. 그녀는 행복한 공작 부인으로 살아갈까? 아니면 엄숙한 수녀로 살아갈까? 그녀가 공작의 따귀를 때릴지 파트너가 될지는 그녀만이 알 일이다.

언젠가 나한테도 신 상무는 은연중에 성희롱을 시도한 적이 있었다. 셋째 부인까지 얻은 그가 자기 지위를 이용해 여직원을 쥐락펴락하려 한 것이다. 하지만 내가 누구인가? 단호한 내 태도를 보고는 허튼수작 부릴 생각을 포기해 버렸다.

"신 상무 술책에 넘어가지 않으려면 상대하지 않는 방법밖에 없어요. 저는 부장님 지시에만 따를 거니까 잘 좀 막아 주세요."

"그래요. 이번 영어 입문 사전만 성공적으로 마치면 회사에서도 인정해 줄 거요."

정 부장이 오래도록 내게 호의적으로 대해 준 것은 뭐랄까, 연민일까 사랑일까? 언젠가 정 부장은 술에 잔뜩 취해 나를 사랑한다는 말을 한 적이 있었다. 감각보다 관념을 자극하는 그 말을 나는 곧바로 허공 속에 날려 버렸다. 정 부장은 시인이어서 간혹 나를 뮤즈의 대상으로 여길 수도 있을 것이다. 하지만 회사라는 한 공간에서 정 부장과 사랑에 빠졌다간 서로가 망하는 지름길이었다. 절대로 정 부장과 사적인 감정에 빠지지 않도록 배려하는 게 내 의무였다. 게다가 엘리자베스 테일러처럼 아름다운 사모님과도 친하게 지내는 사이가 아닌가. 내가 온종일 오피스 와이프처럼 정 부장 곁에 붙어 다니는 줄 알면 그녀도 꽤나 신경 쓰일 터였다. 정 부장은 그저 나를 감싸 주는 상사이면 되는 것이다. 아자아자!

6

오전 내내 영어 입문 사전 원고 작업에 집중하고 있는데 휴대 전화 진동음이 부르르 울렸다. 액정 화면에서 서경민의 전화번호를 확인하고 자료실로 건너갔다. 휴대 전화에서 "나요" 하는 서경민의 나긋나긋한 목소리가 흘러나왔다.

"오늘 점심 어때요? 장어구이 좋아해요?"

"뭐, 괜찮아요. 이번엔 내가 살 차례네요."

나는 그를 허물없는 동업자로 생각하기로 했다. 회사 앞길에서 그가 운전석 창유리를 내리며 "어서 타요!" 하고 말하자 나는 자연스레 옆자리에 동승했다. 점심때마다 그는 혼자서 또는 직원들과 함께 맛집을 순례하며 다닌다고 했다.

통일동산 근처에 있는 민물장어집에 들어서자 두 채의 기와집 안 홀마다 사람들로 북적거렸다. 널찍한 방 안 창가에 자리 잡은 지 한참 만에 숯불에 구운 장어구이가 생강채와 양파절임과 함께 한 상나왔다.

"이 근처 강가에 장어가 많이 잡히나 봐요. 장어집들이 몰려 있잖아요."

"장어는 연어와 달리 바다에서 알을 낳고 강에서 자라거든요."

"아, 그래요? 연어는 강에서 알을 낳고 바다로 돌아가죠. 둘 다 회유성 어류인 게 비슷하네요."

자연산 장어구이 맛은 쫄깃쫄깃한 게 일품이었다. 그가 구이 한 점을 내게 내밀면서 "아, 해 봐요" 하고 말했다. 나는 하하 웃으며 구이를 받아먹었다.

"출판사 일로 바쁠 텐데 작품은 주로 언제 쓰나요?"

"사무실에 남아서 새벽까지 쓰기도 하고 낮 시간에 쓰기도 해요. 사장이라서 시간 여유가 있어요."

이번엔 내가 구이 한 점을 내밀자 그도 덥석 받아 물었다. 그가 귀엽게 보였다.

"어지간한 의지가 없으면 두 가지 일을 병행하기가 힘들어요. 노력하지 않고선 절대로 아무것도 얻을 수가 없고요."

경민은 두 가지 일에 비교적 성공한 독신남이었다. 난 경제적 독립을 한 여자라서 그에게 굽힐 건 없었다. 그에게서 쿨한 면이 보이지만 인간적으로 싫지는 않았다. 장어구이를 먹고 나니 벌써 벽시계의 시곗바늘은 2시를 가리키고 있었다.

"빨리 들어가야 해요. 회사가 어지러워서 자칫하면 잘릴 거예요."

"걱정하지 말아요. 거기서 잘리면 우리 회사에 들어와요."

내가 허둥지둥 서두르자 그가 느긋하게 말을 받았다.

"어떡하죠? 난 큰 조직에서 헤드가 되고 싶은 사람이거든요."

경민이 내게 호의를 갖고 하는 말이 듣기 싫지 않았다. 그러나 그의 회사에 들어갈 일이 생긴다면 그야말로 비극이었다. 그의 차에 오르며 내가 말했다.

"다음번엔 내가 점심 살게요."

"언제 저녁 시간 좀 내줄래요? 잘 가는 와인 바가 있는데 거기서 와인 마십시다."

경민의 차가 회사 앞에 도착했을 때는 오후 2시 반이 넘어 있었다. 정 부장은 내가 늦게 들어오든 말든 괘념치 않았다. 그러나 박 차장은 신 상무 대신 내 행동을 주시하는 편이었다. 겉보기엔 예의 있게 대해도 속마음은 경계심으로 도배하고 있을 터였다. 그래도 나는 박 차장을 깍듯이 상사로 대접해 주었다. 박 차장의 덕목은 성실! 성실! 그 자체여서 신 상무가 신임하고 있었다.

"참, 김 과장! 아까 목소리 좋은 남자에게서 전화 왔어요."

박 차장이 자리에서 일어나 나가다가 내게 큰 소리로 말했다.

"네? 어디라고 하던가요?"

"편집국 직원 맞냐고 묻더니 다시 걸겠다고 하더군요."

나는 전화를 건 당사자가 누군지 궁금했다. 퇴근 때까지 휴대 전화를 손에 쥐고 일했지만 끝내 연락이 없었다. 하여간 오늘의 일진은 비교적 남자 복이 있는 날인 듯싶었다. 경민이나 전화를 건 남자나 한 사람이 아군이면 다들 아군으로 엮이는 경향이 있다. 신 상무가 오늘만큼은 심통 내지 않고 조용히 지낸 것만 해도 그렇다. 언제든 날카로운 발톱을 드러낼지 모르는 신 상무는 항상 경계해야 하는 인물이다.

봄날의 뜻대로

로절린드: 연인의 약속을 한 시간이나 어기다뇨? 사랑의 일인데 1분을 1000토막으로 나누어 그 1000분의 1이라도 어겨도, 큐피드의 화살로 어깨나 스친 정도이지 심장에 꽂힌 게 아닐 거예요.

올랜도: 용서해 주오, 로절린드.

로절린드: 싫어요. 그렇게 늦게 오려거든 다시는 내 눈앞에 나타나지 말아요. 당신을 애인으로 하느니 차라리 달팽이를 애인으로 삼는 편이 낫겠군요.

올랜도: 달팽이라뇨?

로절린드: 그래요, 달팽이 말예요. 비록 걸음은 느리지만 머리에 집을 이고 오잖아요. 당신이 여자에게 그만한 결혼 예물을 내놓을 수 있겠어요? 게다가 달팽이는 제 팔자까지 미리 챙겨 가지고 오거든요.

올랜도: 그건 또 무슨 말이오?

로절린드: 뿔 말예요. 당신네 남자들이 바람난 부인 때문에 얻게 되는 뿔이 있잖아요. 그런데 달팽이는 집뿐만 아니라 아무도 자기 부인을 중상하지 못하도록 미리 머리에 뿔을 달고 오니까요.

올랜도: 정숙한 아내라면 남편 이마에 뿔이 돋아나게 할 리가 없죠. 나의 로절린드는 정숙한 여자요.

로절린드: 내가 바로 당신의 로절린드라니까요.

—「뜻대로 하세요」 제4막 제1장

1

출근길 자유로는 그야말로 교통지옥이었다. 어디서 교통사고가 났는지 가다 서다를 반복하며 버스가 기어가는데 영락없이 지각할 운명이었다. 기왕 늦어진 김에 쉬어 가랬다고, 나는 도로변에 흐드러지게 핀 개나리꽃을 감상했다. 먼 산에 진달래꽃 피어 있고 이제 곧 동네 뒷산에는 벚꽃도 만개할 터였다. 차창에 비친 따스한 햇살이 만연한 봄날이었다. 나는 정 부장에게 자유로에 갇혀 있다고 전화를 걸었다.

오전 내내 사진 다운로드 사이트를 찾아다니느라 동분서주했다. 사진 사이트에서 쓸 만한 자료는 장당 5만 원 이상 되었다. 입문 사전 예문에 적합한 사진 자료 1200장을 내려받기 위해선 비용이 만만치 않아 고심하던 차였다. 그런데 궁즉통窮則通이라고나 할까? 오후에 영업부 직원이 포토컴이라는 사이트를 소개해 주어 1000장에 50만 원이라는 저렴한 가격으로 내려받을 수 있었다. 사이트 담당자와 직접 전화상으로 구두 계약을 하고 바로 입금하기로 했다.

사진 문제가 일부 해결되어 안도하고 있는데 점심때 여직원 회식이 있다는 소식이 들려왔다. 미스 양과 러시아어 중사전을 같이 진행하는 여직원이 사직서를 제출했기 때문이다. 표면적으로는 임신 때문에 빈혈이 생겨 안정을 취해야 한다는 이유였다. 하지만 송별회를 치르면서 알게 된 사실은 사뭇 달랐다.

"저는 신 상무라는 사람을 도저히 이해할 수가 없어요. 그동안 개인적으로 날 불러내서 얼마나 스트레스를 주었는지 아세요?"

눈가에 눈물을 글썽이다시피 말하는 그녀에게 내가 물었다.

"아니, 그런 낌새를 전혀 몰랐는데 신 상무가 뭐라고 했어요?"

"러시아어 중사전 편집 방침을 모른다느니 편집 보조를 제대로 못한다느니 온갖 압력을 다 받았어요. 세상에 태어나서 그런 인격적인 모욕감은 처음 느꼈어요."

오죽하면 구조 조정 대상도 아닌 그녀가 회사를 그만두는 걸까. 그녀는 배 속에 있는 태아가 암상궂은 신 상무 때문에 유산될까 봐서 달아나는 거라고 말했다.

"미스 양이 책임질 일까지 나한테 다 떠넘기는 거예요. 난 하루도 마음 편할 날이 없었어요. 신 상무가 궤변을 늘어놓으면 말로는 못 당해요."

그녀까지 포함해 3월 말에 떠날 직원은 열 명 가까이 되었다. 그런 연유로 선생님들과 헤어질 준비를 하느라 돌아가며 회식을 했다. 대학 선배인 남 차장과는 결별 의식이 길어서 세 번씩이나 술자리를 가졌다.

"연초부터 어머니와 누이 돌아가시고 아들 결혼시키느라 너무 힘들었어요. 그래서 6개월만 봐 달라고 신 상무에게 통사정했는데도 안 되더군요."

남 차장은 매번 자신의 의견을 묵살한 신 상무를 원망했다.

"신 상무야말로 남 차장님 그만두길 학수고대하던 사람인데 시도나 해 봤겠어요?"

지난해 말에 신 상무의 학력에 의심을 품은 남 차장이 그걸 거론한 적이 있다고 했다. 이후 두 사람 사이가 악화되어 신 상무가 남차장을 내치기로 작정했다는 것이다.

"언젠가 회식 자리에서 신 상무에게 Y대 상경대 출신이냐고 물어봤어요."

"그랬더니 뭐라던가요?"

"만약 Y대 상경대 나왔다면 뒤틀린 삶을 살지 않았을 거라고 말하더군요."

남 차장은 신 상무와 함께 명문사 토박이인 터라 서로 잘 알고 있었다. 정 부장이 끼어들어 의견을 덧붙였다.

"신 상무는 일을 속전속결로 하는 편이라 전임 상무하고도 불화가 잦았어요. 회사에선 성과주의로 가니까 신 상무 손을 들어 주었죠."

"신 상무는 재주도 좋아요. 거짓 학력으로 편집국 상무까지 오르다니 말이죠."

내가 입을 비쭉이며 비아냥거리자 남 차장이 거들고 나섰다.

"하긴 미시 경제와 거시 경제의 차이도 모르는 사람을 상경대 졸업생이라고 볼 순 없죠. 전 직원들 말로는 대학 졸업도 안 한 것 같다더군요."

신 상무는 얄팍한 지식으로 사람을 설득하는 재주가 있었다. 줄곧 반복되는 그의 레퍼토리에 질릴 즈음 나도 모르게 식상한 표정을 짓고 말았다. 그때부터였을까? 그는 상사로서 나에 대한 통제권을 상실하고 말았다.

"선배님 안 계시면 사진은 누가 찍어 주고 격려는 누구한테 받아야죠?"

내가 섭섭한 마음을 감추지 못하자 남 차장이 되받았다.

"글쎄, 나도 서운하네요. 가을 되면 출판 단지에 사진 찍어 주러 한번 올게요."

사진작가인 남 차장은 정 부장과 나를 데리고 출판 단지 곳곳을 다니며 사진을 찍어 주곤 했다. 나중에 내가 작품 낼 때 필요할 거라며 열성적으로 카메라 셔터를 누르기도 했다. 남 차장은 대학 선배로서 내게 애정 어린 충고를 덧붙였다.

"작가가 본분을 다하려면 죽어라 써야 돼요. 내가 지켜볼 테니까 꼭 써요."

남 차장은 퇴직하면서 아들 내외와 함께 살기로 했기 때문에 불가피하게 서재를 정리해야 했다. 신간이 나올 때마다 20년 이상 서점에 주문해서 사 보던 문학 애호가였다. 한때 점심값까지 아껴 가며 사 모았던 책 4500권을 모교에 기증하기로 했다고 말했다. 전체 회식을 끝으로 선생님들을 보내며 좋은 시절이 떠나가는 걸 실감했다.

2

　부드러운 남실바람이 얼굴을 간지럽히는 봄날 저녁나절이었다. 선우와 함께 예술의 전당 소강당에 도착한 건 연극이 시작되기 30분 전이었다. 사람들로 북적이는 휴게실에서 선우가 모카커피와 샌드위치를 사 와서 나누어 먹었다. 관객 중에 아는 체하는 사람이 있을까 봐 선우와 나는 가까워 보이지 않으려고 애썼다. 연극 제목이 '클로저', 즉 가까운 사람들이라는 뜻이면서 낯선 사람들이라는 뜻도 내포하고 있듯이.

　"우리 연극 관람한 지 꽤 됐지? 「오페라의 유령」 보고 얼마 만이지?"

　극장 안으로 들어가면서 선우가 내 어깨를 감싸며 말했다.

　"1년도 넘었네요. 내가 일 때문에 통 시간을 못 냈잖아요."

　나는 포스터를 펼쳐 보며 「클로저」에 등장하는 네 남녀의 캐릭터를 살펴보았다. 이성적인 사랑, 열정적인 사랑, 이기적인 사랑, 저돌적인 사랑! 네 가지 사랑 방식이 네 남녀의 사진 밑에 대화체로 소개되어 있었다. 나는 선우에게 사진을 가리키며 귓속말을 했다. 조명이 꺼지자 무대에 집중하기 위해 그에게서 조금 거리를 두었다.

　연극은 부고 작가가 탄 택시에 스트립 댄서가 치이면서 고통당하는 장면으로 시작한다. 그들은 첫눈에 반해 동거에 들어가지만 진실을 숨기고 있다. 한편 여성 사진작가와 피부과 의사도 음란 채팅 번

개 자리에서 대타로 만나 사귀게 된다. 그들도 결혼까지 하지만 속마음을 감추고 있다. 첫눈에 반했던 두 커플은 서로의 파트너와 친해지면서 사이가 틀어지기 시작한다. 네 사람은 거짓말로 서로 상처를 주며 무자비한 연애의 정석을 보여 준다. 그들은 정말 사랑했을까? 연극이 끝나고 나는 갈증이 나서 맥주가 마시고 싶어졌다.

택시를 타고 종로에 있는 카페 '사하라'를 찾아갔다. 선우의 친구 진 감독이 운영하는 카페였다. 무대에서 여가수가 기타를 치며 허스키한 목소리로 「봄날은 간다」를 부르고 있었다. 손님들과 환담을 나누던 진 감독이 다가와 악수를 나눴다.

"초대해 주신 시사회에서 영화 잘 봤어요."

나는 지난주에 참석했던 시사회를 떠올리고 말을 꺼냈다. 선우가 물었다.

"어때, 영화가 흥행할 것 같나?"

"영화가 작품성이 좋으니까 기대해 볼 만하다더군. 주연 배우들 연기도 일품이고. 매스컴에서도 제법 큰 박스 기사로 다뤄 줬어."

진 감독의 말마따나 저예산 독립 영화도 완성도만 있다면 흥행작이 되기 마련이었다. 관객들은 초특급 블록버스터 영화를 선호하는 경향이 있지만 영화도 영화 나름이었다. 진 감독이 손님들 자리로 가자 선우가 말했다.

"「봄날은 간다」를 좋아했던 극작가 형 생각이 나네."

"그분 돌아가셨다고 했죠? 시인으로 민중 운동가로도 투신하셨다고 했잖아요."

"시대의 거인인데 간경변으로 일찍 돌아가셨지. 내 마음의 영웅이었는데 말야."

"그분이 살아 계셨으면 나도 만나 볼 수 있을 텐데요."

"그 형 이야기를 '한국인 K'라는 제목으로 소설화하려 했거든. 그형 장례 치르는 동안 나 참 많이 울었어. 너무 슬퍼서 한동안 아무일도 못했지."

나는 그를 지그시 응시하며 셰익스피어의 명구를 끄집어냈다.

"셰익스피어도 인생의 종말은 모든 약속을 파기한다고 전했잖아요. '생자필멸이니 누구나 이승에서 영겁의 세계로 떠나감이 당연하다'라고 말했고요."

"맞아. 햄릿도 '참새 한 마리가 떨어지는 것도 하늘의 섭리가 있고 죽음은 언젠가 오고야 만다'라고 말했지."

"그런즉 마음의 준비가 제일이고, 모든 일은 순리에 따르라는 거겠죠."

선우와 나는 깐쇼새우를 곁들여 맥주를 마시며 이야기를 이어 나갔다. 진 감독 와이프가 가져다준 종이에 「서른 즈음에」와 「새드 무비」를 적어서 건넸다. 곧 여가수가 종이를 펴 보더니 기타를 치며 노래를 불러 주었다.

"「클로저」에서 누가 제일 인상적인가요?"

"스트립 댄서가 본능에 제일 충실한 사람이잖아. 넷 중에서 가장 인간적이지."

"난 사진작가인 안나가 지적이어서 마음에 들어요. 그런데 사랑하면서 상처 주고 거짓말하고 그게 현대인의 사랑 방식인가 봐요."

"「클로저」는 역으로 진실한 사랑을 호소하는 연극인지 모르지. 영화로도 나왔잖아."

나는 테이블 아래 그의 발을 내 발로 툭 건드렸다. 그가 두 손으로 내 종아리를 잡더니 꾹꾹 눌러서 마사지를 해 주었다. 난 그의 손길에 간지러워 키들대며 웃었다. 그때 몇 발자국 떨어진 곳에서 경민이 눈을 휘둥그레 뜨며 다가왔다.

"어, 여기서 만나네."

선우가 얼른 일어나 경민을 반겼고, 나도 인사차 말을 건넸다. 그에게 선우와의 데이트를 들킨 게 조금 서먹서먹했다.

"여기까지 웬일이에요?"

"일 때문에 진 감독 좀 만나려고 들렀죠. 저쪽에 나도 일행이 있어요."

그가 가리키는 쪽을 바라보니 긴 머리 여자가 서류를 들춰 보고 있었다. 선우가 웃음기 담은 얼굴로 "누구?" 하고 물었다.

"잘 아는 만화 작가인데 작업 좀 맡기려고요. 두어 명 만화 작가가 더 있는데 일단 콘셉트를 맞춰 보고 있어요."

나는 비즈니스로 바쁜 경민에게 묻지도 않은 변명을 했다.

"나도 장 선배하고 작품 때문에 상의 좀 하려고요."

"그래. 이야기 끝났으니 이제 나가야지."

선우가 나를 거들자 경민이 아쉬운 듯 말했다.

"왜요. 좀 더 있다가 같이 어울리면 좋을 텐데요."

밖으로 나와서 골목길을 걷다가 나는 선우를 벽에 밀어붙이고 격렬한 키스를 퍼부었다. 그의 혀뿌리가 내 입속에 감겨들자 난 얼얼할 정도로 그의 혀를 빨아들였다. 그가 신음 소리를 내며 내 손을 자기 무거운 하체에 끌어다 댔다. 달콤하고 짜릿한 전율이 온몸을 스치며 지나갔다. 택시를 잡아타고 집까지 가는 내내 선우와 손을 잡고 있었다. 나는 기사 몰래 그의 얼굴을 내 쪽으로 돌리고 또다시 키스를 했다. 그날 사랑의 메뉴는 연극 보고 마주 보고 이야기하고 키스하는 걸로 끝났다.

3

4월 중순이 지나자 입문 사전 삽화 작업이며 원고 작업에 속도가 붙기 시작했다. 오전 내내 원고 작업을 하고 있는데 정 부장이 나와 미스 전을 자료실로 불렀다. 정 부장이 미스 전을 바라보며 물었다.

"지금 초교가 많이 나와 있지요?"

"네. A항부터 K항까지 나와 있어요. 현재 C항 초교 보고 있어요."

"그럼 초교가 밀려 있으니 김 과장이 교정을 도와주면 어때요?"

정 부장의 제안에 나는 고개를 저으며 내 의견을 전했다.

"지금 초교 교정보다는 원고 작업이 우선이거든요. 정 부장님 혼자 원고 작업을 하시다간 8월에도 못 끝날 거예요."

"초교 교정지가 잔뜩 밀려 있으니까 그렇죠. 원고 작업은 내가 마무리할 테니 김 과장은 시키는 대로 하면 돼요."

이런 상황에선 설득의 기술이 따로 없었다. 나는 강력하게 내 의견을 밀고 나갔다.

"하지만 원고가 늦어지면 삽화 지정도 늦어지고, 삽화가 안 되면 책을 낼 수 없잖아요. 게다가 레이아웃도 원고 검열이 끝나야 가능하고요."

"글쎄, 내 말대로 초교 교정 들어가도록 해요!"

정 부장은 얼굴이 붉어질 정도로 자기주장을 고집했다. 일이 지연될까 봐 초조한 데다 상사의 권위를 내세우고 싶을 터였다. 일에 관한 한 상사는 명령하고 부하 직원은 복종할 의무가 있기 때문이다.

"지금 부장님 속도로 보면 두 달은 늦어져요. 저는 책임 못 집니다!"

여기에 마음 약해진 정 부장은 부득불 내 의견을 받아들였다. 나로선 뭐든 지시받는 대로 하면 편한데 종합적인 일을 맡다 보니 항상 소란한 일이 생기는 것이다. 그래도 일을 주도한다고 생각하면 즐거운 일이다. 나는 선우에게 정 부장과 논리로써 맞선 일을 메일로 써서 보냈다. 선우는 즉시 메일을 통해 나를 하뭇하게 해 주었다.

이 아침에 내가 웃는 것은 그대가 준 메일 '자기야 하하
하!'를 다시 읽다가 우리 귀여니 웃는 모습을 생각한 때문.
하얗고 고른 치열을 드러내며 통쾌하게 웃는 네 모습은 가
히 일품이지! 그런데 정 부장, 그분은 분명 네가 '보물'임을
알고 있을 터인데, 우째 보물 다룰 줄 모르는 거냐고. 차라
리 네가 애 다루듯 할 일이지 싶네.

다음 날 오후 자료실에서 차장급 이상의 임원 회의가 소집되었다. 내 자리는 자료실 바로 옆에 있기 때문에 귀를 바짝 세우면 회의 내용을 짐작할 수 있었다. 회의 중에 공 이사가 큰 소리로 신 상무의 속을 긁어 댔다.

"미스 양을 대리에서 1년 만에 과장 달아 준 건 너무 지나친 고속 승진 아닙니까?"

"미스 양이 박사 학위 준비 중인데 과장 달 만하니까 승진시킨 거요. 공 이사는 하라는 기획은 안 하고 왜 월권 행사를 하는 거요?"

"국어사전은 이제 나올 만큼 다 나왔어요. 더 이상 할 일이 없어요."

뭐야. 회사에 할 일이 없다니 앞으로 어쩌겠다는 건가?

"그럼 국어 부서 직원들 일을 시켜야 할 것 아니오?"

"지금 하고 있는 한자 사전 끝나면 영어 사전 일을 돕도록 할 겁니다. 서로 도와서 빨리 일을 끝내야죠."

아무나 영어 사전 일을 하면 전공자는 왜 필요한 거지? 이거 웃기는 짜장이네.

"국어 부서가 영어 부서 일을 어떻게 한답니까? 그게 가능해요?"

"대조 교정과 한글 교정과 외래어 교정을 맡으면 되죠."

그것참, 공 이사다운 편리한 분업 방식이네. 우길 걸 우겨야지.

"어쨌든 나는 모르겠으니 자기 부서 일은 각자 알아서 하시오."

그럼 방의 책임자가 모르면 누가 알아야 하는 거지? 퇴근길에 나는 궁금해서 정 부장에게 회의 내용을 확인해 보았다. 역시나 공 이사와 신 상무가 진급 문제와 기획 문제를 두고 티격태격했다는 내용이었다.

"공 이사는 왜 자기 부서 일은 할 생각 않고 남의 부서 일을 간섭하려고 하는지 모르겠소. 거참, 그렇게 창의성이 없나?"

"뭐 참신한 기획도 얼마든지 많잖아요. 온종일 컴퓨터 앞에 붙어 있으면서 이렇다 할 기획물도 안 내놓고 뭘 하는지 모르겠어요."

내가 목청을 높이자 정 부장이 한마디 덧붙였다.

"공 이사는 나이도 젊은 사람이 참 건방져요. 신 상무한테 부하 직원 대하듯이 딱딱거리는데 참 무례합니다. 나한테도 함부로 대하는 게 무척 불쾌하고요."

정 부장이 안하무인격인 공 이사를 깎아내릴 때는 그럴 만한 이유가 있을 터였다. 나는 얼른 부하 직원다운 아부성 멘트를 날렸다.

"정 부장님이 중요한 일을 맡아서 척척 해결하잖아요. 사장님의 신임이 정 부장님한테 쏠릴까 봐서 경계하는 거죠."

"신 상무와 공 이사가 있는 동안은 아무래도 기 펴고 살기가 어렵겠소."

신 상무가 사장파라면 공 이사는 부사장파였다. 사장은 나이 든 분으로 월급 사장이고, 부사장은 젊은 사람으로 실질적인 회사의 소유주였다. 회사 경영을 물갈이해야 하는 상황에서 부사장은 자기 세력을 심기 위해 사촌 동생인 공 이사를 키우고 있었다. 공 이사는 위에서 무슨 언질을 들었는지 자기가 곧 사무실을 장악할 듯 위세가 등등했다. 때문에 나도 정 부장이 느끼는 적대감을 똑같이 공유하곤 했다. 의리파인 나는 목표 달성을 위해 그에게 헌신할 각오가 되어 있다. 설사 일로써 이용당한다 할지라도 즐겁게 응할 자세가 되어 있다. 아자아자!

4

금요일 저녁, 차를 몰고 수동리에 닿은 시각은 밤 9시 반경이었다. 구부러진 시골 밤길을 달리다 보면 간혹 차선이 없어져 앞차와 부딪칠까 봐 걱정되었다. 출발 전에 선우는 "즐겁게 잘 다녀와. 운전 조심하고!"라며 전화해 주었다. 언젠가 선우가 자기 차로 날 바래다주다 하마터면 트럭과 충돌할 뻔한 적이 있었다. 대낮인데도 대책 없이 달려들던 트럭을 간신히 피해서 가슴을 쓸어내렸던 것이다.

시냇가 옆에 자리한 여동생 집에 가려고 다리를 건너는데 둥근 달빛 아래 팝콘 같은 벚꽃들이 눈부시게 피어 있었다. 집 앞에 차를 세우자 여동생이 나와서 반겨 주었다. 집 안에 들어서니 환한 정원등 아래 정자가 눈에 들어왔고 텃밭에는 노란 개나리꽃이 만발해 있었다. 조카 지예와 엄마가 현관문을 열고 나왔다.

"어서 와라. 다들 기다리고 있다."

집 안으로 들어서는 나를 보고 고기를 굽던 제부가 반갑게 맞으며 물었다.

"오는 길이 막히진 않았어요? 여긴 주말이면 더 길이 막히거든요."

"쉬엄쉬엄 음악 들으면서 오니까 지루하진 않았어요."

여동생이 내 옷과 가방을 받아 들고 식탁 앞으로 이끌었다.

"언니, 엄마가 오리 주물럭 해 놓았어. 두릅나물도 무쳐 놓았고."

"그래 먹자. 엄마 밥 얻어먹은 지 꽤 됐네요."

나는 엄마에게 어리광 섞인 목소리를 냈다.

"엄마는 여기서 아예 눌러살려나 봐요. 오실 생각을 안 하시니."

"여기 공기가 맑아서 아주 좋아. 저기 텃밭 좀 갈아 놓고 나서 슬슬 움직여야지."

"장모님은 이 동네 할머니들하고도 친하게 지내세요."

엄마가 전원생활을 즐기고 있다며 제부가 쾌활하게 웃었다. 제부가 엄마를 불편해하지 않는 것이 고마웠다. 엄마에게는 백세주를 권했고, 여동생과 나는 맥주를 마시며 이야기꽃을 피웠다. 제부는 술을 마시지 않아 음료수를 권했다.

"제부는 요즘 법무사 사무실 잘돼 가죠?"

"바쁘게 굴러가는 편이에요. 요즘 유사 수신 법률 행위 위반 건으로 고소장 문의가 많이 들어오거든요. 사무장들이 잘하고 있으니까 경매 쪽에도 손대 볼까 해요."

"경매 건은 좀 위험하지 않나요?"

"경매 협회와 법무사가 협약을 맺고 하는 거라 부담이 없어요."

여동생이 내게 맥주를 따라 주며 끼어들었다.

"언니, 우리 엄마 남자 친구 생기셨대요."

"그게 정말이야? 엄마, 누구예요?"

"글쎄, 세상이 좁긴 좁더구나. 산책하다가 고향 사람을 만났지 뭐냐."

"그런 일도 다 있네요. 그래서 서울에 안 오시는 모양이네."

제부가 자상한 눈길로 엄마를 바라보며 말했다.

"장모님이 고우시잖아요. 새로 시집보내 드려도 되겠어요."

엄마는 오히려 한숨을 쉬더니 말을 이었다.

"문영이 네가 좋은 연분을 만나야 할 텐데 걱정이다. 그래야 네가 좀 편하게 살지."

그날 밤 엄마와 한 이불을 덮고 방 안에 누웠다. 엄마는 반주에 취한 탓인지 이내 잠이 들었다. 오래전 시골집 펄펄 끓는 온돌에 누워 있던 열여덟 살의 여자아이가 떠올랐다. 새벽에 여자아이가 아늑한 잠자리에서 눈을 뜨니 아기 엄마가 갓난아기를 안고 젖을 물리고 있었다. 잠결에 본 그 정경은 성화만큼이나 평화로웠다. 아비는 그 옆에서 곤히 잠들어 있었다. 여자아이는 다시 안온한 잠 속으로 빠져들었다.

뜨거운 태양 아래 목이 졸리던 여자아이는 저벅저벅 다가오는 구원의 발소리를 들었다. 남자가 놀라 목을 죄던 손길을 풀자 여자아이는 가까스로 위기를 넘겼다. 여자아이는 구원의 남자를 따라 논길을 걸어 그의 집에 가게 되었다. 더러워진 교복을 벗고 그의 아내가 준 속옷과 겉옷으로 갈아입고 빨래터에서 교복을 빨아 널었다. 그의 아내와 함께 아궁이에 장작을 밀어 넣으며 불을 땠고 따스한 밥상을 차려 함께 식사했다. 그와 그의 아내는 여자아이에게 아무것도 묻지 않았다. 단지 목의 통증으로 힘들어 하는 여자아이를 친절하게 보살펴 줄 뿐이었다. 그들은 여자아이의 외침에 태양신이 내려 준 귀인들이었다. 그렇게 여자아이는 이 세상에 지옥과 천국이 동시에 공존함을 알게 되었다.

다음 날 아침 일찍 눈이 뜨여 집 밖으로 나가 보았다. 시냇가 위쪽으로 햇살을 받은 벚나무들이 은빛 꽃망울들을 터뜨리고 있었다. 아직 시냇물은 콸콸 흐르지 않았지만 시냇가에 황금 잉어 떼가 돌아와 줄 것만 같았다. 지난여름 아침 햇살이 비친 시냇물에 몇백 마리의 황금 잉어 떼가 이어져 황금 다리를 만든 광경을 보고 깜짝 놀랐다. 마침 엄마와 함께 황금 잉어 떼가 튀어 오르는 광경을 보았으니 망정이지 여동생한테도 믿기지 않을 뻔했다. 흡사 황금 덩어리가 물속에 잠겨 반짝반짝 빛나고 있는 듯했다. 여동생은 그 많은 황금 잉어 떼가 어디서 와서 그곳에 몰려들었는지 의문이라고 말했다. 그날 금빛 찬란한 황금 다리는 신기루처럼 나타났다가 감쪽같이 사라져 버렸다.

"수없이 보았노라, 찬란한 아침 해가 제왕의 눈길로 산마루를 밝히고, 금빛 얼굴로 푸른 목초지에 입 맞추며, 하늘의 연금술로 창백한 시냇물을 금빛으로 물들이오."

그곳에서 나는 금빛 시내를 노래했던 셰익스피어의 「소네트」를 읊조리곤 했다. 물론 선우에게도 내가 본 황금 다리를 실감 나게 전해 주었다.

늦은 아침을 먹고 여동생 가족과 함께 근처의 숯불 가마를 찾아들었다. 찜질을 하고 난 후 숯불 가마에 고구마를 굽고 삼겹살을 구워 동동주와 함께 먹었다. 마침 제부는 술을 못하기에 차를 움직이기가 편했다. 여동생 집으로 돌아오는 길에 약수를 받아 오고 밭두렁에서 쑥을 캐서 담아 왔다. 나는 엄마 곁에서 편안히 쉬며 하룻밤을 더 잤다. 나는 요 위에 몸을 펴고 엄마에게 옛 기억을 떠올리며 물었다.

"엄마, 고향 사람이라는 분 말예요. 혹시 주영이 아저씨 아니에요?"

"그래 맞아. 네가 어떻게 그걸 아냐?"

"엄마가 친구들과 어울릴 때 주영이 아저씨가 꼭 끼곤 했잖아요."

"그때 동네에서 자주 어울렸지. 근데 이런 시골 동네에서 우연히 만났구나."

엄마가 혼자 계신 처지에 일부러 고향 어른을 만나시면 어떠랴. 엄마에게도 같이 이야기 나누고 정 붙일 친구가 필요한 것이다. 나는 선우와 함께하는 한가한 시골 생활을 상상해 보았다. 살가운 선우가 차를 끓여서 가져오면 나는 글을 쓰다가 그와 사랑을 나눌 것이다. 그와 시골길을 산책하고 여행을 즐기며 세상 살아가는 이야기를 나눌 것이다. 우리가 함께 살면 어떻게 될까? 아마 날마다 사랑하다가 피골이 상접해서 나가떨어지고 말 거야. 선우가 즐거운 상상으로 유쾌하게 웃고 있었다.

5

일요일 오후에 출발하려는데 경민에게서 전화가 걸려 왔다. 경민이 4월 중에 일요일 오후를 비워 달라고 부탁했던 것이 생각났다. 경민이 내게 제안했다.

"그대하고 와인 바에 가자고 했던 기억이 나서요. 종로에 와 있는데 어때요?"

"뭐, 괜찮아요. 차를 운전하고 있으니 주차장이 있으면 좋겠네요."

경민은 와인 바에 먼저 와서 기다리고 있었다. 어두운 실내는 와인 잔 모양의 조명과 테이블 위에 양초로 장식되어 은은한 느낌을 자아냈다. 경민이 메뉴판에서 보르도 와인을 추천하고 내가 안주로 치즈 셀렉션을 선택했다. 경민이 내게 물었다.

"와인 좋아해요?"

"아뇨. 아직 와인 맛에 길들여져 있지 않아요."

"처음 와인 배울 때는 달콤한 것부터 마시기 시작해요. 와인 맛을 알게 되면 씁쓰레한 와인을 선호하는 때가 올 거예요."

그때 소믈리에가 다가와 와인병의 코르크를 따고 그의 잔에 와인을 따라 주었다. 그가 한 모금 맛보더니 와인병을 받아 쥐고는 내 잔에 와인을 따라 주었다. 우리는 가볍게 와인 잔을 부딪쳤다. 나는 와인 잔을 빙글빙글 돌리고 향을 음미하며 혀를 적셨다.

"언젠가 보졸레 누보 파티에 가서 실컷 마신 생각이 나네요."

"불어도 모를 텐데 어떻게 그 동네 사람들하고 어울렸죠?"

"여자 친구가 프랑스 유학파였으니까요. 나야 영어를 섞어 가며 어울렸죠."

경민은 씩 웃으며 내가 묻기도 전에 말을 이었다.

"그 친구는 프랑스 남자 따라서 파리로 떠나 버렸어요."

"경민 씨보다 와인이 더 좋았나 보네요."

"와인은 미용에도 좋으니까, 언제 우리 집에서 느긋하게 마셔 볼까요?"

"난 집보다는 와인 바에서 마시는 게 좋거든요."

얼른 말귀를 알아들은 경민이 내 와인 잔을 채워 주며 말했다.

"난 좋아하는 사람하고 로마에 가 보고 싶어요. 사업상으로는 몇 번 다녀왔지만요."

"난 로마의 트레비 분수에 동전을 한 번 던졌으니 언젠가 또다시 가게 될 거예요."

"그럴 게 아니라 우리 여름휴가 때 같이 로마에 갈까요?"

그냥 던져 보는 말? 경민의 태도가 어째 미덥지 않았다.

"말도 안 돼요. 여름휴가 때 셰익스피어의 고향 스트랫퍼드에 가야 되거든요."

"영국의 스트랫퍼드요? 그럼 나랑 같이 갈래요?"

"어쨌든 안 돼요. 효주랑 가기로 했거든요."

카사노바 기질을 가진 남자를 만나 보지 못한 나로서는 작가적 호기심에 경민이 싫지 않았다. 로마 여행에의 환상을 안겨 주는 그는 여자들에게 어떤 로망을 이끌어 내는 재주가 있었다. 경민이 와인을 한 모금 마시더니 불쑥 내게 물었다.

♣

"셰익스피어 좋아해요? 언뜻 '뜻대로 하세요'라는 제목이 생각나네요."

"왜요? 그 작품 읽어 봤어요?"

경민의 입에서 셰익스피어가 튀어나오자 나는 반가워서 팔딱 뛰었다.

"오래전에 읽었는데 아덴 숲에서 남장한 여자와 남자가 사랑 놀이하는 장면만 기억나네요."

"로절린드라는 여자가 궁정에서 도망쳐 나와 남장을 하잖아요. 올랜도라는 귀족 청년이 숲에서 자기를 사랑하는 시를 쓰고 다니니까 본심을 확인하기 위해 말을 걸고요."

경민이 바로 입을 떼지 못하는 걸 보고 내가 우쭐해서 말을 이었다.

"남장한 로절린드가 올랜도의 상사병을 낫게 해 주려고 자기를 로절린드라고 부르게 하잖아요. 남자는 속아 넘어가서 당장 연인 놀이를 시작하고요."

"아하, 생각나네요. 남자는 가장 놀이로 로절린드를 부르고 여자는 자기 이름이 불리는 기쁨을 느끼죠. 마치 로절린드가 직접 연출가가 되어 사랑을 뒤흔드는 형국이고요."

셰익스피어는 여자를 남장시켜 마음대로 말과 행동을 구사하게 한 것이다. 그런 면에서 그는 페미니스트인 셈이다. 경민이 내게 치즈 셀렉션을 집어 주며 물었다.

"참, 두 사람이 어쩌다 만나게 됐죠?"

"궁정에서 씨름 시합에 이긴 올랜도를 보고 로절린드가 첫눈에 반했잖아요. 올랜도도 반했지만 먼저 말을 걸지는 못했고요."

"맞아요. 두 사람 다 가해자들을 피해 아덴 숲에 도망 와서 재회하게 된 거네요."

"처음엔 연인 놀이를 하다가 나중엔 진짜가 돼 버리잖아요. 사랑은 광증에 지나지 않으니 미치광이처럼 가두고 매질을 해야 한다는 게 로절린드의 지론이죠. 결국 로절린드가 여자라는 정체를 드러내면서 서로 해피 엔딩으로 맺어지고요."

"맞아요. 로절린드 말마따나 사랑은 광기일 뿐이죠. 그 어떤 노래로도, 논리로도 다 표현할 수 없는 게 사랑이잖아요. 나중에 아덴 숲에서 모두들 용서하고 화해하면서 극이 끝나지요. 네 쌍의 커플이 탄생하고 시동들도 헤이 딩딩딩 봄날의 매혹을 노래하고요."

경민이 어깨를 으쓱하며 내게 물었다.

"크리스토퍼 말로가 그랬던가요? 진정한 사랑을 하는 자는 모두 첫눈에 빠진다고요."

"첫눈에 사랑하지 않는 자, 과연 누가 사랑했다 말한 것인가? 이건 셰익스피어가 말로의 말을 인용해서 말했죠."

"사랑은 눈물의 씨앗. 이 말도 그 작품에서 나왔죠?"

"역시 경민 씨는 수재에 속하네요. 셰익스피어 작품을 이리도 잘 알고 있으니까요."

"사실 '뜻대로 하세요'라는 제목이 자유를 연상시키잖아요. 나도 같은 제목으로 콩트를 쓰면서 이 작품을 꺼내 봤던 거죠. 다른 작품은 몇 개밖에 몰라요."

나는 내 말에 주석을 달아 주는 경민에게 호감을 느꼈다.

"그럼 여기서 팁 하나 줄게요. 사랑은 환상이지요. 정열과 헌신과 충성과 봉사고요. 사랑은 겸손과 인내와 순결과 시련과 복종이고요. 이건 양치기 사내가 말하는 사랑의 정의예요. 정말 멋지죠?"

주차장에서 대리 기사를 기다리는 동안 경민이 내게 "이리 와 봐요. 안아 줄게요" 하며 손짓했다. 나는 "싫어요!" 하며 고개를 내둘렀다. 그러자 경민은 내 볼에 잽싸게 입맞춤을 하더니 "즐거웠어요!"라고 말했다. 술김에 나는 그의 목에 양팔을 두를 뻔하다가 번쩍 정신을 차렸다. 차 키를 대리 기사에게 맡기고 나는 경민을 향해 손을 흔들어 주었다. 경민이라는 남자가 마음 한 켠으로 밀고 들어오려는 순간이었다.

양산이 있는 풍경

코델리아: 최선의 의도를 가졌어도 최악의 운명을 맞게 된 게 우리가 처음은 아니에요. 하지만 국왕이신 아버님이 압제를 당하신 걸 생각하면 저는 기가 꺾인답니다. 저 혼자라면 거짓말쟁이인 운명의 여신의 찌푸린 얼굴쯤 똑바로 노려봐 줄 수도 있어요. 아버님의 저 딸들, 언니들을 한번 만나 보시지 않겠어요?

리어 왕: 아니, 아니, 아니! 자, 어서 감옥으로나 가자. 우리는 단둘이서 새장 속의 새처럼 노래 부르자. 네가 나보고 축복해 달라 하면, 나는 무릎을 꿇고 네게 용서를 청하련다. 우리는 그렇게 나날을 보내고, 기도하고, 노래 부르고, 옛날이야기를 하고, 금빛 나비같이 차려입은 조신들을 비웃고, 불쌍한 놈들이 지껄이는 궁중 소식을 듣자꾸나. 그리고 우리도 그들과 함께 누가 전쟁에서 지고, 누가 이기고, 누가 등용되고 누가 실각하는지 이야기하자꾸나. 마치 우리가 신

의 첩자들인 양 인생의 불가사의를 아는 체해 보자. 그리고 우리는 벽으로 둘러싸인 감옥 안에서, 달의 힘으로 들락날락하는 조수와 같이, 이합집산하는 귀족들의 집단과 당파보다 더 오래 살자꾸나.

켄트: 폐하의 영혼을 괴롭히지 마오. 오! 운명하시도록 하오. 폐하께서는 이 냉혹한 세상의 고문대 위에서 그분의 생을 연장시키려는 자를 미워하실 겁니다.

—「리어 왕」 제5막 제3장

1

파주 출판 단지가 제 역할을 하는 시즌은 5월이다. 5월 5일 어린이날 행사에 맞추어 출판 전시회를 갖는다. 출판 단지에 입주한 출판사들은 도로에 부스를 설치하여 신간 서적을 전시하고 판매하는 행사를 갖는다. 출판 조합 앞에 헌책방도 장터처럼 몇 군데 열려 그곳을 찾는 아이들과 어머니들을 유혹한다. 주로 어린이 책들이 많이 팔리는데 어른들을 위한 책들도 많다.

5월의 싱그러운 햇살 아래 산들바람이 연초록색 나무들을 어루만지는 날이었다. 출판 조합 군데군데 분홍 빨강 물감을 부은 듯 철쭉꽃이 어우러져 있었다. 정 부장과 나는 조합 식당에서 점심을 먹고 열린 장터에 갔다. 그곳에서 우리는 미국판 영어 초등 교과서와, 삽화가 그려진 영어 사전 몇 권을 구입했다. 나는 보들레르의 『악의 꽃』이나 바슐라르의 『불의 정신 분석』 같은 책들도 손에 넣었다. 최근 2년 동안 출판 조합 옥상 위에 '보물섬'이란 헌책방에서 구입한 소설책만도 600권 정도 되었다.

정 부장과 나는 장터 쇼핑을 마치고 '미래출판사' 부스로 향했다. 전날 경민에게서 시간 내어 자기 부스를 방문해 달라는 전화를 받았다. 직원들이 나와서 책 홍보를 하고 있었다. 몇 군데 출판사 부스를 들렀다가 거슬러 올라오는데 뒤에서 빵빵거리는 클랙슨 소리가 났다. 뒤돌아보니 경민이 자기 차에서 운전석 창밖으로 고개를 내밀고 "어, 왔네!" 하며 아는 체를 했다. 그러더니 도로 한 켠에 차를 세우고 내렸다. 차에서 연보라색 투피스 차림의 여자가 뒤따라 내리는데 바로 이현진이었다. 나는 그녀의 출현에 적이 놀랐다.

"문학창작사에 원고 때문에 왔다가 서 선배하고 연락이 됐어요."

그녀가 굵게 웨이브 진 기다란 머리카락을 쓸어 넘기며 나를 향해 말했다.

"아, 그래요? 파주 출판 단지 좋지 않아요?"

"외국 도시에 와 있는 것처럼 이국적이에요. 여기서 글을 쓰면 책도 잘 나올 것 같네요."

나는 화사하게 웃고 있는 현진에게 정 부장을 직속 상사라고 소개했다. 경민은 정 부장과 내가 카페에서 커피라도 마실 시간을 내주기를 원했지만 사무실에 들어가 봐야 했다. 내가 현진에게 아쉬운 목소리로 말했다.

"현진 씨는 더 놀다 가요. 다음번에 오면 같이 만나요."

"그래요. 내가 미리 전화할게요."

이번엔 경민이 정 부장에게 손을 내밀며 말했다.

"정 부장님과는 조만간 점심 식사나 같이하시죠."

"그럽시다. 가까이 있는데 한번 만나야죠."

현진은 경민과 막 연애라도 시작한 연인처럼 즐거워 보였다. 이상하게 현진은 어딜 가든 나를 따라다니는 연적 같은 느낌이 들었다. 정 부장과 나는 발걸음을 재촉해 사무실로 들어왔다. 회사 분위기가 경직되어 있어 늦게 다닐 형편이 아니었다.

포토컴에서 사진을 선정해 내려받는 것만으로도 시간이 물처럼 흘러갔다. 시간제 정액제인 터라 컴퓨터 앞에서 꼬박 사진 작업에만 매달려야 했다. 그 외에 나는 원고 작업을 뒤로 미루고 삽화 지정 작업을 밀어붙였다. 눈을 쉬고 있는 간간이 현진의 실루엣이 환영처럼 어른거렸다. 퇴근 준비를 하는데 경민에게서 전화가 걸려 왔다.

"지금 현진 씨와 와인 마시고 있는데 퇴근 후에 합류할까요?"

"아유, 됐네요. 선약이 있어요."

"그럼 현진 씨 보내고 내가 회사 앞에서 기다릴게요."

"회사 일도 바쁘고요. 저녁엔 보지 않았으면 좋겠네요."

경민은 아이처럼 고집을 부렸지만 나는 단호하게 거절했다. 더구나 현진과 같이 있으면서 날 불러내는 바람둥이 심리를 관대하게 봐줄 수가 없었다. 사장이라고 시도 때도 없이 자유로운 경민과는 점심시간에 보는 정도로만 허용하기로 했다. 저녁 시간에 만나 경민의 유혹을 뿌리쳐야 하는 무리수를 두고 싶지 않았다.

2

주 중에 나는 도자기 전시회에 가기 위해 월차 휴가를 받았다. 전시회 당일 아침에 나는 인사동 '경인 갤러리'에 분홍색 호접란 화분을 배달시켰다. 사람들 틈에서 선우는 직접 글씨와 그림을 새긴 도자기들을 가리키며 귀엣말을 건넸다.

"저 글씨를 새기면서 너와의 사랑을 떠올렸지. 오직 너만 생각하며 새긴 거야."

"'영'이라는 한자 아녜요? 내 이름 끝 자가 새겨져 있네. '주거도 조아'와 '일체유심조'라. 와우, 정말 멋지네요."

"저 긴 머리 여인이 바로 너야."

선우는 도자기에 글씨를 한 자 한 자 새기면서 정념을 다해 나라는 연인을 사랑해 준 것이다. 선우의 지극정성이 하늘에 닿을 것만 같았다.

"저 음각 글씨를 백토로 메우고 말린 다음에 걷어 내는 작업을 상감 기법이라고 하거든. 그걸 유약을 발라 굽는 거야."

화가와 시인과 소설가와 도예가가 어울려 만든 도자기 전시회는 꽤나 성황을 이루었다. 다른 친구들의 작품도 다 그럴듯한 예술미를 풍겼다. 사람들 틈에서 화가와 시인을 찾아 인사를 나누는데 도예과 교수가 다가와 한마디 건넸다.

"예쁜 꽃도 보내 주시고 와 주셔서 감사합니다."

"도자기와 예술의 만남이 이루어졌네요. 아주 멋져요."

"인사동에 나오면 차 마시러 가게에 한번 들르세요."

선우가 지인들을 향해 가는 도예과 교수의 뒷모습을 바라보며 말했다.

"저 친구가 이룬 세월을 보면 숙연해지는 거 있지. 작업 과정은 그야말로 고통의 신음 소리이자 자탄의 신음 소리야. 잘 살아 낸 거지. 부럽기도 하고."

"그러게요. 예술은 예술을 자극한다잖아요."

"아무튼 이번 기회에 내가 도예와 만난 일은 어떤 식으로든 나에게 자극이 될 거야. 뭔가 빛이 지나가는 느낌을 받았거든."

도예과 교수는 친구들과의 흙놀이전을 통해 새로운 예술의 지평을 열고 싶다고 말했다. 흙놀이전을 고안한 그가 진정한 예술가의 경지로 한 걸음 도약하는 순간이었다. 작품들은 상감 글을 새긴 황토 도자기와 철사 글을 새긴 백자白瓷가 주류를 이루었다. 나는 기념 삼아 선우의 작품들을 휴대 전화 카메라로 찍어 저장했다.

선우와 나는 그곳을 빠져나와 인사동 보쌈집을 찾아들었다. 빈대떡과 보쌈에 소주를 마시면서 우리는 이야기 삼매경에 빠졌다. 물론 회사 이야기는 빼놓을 수 없는 단골 메뉴였다. 선우는 어김없이 애인을 옹호하는 발언을 쏟아 냈다.

"내가 신 상무라면 너의 실력을 인정하고 충분히 활용할 텐데."

"만약 내가 아부꾼이었다면 한불사전 끝나자마자 승급했을 거예요."

"우리 귀여니는 자기 일에 소신을 다하니까 직원들이 시샘하는 거야. 신 상무도 신상에 위협을 느끼고 널 왕따로 몰아붙이려는 거지."

"회사에선 실력자보다는 손바닥 잘 비비는 사람이 오래 살아남는단 말이죠. 장님 나라에선 애꾸가 왕이잖아요."

"보통 직장에서 인기 있고 업무 능력 탁월한 사람들 중에 왕따의 희생자가 많더라고. 대개 솔직하고 남을 돕고 가르치고 발전시키고자 애쓰는 사람들이지."

♣

나는 보물섬에서 건진 『셰익스피어 매니지먼트』를 떠올리며 말을 꺼냈다.

"경영자가 직원의 장단점을 파악하고 있다면 조직 관리를 잘할 거예요. 그런 점에서 셰익스피어의 작품을 읽으면 21세기 경영에도 도움이 된다잖아요."

"그러니까 셰익스피어의 등장인물을 잘 관찰하고 분석하면 인간 본성을 이해하게 되고 조직 관리에도 도움이 된다는 말이겠지."

"「리어 왕」에 보면 켄트라는 충신과 어릿광대가 리어 왕을 추종하는 인물로 나와요. 켄트는 리어 왕에게 직언하다가 추방당하지만 리어 왕이 미쳐서 황야를 헤맬 때 끝까지 지켜 주죠."

"그래. 켄트 같은 사람은 경영자가 반드시 옆에 두어야 하는 사람이지. 어릿광대도 리어 왕에게 뼈 있는 농담을 하고 민중의 소리를 전하잖아. 현명한 군주라면 어릿광대의 말에 귀를 기울일 테고 말야. 리어 왕은 어리석어서 아첨하는 두 딸과 간신배들에게 속아 몰락하지."

선우는 셰익스피어에 관해서도 나보다 나은 식견을 갖고 있었다. 나만큼이나 셰익스피어 중독자가 되었기 때문이다.

"리어 왕은 자식들에게 위대한 사람으로 찬양받기를 원하는 노인 이죠. 세 딸에게 누가 가장 아비를 사랑하는지 말해 보라고 하잖아요. 두 딸은 아비의 환심을 사기 위해 거짓말도 서슴지 않지만 셋째 딸은 아부를 못해서 상속권을 박탈당하죠."

"기실 셋째 딸 코델리아가 진짜 효녀인데 유산 한 푼 못 받고 프랑스 왕한테 시집가지. 나중에 아버지를 구하기 위해 프랑스 군대를 이끌고 왔다가 감옥에서 죽잖아. 코델리아는 아버지에 대한 사랑을 말 대신 행동으로 보여 준 셈이지."

"리어 왕은 무지한 탓에 누가 진정한 아군인지 구분하지 못하죠. 두 딸에게 왕국을 물려주자마자 황야로 쫓겨나잖아요. 결국 두 딸도 사랑 다툼으로 죽고, 리어 왕도 번민 끝에 죽게 되고요. 리어 왕은 죽음의 순간에 이르러서야 코델리아의 사랑을 깨닫죠. 리어 왕이 죽은 딸을 안고 절규하는 장면은 마리아와 리어 왕을 바꿔 놓은 피에타 같아요."

"무엇보다 리어 왕이 두 딸에게 모든 것을 다 주어 버린 게 큰 실수야. 어릿광대가 달팽이도 집을 갖고 다니는데 뿔을 감출 껍데기도 없대서야 되겠냐고 그를 조롱하잖아. 리어 왕은 두 딸에게 노후를 맡기려다가 스스로 몰락을 부른 거지."

선우는 미소를 가득 머금고 오늘의 키워드를 말했다.

"코델리아가 너무 솔직한 데다 말주변이 없었던 것도 화근이야.

말 한마디에 천 냥 빚도 갚는다고 하잖아. 아버지를 사랑하면 아버지가 원하는 사랑의 찬사쯤은 해 줄 수도 있잖아."

"그거야 두 언니들이 미사여구를 늘어놓으니까 기가 차서 말이 안 나온 거겠죠. 또 아버지가 자기 진심을 이해하리라 믿었던 거고요."

"하긴 부모 자식 간에도 속마음을 표현하지 않으면 오해를 낳는데 타인 간에야 오죽하겠어. 조직 생활 하려면 때론 상사의 비위를 맞추는 지혜도 필요하다는 얘기지."

"하지만 상사도 상사 나름이지요. 난 절대로 신 상무한테 지지 않을 거예요. 반드시 내가 먼저 목을 조를 거라고요."

"뭐야? 우리 귀여니 화나면 무서운 건 내가 알지."

선우는 자기 뺨에 한 손을 갖다 대며 말했다. 뺨까지 때려 가며 그를 몰아붙였던 헛소동을 떠올리면 한없이 미안한 마음이 일었다.

"선배는 작품도 쓰고 도자기도 굽고 다 하는데, 난 어느 세월에 소설을 쓰죠?"

"걱정하지 마. 열심히 살다 보면 어느 순간에 쓸 수 있는 시간도 주어질 거야."

"왜 버나드 쇼의 묘비명에도 있잖아요. 우물쭈물하다가 내 이럴 줄 알았어!"

"내 묘비명에는 '주거도 조아!'라고 쓰게 할 거야. 우하하."

선우의 웃음소리가 커졌다. 이상하게도 그런 과도한 표현이 마음에 걸렸다.

"그 도자기 하나 가져올 수 있을까요? 욕심 생기던데요."

"도예가에게 말해 볼게. 설마 친구들만 이용해 먹고 도자기 하나도 안 주진 않겠지?"

"그래도 우리 사랑이 새겨진 도자기가 전시되어 있다고 생각하면 뿌듯해요."

"맞아. 대학로에 가면 내 희곡 작품을 올릴 무대가 있고, 인사동에 오면 우리 사랑을 기록한 도자기가 전시되어 있어 좋구나."

그날 내가 그의 어깨에 기대어 쉬고 있을 때 "그래, 이게 사랑이야!" 하고 그가 말했다. 그러고도 모자라 다음 날 메일에서 되풀이해 말했다.

　　사랑아, 내 별이로다. 북쪽을 바라보면 북극성이요, 남쪽을 바라보면 남십자성이로다. 내 사랑은 어느새 제국주의의 깃발을 내게 꽂다. 그러나 이 식민지 열병이 이리도 좋으니 어쩔거나 어쩔거나. 죽어도 좋다는 말 또한 이럴 때 쓰는 거였어. 그래, 다음에는 별 이야기를 해 줄게. 아, 사랑이 이런 거였다고!

3

오전에 경리부 오 부장이 여직원과 같이 사무실로 들어오더니 설문지를 돌렸다. 설문지에는 '직장 내 성희롱법'의 내용이 열거되어 있었다. 직원들에게 성희롱 문제를 인식하게 하여 직장 내 근로 분위기를 일신하고자 하는 데 목적이 있다고 했다. 만약 규칙에 위배되면 직장에서 퇴출당할 수도 있다는 강력한 경고였다. 드디어 윗선에서도 알게 되어 신 상무 제거 작전이 시행되려나 보았다.

나는 설문지를 읽은 미스 양과 신 상무의 반응이 궁금했다. 미스 양이 책상 위에 엎드려 있는 모습이 보였다. 요즘 미스 양은 일을 하는지 마는지 알 수 없을 정도로 부쩍 자리 이탈이 잦았다. 근무 중에 나가서 몇 시간씩 있다가 돌아오곤 했다.

"아버지! 저 회사 그만둬야겠어요. 신 상무님이 자꾸 괴롭혀서 못 견디겠어요!"

미스 양이 자리에서 일어나더니 휴대 전화에 대고 횡설수설하기 시작했다. 미스 양 앞자리에 앉은 권 대리가 내게 저 보라는 듯한 눈짓을 보냈다.

"밤에 잠도 잘 못 자겠고요. 자꾸만 헛것이 보여서 일도 못하겠어요. 아무래도 사직서 내야겠어요."

미스 양이 휴대 전화를 끊고 밖으로 나가자 곧바로 신 상무가 뒤따라 나갔다. 무슨 사랑싸움도 아니고 참 요지경 속이었다. 미스 전이 싱글거리며 말을 걸어왔다.

"금방 들으셨죠? 신 상무님 때문에 회사를 그만두겠다니 그게 무슨 의미일까요?"

"신 상무를 좋아한 게 아니라 괴롭힘을 당했다는 이야기 아냐?"

"그럼 직장 내 성희롱 맞네요. 미스 양 때문에 신경이 쓰여 일도 잘 안 돼요."

앞자리의 권 대리도 내 쪽으로 오더니 불평을 늘어놓았다. 미스 양 사정을 잘 알고 있는 미스 전이 말을 이었다.

"분명히 헛것이 보인다고 말했죠? 아무래도 정신병이 다시 도진 모양이에요. 작년에도 재작년에도 이맘때 한 달 병가 냈었잖아요."

"그런데 매번 회사에서 병가를 내줄까?"

"모르죠. 이번에도 신 상무님이 힘써 줘서 잘될지 말예요."

내 말을 듣고 있던 정 부장이 말참견을 했다.

"미스 양이 러시아어 중사전 책임을 맡고 있어 회사에서 함부로 쫓아내진 못할 겁니다. 한번 두고 봅시다."

미스 전이 목소리를 낮춰 말했다.

"언젠가 미스 양 집에 놀러 간 적이 있는데요, 그 집 아버지가 성격이 거칠고 불친절해서 당황했어요. 계부이거나 성격 이상자 같더라고요."

"그래요? 여자는 아버지하고 관계가 틀어질 때 나이 든 남자에게서 대리 애정을 구한다고 하던데. 그래서 미스 양이 신 상무를 따르는지 모르겠네요."

"미스 양이 자기 아버지가 강남에서 100억대 부자라고 신 상무에게 말했다더군요. 아마 자기 약점 감추려고 일부러 부자 아버지를 내세웠겠죠."

다음 날 미스 양은 신 상무를 잘 설득했는지 3주간의 병가에 들어갔다. 신 상무와 미스 양의 관계를 들먹이며 직원들은 수군거렸다. 편집국 수장이 편파적으로 직원을 관리함으로써 다른 직원들이 피해를 입기 때문이었다. 특히 미스 전은 미스 양과 입사 동기인데 아직 대리도 달지 못한 상태였다. 두 사람은 예전의 참고서 부서에 있던 시절부터 앙숙이었다. 미스 양과 나는 데면데면한 사이였다.

4

점심 무렵에 유은성 선생님 내외분이 출판 단지를 방문하셨다. 러시아 방문길에 선물할 영한사전과 한영사전이 필요하다고 해서 날짜를 잡았던 것이다. 내가 사전 두 권과 사모님에게 드릴 향수를 챙겨 들자 정 부장도 나를 따라나섰다. 음식점에서 대통밥 정식이 차려지는 동안 정 부장이 환한 얼굴로 유 선생님에게 말했다.

"평소 유 선생님 작품을 좋아했는데 이렇게 뵙게 되어 영광입니다."

"김문영은 내가 아주 예뻐하는 제자예요. 부장님이 잘 좀 봐주세요."

유 선생님은 멋쩍게 웃으시며 천진스러운 눈길로 나를 바라보셨다.

내가 대학 강의실에서 유 선생님을 만나 뵌 건 벌써 9년 전의 일이다. 강의가 끝나고 인사하는 나를 유 선생님은 "참, 복스럽게 생겼네!" 하며 밝게 맞아 주셨다. 유 선생님의 소탈한 표정에서 대가다운 넉넉함과 순수함이 느껴졌다. 그날 유 선생님의 강의에서 풍기던 문학의 향기는 오래도록 내 기억 목록에 저장되어 있다. 유 선생님은 도스토옙스키, 톨스토이, 투르게네프, 토마스 만, 푸시킨의 생애를 언급하면서 예술가적 기질에 대해 논하셨다. 예를 들면 날마다 결투하는 자가 푸시킨이었다면서 작가란 사람들은 근엄하고 인품이 무거운 그럴듯한 면이 없고 뭔가 아이 같은 면모를 지니고 있다고 말씀하셨다. 강의 말미에 유 선생님은 문학보다 더 중요한 건 사람 사는 것이라고 강조하셨다. 사는 쪽에 공들여 다지다 보면 문학의 터도 그만큼 튼튼해진다는 것이다.

정 부장이 노부부에게 막걸리를 따라 주고 유 선생님도 잔들을 채워 주셨다. 사모님이 입가에 담뿍 웃음을 지으며 내게 말씀하셨다.

"선생님이 김문영 씨 예뻐하시는데 자주 좀 찾아뵙고 그래요."

"일 때문에 자주 못 가 뵌 것 죄송해요."

유 선생님이 목소리에 힘을 주어 말씀하셨다.

"올해 단편소설 축제에는 꼭 참석해야 돼. 그때 와서 발언도 하고 그래야지."

"가을에 열리는 행사잖아요. 이번엔 일이 바빠도 꼭 참석할게요."

사모님과 정 부장은 고향이 같은 데다 동년배인 탓인지 언어가 잘 통했다. 내가 정 부장의 형님을 소개드렸다.

"참, 정우정 씨라고요. 돌아가셨지만 정 부장님 형님도 문학 평론가이셨어요."

"아, 내가 잘 알아요. 정 부장 인상이 친근하더라니, 정우정 씨 동생이었구면."

"형님은 출판사도 운영하셨는데 화재로 돌아가셨죠."

"그 친구 살았으면 나하고도 잘 지냈을 텐데 참 아쉽구면."

정 부장은 유 선생님의 소박한 성격에 매료되어 연방 만족스러운 미소를 날렸다. 미인이며 지적인 사모님과 유 선생님은 같이 앉아 있기만 해도 그림이 되는 멋진 커플이었다. 유 선생님이 감회에 젖어 말씀하셨다.

"생각해 보면 결혼이고 만남이고 모든 게 운명이야. 내가 작가가 된 것도 운명이 아니면 어떻게 그 힘든 세월을 견뎠겠어?"

"선생님께선 시대의 증인으로 힘든 옥고까지 치르셨죠. 문학에 대한 선생님의 열정이 대단하십니다."

"항소심 공판이 있던 날, 감옥 안에 난데없이 호랑나비 한 마리가 날아왔지. 아마 돌아가신 아버지가 날 도와주시려고 나타나셨던 것 같아. 이제 시대가 바뀌어 무고한 옥살이가 보상받게 되었잖아. 정말 대한민국 만만세야."

이어지는 유 선생님의 체험담을 듣다 보니 점심시간이 훌쩍 지나버렸다. 정 부장이 직접 찾아뵙겠다는 아쉬움을 표현하자 사모님이 쾌히 응답하셨다.

"러시아 다녀오고 나서 저희가 점심 사 드리러 다시 올게요."

유 선생님 차로 회사 앞까지 와서 정 부장과 나는 조용히 자리를 찾아가 앉았다. 정 부장은 식곤증이 몰려오는지 눈을 감은 채 졸고 있었다. 나도 컴퓨터 앞에 앉아 있는데 하품이 쏟아져 나왔다. 박 차장이 다가와 내 컴퓨터를 들여다보더니 말했다.

"김 과장 없을 때 전화가 걸려 왔어요. 지난번 남자 같던데 전화 못 받았어요?"

"근데 누구지? 하필 내가 없을 때만 전화를 걸고. 다시 전화하겠대요?"

"휴대 전화 번호 알려 달라고 하던데 내가 번호를 몰라서 다시 걸라고 말했죠."

퇴근 때까지 전화벨 소리에 귀를 쫑긋 세웠지만 나를 찾는 전화는 없었다. 도대체 누구길래 내가 없는 시간만 골라서 나를 찾는 걸까? 혹시 인사부에서 직원 관리차 자리 확인하려고 전화를 건 것은 아닐까. 회사라는 조직은 언제 무얼 걸고넘어질지 모르기 때문이었다. 군데군데 시시티브이라도 설치해 놓고 언제 올가미를 채울지 알 수 없는 일이었다. 하지만 어쩌랴. 일벌처럼 일이나 하고 볼 일이다.

5

일요일에 선우가 운전하는 차를 타고 을왕리로 향했다. 인천공항 도로를 지나 20여 분 더 달리니 을왕리 바닷가가 보였다. 6월의 쾌청한 날씨 탓에 황금빛 햇살이 바다 위에 찬란히 부서져 내렸다. 쉴 새 없이 밀려오는 잔파도는 하얀 포말을 일으키며 계속 재잘거렸다. 선우가 양산을 펼쳐 들자 나는 그의 팔짱을 끼었다. 길게 펼쳐진 모래사장을 따라 선우와 이야기를 나누며 걸어갔다. 뒤돌아보니 모래사장에 찍힌 발자국들에 바닷물이 옅게 스며들었다. 바다 위로 낮게 선회하던 갈매기들이 모래사장에 내려앉았다.

"저기 갈매기들 좀 봐요. 모여 앉아서 수다 떠는 것 같죠?"

"그러게. 사람들이 많지 않아선지 갈매기들도 한가해 보이네."

참으로 오랜만에 누려 보는 평화로운 정경이었다. 선우가 옛 추억에 잠겨 말했다.

"난 고등학교 시절 문학 한다고 실존주의 작가 카뮈 흉내를 내곤 했지. 교지 편집은 3년 내내 도맡아 했고 말야. 물론 좋아하는 여학생도 있었지."

"그럼 선배의 첫사랑은 바로 그 여학생이에요?"

"그렇겠지. 고등학교 졸업하고 나서 바닷가에서 나눈 첫 경험은 잊을 수가 없어."

"그래요. 첫사랑은 처음이어서 아름답고, 미완으로 끝나서 아쉬움을 남기죠. 근데 나는 첫사랑이 누구인지 헷갈릴 때가 있어요."

"언제 시간 내서 우리 귀여니 첫사랑 이야기 한번 들어 봐야지."

우리는 횟집에 가서 조개구이와 술을 시키곤 파라솔 아래에 마주 앉았다. 숯불판 위에서 지글거리는 조갯살을 파내어 서로 입에 넣어 주곤 새끼손가락을 꼬았다. 한참을 마주 보다 웃어 젖히는 우리는 유쾌하기 위해 존재하는 커플이었다.

"아침에 욕실에서 번개처럼 그 생각이 지나갔어. 아라발의 「환도와 리스」를 다시 읽을 것. 거기에 또 하나의 길이 있을 거야. 『셰익스피어 인 드림』의 길 말야."

"연극부 시절 리스 역할로 캐스팅된 적이 있어요. 방학 내내 연습해야 되는데 난 과외 수업을 해야 해서 어쩔 수 없이 연출가에게 고향 간다는 핑계를 대고 빠져나왔죠. 그때 리스 역할을 못해 본 게 가장 아쉬워요."

"흠. 아라발이 부조리 작가이기 때문에 네 작품과 어울릴 거란 생각이지."

선우는 가위로 왕조갯살을 자르면서 "공주님 드십시오!" 하며 어깨춤을 추었다.

"넌 술보다 더한 알코올이야. 알코올 도수 100에 걸려들었단 말이지. 난 말야, 언젠가 해 질 녘 주인 없는 모텔에 들어가서 사랑 나눈 그 장면을 생각하면 웃음이 터져 나오거든. 그 석양에 아주 멋진 사랑이었지."

"하하하. 그때 주인을 기다리기엔 우리 사랑이 너무 급했죠?"

"나중에 온 주인이 얼마나 황당했겠어."

술이 차오르자 조개구이집 뒤쪽에 위치한 모텔에 들어갔다. 방 안의 꽃무늬 소파와 원형의 핑크색 벨벳 침대가 마음에 들었다. 그의 베이지색 재킷과 내 빨간색 재킷을 격자형 목재 벽걸이에 걸었다. 욕실에서 나와 보니 선우가 나머지 옷들을 테이블 위에 잘 정리해 두었다. 그와 내 재킷의 소매끼리 팔짱을 하고 있는 벽걸이를 보니 저절로 미소가 피어올랐다. 게다가 꽃무늬 양산을 걸어 두었는데 한 장의 수채화처럼 '양산이 있는 풍경'이 머릿속에 입력되었다.

선우와 나는 황홀한 사랑의 제의를 치르듯 정성스레 서로의 몸과 마음을 나누었다. 온갖 사랑의 성찬으로 풍요로운 마법의 묘약을 나누어 마셨다. 입술과 입술이 부딪치며 혀를 빨고 온몸을 애무하다가 부둥켜안고 뒹굴었다. 열락의 극치를 체감하면서, 차올랐다가 고요해질 때까지 얼마큼 시간이 흘렀을까.

그의 턱에 내 뺨을 갖다 대자 그가 내 가슴을 감싸 쥐었다. 멀리 바닷가에서 쏴아 하고 파도 소리가 들려왔다. 나는 그의 가슴에 얼굴을 묻으며 손을 뻗어 그의 손가락에 깍지를 끼웠다. 환영처럼 갈매기들이 꿈의 바다 위로 날아올랐다. 그가 입술로 내 목덜미를 핥더니 그의 단단한 심벌을 내 살갗에 댔다. 순식간에 우리는 한 몸이 되어 감미로운 환희의 늪 속으로 빨려 들어갔다.

모텔에서 나와 바닷가 주변의 조개구이집에 들렀다. 바다에 지는 붉은 낙조를 바라보며 연인과 마주 앉아 뜨거운 칼국수를 먹는 기분은 뭐랄까. 가슴속에 안온하고 행복한 느낌이 밀려왔다. 나는 반주를 두 잔 마셨지만 선우는 운전 때문에 사양했다.

"문영아! 저기 붉게 타오르는 석양 좀 봐. 해 떨어지기 전에 가장 강렬하게 타오른다지. 우리도 저 낙조처럼 아름답게 늙어 가자."

"아, 붉은 빛깔이 정말 아름답네요. 생각해 보면 인생이 아주 길게 느껴지는 것 있죠. 수명도 늘어서 이대로 50년 이상 더 산다면 끔찍할 정도예요."

"우리 앞에 수많은 날들이 남아 있구나. 우리가 함께 살아간다면 더 좋겠지."

그가 왠지 쓸쓸한 낯빛을 띠었다. 나는 그를 주시하다가 먼저 결론을 내렸다.

"날마다 같이 있게 된다면 사랑의 마법은 사라져 버릴 거예요. 대신 서로 지켜보고 있으면 되잖아요."

"실은 어제 미국에서 이상한 전화를 받았어. 어떤 남자가 아내와 헤어져 달라고 부탁하더구나."

"그게 정말예요? 아내한테서는 무슨 소식 못 들었고요?"

"아내가 나한테 이혼해 달라고 말하더군. 미안하다고만 하는데 미칠 지경이었지."

"그래서 뭐라고 말했어요?"

"네가 알아서 결정해라. 네 자유를 존중한다고만 말했지."

선우는 조금 체념한 표정으로 말을 이었다.

"만나고 헤어짐은 다 하늘의 뜻이지. 떠나고 싶은 자 떠나게 하라. 그게 정답이야."

"그럼 선배의 의지는 뭐예요? 만사를 하늘의 뜻에만 맡긴다는 거예요?"

그가 눈에 생기를 담고 내 질문에 서슴없이 대답했다.

"물론 내 의지는 너와 함께 가는 거야. 하지만 셰익스피어도 인간이 일을 벌이지만 그걸 마무리하는 건 하늘이라고 말했잖아. 한 치 앞의 일도 알 수 없는 게 인생사라고 말했고."

"갑자기 샘 해리스가 쓴 『자유 의지는 없다』가 생각나네요. 우리가 자유 의지대로 어떤 선택을 한다고 믿고 있지만 그 선택은 자유 의지와는 무관하게 결정된다고 해요. 실제로 우리가 어떤 결정을 내리기 직전에 뇌가 보인 반응을 통해 우리가 어떤 결정을 내릴지 예상할 수 있대요."

선우는 고개를 끄덕이다가 내 말에 꼬리를 달았다.

"하지만 뇌의 활동이 먼저라고 해서 자유 의지가 없는 것으로 믿고 싶지는 않아. '자유 의지는 진화한다'고 주장하는 학자도 있거든. 바로 자유 의지와 결정론이 양립 가능하다는 거지. 여하튼 자유 의

지대로 행동한 결과가 운명을 만들어 가잖아."

"맞아요. 운명 또한 큰 틀에선 자유 의지인지도 모르죠. 기왕 운명의 각본대로 살아간다면 카르페 디엠! 하며 현재 이 순간을 즐겨야겠죠."

을왕리를 빠져나가는 동안 선우를 바라보며 나의 미래가 어떻게 뻗어 나갈지 머릿속이 복잡했다. 자동차를 운전하던 선우가 한 손으로 내 한쪽 손을 꼭 잡아 주었다. 선우와 나머지 인생을 이렇게 손을 잡고 갈 수 있을까? 바라던 일이 현실화되는 것을 보면서도 그 사실이 전혀 믿기지 않았다. 아니, 아내라는 연적이 사라지는 순간 사랑의 묘약도 사라지지 않을까 걱정되었다. 정말 선우는 아내와 헤어지게 될까? 그건 운명의 여신만이, 아니 셰익스피어만이 알 것이다.

셰익스피어의 고향을 찾아서

대리석도 왕후를 위해 세운 금빛 찬란한 기념비도

이 막강한 시보다 오래 살아남지는 못하리라.

허망한 세월에 더럽혀진 씻기지 않은 비석보다

그대는 이 시 속에서 더욱 밝게 빛나리라.

파괴의 전쟁이 무수한 동상들을 무너뜨리고,

분쟁이 석조물들을 뿌리째 뽑을 때,

마르스 신의 예리한 검도, 전쟁의 날랜 불길도

그대를 기념하는 생생한 기록을 태우지는 못하리라.

죽음과 모든 것을 망각시키는 적에 대항하여

앞으로 나아가리라. 그대에 대한 찬미는

이 세상이 끝나는 멸망의 날까지 이어 갈

자자손손의 눈 속에 남아 있으리라.

그러기에 그대가 부활할 심판의 날까지

그대는 이 시 속에 살고, 연인들의 눈 속에 머물리라.

—「소네트 55」

1

여름 더위가 기승을 부리면서 직원들은 휴가 날짜를 잡느라 분주했다. 7월 말 영국 여행 일정을 잡고 나자 나는 경민의 근황이 궁금했다. 주 중에 정 부장과 함께 경민의 차를 타고 근교 일식집으로 나갔다. 경민이 단골 고객인 탓인지 여주인의 환대가 융숭했다. 코스 요리가 차려지는 동안 경민이 의례적인 애깃거리를 꺼냈다.

"출판계가 꽤 힘든가 봐요. 한일사도 재정이 어려워서 구조 조정에 들어갔다더군요."

"한일사만 해도 잘나가던 회사였잖아요. 요즘 되는 건 아동물이나 자기 계발서밖에 없어요."

정 부장의 맞장단에 내가 한마디 거들었다.

"종이 사전도 전자사전 때문에 잘 안 팔리잖아요. 회사 매출이 예전의 반도 못 미치나 봐요. 우리 회사도 사장님이 고민 많이 하고 계신대요."

"앞으로 20년 내에 종이 책이 사라지고 전자책으로 바뀌는 시대가 올 것 같아요."

경민이 따라 주는 술잔을 받아 마시고는 정 부장이 물었다.

"저희 사촌 형님도 출판사를 운영하는데 사회 과학 서적이 잘 안

나간대요. 직원들도 이동이 잦아서 운영하기 힘들다던데요. 서 사장은 잘 꾸려 나가나 보죠?"

"다행히 기획서 몇 권이 꾸준히 나가는 편이에요."

"소설 시장은 어때요? 작가들 책은 잘 나가나요?"

"소설은 500권 나가기가 힘든 시대예요. 작가들이 선인세를 받던 일은 출판계의 전설이 됐을 정도죠. 이제 소설은 자비로나 출판해야 해요."

"나 같으면 자비 출판은 절대 안 할 거예요."

내가 손사래를 치자 경민이 말을 되받았다.

"순수 소설이 안 팔리니까 기획서를 만들어 팔고 있는데요. 무슨 교수, 무슨 경영원 원장 등이 '이렇게 하면 돈 벌 수 있다'는 책이 알고 보면요, 거의 편집 팀에서 인터넷 뒤져 가며 만들고 있는 현실 아녜요? 어떤 면에선 독자들이 속고 있는 거죠."

"하긴 출판사에서 원하는 책을 제대로 써 오는 저자들도 흔치 않아요."

정 부장이 수긍한다는 듯 고개를 끄덕이자 경민이 눈썹을 치켜세우며 투덜거렸다.

"어떤 때는 환멸을 느끼기도 해요. 내가 글을 쓰는데 그자들 이름으로 책을 만들어 주고 있으니 기가 막히죠. 그래도 그게 현실이니 어쩌겠어요?"

하긴 현실을 어찌할 수 없는 우리 셋은 술잔을 부딪치며 그저 웃을 수밖에 없었다. 내가 휴가 이야기로 슬쩍 화제를 바꿨다.

"이번 휴가 때 예정대로 스트랫퍼드에 다녀올 거예요. 효주랑 같이요. 그쪽은요?"

"나야 사업차 태국으로 골프 여행을 예약해 두었어요. 실컷 골프 공 날리고 오면 한결 가벼워질 거예요."

정 부장이 내 잔을 채워 주며 당부했다.

"영국에서 사진 자료 좀 많이 구해 와요. 미리 사진 목록을 짜둘 필요가 있고요."

"사진 목록은 미리 챙겨 두었거든요. 메모리 카드나 넉넉히 가져가야겠어요."

경민이 신기한 듯 나를 바라보며 사탕발림을 했다.

"우리 직원들도 이런 적극적인 마인드를 가지고 있다면 얼마나 좋을까요."

"김 과장은 자기 목소리가 확실한 게 매력이에요."

언제나처럼 정 부장은 나를 옹호하는 발언을 주저하지 않았다. 그는 나를 억압하지 않고 애정의 눈으로 지켜봐 주곤 했다. 회사 앞에서 차에서 내린 뒤 계단을 올라가면서 정 부장이 말했다.

"아까 서 사장 말을 들어 보니 김 과장을 좋아하는 것 같습디다."

그런데 퇴근 전에 업무 일지를 제출하러 신 상무 자리에 갔다가 그와 거북스러운 대면을 했다. 신 상무가 험악한 표정을 지으며 뚝뚝하게 물었다.

"삽화 진행 속도가 느리다는 말이 있던데 어떻게 된 거요?"

"아, 네. 삽화가가 우리 콘셉트에 적응하는 데 시간이 걸린 건데요. 작업량을 수시로 재촉하고 있으니까 잘될 거예요."

내가 부드럽게 응수하자 그가 나를 문책하듯 되쏘았다.

"삽화가 말로는 편집자가 요구하는 게 많아서 작업을 중단할지도 모른다고 했다던데. 삽화가에게 너무 까다롭게 한 것 아니오?"

"그건 아니고요, 삽화가에게 우리 콘셉트에 맞춰 달라고 부탁했거든요."

신 상무가 입술을 비쭉거리며 내 의중을 떠보려고 말을 걸었다.

"김 과장, 책임 맡아서 힘겹게 일만 하고 좋은 일이 있어야 할 텐데 어떡하지?"

"아무래도 괜찮습니다. 저는 일이 좋아서 하고 있으니까요."

"어른 말을 들으면 자다가도 떡이 나올 텐데 고생을 바가지로 사서 하고 있으니."

내 자리로 돌아오는데 신 상무의 가시 돋친 말에 열불이 치밀어 올랐다. 그건 우두머리 편을 들지 않는 말썽꾸러기 직원은 아무리 애써 봐야 헛수고라는 경고였다. 그러거나 말거나. 나는 내 앞에 쌓인 일들을 하나하나 해결해 나갈 수밖에 없었다. 아자아자!

2

인생의 추억과 경험을 위해서라면 런던으로 가라는 말이 있다. 효주는 새로운 기획을 위해, 나는 영어 입문 사전의 사진 자료를 구하기 위해 런던을 휴가지로 정했다. 하지만 진짜 공동의 목적지는 셰익스피어의 고향인 스트랫퍼드어폰에이번이었다. 효주도 대학 시절부터 셰익스피어 연극에 심취해 온 터라 나만큼이나 스트랫퍼드에 관심을 갖고 있었다. 마침 런던 시내와 스트랫퍼드 관광 패키지 여행을 선택해 4박 6일의 일정으로 효주와 나는 신 나는 휴가에 돌입했다.

첫날 저녁 열두 시간의 비행 끝에 히스로 공항에서 내려 여행사 버스를 타고 런던 근교 호텔에 도착해 가방을 풀었다. 나는 공항에서부터 카메라를 들고 대합실이며 신문 가판대며 호텔 내부며 닥치는 대로 사진을 찍어 댔다. 영문 글자가 박힌 간판과 영국 사람이 있는 풍경이면 모두 영어 입문 사전의 자료가 되기 때문이었다.

효주와 나는 호텔을 나와 야경을 구경하다가 아이리시 펍을 찾아 들어갔다. 왁자지껄하게 마시는 사람들 틈에서 우리는 낭만적인 여흥에 부풀어 올랐다. 첫날부터 효주는 런더너가 되기로 작정한 것 같았다. 나도 감자 칩스와 기네스 맥주의 거품과 쌉쓰레한 향기에 맘껏 취했다.

"효주야, 영국인이 좋아하는 것 세 가지가 뭔지 아니?"

"음. 정원 가꾸기와 축구 보기인 건 확실해. 그럼 나머지 하나가 뭘까?"

"여기 사람들 보면 알 수 있잖아. 펍에 가서 맥주 마시기야."

"아, 맞다. 난 이번에 영국 에일 맥주 맛을 다 맛보고 갈 거야. 런던 프라이드, 뉴 캐슬 브라운, 올드 스펙클드 헨 다 마셔 버려야지."

다음 날 나는 두 번째 런던 관광지의 분위기를 즐기면서 곳곳을 촬영하기에 바빴다. 런던의 변덕스러운 날씨답지 않게 햇빛이 쨍쨍

해서 사진 효과를 볼 수 있었다. 빨간 2층 버스며 검은색 택시며 빨간색 공중전화 부스며 간판이며 공원이며 백화점이며 영어 입문 사전에 활용할 만한 자료로 가득 들어차 있었다. 나는 호텔 가판대에 꽂힌 런던 안내 책자들을 뽑아 가방에 잔뜩 챙겼다. 효주도 나를 위해 자료를 수집해 주었다.

"회사에서 네 공로를 인정해 줘야 할 텐데. 너처럼 열성적인 직원이 어디 있다고."

"난 일하는 데 방해나 안 받았으면 좋겠다. 내가 맡은 일이니까 최선을 다할 뿐이지."

관광 첫날은 트래펄가 광장과 맞은편의 내셔널 갤러리와 버킹엄 궁과 타워 오브 런던과 빅 벤이 있는 의회 건물과 웨스트민스터 사원과 템스 강가의 여왕 산책로와 타워 브리지와 런던 시청을 둘러보았다. 활기찬 트래펄가 광장에선 비둘기 떼들에게 모이를 주며 사진을 찍었다. 그리고 내셔널 갤러리 19세기관에서 모네와 르누아르와 폴 고갱과 고흐 작품들을 주로 보았다. 복제화로만 보던 고흐의 「해바라기」와 폴 고갱의 「우리는 어디서 왔는가, 우리는 누구인가, 우리는 어디로 가는가」를 직접 감상하는 즐거움은 말해서 뭘 하랴.

오후에 버킹엄 궁의 근위병 교대식을 보기 위해 사람들 틈을 뚫고 들어가 곰털 모자를 쓰고 빨간 유니폼을 입은 기마병과 군인들의 사열 장면을 찍었다. 사실 근위병 교대식은 기다린 보람도 없이 너무 간단해서 볼 것이 없었다. 템스 강변에서 바라본 야한 오이지 모양의 거킨 빌딩이나 여왕 산책로나 타워 브리지는 명소로 꼽힐 만했다. 효주와 나는 또다시 이국의 밤거리를 활보하며 유쾌한 시간을 보냈다. 자유, 자유가 가슴 깊숙이 흘러 들어왔다.

이튿날은 대영 박물관을 둘러보고 피카딜리 서커스와 왕립 미술원과 하이드 파크와 리전트 스트리트의 백화점과 부티크를 찾았다. 발길 닿는 곳마다 관광객들과 런더너들과 행인들로 번잡했다. 대영 박물관에서는 대리석관과 이집트관과 한국관을 돌아보았다. 입구의 로제타석과 이집트 석상들과 미라들과 아시리아의 황소상과 아테네의 파르테논 신전에서 옮겨 온 엘긴 마블스를 눈여겨보았다.

"런던은 지저분한 도시지만 한복판에 자리 잡은 박물관에 대리석으로 표현된 신들의 시간을 간직하고 있다. 마치 근엄한 청교도가 과거의 색정적인 순간과 즐겁고 황홀한 죄악의 순간을 그의 기억 깊숙이 숨겨 두고 있는 것처럼."

나는 니코스 카잔차키스가 『영국 기행』에서 말한 런던 예찬을 떠올렸다. 그 표현은 너무도 적절해서 내 마음과 똑 닮아 있었다. 특히 피카딜리 서커스의 에로스상을 둘러싼 원형 계단에 젊은이들이 옹기종기 모여 앉아 있는 풍경이 인상 깊었다. 화살만 들고 활은 들고 있지 않은 그 청동상은 사실 에로스의 동생 안테로스를 표현한 것이라 했다. 그곳 피카딜리 스트리트의 관광 상품점에서 인형들을 사고 버버리 숍에서 선우에게 선물할 버버리 지갑을 샀다. 또 300년 역사를 자랑하는 포트넘 메이슨이라는 차 전문점에서 영국 차를 고르는 재미도 맛보았다.

런던에서 가장 좋은 것 세 가지를 꼽으라면 2층 버스와 공원과 극장이라고 한다. 하이드 파크 안 꽃들과 나무로 가꿔진 공원 안 벤치에 앉아 화창한 햇살을 즐겼다. 런더너들이 잔디밭에서 아이들과 원반던지기를 하거나 러그를 깔고 간식을 먹고 있었다.

"저 사람들 보니까 마네의 「풀밭 위의 식사」가 생각난다."

"그 그림 아주 파격적이지. 나체의 여자가 두 명의 신사 사이에 앉아 있잖아. 우리도 서울 가면 애인들 데리고 피크닉 한번 즐기자."

내 말에 자극을 받았는지 효주가 명랑하게 대꾸했다. 효주는 연하의 애인과 수시로 전화를 주고받았다. 애인을 공개할 수 있는 효주가 부러웠다.

셋째 날 밤 호텔 로비에서 선우가 보고 싶어 로밍해 간 휴대 전화로 전화를 걸었다. 여덟 시간 시차라서 영국 시간 밤 10시면 한국 시간으로 오후 2시일 터였다. 통화 버튼을 누르자 신호음만 갈 뿐 전화를 받지 않았다. 나는 선우 휴대 전화에 '여긴 런던이에요. 잘 지내고 있죠? 무지 보고 싶네요. 사랑을 전할게요. 문영'이라는 메시지를 하트 표시 일곱 개와 같이 남겼다. 그러고 나서 호텔 노트북 룸에서 선우에게 보내는 메일을 썼다. 자판이 영문으로 되어 있어서 영어로 짧게 써 보냈다.

그때 선우가 전화를 받지 않아 은근히 걱정되었다. 한데 그 걱정은 그날 밤 바로 현실로 나타났다. 선우 휴대 전화 번호로 '누구세요?'라고 묻는 메일이 도착한 것이다. 누군가 선우의 휴대 전화 메시지를 보고 누군지를 묻고 있는 것이다. 어쩌면 선우의 아내가 아닐까 하는 생각이 뇌리를 스쳤다. 하필이면 그의 아내가 아들 방학이 되어 한국에 오리라는 걸 예상하지 못했던 것이다. 선우가 하트 표시를 무슨 수로 변명할 수 있을까? 계속 꺼림칙한 느낌이 들었지만 효주 앞에선 내색하지 않았다. 선우는 어디까지나 내겐 사적인 영역에 속해 있으므로.

3

여행 4일째 아침 일찍 버스를 타고 셰익스피어의 고향인 스트랫퍼드어폰에이번으로 떠났다. 스트랫퍼드에서 하룻밤 자고 다음 날 앤해서웨이 집을 방문한 뒤 런던으로 돌아와 귀국행 비행기에 오를 예정이었다. 도로 양쪽으로 이어진 전원 풍경이 눈길을 끌며 세 시간여의 버스 투어를 즐겁게 해 주었다. 너른 초원과 주황색 지붕의 농가들과 간혹 라벤더 꽃 평원이 펼쳐져 마냥 평화롭게 보였다.

"셰익스피어 고향에 도착했나 봐. 저기 목조 건물들 좀 봐!"

"야, 멋지다! 드디어 여행의 종착지에 도착했단 말이지."

효주와 나는 동시에 환호성을 내질렀다. 버스가 셰익스피어를 찾아 몰려든 관광객들과 차량으로 뒤덮인 마을에 접어들었다. 버스에서 내린 우리 일행은 셰익스피어 생가에 들어가기 위해 줄을 섰다. 줄을 따라 먼저 생가 옆에 있는 기념관 안으로 들어섰다. 입구에 셰익스피어 시대의 부락이 재현된 그림으로 시작하여 첫 번째 방은 셰익스피어의 가족 관계와 성장기를, 두 번째 방은 작품 세계를, 세 번째 방은 작품 활동과 연극배우들을 영상물과 함께 보여 주었다. 그곳에는 셰익스피어가 다녔던 그래머 스쿨의 책상과 셰익스피어 선집 초판을 비롯한 많은 소장품이 전시되어 있었다. 특히 마지막 방에서 실물 크기의 밀랍 인형 셰익스피어가 책상에 앉아 집필하는 모습을 보았을 때는 꿈속 셰익스피어의 영상이 재현되는 것 같았다.

"사느냐 죽느냐 그것이 문제로다!"

효주가 책상 위에 놓인 두개골을 가리키며 햄릿의 대사를 읊조렸다. '책을 끝내느냐 마느냐 그것이 문제로다!' 내 머릿속엔 언제 어디서든 그 화두가 따라다녔다. 그건 셰익스피어가 내게 던진 과제이기도 했다.

기념관을 돌아 나와 2층으로 된 생가로 이동했다. 생가는 옛날 목조 건물로 벽면에 장식처럼 나무 기둥이 많이 들어가 멋스러웠다. 셰익스피어는 1564년 4월 23일경 이 집에서 태어났다. 중산층 가죽 상인의 아들로 태어나 런던으로 가기 전까지 이곳에서 청년기를 보냈다. 복도를 따라가면 아래층에 거실과 부엌이 있고 당시 사용했던 가구와 요리 기구, 벽걸이 등이 전시되어 있었다. 거실 한쪽에 있는 아버지 때의 가업 생산품인 장갑을 만들던 작업 공간에는 장갑과 가위와 쇠가죽 등이 걸려 있었다. 원래 그곳은 촬영이 금지되었지만 나는 몰래 카메라 셔터를 두 번이나 눌렀다.

2층에는 셰익스피어가 사용한 책상과 흉상이 있었고 너새니얼 호손, 존 키츠, 토머스 칼라일, 마크 트웨인, 찰스 디킨스 같은 유명한 사람들이 다녀간 사진과 유리에 철필로 긁어 쓴 사인이 전시되어 있었다. 또한 셰익스피어가 태어났던 방에 소박한 침대보가 덮인 나무 침대와 바닥 깔개를 사이에 두고 나무 요람도 있었다.

"이곳 어딘가에서 셰익스피어의 영혼과 조우하는 듯한 느낌이 들지 않니?"

내가 효주에게 속삭이듯 말하자 그녀가 대답했다.

"그래 말야, 청년 셰익스피어가 이곳 어딘가에서 불쑥 나타날 것 같은 기분이야."

"게다가 이렇게나 많은 셰익스피어 찬미가들이 있다는 게 신기할 정도야."

효주와 떨어져서 나는 잠시 숨을 죽인 채 셰익스피어가 환생하기를 기다렸다. 혹여 전생의 내 모습이 중세의 그곳에서 재현되지 않을까 기대했지만 머릿속은 런던 풍경으로 가득 차 있었다. 라벤더, 세이보리, 마조람 꽃들이 만발한 뒤뜰에서 생가를 바라보며 젊은 셰익스피어가 극단 단원들을 따라나서는 모습을 상상해 보았다.

생가를 나와 거리에 즐비한 기념품 가게들을 구경한 뒤엔 목조 건물 식당으로 들어가 점심을 먹었다. 메뉴는 하우스 와인을 곁들인 감자와 생선을 튀겨 소스를 끼얹은 피시 앤드 칩스였다. 차를 마시고 나서 선우에게 전화를 걸고 싶었지만 서울은 자정 가까운 시간이었기에 그만두었다. 전날 메시지를 보내온 사람이 선우의 아내일 거라는 심증이 굳어졌다. 어쩌면 이곳 밤 11시경에 선우에게 전화를 걸면 그의 출근길에 연락이 닿을 터였다.

점심 후엔 10분 정도 걸어 셰익스피어가 런던 생활을 접고 1616년 사망하기까지 말년을 보낸 뉴플레이스를 찾아갔다. 당시에는 두 번째로 큰 호화로운 벽돌집이었으나 파괴되었고 지금은 엘리자베스

양식의 정원으로 꾸며져 있었다. 1597년 셰익스피어가 거금을 주고
그 집을 구입한 것을 보면 명성과 부를 얻어 고향에 돌아온 셰익스
피어의 평온한 노후를 상상할 수 있었다. 내가 효주를 바라보며 말
했다.

"이곳에서 미망인 앤 해서웨이 여사는 큰딸 부부의 효도를 받고
살았대. 사위가 의사였다나 봐."

"그녀는 남편 복보다 자식 복이 더 많았나 보네. 그런데 셰익스피
어는 왜 아내에게 유산으로 침대 하나만 달랑 남겼을까? 애정이 그
렇게 없었나?"

효주가 고개를 갸우뚱하며 이상하다는 표정을 지었다.

"글쎄, 남의 애정 생활을 어떻게 알겠어? 아내에겐 3분의 1이라는
법적 유산이 정해져 있으니까 따로 지정하지 않았는지도 모르지."

앤 해서웨이는 여덟 살 연상인데 어쩌다가 연하의 셰익스피어와
연애하게 되어 오랜 세월을 독수공방하게 되었을까? 고독했을 셰익
스피어의 아내를 떠올리며 뉴플레이스 옆에 셰익스피어의 손녀 부
부가 살았던 내시 하우스에 들렀다. 지금은 박물관으로 꾸며진 그곳
은 정통 빅토리아풍의 앤티크 가구들이 전시되어 있었다. 그 가구들
을 보며 내가 꿈속에서 본 탁자와 의자가 거의 비슷한 것을 확인할
수 있어 신기했다. 와우! 하고 나는 탄성을 질러 댔다. 마치 내가 중
세에 살았던 듯한 착각이 들 정도였다. 효주도 따라서 감탄의 목소
리를 냈다.

"저 앤티크 가구들, 갖고 싶지 않니? 저게 빅토리아풍의 가구라

지?"

"갖고 싶지. 내 전생에서 중세에 살았던 적은 없었을까?"

"만약 환생을 믿는다면 가능한 이야기지. 역시 작가다운 상상력이다."

내가 꿈속에서 본 남자와 여자는 아마 노년의 셰익스피어 부부였던 것 같다. 남자는 늙은 셰익스피어의 모습으로 마치 죽기 전에 자기 작품을 나누어 주고 자기 기억을 정리하려는 인상이 강했다. 반면 여자는 우아한 자태로 빨간 방석 세 개며 수놓인 손수건 연서 두 장을 나에게 건네며 자기 딸 자랑을 했다. 나는 앤티크 식탁 앞에 앉아 그녀의 말을 경청하며 드레스 차림의 딸 모습까지 떠올렸다. 그 딸이 어쩌면 장녀 수재너라는 생각이 들었다. 차녀는 결혼 문제로 속을 썩여 셰익스피어가 죽기 직전까지도 골칫거리였다는 말이 있다. 아내 앤은 남편보다 7년을 더 살았으니 조금 낙천적인 면모를 풍겼던 것은 아닐까. 나중에 남자가 나보고 책들을 가져간 대신 대가를 치러야 한다고 말했다. 즉 세상에 공짜가 없다는 말이다.

시가지 남서쪽 에이번 강가에 셰익스피어가 잠든 트리니티 교회가 서 있었다. 교회 안은 스테인드글라스로 장식된 창으로 신비로워 보였다. 그곳에 셰익스피어의 세례와 장례의 기록이 남아 있었다. 교회 가장 안쪽에는 400년의 세월을 뛰어넘은 세기의 문호 셰익스피어의 무덤이 있었다. 묘석 위에는 꽃과 함께 그가 쓴 것으로 보이는 시가 새겨져 있었다.

"선한 벗들이여! 제발 부탁하건대 여기에 묻힌 시신을 훼손하지 마오. 이 묘에 손대지 않는 자에겐 축복이 있고, 이 시신을 옮기는 자에겐 저주가 내리리라."

나는 대가의 숨결을 느껴 보기 위해 그의 무덤에 한 발짝 다가갔다. 묘석 위의 셰익스피어 흉상이 나를 지켜보고 있었다. 그의 무덤 앞에는 그의 아내와 딸과 사위의 무덤이 나란히 놓여 있었다. 셰익스피어 사후 7년 뒤에 앤 해서웨이가 남편과 함께 매장되기를 원했지만 묘비명의 주문 때문에 허용되지 않았다고 한다.

밖으로 나와 교회 정원의 이끼 낀 묘석들을 지나치며 세월의 더께를 느꼈다. 교회에서 강 쪽으로 나 있는 오솔길을 따라 가며 에이번 강가에 백조들이 떠다니고 있었다. 주변에 낚시꾼들과 보트를 탄 사람들과 산책객들이 눈에 띄었다.

"시대의 영혼! 갈채, 기쁨, 무대의 기적! 나의 셰익스피어여, 일어나라. 에이번 강가의 백조여!"

동시대의 작가 벤 존슨이 셰익스피어를 찬양하는 소리가 우렁차게 들려오는 듯했다. 효주가 감탄하듯 소리쳤다.

"저기 좀 봐! 검은 백조가 있네."

"아유, 신기하기도 해라. 하얀 백조 무리 중에 검은 백조라니 그림 같다."

에이번 강가를 따라 가니 셰익스피어 극장이 세 개 있는데 그중에서 로열 셰익스피어 극장은 셰익스피어 작품만 상연한다고 했다. 마침 「한여름 밤의 꿈」이 상연 중이었는데 많은 사람이 줄을 서서 기다리고 있었다. 극장 앞 곳곳에서 행위 예술가들을 볼 수 있었다. 그날 표를 구하지 못해 세계적인 배우들의 열연을 보지 못한 게 가장 아쉬웠다. 원작은 같아도 연출자와 배우에 따라 무대의 느낌은 달라질 것이었다. 무대 운운하니 원작자가 한마디 거드는 것 같았다.

"이 세상은 모두 하나의 무대지요. 그리고 남녀 모두가 한낱 배우들에 불과하고요. 등장하는가 하면 퇴장하고, 한 사람이 한평생 여러 가지 배역을 맡아 하지요."

시가지를 걸으면서 효주와 나는 곰 인형들을 모아 놓은 테디 베어 박물관에 들렀다. 초기에 만들어진 것과 명품을 입은 테디 베어, 결혼식, 영화의 한 장면 등 다양한 모양의 곰 인형들이 웃음을 자아내게 만들었다. 1년 내내 크리스마스 용품을 파는 가게 안에도 들어가 보았다. 한여름의 크리스마스를 느낄 수 있어 더욱 흥겨웠다. 우리는 인형 가게에서 기념으로 인형을 하나씩 사 가지고 나왔다. 내가 집어 든 인형은 조카 지예를 위한 것이었지만 정작 내 방에 두고 싶은 욕심이 났다.

호텔로 돌아와 효주와 나는 캔 맥주를 마시며 저녁 시간을 보냈다. 밤 11시경 로비에 나와 선우에게 전화를 걸자 선우가 출근길에 전화를 받았다. 선우는 지하철에서 내려 사무실을 향해 걸어가고 있다고 말했다. 내가 걱정스레 물어보았다.

"내 메시지 받았어요? 혹시 무슨 일 없었나요?"

"그래, 받았어. 자세한 건 다녀와서 말해 줄게. 어때? 여행은 즐거운 거지?"

"네, 아주 즐거워요. 근데 '누구세요?' 하고 묻는 메시지가 왔던데, 누가 보냈을까요?"

"아내가 보냈을 거야. 하필이면 그날 내가 휴대 전화를 집에 두고 나왔거든."

"걱정이네요. 어떡하면 좋죠?"

"내가 알아서 할 테니까 넌 걱정하지 마. 여행이나 잘하고 와서 보자."

선우의 목소리를 들으니 비로소 마음이 조금 놓였다. 그런데 일어날 일은 반드시 일어난다고 했던가. 이번 일로 선우와 영영 이별하게 될지도 몰랐다. 방으로 들어가자 효주가 피곤한 탓인지 침대에 누운 채 눈을 감고 있었다. 나도 침대에 몸을 누이곤 셰익스피어가 꿈속에 나타나기를 기대하며 잠이 들었다.

4

다음 날 버스를 타고 스트랫퍼드에서 조금 떨어진 쇼터리 마을로 향했다. 그곳에 셰익스피어의 아내인 앤 해서웨이가 1582년 그와 결혼할 때까지 살았던 집이 있었다. 400여 년이 지났지만 초가지붕을 얹은 그 집은 동화에 나올 것처럼 예쁘게 보존되어 있었다. 실내에는 식탁이며 의자며 침대며 식기며 16세기 살림살이로 여성스럽게 꾸며져 있었다. 집 앞에는 아기자기하게 가꿔진 채마밭과 정원이 있었고 뒤론 넓은 과수원이 있었다. 내가 효주를 보며 말을 꺼냈다.

"이곳에서 19세기 말까지 앤 해서웨이의 자손들이 살았대. 그러니까 앤 해서웨이의 존재는 의심할 바 없는 거지."

"알고 보면 앤 해서웨이는 능력 있는 여자야. 연하인 데다 미래의 대작가를 알아보는 눈이 있었잖아."

"아마 열정적인 셰익스피어가 누나 같은 여자를 덜컥 임신시키고 코가 꿰어 서둘러 결혼식을 올리게 된 거지."

버스 안에서 나는 효주에게 그들의 결혼 과정을 설명해 주었다. 1582년 결혼 증서가 발행되었는데, 그때 앤이 임신한 지 4개월이나 되었다고 한다. 그렇게 급히 연상의 아내를 맞이해 놓고 오랫동안 떨어져 산 그들에게 결혼은 신성불가침의 것이었을까? 그들은 말년의 삶을 함께 누리고 한곳에 묻혀 있었다. 효주가 내게 물었다.

♣

"셰익스피어는 아내와 떨어져 런던에서 살았는데 그의 애정 생활은 어떠했을까?"

"글쎄, 셰익스피어가 실버 스트리트에서 하숙하면서 다른 여자하고 썸씽이 없었겠니? 그는 벤 존슨 같은 작가들과 리처드 버비지 같은 연극배우들과 어울려 선술집을 드나들곤 했거든. 그 시절에도 여성 관객이 연기자들에게 성적으로 끌렸다는 일화가 있어."

"하긴 셰익스피어 같은 재담꾼이면 여자들에게 인기 많았겠지."

"그 당시 런던 사교계에 '정복왕 윌리엄 이야기'가 떠돌았는데 그가 호색한임을 말해 주는 이야기야."

"그게 무슨 이야기인데 그래? 어서 말해 봐!"

효주의 궁금해하는 표정을 보며 나는 느긋하게 말을 이었다.

"리처드 버비지라는 연극배우가 리처드 3세로 분장했는데 여성 관객이 반해서 유혹을 했대요. 그날 밤 리처드 3세라는 이름으로 자기 집으로 찾아와 달라고 청했다는 거지. 이걸 셰익스피어가 엿듣고는 먼저 가서 리처드 3세 이름으로 그녀의 침실에 들었다나 봐."

"어머나, 그럼 중간에 여자를 새치기한 거나 마찬가지네."

"글쎄, 들어 봐. 나중에 리처드 버비지가 도착해서 리처드 3세가 당도했다는 전갈이 왔겠지. 그때 셰익스피어가 사람을 시켜, 정복왕 윌리엄이 리처드 3세보다 한발 먼저 도착하여 일을 벌이고 있노라는 답변을 보냈다나 봐. 그런 이야기야."

"셰익스피어가 요령 좋은 난봉꾼인 건 확실하네. 그의 작품을 보면 연애 심리를 아주 잘 파악하고 있잖아. 아마 로마의 오비디우스라는 작가에게서 영향을 받았을 거라 하더라고."

효주도 영문학도 출신인지라 나만큼이나 셰익스피어의 작품에 관심이 많았다. 나는 짧게 소리 내어 웃으며 말을 이었다.

"오비디우스의 「사랑의 기술」을 읽어 보았는데 사랑의 방식은 시대가 변해도 같더라고. 근데 셰익스피어가 오비디우스를 가르칠 정도로 폭넓은 감식가라고 알려져 있잖아."

"그러니까 최고의 연애시인 소네트를 썼겠지. 혹시 소네트에 나오는 다크 레이디가 셰익스피어의 애인이 아니었을까? 거기에 불륜의 사랑을 끝내고 싶어 하는 내용도 담고 있잖아."

"그게 셰익스피어의 자전적인 시인지 아닌지 알 수가 없거든. 그의문이 계속 독자들을 혼란시켜 왔단 말야."

"셰익스피어가 세계적으로 사랑받는 건 그 자신이 사랑의 대가여서가 아니었을까?"

나는 동감의 뜻으로 고개를 끄덕이며 일화 한 조각을 더 들려주었다.

"다크 레이디가 극장의 후원자인 종교 시인이거나 옥스퍼드 포도주 도매상의 아내라는 말도 있어."

"그건 충분히 가능한 이야기겠지. 사랑의 경험 없이 사랑의 대가가 될 수는 없으니까."

"나중에 옥스퍼드 여자의 아들이 계관 시인이 되었는데, 마치 자기가 셰익스피어의 아들인 양 굴었대."

"그래서 셰익스피어가 그를 인정해 주었을까?"

"아니. '헛되이 신의 이름을 부르지 말라'고 말해 주었다지."

어느새 버스는 윌름코트에 있는 셰익스피어 모친의 고향에 당도했다. 정원이 아름다운 이 집의 크기만 봐도 매우 유복했음을 느낄 수 있었다. 집의 모양과 실내에서 16세기 생활상을 엿볼 수 있어 즐거웠다. 이곳은 여자들의 생가라서 그런지 여성스러운 정경을 마음에 담아 둘 수 있었다. 효주가 내게 물었다.

"이제 셰익스피어 일가 여행은 끝난 건가?"

"아니, 우리가 셰익스피어를 기억하는 한 이 여행은 계속될 거야."

드디어 버스는 스트랫퍼드를 벗어나 런던을 향해 달려가기 시작했다. 또다시 세 시간여의 버스 투어 내내 너른 초원과 라벤더 꽃이 만발한 전원 풍경이 눈앞에 펼쳐졌다. 셰익스피어 연기의 대가인 로런스 올리비에가 "셰익스피어는 셰익스피어를 믿는 배우를 돌봐 준다"라고 한 말이 떠올랐다. 셰익스피어는 셰익스피어가 아니다. 프랜시스 베이컨이며 에드워드 드 비어 백작이며 크리스토퍼 말로며 셰익스피어의 진위 여부에 의문을 품는 무리들이 있어 왔다. 그럼에도 셰익스피어는 38편의 희곡과 2편의 장시와 154편의 소네트를 쓴 위대한 시인이며 극작가이며 배우이다. 분명히 나는 꿈속 셰익스피어의 존재를 믿으며 스트랫퍼드에 있는 셰익스피어의 실재를 믿는다. 나에겐 셰익스피어라는 백그라운드가 있다. 셰익스피어에게 바치는 내 노력은 그를 감흥시켜 나를 돌봐 줄 것이다. 나는 부디 셰익스피어의 가호가 있기를 기도했다.

5

히스로 공항에서 짐을 맡기고 대기실에 앉아 있는데 효주가 나를 향해 카메라를 들이댔다. 나는 카메라를 향해 런던에서의 일정을 정리하는 웃음을 보냈다. 그러다가 내 옆에서 누군가 나를 바라보는 시선이 느껴졌다. 얼핏 고개를 돌려 검은 뿔테 안경을 낀 남자와 마주친 순간, 나는 흠칫 놀라고 말았다. 동시에 남자가 내게 물었다.

"혹시 김문영 씨 아닌가요?"

"네. 그런데요. 그쪽은 현인기 씨 아닌가요?"

그는 여고 시절 나를 흔들어 놓았던 교회 선배였다. 그나 나나 얼굴과 몸에 살이 붙었지만 바로 옆에서 그가 눈여겨봤기에 알아본 터였다. 대학 입학 이래 12년간 부딪치지 못했던 사람을 낯선 타국 땅에서 해후한 일이 꿈만 같았다. 효주가 내 쪽을 향해 카메라로 찰칵하더니 재미있다는 표정으로 다가왔다. 무슨 말을 꺼내야 할지 몰라 머뭇거리는데 그가 말을 이었다.

"이거 얼마 만이야. 난 런던 출장 다녀가는 길이거든. 여행 중인가 보네."

"정말 오랜만이야. 여름휴가차 런던에 왔다 가는 길이야."

그는 명함을 내밀면서 자기 회사를 소개했는데 환경 관련 벤처 기업을 운영하고 있었다. 나도 명함을 건네면서 출판사 직원인 내 현주소를 말했다. 그리고 나선 그에게 효주를 '인생 다큐'에 참여하는 작가라고 소개해 주었다. 그가 효주에게 명함을 건네며 환하게 웃음 지었다. 오히려 나보다 효주를 반기는 듯한 모양새였다.

"아, 저도 그 프로 잘 보고 있는데요. 이거 영광입니다."

"네, 반갑습니다. 타국에서 친구의 선배를 만나다니 참 신기하네요."

이번엔 그가 고개를 돌려 나를 쳐다보며 말했다.

"런던에 우리 회사와 기술 제휴한 본사가 있거든. 그래서 런던에 다녀가곤 해."

"그래? 난 런던에는 두 번째 여행인데, 셰익스피어 고향에 들렀다 오는 길이야. 스트랫퍼드라는 곳인데 거기 가 봤어?"

"아니, 못 가 봤어. 비즈니스 때문에 시간 여유가 없었거든."

마침 탑승 시간이 다 되어 게이트를 나가야 된다고 효주가 재촉했다. 그도 우리를 뒤따라 게이트를 걸어가면서 나에게 메일이나 전화로 다시 연락하자고 말했다. 비행기에 탑승하자 그는 비즈니스 클래스 자리로 갔고, 효주와 나는 이코노미 클래스 자리에 앉았다. 효주가 내 팔을 살짝 꼬집으며 말했다.

"문영아! 너 선배 만나려고 런던 오자고 한 것 아니니?"

"그러게 말야. 무슨 이런 일이 다 있다니?"

"너 혹시 블로그에 런던 간다고 글 올린 적 없니? 요즘은 인터넷으로 옛 애인 찾기가 유행이잖아."

"블로그에 글을 올리긴 했지. 혹시 네이버 카페에서 작가 정보를 본 게 아닐까?"

"그래, 맞아. 네이버에 네 이름 석 자만 치면 작가 정보가 뜨잖니. 저쪽에서 미리 알고 공항에서 기다린 것 아니니?"

효주가 "이거 귀여운 발상인데" 하며 볼우물을 지었다. 웬일인지 효주는 그에게 선심 쓰듯 호감을 보였다. 그런 효주가 볼수록 귀여워서 나도 덩달아 웃었다.

그는 한때 낭만적인 남자 친구인 적이 있었다. 그런 그가 돌연 스토커로 변해 괴물처럼 내게 위해를 가해 왔다. 그는 열여덟 살 여자아이의 목에 칼을 들이대고 한 손으로 목을 졸랐던 것이다. 그날의 악몽은 14년이 지나도록 좀처럼 지워지지 않고 나의 트라우마로 남았다. 내가 걸핏하면 상사들과 목 조르기를 되풀이하는 것도 나의 트라우마 때문이다. 물론 싸움은 항상 정의파인 나의 승리로 끝났지만 말이다. 그는 왜 그런 식으로 나를 좋아했을까? 아니, 정말 나를 좋아하긴 했던 걸까? 그리고 선우는 아내에게 어떻게 변명했을까?

선우와 나는 어떻게 되는 걸까? 비행기가 인천공항에 착륙하기까지 잠을 자다 깨다 하면서 두 사람을 번갈아 생각했다.

그런데 공항 대기실에서 기다리는 동안 수첩을 어딘가에 빠뜨렸나 보았다. 비행기에 탑승하고 나서 가방을 뒤적이던 나는 수첩이 없어진 걸 알고 당황했다. 여행을 위한 팁이며 준비물이며 연락처며 간단한 메모가 적힌 수첩이었다. 수첩 건으로 꺼림칙했지만 빨리 잊는 게 상책이었다. 잃어버린 수첩 대신 아득한 지난날의 남자 친구가 나타나서 나를 혼란스럽게 했다. 뭔가 두 사건이 연관되어 있는 것만 같았다.

인천공항에 도착해서 가방을 찾기 위해 기다리는 동안 그가 저쪽에서 나를 향해 손을 들어 보였다. 나는 그저 고개를 끄덕이곤 미소를 지어 보였다. 그를 다시 볼 일이 없더라도 그에게 나쁜 인상을 보이고 싶진 않았다. 대학 입학 후 나를 찾아왔던 그에게 거부의 눈길을 보냈던 일이 생각났다. "내가 와서 창피한 거야?" 하며 묻던 그에게 냉랭한 태도로 돌아섰던 나를 기억하고 있을 터였다. 가방을 찾아 든 효주와 나는 곧장 공항 밖으로 나와서 택시를 잡아타고 서울로 향했다. 그가 가방을 찾고 있어 그냥 돌아선 것이 못내 마음에 쓰였다.

샤일록의 몰락

샤일록: 그걸 미끼로 쓰지. 아무짝에 쓸모가 없더라도 내 복수심은 충족되고말고. 그 작자는 날 모욕하고 50만 두카트나 이익을 볼 걸 방해했거든. 그리고 내가 손해를 보면 야유하고 이익을 보면 비웃었지. 우리 민족을 멸시하고 내 거래를 훼방 놓고 친구도 떼어 놓고 원수에겐 충동질했지. 모두 내가 유대인인 까닭이지. 하지만 유대인은 눈이 없소? 유대인은 손도 없고, 오장육부도 사지도 감각도 감정도 열정도 없단 말이오? 우리도 당신네 기독교인들처럼 같은 음식을 먹고, 같은 무기에 다치고, 같은 병에 걸리고, 같은 약으로 치료하면 낫고, 여름이면 더워하고 겨울이면 추워하지 않겠소? 유대인은 바늘에 찔려도 피가 나오지 않는단 말이오? 당신들이 간지럽혀도 우린 웃지 않고 독약을 먹어도 죽지 않는단 말이오? 우리는 부당하게 모욕을 당해도 복수를 해선 안 된단 말이오? 다른 모든 것에서 우리

가 당신들과 같을진대, 이 일에도 우린 당신들을 닮았소.

포샤: 잠깐만 기다리시오! 아직 할 말이 있소. 이 차용 증서에는 피
는 단 한 방울도 당신에게 준다는 말이 없소. 여기에는 '살점 1파운
드'라고만 명기되어 있소. 그러니 증서대로 살점 1파운드만 떼어 가
시오. 하지만 살을 도려낼 때 기독교인의 피를 단 한 방울이라도 흘
린다면, 당신의 토지와 재산은 베니스의 국법에 따라 몰수되어 국고
에 귀속될 것이오.

—「베니스의 상인」 제3막 제1장, 제4막 제1장

1

영국에서 사 온 초콜릿을 직원들에게 돌려 같이 나누어 먹었다.
특별히 사장님과 인사부 강 전무와 지식사 주 전무와 영업부 이사들
에게는 캐드버리 초콜릿을 한 상자씩 돌렸다. 주 전무가 선선하게
받아서 직원들에게 나눠 주는 바람에 남은 초콜릿을 모두 지식사로
보냈다. 정 부장에게는 스트랫퍼드에서 사 온 셰익스피어 인형 시계
를 선물했다. 정 부장은 집사람이 좋아할 것 같다며 벙그레 웃었다.

"이거 멋지네요. 선물 사느라 무리한 것 아녜요?"

"이 정도는 해야죠. 근데 주 전무님이 초콜릿을 무척 좋아하시던
데요."

해마다 주 전무는 사무실 테라스에 머루나무를 키워서 머루주를
담가 직원들과 나눠 마시곤 했다. 그런 주 전무의 인간적인 면모에
정 부장이나 나나 호감을 갖고 있었다. 반면 영업부 방 이사는 초콜

릿 상자를 건네는 나를 외면하며 부루퉁한 표정을 지었다. 나를 마치 업무는 내팽개쳐 두고 해외에서 회사 돈이나 펑펑 쓰다 온 직원 취급하는 듯했다. 순간 뭔가 크게 잘못되어 가고 있다는 직감이 들었다.

"신 상무가 김 과장이 제시간 안에 절대 일을 못 끝낸다고 편집자 교체를 제안했어요. 김 과장이 영국에 간 동안 간부 회의에 부쳐 책임을 물어온 거죠."

조합 식당으로 가는 길에 정 부장이 꺼내 든 말이었다. 신 상무가 나의 부재를 이용해 '김문영 죽이기 프로젝트'를 시행한 것이다.

"정 부장님은 뭐라고 대답하셨어요? 이 일에 대타가 가능하다고 생각하세요?"

이번 사태야말로 자기 꾀에 자기 발등 찍는 일임을 신 상무가 알 리 없었다. 나는 정 부장이 어떻게 대처할지 궁금증이 앞섰다.

"그래서 김 과장 생각을 들어 보고 싶은 거요. 과연 박 차장이 입문 사전 일을 맡아서 처리할 수 있을까요?"

"아마 박 차장님도 절대로 못한다고 발뺌할 걸요. 저야 도중하차하면 그만이지만 잘못 판단하시면 정 부장님이 모든 책임을 져야 하잖아요."

그는 잠깐 생각하더니 결연하게 입을 뗐다.

"신 상무 계획대로 했다간 내가 크게 당하겠군요. 내일 사장 앞에서 분명히 말해야 하는데 김 과장이 자료를 준비해 줘요."

정 부장은 내가 없으면 안 되는 상황임을 신 상무에게 보고할 수 없었다. 신 상무가 그걸 빌미 삼아 정 부장의 무능을 비난할 것이기 때문이었다.

"요즘 신종 플루가 유행하잖아요. 신 상무가 강 전무를 찾아가서 김 과장을 일주일 동안 회사에 나오지 말도록 해 달라고 말했대요."

"해외에 나갔다 온 게 죄래요? 강 전무는 뭐라고 말했대요?"

"강 전무도 본인이 알아서 하지 않는 이상 그럴 수 없다고 딱 잘라 말했대요."

다음 날 사장실에 불려 간 정 부장과 신 상무는 일의 책임 소재에 대해 질문을 받았다. 인사부 강 전무도 징계 위원 자격으로 합석해 있었다. 그 자리에서 정 부장이 부하 직원을 통제하지 못해 일을 지연시키고 있다는 질책이 쏟아졌다.

"김 과장이 편집 담당자로 적임인 데다 대타도 없지만 대타를 쓰기엔 이미 늦었습니다. 오히려 혼란을 빚어서 올해 안엔 일을 끝낼 수 없을 겁니다."

정 부장의 답변에 사장은 어이가 없다는 듯 버럭 화를 내질렀다.

"이거 시어머니 말을 믿어야 해, 며느리 말을 믿어야 해!"

사장은 즉시 신 상무를 내보내고 담당자인 나를 불렀다. 정 부장이 나를 호출하면서 "사장님이 무척 흥분해 계시니까 겸손하게 대답해야 돼요"라며 노심초사해했다.

"김 과장, 지금 회사 사정이 몹시 어려워요. 영어 입문 사전을 연말 안에 마쳐서 신학기에 내야 하는데, 신 상무 말로는 김 과장이 기간 안에 일을 끝내기 어렵다고 해요. 그러면 다른 직원으로 대체하라고 말했더니 김 과장 아니면 일할 사람이 없다는데 그게 사실인가?"

사장은 사안이 사안인 만큼 신중한 말투로 물었다.

"네, 사실입니다. 입문 사전은 별 차질 없이 진행되고 있어서 기일 안에 마칠 수 있습니다. 사장님, 먼저 이 서류 좀 검토해 주시겠습니까?"

나는 입문 사전 레이아웃 과정과 작업 과정을 작성한 서류를 사장에게 건넸다. 사장은 보고서를 내려놓으며 재차 확인했다.

"그렇다면 이 일을 확실히 끝낼 수 있겠나?"

"예, 할 수 있습니다. 물론 원고 편집만 가지고는 시간을 앞당길 수도 있어요."

"그럼 정 부장과 공동 책임을 지겠다는 서약서를 써 주겠나? 12월 말까지는 책이 꼭 나와야 되니까."

"예, 기꺼이 써 드리겠습니다."

나는 정 부장을 바라보며 명쾌하게 대답했다. 까짓것 최고 책임자인 사장과의 약속인데 못 쓸 게 없지 않은가? 정 부장도 안도하는 눈빛을 내게 보냈다.

"신 상무에게도 서약서를 쓰게 할 작정이에요."

그제야 사장은 마음이 놓이는지 입가에 미소를 띠었다. 그리고는 정 부장과 나를 향해 "열심히 해서 잘 끝내 줘요"라며 신신당부까지 했다.

정 부장과 나는 인사부 강 전무 방에도 들러 편집 팀을 지원해 달라고 부탁했다. 이제 마각이 드러난 마당에 내가 못할 말도 없었다.

"베스트셀러 내 드릴 테니 걱정하지 마세요. 교원사의 영어 입문 사전을 제가 편집해서 베스트셀러를 냈거든요."

예전의 친근한 사이를 회복한 듯 강 전무가 웃으며 대꾸했다.

"그건 교원사 베스트이고, 이젠 명문사 베스트를 내야 됩니다."

"한 번 베스트를 낸 사람은 또 베스트를 냅니다."

나는 승리감에 취해 사무실로 돌아와 컴퓨터 앞에 앉았다. 한 시간 후에 나는 정 부장과 공동으로 작성한 서약서를 강 전무 자리에 갖다 놓고 돌아왔다. 그새 강 전무는 외출했는지 사내에는 없었다. 정 부장이 통쾌한 웃음을 날리며 말했다.

"이제 신 상무는 맥 못 추는 허수아비로 전락했어요."

오랜 숙적인 신 상무의 목을 조른 터라 나도 날아갈 듯 기분이 거뜬했다. 뭐든 끝나는 순간이 오면 쓸쓸해지는 걸까? 신 상무와는 돌이킬 수 없는 관계가 돼 버린 것이다. 그건 상사인 그가 부하 직원을 잘 다스리지 못했기 때문이다. 게다가 샤일록처럼 몰인정하고 냉혈한 이기주의자가 아닌가. 그렇다면 샤일록의 몰락인 것이다.

2

홍대 앞에서 선우를 만난 건 런던에서 돌아와 일주일쯤 지난 후였다. 원래대로라면 그에게 당장 달려가 버버리 지갑을 안겼겠지만 예기치 못한 일이 생겼던 것이다. 선우의 아내가 갑자기 유방암 수술 날짜를 받게 되어 경황이 없던 참이었다. 아내의 유방암 발병 소식은 선우가 대강 메일로 설명해 주어 알게 되었다. 그를 보자마자 물었다.

"유방암은 어느 정도 진행되었대요?"

"암이 아직 초기라서 수술하면 좋아진다네."

선우가 심란한 기색과 함께 긴 한숨을 토했다.

"그나마 다행이네요. 그럼 완치될 수 있는 건가요?"

"암 발병에 완치란 건 없다잖아. 잘 조치하면 괜찮아지겠지."

아내와의 이혼을 생각하던 선우로서는 갑작스러운 불상사에 당황하고 있었다. 다음 주 아내가 수술에 들어가기 전에 해야 할 일이 많기 때문이었다. 아내는 미국에서 유방암 확진을 받고 한국에서 수술 날짜를 받은 것이다.

"아들은 미국에 보냈어. 샌프란시스코에 처남이 살고 있어서 부탁했지."

"아내에게 신경 좀 써 주세요. 일단 병부터 낫고 봐야 하잖아요."

선우는 마음이 납덩이처럼 무거운지 자리에서 영 일어나려 하지 않았다. 취기가 돌면서 내 가슴에도 수심이 가득 차올랐다. 그가 못내 서운한 듯이 말했다.

"집사람이 아들 생각해서 이혼은 안 하겠대. 미국의 남자하고도 정리했다더군."

"어떻게 마음이 오락가락해요? 몸이 아프니까 마음이 돌아섰나 보네요."

"바보같이 제 몸 하나 관리 못하고……. 그렇게 되도록 대체 뭘 한 거야?"

선우가 쥐고 있던 술잔을 비우고는 낯빛을 흐리며 말했다.

"내가 어떻게 해야 하니? 집사람이 네 존재를 알아채곤 내게 더 집착하는구나."

"뭘 걱정해요? 그냥 이대로 있으면 되잖아요. 자기만 날 놓지 않으면 돼요."

선우는 내 양손을 감싸 쥐며 맹세하듯이 말했다.

"물론 나는 널 절대로 놓지 않아. 집사람 때문에 네가 힘들어질까 봐 그렇지."

선우는 아내가 냉정하고 고집스러운 데가 있어서 불안해했다. 아내의 말투에서 언제든 나를 향해 화살을 쏠 준비가 되어 있는 것을 느낀 터였다.

"회사 일이 제대로 풀려서 다행이다. 마음공부했다 생각하고 이제 신 상무에 대한 분노 같은 건 싹 지워 버려!"

선우의 충고에 내가 시원스레 응답했다.

"진정한 승자의 금도를 보여 줘야죠. 이제부터는 내 할 일이나 할 거예요."

"그럼. 크게 웃을 일이야. 끝난 싸움이고. 사장에게도 인정받았잖아."

"근데 신 상무가 앞으로 또 무슨 일을 꾸밀지 두고 봐야죠."

선우는 안쓰러운 눈빛으로 날 바라보며 덧붙였다.

"부처님 말씀하신 팔고 중에 '원증회고怨憎會苦'라고 있는데 딱 그

샤일록의 몰락 197

짝이지 뭐니. 보기 싫고 미운 자 만나며 살아야 하는 인생. 그게 참 인생이야."

"근데 인간사 대표적인 고통에 '애별리고哀別離苦'도 있잖아요. 너무 사랑하지만 그 사람과 헤어질 수밖에 없는 고통 말예요. 이 모든 게 우리의 집착과 애착이 만들어 낸 업보, 카르마의 프로그램이라고 하네요."

"맞아. 모든 고통을 끝내는 길이 해탈이라지만 그게 어디 그리 쉽겠어? 차라리 자기가 만든 프로그램이니 받아들이고 진화하는 방법을 찾아야지."

이 세상이라는 무대에서 모든 남녀가 한갓 배우에 불과하다면 과연 나의 배역은 뭘까? 나는 선우의 우연한 연인으로 무대에 등장했다가 때가 되면 자연스레 퇴장해야 하는 걸까? 셰익스피어 말마따나 그가 곁에 없다면 기쁨이 무슨 소용 있을까. 길가에서 그와 길고 애틋한 입맞춤을 나누었다. 아무리 사랑이 고파도 아픈 아내를 위해 갖춰야 할 예의라는 것이 있다. 그날은 거기까지였다.

3

오전에 입문 사전 교정 작업을 하고 있는데 강 전무가 인터폰으로 정 부장과 나를 호출했다. 정 부장과 나는 잔뜩 긴장해서 강 전무 방에 들어가 앉았다.

"두 분을 부른 건 말이죠, 제출한 서약서 양식이 잘못돼서 재작성을 해야 할 것 같아서요."

강 전무가 우리에게 서류를 내밀며 용건을 말했다.

"네? 서약서 양식이 잘못되다뇨? 저희는 회사에서 요구하는 대로 일을 마치겠다고 사인했는데요."

구두 약속도 모자라 굳이 서류를 받아 두려는 강 전무의 요구에 심사가 뒤틀렸다. 결론은 서약서에 12월 말까지 필름을 넘기지 못하면 사표를 내겠다는 사항을 집어넣으라는 압력이었다. 내가 강 전무에게 따져 물었다.

"다른 직원들은 서약서를 안 쓰는데 왜 우리만 써야 합니까? 뭣 때문이죠?"

강 전무는 내 질문에 당황한 듯 더듬거리며 답변했다.

"영업부에서 편집부가 일을 못해서 책이 제때 못 나올 것 같다니까 그러죠. 책이 시기를 넘기면 팔 수도 없고, 그럼 책 내 봐야 소용없는 짓 아니오."

"현재 진행 중인 일 아닙니까? 가방에 일감 넣어 가지고 다니면서 장소를 안 가리고 하고 있어요. 증빙 자료 준비되어 있으니까 업무 진행표 제출할까요?"

내가 거세게 항의하자 강 전무가 한 손을 휘저으며 말했다.

"아, 시간도 없는데 자료는 됐습니다. 그럼 뭐가 문젭니까? 편집부에선 계획대로 했는데 삽화가가 역량 부족으로 안 되었다는 겁니까?"

그때 가만히 듣고만 있던 정 부장이 끼어들었다.

"그렇죠. 전문 삽화가가 보조 두 명 끼고 하면 1500컷을 두세 달 안에 끝낼 수 있는데 제작비 때문에 아마추어를 쓰다 보니 그 많은 컷을 수용하기에 힘들어 그렇죠. 만약 약속을 지키지 못하면 그 책임을 지고 사표를 내겠습니다."

정 부장이 말끝에 맹세를 하자 나도 가세했다.

"예, 약속을 못 지키면 저도 사표를 내겠습니다."

정 부장과 한배를 탄 이상 그의 손을 들어 줄 수밖에 없지 않은가. 무엇보다 일 못 끝내서 사표 쓸 일은 절대 없을 터였다.

그런데 자리에 돌아와 강 전무에게 돌려받은 서약서를 파일에 끼워 넣다가 마음이 돌변했다. 뭐야, 나약한 여직원이라고 회사에서 목을 졸라도 되는 거야? 내면의 여자아이가 억울하다고 날뛰며 소리질렀다. 나는 정 부장을 향해 일침을 쏘았다.

"서약서 쓰시려면 정 부장님이나 쓰시죠. 저는 잘못한 것 없으니까 서약서 안 쓰겠어요. 대신 제 말을 강 전무에게 전해 주세요."

뜨악한 표정으로 나를 바라보는 정 부장에게 한 방 더 날렸다.

"만약 회사에서 계속 서약서를 강요하면 소송을 제기할 거예요!"

아무려면 회사에 부당한 노예 계약서까지 써 가면서 다닐 수는 없었다. 더구나 내가 영어 입문 사전 출간의 성공 키를 쥐고 있는 마당에 불쾌하게 일할 수는 없다. 물론 시간을 맞출 자신이 있다. 하지만 모든 일에는 변수가 작용하는 법. 그들에게 모든 키를 다 내주고 무력하게 당할 수는 없었다.

"정 부장님도 잘 생각하셔서 문서화하는 일은 피하세요."

"나야 나이도 있고, 그만두라면 그만둘 생각이에요."

회사가 말해 주지 않은 음모가 눈에 빤히 보였지만 입 밖에 꺼내지 않았다. 지난해의 지긋지긋한 마녀사냥이 떠올라 나는 주먹을 불끈 쥐었다. 나는 한불사전을 진행하면서 회사에 몇 건의 보고서를 제출했었다. 편집 보고서는 회사가 나를 사냥하려 할 때 대항할 무기로서 필요했다. 나는 싸움에 이기기 위해 증빙 서류를 몇 장 챙겨두었다. 비록 달걀로 바위 깨는 일일지라도 달걀을 많이 쌓아 두는 게 나았다.

"알았어요. 강 전무가 부르면 약속 지키겠다고 말할 테니 일이나 열심히 합시다."

사장의 격려를 받은 탓인지 정 부장은 나를 달래면서 고무시켰다. 그러고는 신 상무에게 응어리진 마음을 풀어내듯 내게 말했다.

"신 상무가 지난 몇 년 동안 한 일이 뭐가 있습니까? 진행 중인 영영한사전도 기존의 사전과 다를 게 없어요. 좋은 책을 만들어서 잘 팔 생각은 안 하고……."

"직원들 일할 의욕만 꺾잖아요. 뭐하러 사서 고생하냐고요."

나는 유대인 고리대금업자 샤일록이 안토니오에게 살 한 덩어리를 요구한 인육 재판을 떠올렸다. 마치 신 상무가 샤일록처럼 느껴졌다.

♣

"「베니스의 상인」에서 샤일록은 법대로 하자며 안토니오의 살 1파운드를 고집하지요. 단지 안토니오라는 남자가 싫어서라는 이유로요. 샤일록은 죽이고 싶은 게 인간이라고 말하죠."

"샤일록이 유대인이라서 멸시를 받으니까 기독교인에 대한 복수심도 품었겠죠. 게다가 안토니오가 무이자로 사람들에게 돈을 빌려주어 그의 영업을 방해했잖아요. 샤일록은 안토니오에게 앙심을 품고 기한이 지나면 살 1파운드를 떼어 내겠다는 조건으로 돈을 빌려주지요. 하지만 좋아하지 않는다고 다 죽이면, 그게 인간인가요?"

역시나 정 부장은 나의 이야기 상대로 차고 넘치는 실력가였다. 그가 젊어서 셰익스피어 전공자가 된 것도 어쩌면 나에겐 귀인 역할을 해 준 셈이다.

"다행히 포샤가 나타나 살 1파운드를 떼어 내되 피를 한 방울이라도 흘려선 안 된다며 판을 뒤엎어 버리죠. 결국 샤일록은 재산도 몰수당하고 종교도 기독교로 개종할 처지가 되고요. 그가 악인이지만 인간적으로 볼 때 측은한 면도 있어요."

"셰익스피어가 만인의 마음을 가지고 샤일록의 처지를 잘 표현했으니까요. 유대인도 예수쟁이들과 다를 바 없다고 편들잖아요. 포샤가 변호사로 남장을 하고 샤일록에게 결정타를 날린 것도 셰익스피어가 여성 파워를 발휘하도록 한 거죠."

이렇듯 정 부장은 문학적인 감성에 젖어 있는 남자이다. 그도 페미니스트에 가깝다.

"무엇보다 포샤는 쾌활하고 지혜롭고 주체적인 여자예요. 결단력 있고 업무 능력 탁월하고 전문 지식 풍부하고요. 저는 포샤의 낙관주의가 승리한 거라고 생각해요."

"그래요. 포샤가 나오면 희망과 자비로 넘치고 샤일록이 나오면 증오와 복수로 가득 차지요. 법정에서 포샤가 샤일록에게 자비를 베풀 것을 청하는 연설을 하잖아요. 자비는 주는 자와 받는 자를 같이 축복하는 것이니 미덕 중에서도 최고의 미덕이라고 말하죠."

정 부장은 거기서 포샤가 살고 있는 벨몬트 이야기로 한 걸음 더 나아갔다.

"벨몬트에 몰려든 포샤의 구혼자들 중에서 아버지의 유언에 따라 상자 고르기로 신랑감을 선택해야 한다는 설정도 재미있지요?"

"하하하. 금상자 안에서 '반짝이는 것이 다 금은 아니다'라고 적힌 쪽지가 나오죠. 그건 겉모양과 실재를 혼동하지 말라는 메시지겠죠. 포샤는 가난하지만 맘씨 좋은 베니스의 귀족 청년 바사니오를 열렬히 환호하지요. 포샤가 그를 알고 있고, 아름답고 상냥한 사람으로 기억하기 때문이죠."

"사실 바사니오는 안토니오를 걸고 샤일록에게 구혼 자금을 꾼 빈털터리인데 말이죠. 제 눈에 안경이겠죠. 포샤는 음악을 연주하게 해서 바사니오가 자신의 초상화가 든 납 상자를 고르도록 힌트를 주죠. 그래서 자신이 원했던 신랑감을 얻게 되고요."

"아마 셰익스피어가 사랑한 여자도 포샤 같은 독립적인 기질을 가졌을 거예요. 셰익스피어는 포샤에게 자비를 구하고 질서를 바로잡는 역할을 부여했잖아요."

그런데 폭력의 신들이 판치는 현실 세계에서도 포샤가 제 역할을 할 수 있을까? 만약 포샤 같은 여자가 사회와의 갈등에 부딪힌다면 나처럼 대책 없는 싸움꾼으로 전락할지도 모른다.

"샤일록은 인종과 종교 때문에 원한을 품었다고 쳐요. 신 상무는 뭣 때문에 김 과장에게 악감을 드러내는지 이해가 안 돼요."

"단지 저 같은 애송이를 끌어내리려고만 그랬겠어요? 정 부장님의 오른팔을 꺾어야 자기 뜻대로 할 수 있다고 생각했겠죠. 저야 고래 싸움에 새우 등 터지는 격이고요."

낙관주의자인 정 부장은 일이 끝난 후 있을 프리미엄을 제안했다.

"회사에서 기대하고 있는 사전이니 약속을 지키면 보상이 있을 겁니다. 나도 사장님께 김 과장 승진을 부탁할 거예요."

"정 부장님, 저는 일이나 방해 안 받고 잘해 봤으면 좋겠어요."

나는 셰익스피어가 묻힌 영국 트리니티 교회에서 영어 입문 사전의 완성을 위해 기도했었다. 하지만 마음 한구석에선 토사구팽이라는 단어가 맴돌아 정신을 어지럽혔다. 결국 나는 아부보다 명예 쪽을 택했다. 어느 경우든 나의 명예가 중요했다. 일을 끝내느냐 못 끝내느냐 그것도 문제였다. 일의 성취는 곧 내 자존심의 성취였다. 설사 정 부장의 감언이설에 넘어가도 기꺼이 눈감아 줄 나였다. 아자아자!

4

출판 조합 식당에서 점심을 먹고 옥상에 있는 서점 '보물섬'에 들렀다. 미국에서 출판된 초등학교 영어 교재를 살펴보다가 그림이 들어간 영어 사전 두 권을 샀다. 그 사전들은 사진과 삽화를 큼직하게 배치해서 다채롭게 편집되었다. 나는 영어 입문 사전에도 파격적인 편집 형식을 도입하면 어떨까 생각했다. 영업부에서도 기존의 사전과 색다른 샘플을 원하는 터라 오후에 레이아웃을 시도해 보기로 했다. 손에 책을 한 아름 안고 보물섬 계단을 내려오는데 선우에게서 전화가 걸려 왔다.

"나야. 집사람이 병원에 입원해 있거든. 수술은 어제 잘 끝났어."

"암 초기라서 괜찮겠죠? 얼마나 입원해야 한대요?"

"한 일주일 정도 있다 퇴원하고, 그다음엔 항암 치료를 몇 번 받아야 하나 봐."

"철저하게 치료해서 재발이 없어야죠. 그나저나 힘들어서 어떡해요?"

"처가가 미국에 있어서 간병인을 붙였어. 나야 퇴근 후에 갈 수밖에 없잖아."

선우는 남을 걱정시키지 않는 타입이라 아내의 힘든 처지에 대해선 말하지 않았다. 그래도 암 초기는 항암 치료와 방사선 치료와 호르몬 치료만 잘 받으면 완치될 수 있고, 치료도 쉽다고 했다. 선우의 목소리가 밝아서 다행이었다.

그렇다. 포샤처럼 매사에 낙관주의에 날개를 달아 둘 필요가 있다. 포샤는 아버지를 믿고, 셰익스피어를 믿고, 자신의 신념을 굳게 믿었다. "나를 선택하는 자, 자신의 모든 것을 걸어야 한다." 납 상자 위에 이런 글귀를 써 두어 사려 깊은 청년의 마음을 강하게 끌어당겼던 것이다. 낙관주의를 유지했던 포샤는 결국 자신이 원했던 남자를 얻었다.

　그날 저녁, 예정에도 없게 현인기와 신촌의 카페에서 만날 약속을 했다. 며칠 전 보내온 메일에서 그는 내가 첫정이고 친구임을 강조했다. 나보다 세 살 연상인 그는 나를 친구로 규정하고 싶었나 보았다. 그와는 여고 시절 교회에서 만난 사이라 그런지 저절로 반말이 튀어나왔다. 세월이 약을 친 탓에 그가 테러를 가한 남자로 생각되지는 않았다.

　"난 이혼한 지 꽤 됐어."

　그는 자리에 앉자마자 첫마디에 자기가 이혼남임을 강조했다. 아들이 하나 있는데 어머니가 키워 주신다고 말했다. 그에게 굳이 내가 독신이라는 걸 드러낼 필요는 없었다. 나는 회사원인 남편과 잘 살고 있는 유부녀 행세를 하기로 했다.

　"한국그룹 그만두고 벤처 기업 차려서 잘 꾸려 나가고 있지. 운이 좋은 건지 막힘없이 계속 상승세야."

　"잘돼서 다행이네. 운도 운이지만 노력도 많이 했겠지."

　그의 인상은 대체로 맑고 여유로워 보였다. 외꺼풀의 기름한 눈과 단정한 콧날과 둥그스름한 얼굴에 선량한 기운이 서려 있었다. 그가 빙긋 웃으며 말했다.

　"대학 때 공부를 안 했지만 어쩌다 대학원도 졸업했고 박사 학위도 생각 중이야."

　"열심히 살았네. 나는 출판사 옮겨 다니면서 남 좋은 일만 시켰지."

　그와 나는 서로 살아온 이야기를 하며 맥주잔을 부딪쳤다. 그는 일류 기업에서 환경 관련 벤처 기업으로 옮겨 간 과정을 성공한 남자의 스토리로 포장해서 설명했다. 그리고 몸이 아파 군대에 가지 못한 덕분에 남보다 사회생활이 빨랐다고 했다. 나는 그의 성공담을 기뻐하며 생글생글 웃어 주었다.

"웃으니까 네 옛날 모습 나온다. 강둑길에서 처음 데이트했던 것 생각나?"

"응. 그때 자기가 카스텔라도 썰어 주고 그랬지."

그건 풀밭 위의 피크닉처럼 낭만적인 그림으로 남아 있었다.

"우리 키스한 것 기억나?"

"뭐? 시골길에서 말야?"

얼핏 내 기억의 섬에 갇힌, 별빛 쏟아지던 밤하늘이 떠올랐다. 그가 입술을 덮쳤을 때 안간힘을 쓰며 뿌리치려고 애썼던 것 같다. 내가 거부했으므로 그건 키스가 아니었다. 아직도 밤하늘을 수놓던 별무리가 어지러이 춤추고 있는 듯했다.

"아니, 그건 강제 키스고 우리 술 마시고 사직공원에 갔었잖아. 그때 자의 반 강제 반으로 키스를 했지."

"뭐야? 난 기억이 하나도 안 나는데. 우리가 키스를 했다고?"

"공원 수위가 '이놈들!' 하고 소리도 쳤잖아."

그날 사직공원 벤치에서 수위가 우리 쪽으로 달려왔던 기억이 어슴푸레 떠올랐다. 그가 말하지 않았다면 벤치에 앉아 있던 그 광경은 전혀 재생되지 않았을 것이다.

"아들 위해서라도 재혼해야겠네."

"재혼? 아직은 계획 없어. 결혼에 대한 희망을 갖기엔 자신감도 없고."

대신 그는 자기 사업을 은근히 과시했다. 강남에 사무실을 갖고 있으며, 직원도 열 명쯤 두었노라고 말했다. 말끝마다 그는 자신이 재수 좋은 사내라며 행운 타령을 해 댔다. 하긴 그가 불행한 몰골로 나타난 것보다는 나았다.

"한동안 내가 힘들었을 땐 너무 끔찍해서 과거를 떠올리기도 싫었어. 근데 요즘은 마음에 여유가 생겨선지 과거가 아름답게만 느껴지는 거야."

과거가 아름답다니? 그가 과거를 미화시키는 게 거슬려 나는 톡 쏘아붙였다.

"설마 우리 사이를 낭만적인 관계로만 생각하는 건 아니겠지? 자기와 나는 꼭 해야 할 말이 남아 있잖아."

문득 그와 내가 친구라는 가면을 쓰고 연기하는 배우들처럼 느껴졌다. 나는 목젖까지 올라오는 말을 삼키고 그를 쏘아보았다. 그가 자못 진지한 표정으로 내게 물었다.

"혹시 지금 사귀는 애인 있니?"

내가 유부녀인 줄 듣고서도 애인 있냐고 묻는 남자의 심리는 뭘까? 나는 의구심 가득한 눈빛으로 그를 노려보았다. 그때 그의 거침없는 질문이 되돌아왔다.

"그럼 앞으로 계속 만날 수 있을까?"

나는 그에게 침묵으로 답하며 곧바로 자리에서 일어섰다. 밖으로 나와서 택시를 탈 때 그가 택시비라며 지폐 몇 장을 기사에게 내밀었다. 나는 얼른 기사에게 그걸 받아 쌀쌀맞은 손길로 그에게 건네주었다. 그는 돈을 받아 넣고 나에게 손을 흔들어 주었다. 갑자기 피곤이 몰려와서 나는 등받이에 기대며 눈을 감았다. 내면의 여자아이가 '왜 화내지 않았어?' 하며 나의 관대함을 질타했다. 그 옛날에도 나는 맘씨 좋은 여자아이처럼 내면의 상처를 드러내지 않았던 것이다.

햄릿의 유령

햄릿: 사느냐 죽느냐, 그것이 문제로다. 가혹한 운명의 화살을 참고 견디는 것이 고결한 일인가? 아니면 고난의 풍파에 맞서 싸워 물리치는 것이 더 고결한 일인가? 죽는다. 잠든다. 그뿐이다. 잠들면 우리 마음의 번뇌도 육체에 따라붙는 온갖 고통도 모두 끝난다. 이거야말로 열렬히 바랄 만한 삶의 극치가 아니겠는가? 죽는다. 잠든다. 잠들 뿐이다. 그러면 꿈을 꾸겠지. 아, 이게 문제야. 우리가 이 삶의 굴레에서 벗어나 죽음이라는 잠을 잘 때 어떤 꿈이 찾아올지, 그것이 우리를 망설이게 하는군. 바로 이런 생각이 기나긴 인생을 불행하게 만드는 것이지. 그렇지 않다면 누가 이 세상의 거센 비난의 채찍을 견디며, 폭군의 횡포와 세도가들의 무례함, 버림받은 사랑의 고통이며 법의 지연, 관료들의 오만함과 유덕 인사가 소인배에게서 받는 불손함, 이 모든 것을 참고 견딜 수 있겠는가? 단검 한 자루면

모든 것을 끝장낼 수 있는데. 그 누가 이 지겨운 인생의 무거운 짐을 지고 신음하면서 땀을 뻘뻘 흘리고 살아가겠는가? 다만 죽음 다음에 맞이할 그 무엇에 대한 두려움과 나그네 한번 가면 돌아오지 못할 미지의 세계가 결행을 망설이게 하고, 우리가 모르는 저세상으로 날아가느니 차라리 현세의 고통을 참고 견디도록 하는 것이지. 결국 분별심 때문에 우리는 모두 겁쟁이가 되고, 생생한 우리의 결심은 창백한 병색으로 그늘져, 용솟음치던 한순간의 포부도 옆길로 빗나가 행동력을 잃고 말거든.

—「햄릿」 제3막 제1장

1

내가 새로 만든 사전 샘플이 호응을 받으며 간부 회의에서 통과되었다. 앞으로 영어 입문 사전 작업은 순풍에 돛 단 듯이 씽씽 나아갈 것이었다. 그런데 삽화 작업이 늦는 게 가장 걱정되었다. 석 달 안에 삽화 1500컷을 완성하도록 삽화가에게 약속을 받을 필요가 있었다. 내가 삽화가와 앉은 자리에서 물었다.

"이제 콘셉트를 다 알고 있으니까 속도가 문제네요. 11월 말까지는 완료되어야 하는데 시간을 맞출 수 있을까요?"

삽화가가 손가락으로 날짜를 짚어 보더니 자신 있게 대답했다.

"조금 무리이긴 해도 열심히 하면 맞출 수 있을 거예요."

"삽화 작업 때문에 위에서 말들이 많네요. 꼭 좀 약속을 지켜 줘야 해요."

정 부장이 근심스러운 낯빛으로 삽화가에게 거듭 부탁했다. 나는 숯불판 위에 한우 고기를 구우면서 삽화가에게 많이 먹으라고 권했다. 일하는 사람끼리 기분 좋게 일해야 기분 좋은 사전이 나오리라는 생각에서였다.

점심 후에 삽화가가 지식사 주 전무에게 인사 다녀오고 나서 신 상무에게도 인사시켰다. 신 상무는 형식적으로 고개만 끄덕일 뿐 별 말이 없었다. 나중에 자료실에서 나는 정 부장에게 으레 묻는 질문을 던졌다.

"신 상무가 회의 중에 뭐라고 안 하던가요?"

"아무 말이 없어요. 사장에게 무슨 말을 들었는지 잔뜩 풀이 죽어 있습디다."

"이제 신 상무가 설 자리가 없나 보네요. 러시아어 중사전은 어떻대요?"

"러시아어 중사전 끝내려면 애 좀 먹겠어요. 회사에서 필자들에게 원고 날짜 지키라고 내용 증명을 보냈다더군요."

나날이 몸 상태가 나빠지는 미스 양을 떠올리며 내가 물었다.

"미스 양은 괜찮은가요? 매일 책상에 엎드려 있던데요."

"아무래도 미스 양은 오래 못 나올 것 같아요. 병원에서 요양해야 할 사람이 억지로 출근하고 있으니 일이 제대로 될 턱이 없죠."

사무실에서 미스 양의 존재를 가장 눈엣가시로 여기는 사람이 공 이사였다. 평소에 신 상무의 비호를 받는 미스 양을 간섭하지 못해서 공 이사는 복장이 터질 노릇이었다. 마침 신 상무가 휴가를 9월로

잡아 사흘간 자리를 비우는 날이 있었다. 미스 양이 계속 엎드려 있자 공 이사가 다가가 책상을 탁탁 치며 소리쳤다.

"양 과장! 매일 책상에 엎드려 있으면 어떡하나? 다른 직원들 일하는 것 안 보여?"

"몸이 좀 아파서 그래요."

미스 양이 부석한 얼굴을 들고 눈살을 찌푸렸다. 피로한 기색이 확연했다.

"엎드려 있는 것도 하루 이틀이지 매일 이럴 거면 차라리 나오지 말든가. 이거 원, 회사가 개인 침실도 아니고."

공 이사가 호통을 치고 돌아가자 미스 양이 책상 위의 물건들을 주섬주섬 치우기 시작했다. 가방을 챙겨 든 미스 양이 공 이사에게 가서 큰 소리로 울부짖었다.

"전 이제껏 지각 한 번 안 했어요. 그런데 직원들 앞에서 이렇게 망신 줘도 되는 거예요?"

"다른 직원들한테 미안하지도 않아? 양 과장 때문에 여기저기서 말들이 많잖아."

공 이사가 반발하는 미스 양을 죄인 다루듯 윽박질렀다.

"그럼 저, 회사 그만둘 거예요. 러시아어 중사전 되든 말든 저는 책임 없어요. 이젠 공 이사님이 알아서 하세요!"

미스 양이 공 이사에게 사직서를 내던지고는 사무실을 뛰쳐나갔다. 공 이사가 당혹해하자 여직원 두 명이 뒤따라가 미스 양을 달래느라 진땀을 뺐다. 만약 미스 양이 당장 퇴사라도 한다면 러시아어 중사전 편집에 비상사태가 발생하기 때문이었다. 지나새나 완력을 휘두르는 공 이사는 리더로서의 자격이 없었다. 자신의 무능력을 방어하기 위해 공격성을 발휘하는 소인배라고나 할까.

사무실에 여직원회가 있지만 미스 양은 소외된 존재로서 왕따를 당하고 있었다. 이틀 후 신 상무가 출근하면서 사무실은 아무 일 없던 것처럼 평온을 되찾았다. 뒷심 약한 공 이사는 일이 커질까 봐 신 상무의 눈치만 살폈다. 다들 본체만체 제 할 일에 몰입하고 있을 때였다. 미스 양만 기가 되살아나서 직원들에게 과일 주스 한 병씩 돌리며 실실 득의의 웃음을 흘렸다.

2

"김문영 씨! 이번 설악산 문학 기행에 꼭 참석하도록 해요."

권 주간의 권유를 받을 때만 해도 문학 기행 같은 행사에는 가지 못하리라 생각했다. 문제는 금요일 당일, 경민이 내게 전화를 걸어와서 발생했다.

"점심시간에 차 갖고 출발하는데 같이 가는 게 어때요?"

"어, 나는 아무 준비도 안 됐는데요."

느닷없는 경민의 제안에 나는 마음이 동했다. 정 부장에게 허락을 구하는 과정이 번거로워 나는 몸이 아프다며 조퇴서를 제출했다. 어차피 내가 해야 할 일이 산재해 있지만 기분 전환 하고 나면 일하는 데 탄력이 붙을 것 같았다. 일단 선우에게 전화를 걸어 경민과 같이 가고 있노라 말해 두었다. 경민이 운전하는 차 안에서 회사 이야기를 꺼내자 경민은 전문가처럼 말했다.

"조직에선 성질 나쁜 건 별문제가 안 돼요. 실력이 우선이죠. 더구나 대타도 없는데 실력자를 무조건 자르진 못하죠."

"일이 진행되는 동안은 못 건드리겠죠? 일이 다 끝나면 몰라도요."

"대신 겸손할 필요가 있어요. 미움 사면 나중에 부메랑으로 돌아오니까요."

도중에 휴게소 한식당에 들러 설렁탕을 시켰다. 경민이 셀프서비스로 쟁반에 설렁탕을 담아 가져왔다. 김이 오르는 설렁탕 국물을 떠 마시며 내가 말했다.

"어렸을 적에 아버지 따라 여동생이랑 설렁탕집에 자주 드나들었어요."

"아버지가 가정적이셨나 보네요."

"무척 자상하신 분이었죠. 아버지랑 엄마랑 영화 구경도 많이 다녔어요."

경민이 내게 부러운 눈길을 보내며 덤덤히 말했다.

"우리 아버진 자식들에게 무척 엄했죠. 어머니하고 잔정도 없었고요. 어머니가 두 번째인데, 세 번째 부인까지 얻어 집안이 좀 어수선했어요."

내가 미소로 답하자 경민이 허심탄회하게 말을 이었다.

"아버지는 부동산으로 떼돈을 벌었지만 자식들에겐 준 게 없어요. 내 사업도 누나의 도움으로 일으켜 세웠죠. 다른 형제들은 서로 잘

났다고 물어뜯기 바빠요."

차 안에서 깜박 잠이 들었다가 눈을 떠 보니 어느새 미시령 터널을 지나고 있었다. 경민이 선우에게 연락해 세미나장 위치를 확인하고 무사히 팀과 합류했다. 선우가 내게 악수를 청하면서 "멀리까지 오느라 수고가 많았네요" 하며 반겨 주었다. 권 주간과 현진도 후발대의 합류를 환영해 주었다.

세미나장에서 지역 문인들과 문학 토론을 끝내고 식당에 들어갔다. 횟감이 딸린 식사와 함께 훈제 족발과 프라이드치킨이 술안주로 준비되어 있었다. 현진과 경민이 나란히 앉고, 나와 권 주간이 건너편에 마주 앉았다. 그런데 선우는 어디 갔는지 보이지 않았다. 작가 한 분이 권 주간에게 말을 걸었다.

"뉴스 보셨지요. 굶어 죽은 시나리오 작가에 대해 어떻게 생각하세요?"

"너무 애석한 이야기죠. 국가에서 예술인들을 위해 무슨 정책이 있어야 해요."

다른 작가 한 분이 고인에 대해 동정 어린 말을 이었다.

"살아남기 어려운 세상이죠. 그래도 글쓰기만큼 강인한 삶에 대한 투쟁력이 있었다면 그처럼 비참하게 죽을 수는 없겠죠."

권 주간이 헛기침을 하더니 일장 연설을 시작했다.

"히포크라테스의 경구, '인생은 짧고 예술은 길다'는 예술가들의 정신을 충족시켜 주는 말이죠. 삶은 덧없어도 예술은 영원하니까요. 한데 그다음에 이어지는 경구를 살펴보면 이래요. '기회는 쏜살같이 지나가고, 경험은 믿을 수 없으며, 판단은 내리기 어렵다'로 끝나요. 이건 예술가에 대한 찬가가 아니라, 길고도 고달픈 예술가의 길을 의미하죠."

문인들의 화제는 좋은 자리에서도 결국 글쓰기와 관련된 이야기로 돌아온다. 그때 언제 나타났는지 선우가 팀에 끼어들어 분위기를 띄웠다.

"호랑이와 개가 카드 게임을 하면 항상 호랑이가 이겼대요. 그래서 개가 호랑이에게 이기는 비법이 뭐냐고 물었더니 이렇게 대답했대요. 뭘까요?"

"하하하. 별거 아냐. 넌 카드가 잘 들어오면 항상 꼬리를 흔들잖아. 그랬겠죠."

경민이 너글너글 대답하더니 화가 반 고흐의 자화상에 관한 재담을 날렸다. 다들 시큰둥한 반응을 보이자 이번에는 시인이 손뼉을 치며 시선을 유도했다. 시인이 유려한 말솜씨로 와이담(淫談)을 늘어놓자 다들 까르르 웃어 댔다. 자정이 넘어서야 숙소로 돌아가 씻으려는데 선우에게서 문자 메시지가 왔다.

집사람 때문에 아침 일찍 가 봐야 할 것 같아. 빨리 와
야겠다고 조카에게서 전화가 왔네. 내일 재미있게 보내고.
굿 나잇!

나는 걱정되었지만 '힘내요!'라는 메시지를 보냈다.

다음 날 아침 선우와 경민의 모습이 보이지 않았다. 권 주간에 의하면, 새벽같이 선우가 경민의 차로 서울로 출발했다는 것이다. 경민은 비즈니스 핑계로 오며 가며 나와 선우를 에스코트해 준 셈이었다.

오전에 일행과 설악산 산사를 둘러보면서 번잡했던 마음이 평정을 되찾았다. 투명한 초가을 햇살 아래 옅은 단풍으로 물들기 시작한 산자락이 아름다웠다. 맑은 정기를 호흡하며 산길을 내려오자 묵은 피로가 싹 가시는 듯했다. 속초 바닷가에서 모둠회로 점심을 먹고, 한계령으로 넘어가기 전에 낙산사에 들렀다. 해수관음상 앞에서 양초 공양을 하며 마음속 기원을 드렸다. 현진도 불자처럼 절하기에 내가 말했다.

"대학 시절에 설악산에서 포항까지 혼자 일주일간 수학여행을 했어요. 그때도 저 해수관음상 앞에서 기도했죠."

"해수관음상에게 기도하면 소원이 이루어진다잖아요. 근데 그 시절에 단독으로 여행했다면 대단했네요. 나는 이제야 혼자서 훌쩍 떠나고 싶거든요."

같은 방을 쓰면서 친해진 탓일까? 버스 안에서 현진은 내게 딸 이야기를 꺼냈다.

"2년 전에 네 살짜리 딸아이를 잃어버렸어요. 살던 동네에서 이사 갔는데 딸아이가 시어머님을 따라 나갔다가 그만 길을 잃었나 봐요. 똑똑한 아이인데, 이사 가는 바람에 살던 데를 못 찾아온 거죠."

나는 딱한 마음에 그만 탄식을 터뜨렸다.

"혹시 누가 아이를 키우려고 데려간 것 아녜요? 방송 같은 덴 안 나가 봤어요?"

현진이 길게 한숨을 내쉬더니 말을 이었다.

"실종되고 전국 아동 보호소며 신문 방송이며 안 해 본 것 없이 다 해 봤죠. 이젠 딸이 나를 쏙 빼닮았으니까 나중에 커서라도 만날 수 있을 거라 믿고 있어요."

"그래요. 어디서든 딸아이가 잘 커 주기만을 기도해야겠네요."

"딸아이가 못된 사람들한테 학대라도 받고 있을까 봐 막막해져요. 남편과도 사는 정이 없어져서 자주 부딪히고요. 어느 땐 집을 뛰쳐나가고 싶을 정도니까요."

하긴 자식 잃어버리고 부부간에 무슨 행복을 바랄 수 있을까. 서로 마주 보며 자식 얼굴 떠올리면 새록새록 불행감만 더할 것 같았다. 그녀가 선우에게 곁을 주고 싶은 마음을 이해할 것 같았다. 게다가 현진은 나를 호의적인 시선으로 바라보았다.

"자유로운 싱글로 사는 것도 괜찮아요. 자기는 커리어 우먼으로 씩씩하게 살고 있잖아요. 연애만 하고 결혼하지 않는 것도 좋고요."

서울에 도착해서 권 주간이 저녁 식사를 하자고 권했지만 나는 집으로 돌아왔다. 그날 밤늦게야 선우에게서 전화가 걸려 왔다.

"집사람이 우울증이 좀 심해. 옆에 사람이 없으면 안 되는 상황이야."

"주변에 간호해 줄 분은 없나요? 친척이라도?"

"처갓집이 다 미국에 있잖아. 여동생네도 지방에 있다 보니 조카 말고는 없네."

"조카는 학교에 다니잖아요."

"하지만 조카도 취업 준비 때문에 바빠서 부탁도 못해."

"그럴 때 남편이 아내를 지켜 줘야지 어쩌겠어요."

도대체 선우의 관심을 아내에게로 되돌려 놓다니 셰익스피어는 어쩌자는 걸까? "진실한 사랑의 항로는 늘 순탄치 못했죠." 그렇게 다크 레이디 때문에 마음 졸였던 셰익스피어가 말년에 조강지처에게 돌아갔다 해도 말이다. 그는 「비너스와 아도니스」에서 사랑의 속성을 천지를 잠시 비추고 사라지는 번개처럼 찰나의 것으로 표현했다. "사랑은 죽음 속의 삶이라고 들었어요. 사랑은 단숨에 웃다가도 우는 거라고 들었어요." 이제 내게 셰익스피어의 희극 시대는 끝났다는 뜻인가?

3

본격적인 레이아웃이 시작되면서 정 부장과 나와 미스 전은 야근 작업에 돌입했다. 회사에 철야 운운하면 복잡해져서 미스 전과 나는 자발적으로 철야 작업을 하기로 했다. 어느 날 경리부 오 부장이 내게 내선 전화를 걸어왔다.

"김 과장, 야근하면 야근비 적어서 올리세요."

"네. 그렇잖아도 어제부터 야근 일지 올리고 있거든요."

"그런데 왜 두 시간만 적어 놓고 실제 퇴근 시간은 더 늦는 거죠?"

회사 몰래 연장 근무까지 해야 하는 딱한 사정은 아랑곳하지 않고 오 부장이 추궁하듯 물었다. 나는 박 차장을 의식하며 조심스레 받아넘겼다.

"그거야 다음 날 넘겨야 할 원고가 있는데 시간 내에 못 끝나니까 연장 근무를 하게 되는 거죠. 한불사전 할 때도 연장 근무 하고 신청하지 않은 날이 많았거든요."

"그건 알고 있어요. 나중에 야근비에 대해 딴말하기 없기예요."

내가 전화를 끊자 정 부장이 나를 회의실로 불러 이렇게 말했다.

"신 상무와 공 이사가 사장에게 야근 작업에 대해 문제를 제기했답니다. 제시간에 끝낼 수 있는데 시간만 때우려고 앉아 있다는 거예요."

"제가 강 전무에게 야근 문제에 대해 분명히 말했잖아요. 12월 안에 일정을 마치려면 시간이 촉박해서 야근 작업은 필수라고요."

"그래서 사장님이 야근 문제에 대해선 트집 잡지 말라고 호통치셨대요."

"사장님이 적극적으로 도와주시니 일할 맛이 나네요."

그때까지 나는 정 부장이 끝마친 원고를 부분부분 수정하면서 골치가 좀 아팠다. 예문 선정에서 정 부장은 수준 높은 문장을 많이 썼지만, 나중에 눈높이를 낮추는 바람에 쉬운 문장이 많이 필요했다. 그걸 정 부장에게 맞대 놓고 불평하기엔 조심스러워 나는 울며 겨자 먹기로 예문을 고쳐 나갔다. 게다가 영어 사전은 단순히 그림 넣기 식의 레이아웃이 아니고 한 장 한 장 원고 계산을 해야 했으므로 무척 힘들었다. 말하자면 영문을 조절하는 일이어서 일반 편집과 달리 전문적인 시각이 필요했다. 그것이 사전 편집을 다른 아트 디렉터가 맡을 수 없는 이유였다.

4

전날 선우가 보낸 셰익스피어 평전과 영국 BBC에서 제작한 셰익스피어 DVD 모음집이 집으로 배달되었다. 오늘이 바로 내 생일이기 때문이다. 셰익스피어 38개 전 작품을 직접 DVD로 감상할 수 있게 되어 나는 기뻤다. 그걸로 나에겐 훌륭한 선물이었다. 아픈 아내 때문에 시간을 내기 힘든 까닭에 딱히 이벤트가 없어도 이해를 해야 했다.

내 사랑 귀여니의 생일을 축하!! 사랑아, 하늘이 나를 먼저 빚은 후 32년 전 오늘 사랑을 빚다. 만나 사랑하고서 오라고 보내시다. 그대 보낸 하늘에 감사 축하 키스를 받으삼 랄랄라. 일부러 웨딩 카드를 골랐겠지. 다음 생에서라도 우리 저렇게 하자. 너와 저 차 타고 떠나는 거야. '너와 나', '너와 나' 우리만의 꿈의 세계로. 살면서 모든 날이 행복한 날이기를. 다시 한 번 생일 축하해! 사랑해.

아침에 보내 준 선우의 웨딩 메일을 읽는 순간 가슴이 찡하고 울렸다. 신랑 신부를 태운 웨딩 카가 멘델스존 축혼 행진곡과 함께 움직이는 카드 메일이었다. 가상이라도 웨딩 카드를 보내 준 선우의 배려가 기발하고 고마웠다. 랄랄라.

점심 무렵 영미와 효주가 차를 몰고 출판 단지를 찾아왔다. 단짝 친구들이 내 생일을 축하해 주기 위해 멀리 파주까지 왕림한 것이다. 헤이리에 가기 위해 차가 회사 뒷길로 접어들었을 때였다. 마침 앞쪽에서 신 상무와 미스 양이 걸어가고 있었다.

"어머, 저거 좀 봐! 우리 회사 신 상무와 여직원이야."

내가 그들을 손으로 가리키며 소리치자 효주가 따라 소리쳤다.

"근데 뭐야. 여직원이 남자의 팔짱을 끼고 있잖아!"

"어머나, 무슨 일이래? 저래도 되는 거야?"

영미도 펄쩍 놀라며 호들갑을 떨었다. 효주가 민완 형사처럼 휴대전화를 들고 두 사람의 팔짱 낀 장면을 동영상으로 찍었다. 마치 미행하는 것처럼 차를 천천히 움직이며 그들을 지켜보았다. 미스 양이 한 번 뒤를 휙 돌아보더니 코너를 빠져나갔다.

"여기 오니까 재미있는 광경도 보고, 참 잘 왔다."

"신 상무라는 사람이 널 괴롭히면 내가 회사 앞에 대자보 크게 붙여 줄게."

효주가 내 생일이라고 나에게 잔뜩 힘을 실어 주었다. 곧바로 영미가 차를 몰고 프로방스 레스토랑에 들어갔다. 영미가 예약해 둔 자리에 앉아 안심 스테이크를 썰면서 생일 축하를 받았다. 영미가 선물 대신 예쁜 봉투를 건넸다.

"요즘 남편과는 괜찮아진 거야?"

보름 전에 영미가 남편과의 불화를 호소했던 일을 떠올리며 내가 물었다.

"남편이 어렸을 때 콤플렉스가 많았나 봐. 남편은 우울 증세가 도지면 심해지거든. 요즘 회사에서 스트레스 받는다고 내게 퍼부어 대니 나도 못 견디겠어."

"혹시 네 남편 바람피우는 것 아니니?"

"글쎄, 나하곤 섹스리스인데 다른 여자하곤 잘될 수도 있겠지."

효주가 포크로 샐러드를 집어 먹으면서 끼어들었다.

"남편이 바람피우면 같이 맞바람을 피우거나 상대하지 않기. 둘 중 하나거든. 차라리 남편 몰래 좋은 사람 만나면서 극복하는 것도 좋아."

"대신 나 요즘 오페라 감상 모임에 참석하기 시작했어. 음악 하는 사람들이라 그런지 다들 고상하고 교양이 있더라고."

"그럼 티케팅해서 단체로 오페라를 관람하는 거니?"

"직접 오페라를 관람하기도 하지만 주기적으로 뮤직홀에 모여서 DVD로 감상하는 거야. 서로 감상 소감을 나누고 인터넷 카페에 후기를 올리기도 하지."

"그야말로 클래식한 취미구나. 자기 시간이 있으니 얼마나 좋을까?"

영미가 효주에게 말의 주도권을 넘기면서 물었다.

"참, 효주는 연하의 피디하고 잘되어 가니?"

효주가 고운 눈썹을 살짝 찌푸리며 입을 열었다.

"사주 카페에 가 봤는데 박 피디와는 올해 가기 전에 깨진다네. 서로 좋아하는데 관이 깨지는 운이라서 어쩔 수 없다나."

"영국 여행 다녀오고 나서 틀어진 것 아냐?"

"글쎄, 운이 바뀌면 인연도 바뀐다고 하더구나. 근데 네 셰익스피어는 잘 지내니?"

효주의 말을 가로채며 영미가 궁금한 얼굴로 내게 되물었다.

"셰익스피어라면 극작가라도 만나고 있다는 거니? 말 좀 해 봐라. 들어 보자."

"주변에 O형 남자와 A형 남자가 있거든. 그런데 둘 다 문제가 많아요."

"이대 앞에 유명한 역학자가 있는데, 같이 한번 찾아가 볼까?"

가끔 사주 카페를 찾는 효주가 나를 부추겼다. 나는 주역을 조금 아는 탓에 정작 점집을 찾게 되지 않았다. 영미가 하얀 덧니를 드러내며 말했다.

"문영아! 네 미래에 남자가 있는지 한번 물어보는 것도 괜찮아."

"글쎄, 내가 아는 주역으로 보면 남자 복이 없는 편은 아니야."

"하긴 네가 인물이 달리니, 실력이 달리니? 조금 까칠한 것도 매력이고."

나를 둥실 띄워 주는 효주를 향해 영미가 생긋 웃으며 물었다.

"효주야! 넌 드라마 대박 난다는 말은 없더냐?"

"소박이라도 꿈을 이룰 수 있다면 난 그걸로 족해."

내가 목소리를 가다듬고 효주의 말에 향유를 부었다.

"소원을 이루려면 날마다 원하고 믿고 이루어진 것처럼 행동하라고 하더구나. 무엇이든 자기가 생각한 대로 이루어진다고 하잖아.

'이건 마음이 모든 것을 만든다'는 일체유심조의 도리와도 상통하는 논리이지."

친구들을 보내고 사무실에 들어와 보니 내 책상 위에 빨간 장미 꽃바구니가 놓여 있었다. 정 부장이 "누구 좋은 사람이 보냈나 보네요" 하고 의미 있게 말했다. 꽃바구니에 꽂힌 카드에는 '생일 축하해. 가까이에서 친구가'라고 쓰여 있었다. 그런데 보낸 사람의 이름이나 주소는 어디에도 없었다. 경민이 꽃바구니를 보낸 것일 거라는 추측이 들었다. 하지만 경민에게 먼저 확인하고 싶지는 않았다.

5

출근길에 유은성 선생님께서 토요일 단편소설 축제에 참석하라고 전화를 주셨다. 동인同人들도 볼 겸 나는 여섯 명의 작가가 참여하는 단편 축제에 갔다. 쾌청한 가을 하늘 아래 유 선생님의 작업실 소나무 숲에서 축제 마당이 열리고 있었다.

"안녕하세요, 사모님!"

"어서 와요, 문영 씨! 시작했으니까 자리에 가서 앉아요."

행사장 입구에서 사모님과 문인들을 만나 반갑게 인사했다. 테이블 위에 놓인 단편소설 책자를 들고 연못가를 지나 소나무 숲으로 들어가 빈 의자를 찾아 앉았다. 주위를 둘러보니 지역 인사들과 문인들과 대학생들이 자리를 꽉 메우고 있었다. 앞쪽에는 유은성 선생님과 권 주간과 현진의 모습도 보였다.

마침 권 주간의 차례가 되어 연단에 현진과 권 주간이 나란히 앉아 작품 해설에 들어갔다. 작품은 내가 좋아하는 「농담의 아침」이었다. 사회를 맡은 현진이 작품의 감성적인 코드를 짚어내면서 권 주간과 대화를 주고받았다. 권 주간의 낭송 부분을 책자에서 짚어 나가고 있는데 누군가 내 옆자리에 와서 앉았다. 무심코 고개를 돌렸다가 현인기를 보고 화들짝 놀랐다.

"여기 왜 온 거야? 자기도 문학에 관심 있었어?"

"유은성 선생 사모님이 고종 이모 되시거든. 여기 꼭 참석하라고 당부하셔서."

그를 두 번씩이나 같은 장소에서 만난 건 우연치고는 지나친 우연이었다. 이거야말로 우연을 가장한 필연이 아닌가. 이 세상에 우연한 것은 없으며 모든 것이 메시지라고 생각하는 나였다. 그와 소곤거리며 곁눈을 팔다 보니 벌써 권 주간의 차례가 끝나 있었다. 점심시간이 되었기에 그와 나는 노란 잔디 마당에 한식 뷔페가 차려진 테이블로 다가갔다. 저만치서 사모님이 우리를 향해 말을 건네셨다.

"벌써 둘이 만난 거야? 내가 따로 소개하지 않아도 되겠네."

"이모님이 소개해 주시겠다는 작가가 바로 이 사람이에요?"

그나 나나 어처구니가 없어 서로 빤히 바라보았다. 이건 억지라도 요만저만이 아니었다. 사모님이 이혼남인 그와 독신녀인 나를 엮어주기 위해 중매쟁이 역할을 한 셈이었다.

"그럼 둘이 교회 선후배 사이란 말야?"

사모님은 현인기와 나를 번갈아 쳐다보며 물으셨다.

"사모님이 제겐 아무 말씀 안 하셨잖아요."

"그냥 부담 없이 만나 보라고 내가 조카를 부른 거야. 어때 잘했지?"

어느새 권 주간과 현진도 다가와 해낙낙한 웃음을 흘리고 있었다. 나는 두 사람을 동시에 바라보며 아낌없는 찬사를 퍼부었다.

"현진 씨 사회가 멋있어서 권 주간님 작품이 반짝 빛났어요."

"작품의 포인트를 어디에 두느냐 살짝 고심했는데, 그럭저럭 잘 마친 것 같아요."

"권 주간님 작품에 미학적인 부분이 많잖아요. 제가 그걸 끄집어내려 했는데 이 친구가 오는 바람에 놓쳤네요."

단편 축제 2부가 시작되기 전에 현인기는 먼저 자리를 떴다. 문인이 아닌 그에게는 이런 행사가 익숙지 않았을 것이다. 어쩌면 그도 별로 달가운 빛을 보이지 않는 나를 피하고 싶었는지 모른다. 그가 차를 몰고 떠나자 그 자리를 경민이 와서 채워 주었다. 친척 결혼식에 참석했다가 곧장 그곳으로 달려온 것이다.

"내가 오니까 어때요? 보고 싶은 사람 보게 되니까 반갑죠?"

경민이 내 귓전에 은밀하게 속삭였다. 이게 단지 바람둥이의 세뇌 작전일까? 그는 볼 때마다 친근한 단어를 사용해서 연애 감정을 불러일으켰다.

♣

여성 작가와 외국인 연사가 물러간 다음 마지막 차례로 유은성 선생님이 문학 평론가와 함께 연단에 올라섰다. 젊은 문학 평론가가 유 선생님의 작품을 전격적으로 소개하기 시작했다. 작품은 「소시민의 비손」이었다.

"유 선생님께서 이 작품을 쓰시게 된 동기가 무엇입니까?"

"평소에 자크 데리다의 철학 탈구축 이론에 관심을 갖고 있었어요. 셰익스피어의 「햄릿」을 보면 "시간의 관절이 어긋났다"는 아버지의 유령 이야기가 나오잖아요. 즉 우리가 역사의 부채를 제대로 갚지 못한다면 끊임없이 역사라는 유령에 시달릴 수밖에 없어요. 어떤 정치 제도든 기질서, 기잇속, 상투화로 항상 문젯거리와 싸울 거리가 생기고 항상 탈구축, 즉 벗어나야 되는 게 우리가 할 일이죠. 그렇게 알고 쓴 것이 이 소설입니다."

"말하자면 역사의 유령들을 좇아내 버릴 수 없으므로 역사의 유령들과 화해하는 방법을 발견해야 하는데, 그것은 소시민의 비손을 통해 이루어진다는 것이 이 작품의 핵심이죠."

젊은 문학 평론가가 자크 데리다의 '유령의 정치학'에 대한 부연 설명을 했다. 사회주의가 붕괴하고 20년이 지나서도 마르크스는 유령이 되어 반복해서 우리 앞에 출몰한다. 미국에서 마르크스의 『자본론』이 팔리기 시작하는 것이 그 예이다. 그래서 데리다는 유령을 통해 정치를 사유하자고 말한다. 바로 그런 내용이었다.

"사람들 간에 정확히 꿰뚫어 보는 것도 실은 사람의 능력이기보다는 하늘의 역사라고 저는 믿는데요. 말하자면 선생님과 저의 이승속 인연, 바로 그렇게 하늘에 잇닿아 있는 그 어떤 것이라고 생각하죠."

이처럼 유 선생님이 몇 군데 작품을 읽어 가면서 눈에 띄는 단어는 인연과 비손이었다. "모든 결정은 하늘의 뜻이다"라는 햄릿의 대사가 떠올랐다. 햄릿은 하늘의 뜻을 믿고 죽음을 전제로 한 칼싸움에 임한다. 그리고 부왕을 살해한 숙부를 죽여 복수라는 임무를 완성하고 눈을 감는다. 이제 그에게는 침묵만 있을 뿐이라며.

단편 축제가 끝나자 황혼이 내린 소나무 숲에 소슬한 가을바람이 불어왔다. 문인들은 근처 음식점으로 옮겨 뒤풀이 자리를 가졌다. 유 선생님과 사모님을 중심으로 문인들이 어우러져 흥건한 이야기 마당을 펼쳤다. 내가 유 선생님께 맥주를 따라 드리며 질문했다.

"선생님께선 어떻게 「햄릿」의 유령과 작품을 연관시키게 되신 거예요?"

"내가 자크 데리다의 탈구축 이론에 관심을 갖고 보니 데리다도 셰익스피어를 꽤나 좋아하더라고. 햄릿이 아버지의 유령 때문에 복수를 다짐하잖아. 유령이 뭐야? 상처나 원한이 있어서 되돌아오거나, 해결되지 않은 문제가 있어서 돌아오는 거잖아. 우리도 역사의 문젯거리를 해결하지 못하면 계속해서 역사의 유령에 시달리게 돼."

"아하, 어차피 역사의 유령을 쫓아내지 못하니까 역사의 유령과 타협하는 방법을 찾자는 거잖아요. 그런 의미에서 「소시민의 비손」을 쓰시게 되었네요."

"그렇지. 비손 의식이야말로 우리가 처한 분단 현실을 맞닥뜨리는 열쇠가 된다는 말이지. 남북 문제에서 달리 해결책이 없을 바에야 국민 모두가 지성으로 빌고 또 빌면서 노력해야 하거든."

"햄릿이 아버지의 유령 말대로 형을 죽이고 왕위에 오른 숙부에게 복수를 실행하잖아요. 결국 햄릿도 죽지만 썩은 세력을 몰아내고 새로운 왕국을 건설하는 계기가 되었죠. 데리다의 말마따나 탈구축을 통해 세상을 바로잡은 거네요."

"그렇지. 「햄릿」에서 유령은 궤도를 벗어나 제멋대로 가는 세상을 바로잡는 역할을 하는 거지. 뭐든 한자리에 계속 머물러 있으면 썩게 되어 있어요. 항상 탈구축, 질서에서 벗어나 새로운 세계로 나아가야 해. 그래서 내 문학의 기저는 질서의 반항이라고 할 수 있지."

칠순이 다 되신 유 선생님에게서 지성인의 정신을 우뚝 세우게 하는 힘이 느껴졌다. 옆에서 듣고만 있던 현진이 이런 질문을 했다.

"선생님께선 주로 직접 체험하신 글을 써 오셨는데요. 예술가가 태어난다고 생각하세요? 만들어진다고 생각하세요?"

"예술가는 운명적으로 태어난다고 생각해. 글감도 꼭 내가 쓰려고 해서가 아니라 저절로 내가 쓰도록 다가온단 말이지. 난 그때그때 영감을 얻어서 케이스 바이 케이스로 쓰는 편이야."

여기서 햄릿이 보여 주는 복수의 세계는 무엇일까? 사느냐 죽느냐 그것이 문제인 걸까? 생존하느냐 무너지느냐 그것이 문제인 걸까? 수많은 물음과 사유를 통해 인간은 자기 소신대로 살다가 어차피 죽게 되는 운명임을 가르치려는 걸까. 그렇다 해도 끝까지 줄기차게 살아남는 법을 배워야 하지 않는가.

그런데 내가 잠깐 나갔다가 돌아왔을 때 현진과 경민이 보이지 않앉다. 이상해서 권 주간에게 물어보니 일이 있어서 일찍 갔다고만 말했다. 마침 나도 다른 문인들과 함께 차를 합승할 기회가 있어 곧바로 자리에서 일어났다. 뒷좌석에 앉자마자 휴대 전화 신호음이 울렸다. 액정 화면을 보니 현인기에게서 메시지가 와 있었다.

만나서 반가웠어. 한가할 때 시간 한번 내줘. 현인기.

선우의 빈자리를 경민이 메워 주더니 이제 경민의 빈자리를 현인기가 메워 주는 것 같았다. 하지만 그와 내가 인연의 끈으로 이어진다는 건 있을 수 없는 일이었다. 뭔가 감정의 스톱 장치가 필요했다. 그는 과거의 유령처럼 나타나서 나를 괴롭힐 작정인 듯했다. 그는 옛 기억의 유령에 불과하다. 그와 나 사이엔 분명히 해결해야 할 문제가 있다. 다음번에는 그에게 단도직입적으로 질문 공세를 펼쳐야겠다.

치명적인 사랑

안토니: 아, 이집트의 여왕! 당신은 나를 어디로 끌고 왔소? 나는 당신에게 내 치욕을 보이지 않으려고, 명예가 산산조각이 나 버린 과거를 돌이켜 보고 있던 참이오.

클레오파트라: 아, 겁을 먹어 뱃머리를 돌린 것을 용서해 주세요. 장군님이 이렇게 뒤따라오실 줄은 꿈에도 몰랐어요.

안토니: 이집트의 여왕이여! 내 마음은 당신 배의 키에 끈으로 묶여 있어 당신이 이끄는 대로 가고 말았소. 내 영혼은 온통 당신의 지배를 받고 있으니, 당신이 눈짓만 해도, 신의 명령조차 거역하고 갈 수밖에 없다는 것을 당신은 잘 알고 있소.

클레오파트라: 아, 용서해 주세요!

안토니: 이제 나는 그 애송이에게 비굴하게 강화를 청하고, 영락한 사람으로서 말을 얼버무리고 속임수라도 써 봐야 할 처지요. 천하의

반을 맘대로 주무르고, 왕국들을 세우고 없애던 내가 말이오. 당신은 잘 알고 있소. 당신이 어느 정도로 날 정복하고 있는지를. 그리고 사랑으로 약해진 이 칼은, 오직 애정의 명령에 굴복하고 말리라는 것을.

클레오파트라: 진심으로 용서를 빌겠어요!

안토니: 눈물을 흘리지 마오. 그 눈물 한 방울 한 방울은 내가 얻고 잃은 모든 것과 같으니까. 키스해 주오. 이것만으로 내겐 충분한 보상이 되오.

─「안토니와 클레오파트라」 제3막 제11장

1

출판 단지는 토요일엔 적막강산이 된다. 식당에는 근처 공사장 인부들이 식사를 하거나 특근하는 출판사 직원들이 소수 찾아들 뿐이다. 특히 정오 무렵의 텅 빈 도로는 나를 까닭 모를 애상에 잠기게 한다. 가을은 감빛으로 여물고, 날씨도 제법 차가워졌다. 잠자리들 빙빙대는 가을 늪지를 지나는데 경민에게서 전화가 걸려 왔다.

"회사에 일이 있어서 나왔거든요. 특근하는 직원 위문차 만날 수 있을까요?"

"그러죠. 내일도 나올 거니까 오늘은 일찍 퇴근해도 돼요."

결국 경민과 토요일 오후에 헤이리까지 가게 되었다. 헤이리 양식당에 가서 로스트비프와 하우스 와인을 주문했다. 꽃으로 장식된 벽을 바라보며 나는 경민에게 꽃바구니의 주인공이 아닌가 하고 물어보았다.

"어, 그런 적 없는데요. 왜요? 누가 꽃바구니를 보냈어요?"

나는 내심 경민이길 바랐는데 기대가 어긋나서 조금 실망했다. 종업원이 샐러드 접시를 내려놓는 동안 경민이 내게 와인 잔을 채워 주며 말했다.

"작년에 결혼하려 했던 여자가 있었어요. 신예 작가인데 내가 좋아했지요."

"그런데 왜 헤어졌어요?"

"프랑스에 2년 정도 유학을 보내 달라고 하더군요. 그래서 내가 안 된다고 했죠."

"왜요. 피앙세의 발전을 위해 그 정도는 봐줄 수 있는 것 아녜요?"

"나는 매일매일 보고 싶은데 2년씩 떨어져 있을 자신이 없었죠."

"그런데 이상하네요. 왜 유학 비용을 남자에게 대 달라는 거죠? 자기가 벌어서 가야 되는 것 아닌가요?"

남자에게 경제적으로 의존하는 것은 자유를 포기하는 행위이다. 버지니아 울프도 그랬다. 여자도 자기만의 방을 갖기 위해선 경제적 독립이 필요한 것이다.

"그녀는 화가 나서 휴대 전화도 수신 거부로 해 놓고 나를 볼 생각을 전혀 안 해요."

"그러니까 여자를 좋아하는데 뒷바라지하긴 싫다는 거죠?"

경민이 이마로 내려오는 머리칼을 푸 하고 불어 넘기며 웃었다. 어째 이 남자에게서 진정성을 찾아보기는 힘들었다. 그는 여자들의 성적 트렌드를 꿰뚫고 있었다.

"항상 여자들이 먼저 유혹하던데요. 그녀도 내게 같이 지내자고 제의했고요."

"어머, 그래요? 난 보수적이라서 잘 이해가 안 되네요."

"요즘은 여자들도 자신감이 있기 때문에 적극적인 경향이 생긴 거예요."

달큰한 와인을 조금씩 홀짝거리다가 나도 모르게 취했나 보다. 나는 테이블에 엎드려 있다가 밖에 나와서 먹은 것을 울컥 토하고 말았다. 경민이 내 등을 두드려 주며 손수건을 내밀었다. 나는 손사래를 치며 가방에서 휴지를 꺼냈다.

"차에 가서 좀 기대는 게 좋겠어요."

차에 오르자 경민은 보조석 의자를 살짝 뒤로 젖혀 주었다. 그러고는 자신도 운전석 의자를 편하게 젖혔다. 차들이 드문드문 주차된 캄캄한 주차장에서 경민과 나는 잠깐 잠이 들어 버렸다. 눈을 감고 있는데 경민의 입술이 내 입술에 포개져 왔다. "사랑해요!" 하며 입술을 탐해 오는 경민을 나는 간신히 뿌리쳤다.

"사실은 나 좋아하는 사람 있어요. 그러니까 이럼 안 돼요."

"혹시 그 사람이 장선우 선배 아닌가요?"

경민이 선우의 존재를 눈치채고 있다는 게 신기했다. 내가 잠자코 있자 경민이 냉소적인 반응을 보였다.

"솔직히 장 선배보다는 내가 더 낫지 않나요? 난 싱글에다 비전이 있어요."

내가 차 문을 열고 나가려 하자 경민이 내 팔을 잡았다.

"알았어요. 나는 신사니까 강요하지 않을 거예요."

대리 기사가 운전해서 아파트까지 가는 동안 나는 뒷좌석에서 잠을 잤다. 경민은 앞에 앉아 대리 기사와 계속 이야기를 나누었다. 눈을 뜨려는데 카 라디오에서 「빈센트」가 흘러나왔다. "Stary stary night, paint your palette blue and gray. look out on a summer's day with eyes that know the darkness in my soul." 별이 빛나는 밤, 당신의 팔레트를 푸른색과 회색으로 칠해요. 여름날을 바라봐요. 내 영혼의 어둠을 아는 눈으로. 곡이 끝날 때까지 나는 눈을 감은 채 듣고 있었다.

결과적으로 일요일 근무는 나 때문에 미스 전 역시 펑크가 났다. 머리가 아파 온종일 침대에 누워 있다시피 했다. 자동차 안에서 경민이 내게 키스했던 일이 떠올랐다. 선우는 부드럽고 달콤한데, 경민은 정신을 앗아 갈 듯 깊고 강렬했다. 성격도 체격도 서로 다른 두 남자에게서 느껴지는 이질감이었다. 마침 선우에게서 전화가 걸려 왔다.

"나야. 어제 전화가 먹통이길래 걱정돼서 걸었어."

"어제 정 부장 사모님이 오셔서 우리 팀 회식했어요. 나중엔 배터리가 나가서 못 받았고요."

나는 시치미를 뚝 떼고 선우에게 선의의 거짓말을 했다.

"아내는 좀 괜찮은 거예요?"

"아무래도 휴직계 내고 어머니 곁에서 요양을 시켜야 할 것 같아."

"휴직은 가능한 거예요? 대타는 있고요?"

"응. 권 주간이 고맙게도 내 사정 잘 알아서 봐주네."

선우에게서 휴직 소식을 듣고 나자 두통이 더 심해졌다. 선우와의 불투명한 미래가 무거운 그림자를 드리웠다. 저녁 늦게 경민에게서도 전화가 걸려 왔다.

"내일 점심 같이 먹어요. 해장술 한잔해야죠."

"봐서요. 내가 시간 나면 전화할게요."

올해는 무슨 일인지 두 남자 사이에서 오락가락하고 있다. 경민에게 끌리면서도 다가가지 않는 것은 선우를 의식하기 때문일까? 이상하게 낯선 배반의 감정이 속 깊은 곳에서 스멀스멀 피어올랐다. 하긴 기만하거나 배반하는 것이 인간의 마음이니까. "배반이란 대열에서 이탈해 미지의 것으로 나가는 것을 뜻한다." 밀란 쿤데라도 오히려 배반을 옹호하는 주장을 펴지 않았는가. 인간은 진정한 사랑을 할 수 없으므로, 배반을 선택하고 새로운 자유를 찾는 삶이 역설적으로 진실하다는 것이다.

2

선우는 직장에 휴직계를 내고 어머니가 있는 경기도 이천으로 옮겨 갔다. 이후 아내의 항암 치료와 동창회보 일들로 한 달에 두세 번씩 서울에 다녀갔다. 일정이 빡빡한 데다 내가 직장 일에 매여 있어 서로 만나 보기가 어려웠다. 그저 목소리를 듣는 걸로만 족해야 했다. 어쩌다 받아 보는 그의 메일은 내게 청량음료와도 같이 신선했다.

헤이 유. 비 개고, 아침 햇살 찬란한 아침, 이런 날 생명은 참으로 축복이지. 아, 좋다. 저 창밖, 푸르고 노랗고 붉게 물든 생명을 보라지. 아, 사랑아. 우리도 저리 '싱싱 생생' 살아 내자! 베이비, 직장에서는 영어 입문 사전에 몰두하고, 땡 치고 퇴근할 때부턴 네 소설을 생각하렴. 먼저 장편소설 한 편 짓겠다는, 스스로에게 한 약속을 지켜. 나도 곧 소설 발표할 거야. 소설가는 좌우지간 소설 써야 하니까. 그래 소설! 서울도 맑은 아침이겠지. 찬란한 햇살 받으며 자유로 달리는 내 귀여니를 생각하지. 멋지다. 우리도 저리 멋지게 찬란하자. 내 소중한 사랑아.

오전에 입문 사전 배열 작업에 몰두해 있을 때였다. 선우의 아내가 시내에서 만나자며 내선 전화를 걸어왔다. 드디어 애종愛終을 고하는 운명의 벨이 울린 것이다. 그녀가 선우에게는 비밀로 해 달라고 한 터라 나는 혼자서 결전의 만남을 준비했다. 창가에 모자를 쓴 여자가 앉아 있는데 그녀라는 직감이 들었다. 내가 그녀의 앞자리에 가만히 다가가 앉자 그녀가 먼저 말문을 열었다.

"바쁜 사람 불러내서 미안해요. 내가 왜 불러냈는지는 알고 있겠죠?"

"네. 많이 아프다고 들었어요. 몸은 좀 어떤가요?"

내가 그녀의 창백한 표정을 살피자 그녀가 희미하게 미소 지었다. 갸름한 얼굴에 이목구비가 또렷한 그녀는 단아한 매력을 풍겼다.

"항암 치료 끝나면 선우 씨와 함께 미국으로 갈 거예요."

"그래요? 언제 떠나는데요?"

나는 깜짝 놀라 가슴이 떨렸지만 애써 태연을 가장하며 물었다.

"남편은 그쪽 때문에 가지 않으려고 해요. 부탁하는데요, 선우 씨도 같이 떠나게 해 줘요."

그녀의 눈 밑에 파르르 경련이 이는 것을 보며 내가 천연스레 응했다.

"그건 장 선배가 알아서 결정할 일 아닌가요? 저하고는 별개의 문제죠."

"과연 그럴까요? 내 친구가 광화문 술집에서 두 사람을 만났다고 하더군요."

광화문 술집이라면? 그때 나를 바라보던 여자의 눈길이 심상치 않다 싶었다.

"친구들 보기 창피해서 죽는 줄 알았어요. 내가 왜 그런 꼴을 당해야 하는 거죠? 그쪽도 나와 입장을 바꿔 놓고 생각해 봐요."

순간 그녀가 나를 어떻게 닦아세우든 그녀의 질타를 인정하고 싶었다. 선우와 대학 커플로 만나 동반자로 살아온 그녀의 삶을 존중해 주고 싶었다.

"미안해요. 장 선배를 따른 건 사실이지만, 두 분 관계를 깨고 싶지는 않아요."

그녀가 구석 자리에 앉아 있는 여자를 의식한 듯 턱짓으로 그쪽을 가리켰다. 나는 그 친구라는 여자를 알아보고 기가 질려 시선을 떨구었다.

"미국에서 남편은 오빠 회사의 사보 편집을 맡게 될 거예요. 교포 사회에서 넓은 식견으로 글을 쓸 기회도 갖게 될 거고요."

"두 분이 이곳을 떠나게 되면 어차피 전 장 선배와 만나지도 못하잖아요."

나는 마음에 내키지도 않은 말을 늘어놓으며 그녀를 위로했다.

"그럼 앞으로 남편과는 연락하지 않겠다고 약속할 수 있나요?"

나는 고개를 끄덕였다. 그녀는 침착하게 묻고 있지만 동그란 두 눈만은 질투심으로 타오르는 듯했다. 나는 피로감에 녹초가 되어 그만 자리에서 일어섰다. 친구라는 여자가 저만치서 나를 향해 모호한 웃음을 흘려보냈다.

나는 거리를 거닐며 선우와 함께했던 수많은 시간들을 떠올렸다. 생의 한가운데를 따스하고 아름답게 채워 주었던 선우와의 사랑을 생각했다. 다시는 선우를 만날 수 없을 거라 생각하자 눈물이 폭포수처럼 흘러내렸다. 비로소 나는 알 것만 같았다. 무대에서의 나의 역할은 애별愛別을 슬퍼하는 「소네트」의 연인이었다.

"그대가 가는 곳에는 아니 가리라. 내 혀는 그대의 이름을 담지 않으리라. 불경한 내가 혹시 아는 체하여 그대의 이름에 누를 끼치지 않도록. 그대를 위해서라면 나는 나 자신과도 기꺼이 싸우리라. 그대가 미워하는 사람을 나 역시 사랑할 수 없으므로."

3

입문 사전은 오케이 작업 한 달여를 앞두고 활발하게 진행되고 있었다. 교정 작업도 삽화 작업도 차질 없이 되어 갔다. 그런데 표지 작업에서 문제가 생겼다. 신 상무가 편집 팀과 한마디 상의도 없이 외부 도안가에게 표지 작업을 맡긴 것이다.

"이 표지 디자인들 이상하지 않아요? 이게 입문 사전 콘셉트와 맞는다고 생각해요?"

정 부장이 나에게 완성된 표지 디자인 두 장을 내밀면서 구두덜거렸다. 얼른 봐도 조잡한 표지 샘플을 보고 나는 혀를 끌끌 찼다.

"이거 격이 떨어져서 도저히 안 되겠는데요. 입문 사전 콘셉트도 전혀 반영이 안 되어 있고요."

"신 상무가 노망이 났나 봐요. 입문 사전 본문에 손을 못 대니까 표지 작업이라도 맡겠다는 심사 아니오?"

"사전 내용만 좋으면 뭐해요? 표지 작업도 조화를 이뤄야죠."

정 부장이 강 전무를 찾아가 본사의 아트 디렉터에게 표지 제작을 다시 맡기는 게 어떤지 물었다. 강 전무는 정 부장에게 편집 책임을 맡긴 터라 흔쾌히 정 부장 편을 들어 주었다. 이 와중에 신 상무는 사장과 상의해서 결정한 표지를 취소하는 게 못마땅한 듯 이를 부드득 갈았다. 신 상무는 사사건건 입문 사전 편집에 걸림돌이 되었다.

자료실에서 마주 앉은 아트 디렉터에게 나는 입문 사전 콘셉트를 설명해 주었다. 교과서와 참고서를 편집해 온 그녀는 능숙하게 내 주문을 받아들였다. 나는 그녀에게 표지 참고 자료와 사진 자료를 건네면서 말했다.

"표지 작업은 사진과 상징적인 도안을 넣어서 샘플을 만들어 줄
수 있겠죠?"

"알았어요. 표지 디자인을 색다르게 해서 샘플을 서너 개 만들어
볼게요."

"고마워요. 요즘 독자들 수준이 높으니까 품격 있게 만들어 줘야
해요."

아트 디렉터와는 말이 통하고 감정이 통해서 일하는 재미가 있었
다. 신 상무와는 부딪히지 않으려고 해도 어쩔 수 없이 반대편에 서
게 되는 것이다. 그렇다고 상사를 바꿔치기할 수도 없으니 어쩌랴.
꾹 참고 묵묵히 일하는 수밖에.

주 중에 퇴사한 남 차장이 사진기를 매고 출판 단지를 찾아왔다.
출판 단지 여기저기 돌아다니며 사진 촬영을 끝내고 나선 정 부장과
나를 불러냈다. 남 차장과 회사 근처 식당에 가서 돼지갈비를 구우
며 막걸리를 마셨다.

"집에서 쉬니까 어때요?"

정 부장이 남 차장에게 술을 권하며 물었다.

"회사 생활 할 때가 좋았죠. 시간 여유가 있어서 좋긴 한데 조금
외롭더군요."

"출판 단지에 자주 놀러 오세요. 정 부장님과 제가 있잖아요."

내가 끼어들자 남 차장이 내게 술을 따라 주며 말했다.

"요즘은 혼자서 영화관이나 사진 전시회에 찾아다녀요. 전철 타고 여행도 다니고요. 그래도 외로운 건 마찬가지예요."

"나도 회사에서 같이 술 마실 사람이 없어 외로워요. 밖에서라도 자주 만납시다."

남 차장은 순수하고 인간적인 사람이다. 헤어지고 나서야 비로소 그의 진면목이 보이는 듯했다. 남 차장이 회한의 말투로 입을 뗐다.

"퇴직하고 가장 아쉬운 건 나만의 서재가 없어졌다는 거예요. 사진집 400권만은 남겨 둘 걸 다 보내 버린 것이 후회돼요. 구하기도 힘든 사진집인데 말이죠."

"그래요. 20년 동안이나 애써 모은 책인데 너무 서둘러 기부해 버린 것 같아요."

남 차장은 아직 일할 여력이 있는데 회사를 그만둔 데 대한 아쉬움을 털어 버리지 못했다. 그래선지 같은 부서 공 이사에게도 유감이 많았다.

"한번은 공 이사하고 일 때문에 갈등이 있었어요. 그때 나를 무능하다고 간섭하길래 나도 공 이사를 계속 주시하고 관찰했죠. 근데 온종일 책상에 앉아만 있고 하는 일이 없더군요. 내가 업무 일지를 분석해서 윗선에 알렸죠."

"공 이사의 역할은 직원들 감시책인가 봐요. 실력 없으니 여기저기 자기 사람 심어서 직원 동태 보고서나 쓰게 하고 말이죠."

사실 한불사전 작업 때도 데드라인을 정해 놓고 내 목을 조르다시피 한 이가 바로 공 이사였다. 하지만 나는 편집 기일을 지킴으로써 공 이사를 아연실색하게 만들었다. 그가 책임 맡은 게시판 관리도 나는 흠 없이 해냈고 독자들의 문의 전화도 잘 소화해 냈다. 공 이사가 내 영역을 비집고 들어올 틈이 없었다. 공 이사 또한 언제 적대감을 드러낼지 조심해야 하는 인물이었다.

4

엄마가 서울 집에 일주일 동안 머물다가 여동생 집으로 가셨다. 엄마는 전원생활에 푹 빠져 계신 탓에 여동생 집이 지내기가 편하다고 하셨다. 나는 며칠 전 '아침 세상' 방송에 나온 여동생 가족 인터뷰가 생각나서 엄마에게 물었다.

"어째 엄마만 쏙 빼고 인영네 세 식구만 인터뷰에 나오더라고요. 왜 그랬대요?"

"온종일 인터뷰한다면서 혼을 쏙 빼놓더니만 정작 편집에서 뺐나 보더라."

"하긴 5분짜리 방송이라 핵가족 위주로 편성되었나 보네요. 그러니 어쩌겠어요? 하하하."

"그래도 지예가 방송 타더니 자신만만해진 것 같더라."

보름 전에 '도시 탈출'이라는 테마로 방송국에서 여동생 집을 촬영해 갔다고 했다. 여동생이 도심을 벗어나 자연 속에서 건강하게 사는 글을 인터넷에 올렸는데 피디가 읽고 연락을 해 왔던 것이다. 방송에 나온다고 잔뜩 기대했던 엄마는 그날 자연식으로 반찬 만드느라 기운만 몽땅 빼셨다. 착하고 예쁜 우리 엄마!

"파고다 공원 근처에 노인들이 자주 찾는 음식점이 있는데, 생음악도 들려주고 음식값도 별로 비싸지 않더구나."

모처럼 엄마는 시내에 외출하고 돌아오시더니 말씀하셨다.

"엄마 고향 친구분하고 같이 가신 거예요? 재미있으셨겠네요."

"글쎄다. 그곳 분위기가 와글와글해서 이야기를 할 수 있어야지."

나는 한술 더 떠서 물어보았다.

"참, 콜라텍에도 가서 춤도 추시지 그러셨어요?"

"그래. 콜라텍에도 가자고 해서 따라갔었다. 춤추는 노인들이 어찌나 많던지."

엄마는 소녀처럼 들떠서 숨김없이 다 말해 주었다. 그러니까 엄마의 서울 나들이는 순전히 고향 친구분을 만나기 위한 것이었다. 엄마가 시골 동네에서 그분을 만난 것도 꼭 우연만은 아닌 것 같았다. 넓디넓은 세상에서 하필 그곳에서 마주치다니.

"지금 주영이 아저씨는 누구랑 살고 계신대요?"

"장가 안 든 아들하고 같이 산다더라. 아들이 결혼할 생각을 안 한대요."

"우리 집 같은가 보네요. 요즘은 나 홀로 가족이 대세잖아요."

나는 홀로서기를 하고 있지만 엄마가 계시는 게 큰 힘이 되었다. 갑자기 엄마가 시집이라도 가시겠다고 나설까 봐 걱정되었다. 나이들어 가면 고독이란 질병이 인간을 괴롭히는 것이다. 어쩌면 나도 서서히 독신을 벗어날 준비를 해야 할지 몰랐다.

"엄마는 요즘도 아버지가 생각나세요?"

"네 아버지 생각이야 늘 달고 살지. 언제 한번 아버지 묘소에 다녀오자꾸나."

아버지는 성실하게 사업을 일구셨지만 기복 많은 삶을 사셨다. 서자로 태어난 아버지는 이복형제들 틈에서 아버지의 사랑을 갈구하며 사셨다. 그래선지 자식에겐 절대로 그 한을 물려주어선 안 된다며 딸을 애지중지하셨다. 그래서 세상을 향한 아버지의 한과 고독이 고스란히 딸의 유전자 속으로 스며들었다.

"초등학교 때 아빠가 바람피우셨던 일이 생각나네요. 엄마랑 나랑 둑길을 걸어서 어떤 여자 집을 찾아갔잖아요."

"네 아빠가 사업하면서 만난 여자인데 좀처럼 안 떨어져서 한동안 애먹었지. 네 이모하고도 찾아가곤 했다."

"그 여자가 아빠한테 털모자도 떠서 선물했잖아요. 어린 마음에도 아빠가 우릴 버릴까 봐 얼마나 걱정했다고요."

"네 아빠가 잘생긴 데다 호감 주는 타입이었잖아. 여자들이 많이 따랐지."

아버지의 일탈은 엄마의 뒷단속으로 한 차례 지나가는 에피소드 로 남았다. 그건 사랑이 아니라 일시적인 바람기였을 것이다. 과연 치명적인 사랑은 어떤 걸까? 가정을 깨고 상대방을 불행하게 해서라도 사랑을 쟁취해야 하는 걸까? 나는 결코 남자를 옴짝달싹 못하게 하는 팜 파탈이 되고 싶지 않다. 이쯤에서 선우를 놓아주고 싶다. 하지만 선우와 나 사이엔 셰익스피어가 개입해 있는 것이다. 그러니까 셰익스피어에게 물어봐야겠다. 흔들리는 사랑에 대한 처방전이 무엇인지.

5

그동안 선우가 전화를 걸어올 때마다 나는 짤막하게 안부만 물었
다. 회사 일도 처리하지 못할 만큼 교정지가 쏟아지고 있어서 선우
와의 일을 슬퍼할 겨를도 없었다. 아니, 그 반대로 일에 몰두함으로
써 슬픔을 잊고 싶었다. 날마다 야근이며 특근이며 눈코 뜰 새 없이
바쁘게 지내면서 잠시나마 선우를 지우려고 애썼다.

어느 날 밤늦게 퇴근해 아파트에 들어가려는데 누군가 뒤에서 "문
영아!" 하고 불렀다. 부드럽고 정겨운 선우의 목소리였다.

"이 시간에 웬일이에요? 시골집에 가야 되지 않나요?"

나는 선우의 등장이 반가워 떨리는 목소리로 물었다.

"괜찮아. 시골집엔 내일 가도 돼. 오늘은 우리 같이 있어도 된다
고."

속으로는 선우의 아내가 걸렸지만 보고 싶은 사람을 그냥 보낼 순
없었다. 선우와 나는 한적한 아파트 벤치를 찾아 앉았다.

"아내하고 광화문에서 만난 친구가 찾아왔다는 것 알고 있나요?"

선우는 이미 알고 있다는 듯 고개를 주억거렸다.

"아들 교육도 교육이지만 소문 때문에 아내는 미국으로 가고 싶다
는 거야."

"그래서 미국에 가기로 결정했나요?

"아니, 난 가지 않을 거야. 국내에서 작품 활동을 해야지 뜨긴 어

디를 뜨겠어."

"선배와 난 끝난 거죠? 아내가 알았으니까 할 수 없잖아요."

선우는 미간에 주름을 잡고 두 눈을 꽉 감았다 뜨며 말했다.

"우리 처음에 이 문제 때문에 심하게 싸웠지. 그때 넌 내가 이혼하고 너에게 와 주길 원했었지. 이제 마음이 변한 거니?"

"아뇨. 그런 일이 실현되기 어렵다는 걸 깨닫고 스스로 포기해 버렸죠."

오히려 나를 원망하는 선우의 태도가 고마웠다.

"그때 네가 참 신선했었어. 나도 너와 같이하고 싶었어. 그런 네가 좋았다고."

때마침 선우의 코트에서 휴대 전화가 울렸다. 선우가 휴대 전화를 꺼내 들자 "지금 어디 있어요?" 하는 착 가라앉은 아내의 목소리가 흘러나왔다. 아내라는 걸림돌이 있는 한 선우와 스스럼없는 관계를 회복하기가 어려웠다. 늦가을 스산한 바람이 선득하게 얼굴을 스치며 지나갔다. 나뭇가지에서 낙엽이 우수수 발아래로 떨어져 흩어졌다. 그 모습이 사랑이 떠나가는 신호처럼 처량하게 느껴졌다.

"우리 갈 데까지 가 보자. 만약 하늘의 뜻이 있다면 우린 헤어지지 않겠지."

선우가 나를 힘껏 껴안으며 말했다.

"난 선배한테 모든 걸 포기하고 나한테 오라고 하고 싶지 않아요. 내 사랑을 위해서 타인을 해치고 싶지 않거든요."

선우가 내 양어깨를 부여잡으며 안타까운 듯이 말했다.

"차라리 네가 나에게 아내와 헤어지라고 떼라도 쓰면 좋겠구나."

"난 남자를 옭아매는 나쁜 여자가 되고 싶지 않거든요."

내가 고개를 젓는 순간 팜 파탈의 원형인 클레오파트라가 떠올랐다. 선우와 심각한 이런 순간에도 셰익스피어가 내게 말을 걸어오는 것이 신기했다.

♣

"셰익스피어가 재현한 클레오파트라가 떠오르네요. 클레오파트라가 로마의 영웅 안토니를 사랑에 빠진 나약한 남자로 바꿔 놓잖아요. 결국 자기 야심 때문에 남자를 유혹하고 죽게까지 만들고요."

"아, 맞아. 악티움 해전에서 클레오파트라가 뱃머리를 돌리자 안토니가 뒤따라가지. 그 때문에 전투에서 패하고, 이집트는 로마에 항복하여 로마 영토가 되어 버리지. 클레오파트라가 자결했다는 거짓말에 속아 안토니도 생을 마감하고 말야. 결국 그녀도 독사에 물려 죽게 되지만 그들은 세기의 연인임에 틀림없어."

선우가 있어 내 문학은 얼마나 풍요로운가. 그는 나의 셰익스피어이며 꿈이며 미래이다. 그가 도와주면 난 능히 『셰익스피어 인 드림』을 써낼 수 있을 것이다.

"도대체 얼마나 대단한 사랑이기에 안토니는 자기 부하들까지 버리고 클레오파트라의 배를 뒤따라갔을까요? 그는 여자한테 넋을 빼앗겨 자기 전부를 걸잖아요."

"안토니는 모든 것을 포기하지만 자기 연인만은 포기하지 못해 쫓아간 거지. 해전에서 패한 그에게 여왕이 울면서 용서를 빌자 곧바로 무너지고 말잖아."

"안토니는 관대하고 순정적인 장군이죠. 클레오파트라는 변덕스럽고 매혹적인 여왕이고요. 여왕이 사랑의 크기가 어느 정도냐고 물었을 때 장군은 그렇게 말할 수 있는 사랑은 비천한 사랑에 불과하다고 대답하지요. 자신의 사랑은 너무 광대해서 새로운 천지가 필요하다고 덧붙이면서요. 셰익스피어는 그들의 사랑을 어쩌면 그리도 멋지게 그려 낼 수 있었죠?"

"안토니가 여왕에게 자신의 우주는 그녀의 몸속에 있다면서 달래잖아. 인생의 존엄성은 사랑하는 남녀가 서로 끌어안을 때 얻어 내는 거라고 말하지. 난 그 말이 순리라고 믿어."

선우도 아내와 미국에 갔다가 내게로 되돌아올 수 있을까? 눈에서 멀어지면 마음도 멀어진다고 하지 않던가? 선우가 내 마음을 읽은 듯이 말했다.

"안토니는 로마에서 정략결혼을 했지만 자신의 기쁨은 동방에 있다며 이집트로 되돌아오지. 그만큼 그의 마음은 클레오파트라에게 향해 있었던 거야."

"하긴 클레오파트라의 사랑도 안토니만큼 열정적이었죠. 그녀가 죽기 전에 안토니 황제의 꿈을 꾸었다면서 연인을 찬양하잖아요. 마치 사후에도 연인과의 사랑을 기대하는 것처럼요."

"안토니도 눈을 감기 전에 신부의 침대로 뛰어드는 신랑처럼 죽음을 맞겠다고 말했지. 셰익스피어는 생략했지만 두 사람은 결혼해서 쌍둥이도 낳고 9년을 함께 살았어. 결국 죽어서 한 무덤에 묻혔으니 실패한 사랑은 아니지."

"그런데 클레오파트라에겐 남자를 매혹시키는 특별한 비법이 있었나 봐요. 연인을 야성적으로 자극해서 자신에게 열중하도록 하는 재주를 갖고 있었대요. 아마 이집트 여왕으로서 왕좌를 유지하기 위해 자신만의 간계가 필요했겠죠."

"맞아. 클레오파트라는 줄리어스 시저와 안토니를 파트너로 맞이했고, 옥타비아누스를 적군으로 대적했지. 그녀는 몰락하지 않기 위해 로마의 권력자들을 받아들여야만 했던 거야."

선우는 땅바닥에 한쪽 무릎을 세우고 앉아, 내 가슴에 머리를 파묻어 왔다. 그가 사랑스러워 나는 두 손으로 그의 얼굴을 감싼 채 마구 키스를 해 주었다. 그가 애처로운 눈빛으로 나를 올려다보았다. 불현듯 비 그친 아침 시냇가에서 보았던 눈부신 황금 다리가 생각났다. 간밤에 몰려든 황금 잉어 수백 마리가 아침 햇살에 비늘을 반짝이며 황금 다리를 이루었던 것이다. 나는 그를 내려다보며 말했다.

"황금 다리를 보았던 작년 여름이 떠오르네요. 선배가 내 곁에 없다면 황금 다리도 사라지겠죠?"

선우는 몸을 일으키더니 내 손을 꼭 잡고 대답했다.

"절대 사라지지 않아. 난 너라는 황금 다리를 건너 위대한 소설을 쓸 거야."

그랬다. 소설이 아니면 우리의 관계는 치정에 불과하다고 선우가 말했다. 불의 다리, 연금술로 빚은 불의 다리를 함께 건너가자고 그가 말했다. 그러니 어쩌랴. 이미 불이 붙어 타오른 것을. 탈 대로 다 타 버린, 그러나 아직도 다 타기에는 남은 장작이 하늘 높이인 사랑이 아니던가. "아, 알아 다오, 내 아름다운 사랑이여, 나 언제나 그대 이야기를 쓰리니. 내 주제는 언제나 그대와의 사랑이라." 「소네트」를 노래했던 셰익스피어는 우리가 그토록 오래 사랑하게 해 줄까?

한겨울 밤의 꿈

히폴리타: 테세우스, 이 젊은 연인들이 들려준 이야기는 정말 이상하군요.

테세우스: 너무 이상해서 사실 같지가 않아요. 나는 그런 황당무계한 동화 같은 이야기를 믿을 수 없어요. 연인들이나 광인들은 머릿속이 요동치는 탓인지 허무맹랑한 환상을 그려 내고 냉정한 이성으론 도저히 이해할 수 없는 일을 상상해 내지요. 광인과 연인과 시인은 모두 상상력으로 머릿속이 꽉 차 있는 사람들이오. 그래서 광대한 지옥조차 수용하지 못할 악마들을 보는 자가 광인이오. 연인도 시인과 마찬가지로 미쳐 있어서 집시의 얼굴도 헬레나처럼 아름답게 본다오. 시인의 눈은 황홀한 광기에 젖어 천상에서 지상을 굽어보고, 지상에서 천상을 우러러보죠. 시인의 상상력이 미지의 사물들을 형상화하면, 시인의 펜은 그들에게 확실한 형태를 부여하며, 존

재하지도 않은 것에 장소와 이름을 붙여 주는 것이오. 뛰어난 상상력에는 그와 같은 마술이 작용하는 법이오. 즐거움이 떠오르면 상상력이 발휘되어 그 즐거움이 실현되는 것처럼 생각된다오. 캄캄한 밤에 어떤 공포를 상상만 해도. 풀숲은 순식간에 곰으로 변하는 법이오.

히폴리타: 하지만 간밤에 일어난 이야기를 듣고 보니, 그들 모두가 똑같이 마음이 변한 것이 단순한 몽환 탓만은 아니에요. 무언가 절대적인 힘이 작용한 것 같아요. 참 기이하고 놀라운 일이죠.

—「한여름 밤의 꿈」 제5막 제1장

1

12월이 시작되자 입문 사전은 카운트다운을 향해 가고 있었다. 표지도 본사 아트 디렉터에 의해 멋지게 제작되었다. 몇 개의 샘플 중에서 선정된 표지는 입문 사전의 내용을 상징적으로 보여 주며 예술적으로 꾸며졌다. 자유의 여신상과 큰 바위 얼굴과 빅 벤과 알파벳과 국회 의사당과 버킹엄 궁전과 기마병 등 색색의 사진들과 도형을 배치해 선명한 이미지를 보여 주었다.

삽화가 가장 염려되었다. 자칫하면 삽화가 채워지지 않아 오케이 작업에 지장을 초래할 수도 있었다. 나는 종합 컷 자료도 가져다줄 겸 삽화가가 살고 있는 동네로 찾아갔다. 삽화가와 함께 숯불구이집에 가서 음식을 주문한 뒤 말문을 열었다.

"삽화 그리느라 고생이 많죠? 이제 얼마 안 남았네요."

"밤샘 작업 하느라 정신이 없어요. 종합 컷만 그리면 되는 거죠?"

삽화가는 내가 건네준 자료들을 들여다보며 물었다.

"종합 컷 끝나면 면지에 들어갈 알파벳 그림 좀 그려 줘요."

"그럼 며칠까지 삽화를 끝내면 되는 거죠?"

"적어도 12월 15일까지는 면지까지 끝내 줘야 25일경에 필름 작업을 마칠 수 있어요. 시간 지킬 수 있겠죠?"

"저도 일찍 끝내는 게 좋아요. 최선을 다해 볼게요."

나는 삽화가에게 한우 고기를 구워 불판에 올려 주었다. 삽화가는 얼굴 빨개진다며 맥주를 사양했다. 다음번에도 같이 일하게 되리라는 기대를 품고 나는 삽화가를 독려했다. 헤어지는 길에 베이커리에서 파운드케이크와 쿠키를 사서 그녀의 손에 들려 주었다.

집으로 돌아가는 전철 안에서 선우의 격려 전화를 받았다.

"막바지 작업 하느라 애쓰네. 이제 슬슬 끝이 보이지?"

"덕분에 잘 끝날 것 같네요. 참, 미국 가는 일은 결정됐어요?"

"내일 미국에서 처남 부부가 한국에 들어오는데, 그 문제는 처남 부부하고 구체적으로 상의해 볼 거야."

선우는 관심사를 돌려놓으려는 듯 내게 물었다.

"이번 주말에 편집 회의차 서울에 올라가는데 만날 수 있을까? 서로 얼굴이라도 봐야지."

"나도 매일매일 선배가 보고 싶네요. 근데 편집 일정이 막바지 카운트다운이라서 어려워요. 대신 목소리라도 들려줘요."

다음 날 컴퓨터를 열자 선우의 다정한 메일이 도착해 있었다.

사랑아. 아침에 멜을 넣던 행복이 새록새록 떠오르네. 그렇게 하루를 시작해야 나도 개운했거든. 추운 아침 따뜻하게 입었겠지? 부츠도 신었고? 앙, 보고프네. 아침 운동 후에 차이콥스키의 심포니 6번 틀어 놓고 찐 고구마로 아침 식사 대신하고 있당. 어머니가 텃밭에 심으신 건데 아주 차지고 맛있어. 영화 「차이코프스키」에서 여섯 살 차이콥스키가 문득 집 문을 나서 정원의 하늘을 향해 외치지. "음악이 들려요!" 그렇게 나도 소설이 보이기를 기다리고 있어. 나는 뜸 들이는 시간이 오래 걸리지만 일단 발동 걸리면 단숨에 해치우는 타입이지. 숨 고르기를 오래 했으니 곧 불이 붙을 거라 예감해. 그래 사랑아. 오늘 하루도 기쁨 일이기를. 사랑해.

입문 사전은 오케이 작업 일주일을 앞두고 마지막 점검 작업에 들어갔다. 본문에 실린 사진 1200여 장 가운데 내가 영국에서 직접 찍어 가져온 자료도 150장 정도 들어갔다. 나는 선글라스를 끼고 타워브리지 앞에 서 있는 내 사진을 관광객이라는 뜻의 'tourist'라는 단어에 카메오로 넣었다. 그리고 셰익스피어의 생가에서 찍은 셰익스피어 흉상과 나를 작가라는 뜻의 'author'라는 단어에 넣었다. 입문 사전은 편집도 예뻤고, 내용도 기존 사전에 비해 훨씬 좋았다.

그런데 월요일 간부 회의에 참석하고 돌아온 신 상무가 입문 사전 디자인에 대해 속 뒤집는 발언을 했다. 책 가장자리에 알파벳 처리를 한 것이 미국 출판사의 디자인과 비슷하다고 영업부 방 이사가 지적했다는 것이다. 알파벳은 세계적 문자인 데다 책의 판형과 글자체가 다르기 때문에 저작권 관계자들에게 문의한 결과, 별 상관이 없었다. 정 부장이 후유 하고 가슴을 쓸어내리며 말했다.

"방 이사가 다 끝난 작업을 걸고넘어진 의도가 아무래도 수상한데요."

"문제가 있다면 샘플 작업 할 때 지적했어야죠. 약속 날짜를 못 지키도록 일부러 타이밍을 늦춰서 터뜨린 게 아니냐고요?"

디자인 건은 사전의 날개 모양을 조금 바꿔서 처리하는 걸로 일단락됐다. 물론 동양전산 오퍼레이터에게도 사정하다시피 협조 요청을 구했다. 사전 첫 장부터 끝 장까지 재조정하는 작업이 보통 까다로운 일이 아니기 때문이었다.

마지막 오케이 교정을 보려고 특근한 날, 정 부장과도 한바탕 소동을 벌였다. 트러블은 그에게 입문 사전의 윗선 처리 방법을 상의하다가 발생했다. 정 부장이 말했다.

"보통 알파벳이 시작되는 첫 장은 윗선을 빼는 게 시원해서 낫지 않아요?"

"우리 사전은 전부 윗선을 넣는 것으로 처리하는 게 통일감이 있을 것 같아요."

나의 제안에 심사가 틀어진 듯 정 부장의 표정이 험악해졌다.

"김 과장! 시키는 대로 좀 해요. 왜 상사의 지시를 따르지 않는 거요?"

"정 부장님! 우리 사전은 위쪽에 페이지 처리를 했기 때문에 윗선을 넣어야 돼요."

내가 그에게 참고 사전들을 펼쳐 보이며 반박했다.

"지금 상사의 명령을 거부하는 거요?"

정 부장은 반항하는 부하 직원 다루듯이 내게 소리쳤다.

"이제 정 부장님도 명령 불복종으로 트집을 잡으시는 거예요? 그러시면 안 되죠!"

나는 주먹으로 책상을 쾅 내리치며 언성을 높였다. 그러자 정 부장이 옷걸이에서 코트를 잡아 꿰더니 사무실 밖으로 나갔다. 미스전이 "정 부장님 가 버리시면 남은 일은 어떻게 해요?" 하고 걱정했다. 이 무슨 난데없는 해프닝인가. 나는 복도를 걸어가는 정 부장을 쫓아가 옷자락을 붙잡았다.

"정 부장님, 이렇게 무책임하게 가 버리시면 어떡해요?"

"일을 끝내든 말든 내 알 바 아니오!"

정 부장은 막무가내로 내 손을 뿌리치며 말했다. 그대로 정 부장을 보냈다간 다 된 밥에 코 빠뜨리는 결과가 될 게 뻔했다.

"일이 잘못되면 부장님이 책임지셔야 하잖아요. 화 푸시고 제발 들어가세요."

그러자 정 부장은 마지못한 듯 사무실로 들어와 일을 끝냈다. 물론 논쟁거리가 된 일은 내 의견대로 처리되었다. 왜냐하면 내 의견이 합당하다고 정 부장도 판단했기 때문이었다. 그날 점심은 화를 낸 대가로 정 부장이 중국식으로 쏘았다. 미스 전이 전화를 걸어 탕

수육과 양장피 잡채와 짜장면을 주문했다.

"부장님하고 과장님은 싸웠다가도 5분도 못 가서 풀어지세요. 참 재미있어요."

미스 전이 신기하다는 듯 깔깔거렸다.

"김 과장을 통제 못한다고 신 상무가 걸고넘어지니까 문제죠. 김 과장하고는 이만하면 잘 맞는 편이오. 오늘은 내가 좀 지나쳤소."

"부장님이 뭐든 너그럽게 이해해 주시니까 쉽게 풀리는 거죠."

"다른 여직원 같으면 한참 시간이 걸릴 텐데, 김 과장님 성격이 좋은 편이에요."

미스 전은 굿이나 보고 떡이나 얻어먹겠다는 심정으로 지켜보는 쪽이었다. 만약 미스 전이 내 지시에 따르지 않고 자기 고집을 부린다면 나도 화를 낼 터였다.

"내일부터는 동양전산에 가서 피디에프 확인 작업만 하면 돼요. 부장님 일은 오늘로 다 끝났고요. 월요일부턴 마음 놓고 쉬세요."

"피디에프 작업은 화면으로 하는 거니 내가 도와줄 수도 없잖소."

"오늘하고 내일이 가장 고비예요. 미스 전하고 밤샘해야죠."

자료실에 담요가 있어 새벽에야 소파에서 잠을 청한 후 눈을 떴다. 일요일 아침에 미스 전이 떠나고 오후까지 마무리 작업을 계속했다. 올드 팝송을 크게 틀어 놓고 사무실을 쾅쾅 울리게 해서 기분을 고조시켰다. 혼자 사무실을 차지하고 있자니 을씨년스러운 느낌마저 들었다. 해 질 무렵 정 부장에게서 전화가 걸려 왔다.

"김 과장한테 미안해요. 이럴 때는 같이 있어 줘야 하는데 혼자 애

쓰게 해서요."

"이제 얼마 안 남았잖아요. 다 끝나 가니까 다행이에요."

"김 과장은 내가 꼭 챙길 거요. 어두워지기 전에 들어가요."

어둠이 드리워진 사무실을 나와 회사 현관 키를 꽂았다. 버스를 타고 밤의 자유로를 달려가는데 선우가 사무치게 보고 싶었다. 이상한 슬픔의 파도가 나를 덮쳐 왔다. 선우가 멀리 가게 될지도 모른다는 불안감이 엄습했다. 앞으로 선우라는 지표 없이 어떻게 살아가야 할지 막막했다. 나는 슬픈 영화를 보고 난 뒤처럼 촉촉이 눈가를 적셨다.

2

동양전산에서 피디에프 교정을 보고 이 사장과 오퍼레이터와 함께 숯불갈비집에서 회식을 했다. 이번에도 이 사장이 지극정성으로 편집 팀에 힘을 실어 주었다. 이 사장의 특별 지시로 면지에 들어갈 지도며 피디에프 수정 작업을 오퍼레이터가 척척 처리해 주었다. 나는 오퍼레이터에게 빵과 함께 뮤지컬 티켓 두 장을 건넸다. 그런 다음 무사히 일을 끝마치고 승리의 깃발을 휘날리며 회사에 입성했다.

"정 부장님! 드디어 끝냈어요. 강 전무에게 가서 약속 지켰다고 보고하세요."

"이제 발 뻗고 잘 수 있겠네요. 어찌나 걱정되는지 잠이 안 와서 혼났어요."

"일 하나 끝내기가 정말 힘드네요. 죽도록 고생해야 책이 나올 수 있다니 말예요."

정 부장과 나는 서로를 축하하며 일을 끝낸 기쁨에 들떠 있었다. 신 상무는 냉랭한 표정으로 정 부장에게 수고했다는 말 한마디 하지 않았다. 박 차장도 힘든 일을 해냈다며 축하해 주었다. 퇴근 무렵 영업부 안 이사가 정 부장과 나를 자료실로 불렀다.

"이번 12월 말로 회사를 그만두기로 했어요."

"아니, 그게 무슨 말예요? 그만두시다뇨?"

"사장님이 그만두라니 할 수 없네요. 후배들을 위해 자리 비켜 줄 때도 됐고요."

"아유, 섭섭해서 어떡해요. 안 이사님 안 계시면 영업부가 안 돌아 갈 텐데요."

"이 없으면 잇몸으로 다 해요. 자기 없으면 안 될 것 같아도 다 잘 돌아간다고요."

"이거 안 이사님 안 계시면 큰일 났습니다. 회사가 그렇게 어렵습니까?"

"다들 좋은 일이 있어야 할 텐데요……. 근데 우리 사장님 참 너무 하세요."

"네, 왜요? 사장님이 뭐라고 하세요?"

"글쎄, 그 말은 내가 차마 못하겠네요."

안 이사의 머뭇거리는 태도가 찜찜한 여운을 남겼다. 안 이사가 돌아간 뒤 정 부장과 나는 자료실에 남아 조심조심 말을 나누었다.

"안 이사님이 회사에서 가장 인간적인 분이었는데 아군 하나가 줄

어든 셈이네요."

"연말 지나서 구조 조정이 시작되려나 봐요. 신 상무도 표정이 어둡던데요."

"우리는 약속을 지켰으니 괜찮겠죠? 부장님 기획안은 언제 제출하실 건가요?"

"신 상무가 버티고 있는 한 신중해야 해요. 혹시라도 기획안 가로채서 자기가 한다고 덤빌지 모르니까요. 주 전무가 내게 기획안 준비하라고 그러더군요."

"그나마 실력파 주 전무님이 도와주셔서 다행이에요."

"한숨 돌리며 쉬고 있어요. 입문 사전 인쇄 돌리고 제작되려면 한 달쯤 걸리니까요."

그제야 정 부장과 나는 어깨의 짐을 털어 버리고 홀가분하게 웃었다. 새해를 맞이하기 전에 일을 끝낸 게 행운이었다. 이제 신학기에 맞추어 1월 중이면 전국 서점에 사전이 깔릴 것이다. 난 적어도 일에 있어서만큼은 승리의 여신이었다. 랄랄라!

3

오랜만에 이대 앞에서 영미와 효주를 만나기로 약속했다. 먼저 레스토랑에 도착해 아이패드를 켜고 영미가 보내온 이메일을 확인했다. 그동안 바쁘다는 핑계로 열어 보지 못한 오페라 감상 후기가 열 개나 되었다. 가장 관심 가는 「마술피리」를 먼저 읽었다. 영미의 인문학적 소양과 감성이 느껴지는 글이었다. 다음 글 「나비 부인」을 읽고 있는데 영미가 다가오더니 핸드백을 의자에 걸치며 말했다.

"지난달에 남편이 용종을 하나 떼어 냈는데 대장암 초기로 밝혀졌어. 다른 병원에서도 재검사했는데 계속 관리해 주면 괜찮을 거래."

"네 남편이 이걸 기회로 더 건강해지겠네. 그걸 제2의 건강이라고 하던가? 그렇지?"

"응, 그렇대. 요즘은 음악 모임도 탈퇴하고, 밥상 차리는 데만 전념하고 있어. 식구들 모여서 밥 먹는 게 제일 중요한 것 같아."

"네가 젊어서 과부 될까 봐 많이 놀랐나 보구나."

이참에 위기를 겪으면서 영미는 남편과의 사이가 돈독해진 듯했다. 영미는 남편과 자주 대화하면서 서로의 진심을 알게 됐다고 말했다. 그동안 남편을 끌어안지 못한 것은 전부 속 좁은 자기 탓이었다나. 섹스리스 부부라도 서로에게 신뢰감이 있다면 가족을 영위하는 데는 별문제가 없을 터였다. 그새 효주가 와서 영미 옆에 앉더니 "웬 아이패드야?" 하고 내게 물었다.

"응. 영미가 올린 오페라 감상 후기를 봤는데 아주 잘 썼더라고. 전문가 못지않던데."

내 칭찬에 으쓱해진 영미가 자화자찬했다.

"그것 쓰느라 문화 센터에서 서양사며 미술사까지 다 섭렵했잖아. 그리스 로마 신화를 그림으로 설명해 놓은 책자도 사서 외다시피 했고 말야."

"그 열정만으로도 가상하다. 음악 칼럼니스트 해도 될 뻔했는데."

"한동안 음악 모임의 회장과 남자 성악가와 셋이서 차를 마시곤 했지."

"어때? 이야기 나눠 보니까 다들 멋지고 고상하든?"

"회장은 치과 의사인데 체격도 빈약하고 추남이야. 근데 목소리 하나는 끝내주게 좋아. 사회 봉사자로 방송도 타고 책도 냈지."

"추남 콤플렉스를 음악 취미로 승화시키려는 욕구가 있나 보구나. 근데 추남인데도 그가 이성으로 끌리긴 하더냐?"

효주가 호기심 가득한 목소리로 묻자 영미가 질색을 했다.

"연애 감정은 시각적인 게 90프로를 차지하거든. 빈티 나는 얼굴에 콧수염까지 기른 데다 몸매도 마른 편이야. 어디 하나 눈 붙일 곳이 있어야지."

"하하하. 지적인 수준만으로는 연애 감정이 안 일어난다 이거지?"

"연애 감정에는 무모함이 따르잖아. 그 무모함을 넘어설 만큼 끌리지 않으면 절대 다가가지 못해. 한번은 악보 받느라고 만나서 둘이 노래방에 간 적이 있어. 근데 이 남자가 내게 키스하려는 거야. 내가 거부하니까 그때부턴 조심하더라고."

"하긴 말짱한 네 남편보다 나아야 하지 않겠니?"

영미는 현모양처 아니랄까 봐 독신녀들 앞에서 주부 역할의 중요성을 강조했다. 종업원이 주문한 특정식과 맥주를 날라 오는 동안 효주가 말했다.

"나 말야, 드디어 그 연하남 피디와 결별했어."

"이왕지사 처녀 총각끼린데 고난을 극복해 보지 그랬니?"

"그가 내게 청혼했을 때 덜컥 겁이 났던 거야. 보나마나 식구들 반대에 부딪힐 테고, 그걸 뚫고 나가기엔 나의 용기가 부족했던 거야."

"하긴 네 마음이 시키는 대로 따르는 것도 하나의 방법이지. 그러고 보면 만남과 헤어짐에도 운명이라는 변수가 작용하는 것 같아."

영미가 입술을 샐쭉거리며 음악 모임의 회장을 다시 도마 위에 올렸다.

"내가 오페라 시디 몇십 장을 회원들에게 나눠 주라고 회장한테 부탁했거든. 근데 게시판에 회장한테만 고맙다는 댓글들이 올랐더라고. 내 얘기는 쏙 빼고 말이지."

"어머, 회장이 너 대신 회원들에게 인심 푹 썼구나. 시디 희사자가 너라는 걸 밝혔어야지. 그러고서 무슨 봉사자라고 할 수 있겠니?"

"난 그 회장한테 무척 실망했어. 앞으로 음악 모임에서 나를 볼 일이 없다 그거겠지. 화가 나서 카톡 친구에서 차단해 버렸어."

"아주 잘했다! 당장 그 추남 얼굴은 싹 잊어버려라."

이제 오페라 감상 후기로 영미가 쓴 「마술피리」에 대해 의견을 나눌 차례였다. 영미는 이야기를 설득력 있게 하는 재주를 타고났다. 효주는 이야기 속에서 감성을 발휘하는 능력이 있다. 나는 어떤가 하면 이야기를 해독하고 싶은 욕구를 갖고 있다. 세 친구는 새해를 위해 다 같이 건배했다. 아자! 나가자, 싸우자, 이기자!

4

경민에게서 11월 말경에 연락이 왔지만 시간을 내지 못했다. 선우도 숨 쉴 겨를 없이 바쁜 편집 일정 때문에 따로 만나지 못했다. 마음 같아선 벌써 선우를 찾았겠지만 아내라는 철벽이 우리 사이를 가로막고 있었다. 마침 문인들 송년회에 꼭 참석하라고 선우가 전화를 걸어왔다. 회식장 입구에서 경민이 담배를 피우다가 나를 보곤 반갑게 맞았다.

"어서 와요. 오랜만이네요."

"난 이제부터 프리예요. 일이 끝났다고요."

경민과 함께 안으로 들어서자 친숙한 얼굴들이 눈에 들어왔다. 진 감독과 소설가들과 권 주간과 선우와 현진이 벌써 몇 순배 돌렸는지 화기애애한 술판을 벌이고 있었다. 선우가 다가와 내 코트를 옷걸이에 걸어 주며 앉으라고 권했다.

"1월 말경에 장선우 씨가 미국으로 출국한답니다. 우리 다 같이 장선우 씨의 앞날을 위해 건배합시다."

진 감독이 건배 제의를 하자 다들 잔을 들고 '위하여!'를 외쳤다. 막상 선우의 출국 소식을 듣고 나니 몹시도 처량한 심정이 들었다. 내 눈에 눈물이 핑 도는 것을 가까스로 참으며 선우를 바라보았다. 현진이 내게 말을 걸었다.

"장 선배가 없으면 이 모임도 쓸쓸하겠네요. 그렇죠?"

"그래요. 장 선배가 떠난다는 게 도통 실감이 안 나네요."

선우가 내 옆에 앉아 지인들 몰래 손을 감싸 주었다. 다정한 그의 손길도 영영 이별이라 생각하니 슬픔이 밀물처럼 밀려왔다. 선우가 나지막이 나를 위로했다.

"내가 초대하면 미국에 한번 다녀가겠어요?"

"미국 어디로 가면 만날 수 있죠?"

"샌프란시스코에 처남이 운영하는 회사가 있어요. 거기서 일을 할 거요."

권 주간이 선우의 출국을 아쉬워하며 끼어들었다.

"장 작가는 아마 고국을 못 잊고 바로 돌아올 거요. 그건 내가 장담하리다."

"맞아요. 잠시만 있다가 돌아올 겁니다. 그냥 출장 간다고 생각하세요."

그리고 명가수 장선우의 노래를 듣기 위해 다들 노래방으로 몰려갔다. 선우가 「사랑이여」를 부르자 현진이 경민에게 손을 내밀었다. 벌써 1년 전에 선우를 붙들고 귓속말하던 현진의 모습이 떠올랐다. 그걸 재현하듯 현진은 경민의 어깨에 손을 올리고 정답게 춤을 추었다. 그때 검은 코트 차림의 남자가 문을 열고 들어섰다.

"서경민 씨! 나 좀 봅시다!"

남자가 경민을 향해 화난 목소리로 외쳤다.

"여보! 여긴 무슨 일이에요?"

현진이 당황한 얼굴로 남자에게 소리쳤다. 경민이 "왜 그러시죠?" 하고 묻자 남자가 경민의 얼굴에 주먹부터 날렸다. 모두 깜짝 놀라 남자를 뜯어말렸다. "여보! 오해란 말예요!" 현진이 매달리건 말건 남자가 사람들을 향해 소리쳤다.

"작가면 누구하고나 사랑 놀음을 할 권리가 있답니까? 작가의 윤리가 그런 겁니까?"

"나가서 이야기합시다. 당신 가족 위신은 생각 안 하나요?"

경민이 남자를 노려보며 역정스레 내뱉었다. 현진은 울면서 밖으로 뛰쳐나갔다. 내가 뒤따라 나가자 선우도 와서 "무슨 일이에요?" 하며 현진을 붙들었다.

"우리 그 사람 좀 말려 줘요. 내가 이혼해 달라고 했더니 저렇게 나오는 거예요."

현진은 격앙된 감정을 누그리며 선우에게 말했다.

"요즘 너무 힘들어 서 선배를 몇 번 만났거든요. 그런데 남편이 내 메일까지 해킹해서 선배에게 연락했나 봐요."

경민과 남자가 밖으로 나오자 현진이 두 사람을 향해 걸어갔다. 세 사람은 이야기할 장소를 찾아 카페로 옮겨 갔다. 선우와 나는 망연자실 그들을 바라보았다. 마치 또 하나의 우리 모습을 재현하고 있는 것만 같았다.

5

선우와 나는 택시를 타고 양평 교외에 있는 펜션에 도착했다. 겨울이라 그런지 밤의 펜션은 고요하다 못해 적막하게 느껴졌다. 펜션 주인은 거실에 벽난로가 딸린 아늑한 룸으로 우리를 안내했다. 선우가 벽난로에 불을 지피고, 나는 따뜻한 차를 끓였다. 우리는 장작이 타오르는 벽난로 앞 소파에 앉아 차를 마셨다. 내가 그에게 물었다.

"우린 함께 나이 들어 갈 수 없겠네요. 같이 여행하며, 같이 글 쓰고 살자던 꿈은 포기해야겠죠?"

"난 반드시 돌아올 거야. 혹시 체류가 길어지면 자주 고국을 방문할 거야. 어머니도 아직 고향에 계시니까."

"난 미래에 대해선 모르겠어요. 오래오래 서로 좋은 작품 쓰며 잘 살고 있으면 되는 거겠죠. 멀리서도 날 응원해 줄 거죠?"

"우리 문영이는 내가 지켜 줄 거야. 날 기다려 줄 수 있겠지?"

결국 셰익스피어의 뜻은 이거란 말인가? 이제 와서 셰익스피어는 선우와 나를 떼어 놓아 이별의 한을 만들려는 걸까? 셰익스피어가 냉정하고 변덕스럽게만 느껴졌다. 선우가 옷가지를 걸어 둔 벽걸이를 손으로 가리키며 말했다.

"널 내게서 절대로 떠나지 못하게 할 거야. 저것 좀 봐."

선우가 벽걸이에 걸린 체크무늬 머플러와 밍크 목도리를 연결해 놓고, 선우와 내 옷의 소매와 바지를 꽁꽁 묶어 놓았다. 을왕리에 갔던 날 '양산이 있는 풍경'이 떠올랐다. 격자형 벽걸이에 양산과 함께 선우의 재킷과 내 재킷끼리 팔짱을 끼워 놓은 장면은 한 장의 삽화로 남아 있었다. 내가 아! 하며 탄성을 토했다.

♣

"저걸 퍼포먼스로 치면 뭐라고 제목을 붙이죠? '한겨울 밤의 꿈'이라고 할까요?"

"한겨울 밤의 꿈? 그건 셰익스피어가 탐낼 제목 같은데."

"한겨울 밤의 꿈을 깨고 나면 마법 같던 사랑도 풀어져서 현실로 돌아와 있잖아요. 내일이면 우리는 제자리로 돌아가야 해요."

"그럼 우리 영원히 그 꿈에서 깨어나지 말자."

나는 그를 끌어당겨 그의 입술에 키스했다. 선우는 내 키스에 숨 막힐 듯이 열정적으로 답했다. 그가 내 품에 파고드는 것을 살짝 제어하며 그에게 말을 걸었다. 나로선 그와 한 번이라도 더 이야기를 나누는 것이 소중했다.

"예술 극장에서 「한여름 밤의 꿈」을 본 게 엊그제 같네요. 거기서 요정 퍽이 꽃즙을 이용해 두 쌍의 연인들과 티타니아 여왕의 사랑을 엇갈리게 하잖아요. 어떤 커플이 가장 인상적이에요?"

선우는 내 뺨을 어루만지며 선뜻 대답했다.

"내가 보기엔 아버지의 결혼 반대를 피해 아테네 숲으로 사랑의 도피행을 감행한 커플 같은데. 또 다른 연인들이 그 뒤를 쫓아오면서 밤새도록 술래잡기를 하잖아."

"그래요. 허미아는 사랑 앞에 당당하고 주관이 또렷한 여성이지요. 아테네 법망을 피해 연인과 함께 요정의 숲으로 야반도주하잖아요. 헬레나라는 친구가 두 사람을 부러워하며 짝사랑하는 남자를 뒤쫓아 가고요. 요정 퍽의 실수로 헬레나를 두 남자로부터 사랑받게 하는 설정이 재미있어요."

요정 퍽이 엉뚱한 남자에게 꽃즙을 묻혀 연인들을 바꿔 놓는 장난을 친 것이다.

"원래 사랑의 꽃즙은 잠에서 깬 사람이 맨 처음 본 것을 미칠 듯이 사랑하게 하는 마법을 갖고 있거든. 꽃즙을 바른 두 남자가 헬레나에게 첫눈에 반해 애정 공세를 퍼붓잖아. 헬레나는 두 남자가 자기를 놀리는 걸로 오해하고."

선우는 내 머리칼을 손으로 쓸어 올리며 내 귓바퀴를 혀로 애무했다. 나는 간지러워서 풋 웃다가 이야기를 계속했다.

"허미아를 따르던 두 남자가 헬레나를 뒤쫓는 장면이 우스꽝스럽지요. 밤새 헷갈린 덕분에 헬레나도 자기가 좋아하던 남자와 결혼하게 되고요."

"요정 퍽이 그걸 보고 '인간은 얼마나 바보 같은가!'라고 말하잖아. 네 명의 연인이 서로 누구를 사랑했는지조차 모르게 됐으니 말야."

요정 여왕이 당나귀 탈을 쓴 사내의 몸을 휘감고 잠들어 있는 광경이 떠올랐다. 마치 담쟁이덩굴이 느릅나무 줄기를 휘감듯이 그 모습은 환상의 결합처럼 느껴졌다.

"티타니아 여왕과 당나귀 탈을 쓴 사내의 사랑이 아주 환상적이었어요. 사랑의 콩깍지가 눈에 덮이면 야수도 미남으로 보이는 법이죠. 마법에서 풀려난 티타니아 여왕은 끔찍한 괴물을 발견하고 깜짝 놀라 도망치잖아요."

선우가 오른손 검지로 내 턱을 쓰다듬으며 맞받았다.

"잠에서 깨어난 티타니아 여왕은 자기가 당나귀와 사랑에 빠지는 이상한 꿈을 꾸었다고 말하지. 그런데도 그녀는 간밤의 당나귀 탈 사내를 싹 잊어버리고 요정 왕과 화해의 춤을 추잖아. 현재 사랑하는 사람에겐 과거의 사랑이 아무리 달콤해도 곧바로 잊어버리는 속성이 있나 봐. 그래서 네가 날 잊어버리게 될까 봐 걱정이다."

"그건 나도 모르겠어요. 하지만 내가 어떻게 선배를 잊겠어요?"

"넌 누구에게도 구속되지 않은 자유의 여자야. 난 너를 자유롭게 놓아줄 거야. 하지만 난 반드시 돌아올 거야. 그건 두고 보면 알겠지."

선우가 두 팔로 나를 껴안고 소파 위에 쓰러뜨렸다 그의 입술이 내 이마를 지나 볼과 목덜미에 머무는 동안 상큼한 그의 체취가 코끝으로 스며들었다. 내 심장의 박동이 그의 가슴 안에서 세차게 울려왔다. 그곳에서 우리는 서로의 존재를 각인시키려는 듯 온밤을 같이 보냈다. 선우는 아예 휴대 전화 전원을 꺼 버렸고, 나도 휴대 전화 전원을 꺼 버렸다. 누구에게도 방해받지 않는 시간을 공유한 채 슬픔과 열정이 뒤범벅되어 한 해가 기울어 가고 있었다. 또한 선우와의 시간도 그렇게 마감되고 있었다.

시저의 탄원

안토니: 친구여, 로마인이여, 동포들이여, 내 말에 귀 기울여 주시오. 내가 여기에 온 것은 시저의 장례를 지내기 위해서지, 찬양하기 위해서가 아니오. 인간의 악행은 죽은 후에도 남지만, 인간의 선행은 시신과 함께 매장되기 마련이오. 시저 역시 마찬가지요. 고결한 브루투스는 여러분께 시저가 야심을 품었다고 말했소. 그것이 사실이라면, 이건 슬퍼할 만한 잘못이고, 슬프게도 시저는 그 대가를 지불한 것이오. 브루투스와 다른 분들의 허락을 얻어서, 나는 시저의 장례식에 조사를 드리러 왔소. 브루투스는 존경할 만한 분이고, 다른 분들도 다 존경할 만한 분들이오. 시저는 내게 의리 있고 공정한 친구였소. 그러나 브루투스는 그를 야심가라고 말했소. 시저는 수많은 포로들을 로마에 데려왔고, 그들의 몸값으로 국고를 채워 주었소. 이것이 시저를 야심 찬 사람으로 보이게 했을까요? 가난한 사람들

이 울 때면 시저도 같이 울었소. 야심이란 분명 이보다 냉혹한 마음에서 생기는 것일 게오. 그럼에도 브루투스는 시저가 야심을 품었다고 말했소. 브루투스는 고결한 분이오. 여러분 모두가 보셨듯이 지난 루퍼칼 축제일에 내가 시저에게 세 번이나 왕관을 바쳤고, 시저는 왕관을 세 번이나 거절했습니다. 이게 야심이란 말이오? 그럼에도 브루투스는 시저가 야심을 품었다고 말했소. 브루투스는 분명 고결한 분이오. 브루투스가 한 말을 반박하려는 것이 아니고, 다만 내가 아는 것을 말하고자 할 뿐이오. 여러분 모두가 한때는 시저를 사랑했고, 그럴 만한 이유가 있었소. 그런데 왜 여러분은 그의 죽음을 애도하길 주저하는 것이오?

—「줄리어스 시저」 제3막 제2장

1

1월 중순경에 영어 입문 사전이 무사히 인쇄되어 전국 서점에 깔렸다. 미국 교민 단체에서도 미국인 2~3세를 위한 입문 사전으로 퍼펙트하다며 100권을 주문해 왔다. 사장은 새로 출간된 영어 입문 사전과 국어 중사전과 중국어 사전을 주요 일간지에 전면 광고를 내고 영업 활동도 강화시켰다. 방송사에서 종이 사전에 관해 인터뷰 요청이 들어오고 편집국 정경이 촬영되어 방송에 실렸다.

점심시간에 정 부장과 한식당에 갔다가 지식사 주 전무와 영업부 방 이사를 만났다. 주 전무가 만면에 희색을 띠고 말을 걸어왔다.

"입문 사전이 아주 잘 나왔어요. 내용은 물론 삽화도 좋더군요."

"모두 주 전무님께서 도와주신 덕분이에요."

"뭘요. 편집자가 열심히 했기 때문이죠. 사장님도 좋아하셨어요."

정 부장과 나는 사장의 칭찬 한마디에 회사의 스타라도 된 기분이었다. 방 이사는 별말 없이 식사만 했다. 파트너인 안 이사가 사직한 탓인지 기세등등했던 방 이사도 한풀 꺾여 보였다. 그들이 먼저 나가자 정 부장이 입을 열었다.

"영영한사전은 내가 마무리해야 할 거라고 주 전무가 말합디다."

"그게 무슨 말이죠? 신 상무가 아웃된다는 뜻인가요?"

내가 놀라서 묻자 정 부장이 차근한 목소리로 대답했다.

"아까 신 상무가 임원들 모아 놓고 직접 말하더라고요. 자신이 나이가 많아서 퇴출 대상으로 통보받았다는군요. 이제 회사 그만두면 무얼 할지 고민이라고 합디다."

"그럼 박 차장님은 무사한 건가요? 신 상무님과 같이 그만둔다고 약속했잖아요."

"일반 직원들 중에서 구조 조정 대상자는 1월 말에 통보한다더군요. 그러니까 말일쯤 되어야 알 수 있겠죠."

"결국 신 상무가 퇴진하게 됐네요. 보나마나 미스 양도 함께 그만둘 것 같은데요."

"그러게요. 미스 양이 신 상무도 없는 사무실에 나올 리 만무하죠."

그런데 정 부장이 신 상무를 통해 알아낸 회사 상황이 심상치 않았다. 사장이 회사 일에 대해선 일체 거론하지 않고 작금의 세상사나 이야기하다 회의를 끝낸다는 것이다. 이제 신 상무가 처리해야 할 일은 구조 조정 대상자를 착출해 간부 회의에 제출하는 일이라고 했다. 아마 박 차장은 절대로 신 상무가 파 놓은 구덩이에 빠지고 싶지 않았을 것이다. 집에는 아픈 마누라가 있고 장가보내야 할 아들이 있기 때문이다. 하늘을 날 것처럼 기운찼던 내 마음도 더불어 칙칙해졌다. 신 상무의 심술이 발동하여 재수 없게도 내게 불똥이 튈지 몰라서였다.

2

새해 들어 시작한 『셰익스피어 인 드림』의 스케치가 초고속으로 진행되었다. 일이 끝난 후에 누려 보는 정신의 호사가 꿈만 같았다. 예전에 써 둔 프롤로그를 수정하고 날밤을 새우다시피 하며 첫 번째 장을 써 나갔다. 선우가 미국으로 떠나기 전에 『셰익스피어 인 드림』의 첫인상 소감을 듣기 위해서였다.

"드디어 진도 나가기 시작했으니 축하해야지. 처음부터 너의 속사포 같은 진행 방식이 참 좋다. 이만하면 괜찮아."

선우가 나를 대견스레 바라보며 입을 뗐다.

"선배가 괜찮다면 믿을 만한 거죠?"

"그래. 예전에 너의 활화산 같은 포스로 볼 때 장편이 어울린다는 이야기는 했지? 호흡이 길고 무엇보다 끈기 있는 근성을 내가 알고 있지. 우리 귀여니는 잘해 낼 거야."

"선배만 굳게 믿고 있었는데 이제부턴 누구한테 작품 읽어 달라고 하죠?"

"당연히 내가 읽어 줘야지. 미국에 가도 메일은 주고받을 수 있으니까."

선우는 나와 새끼손가락을 걸며 다짐했다.

"나는 너의 도우미가 될 거라고 약속했잖아. 그 약속 꼭 지킬게."

그의 얼굴에 슬픔과 아쉬움이 뒤엉킨 묘한 표정이 떠올랐다. 나는 끝내 그에게 눈물을 보이지 않았다. 어떤 경우든 선우와 나의 만남은 해피 엔딩이어야 했다.

"선배! 아무래도 소설의 결말은 해피 엔딩으로 해야겠죠? 남자 주인공은 미국에서 정착하게 하고, 여자 주인공은 작가로 거듭나게 해야겠어요."

선우는 잠시 침묵하다가 다시 입을 열었다.

"남자 주인공이 미국에서 되돌아오는 걸로 하면 어떨까?"

"아뇨. 미국에서 아내와 행복하게 사는 걸로 해야겠어요. 그래야 여자 주인공이 자유롭게 시작할 수 있거든요."

"현실은 그렇다 쳐도 소설의 완성도를 위해선 새드 엔딩을 써야 할지 모르지."

"새드 엔딩이라고요? 그럼 남자 주인공이 죽어야 하는데 그건 절대 안 되죠."

선우에게 소설의 시작과 결말까지 이야기했으니까 소설의 반은 끝난 거나 다름없었다. 선우의 도우미 역할은 거기까지였다. 어차피 셰익스피어를 꿈 밖으로 끌어내고 해석해 낸 건 나였다. 이제부터는 셰익스피어 챈도스 초상화에 기대야 했다.

1월 말경 선우는 아내와 함께 미국으로 출국했다. 처남 회사에 취업 비자를 갖고 적응해 보다가 6개월씩 연장하여 한국에 다녀갈 예정이었다. 선우는 조카에게 자동차를 맡기고 집을 정리하는 것을 미루었다. 선우는 꼭 돌아오겠다고 말했지만 아내를 떠올리면 내 의지가 바스러졌다. 선우가 떠나던 날, 나는 여직원들과 웃고 떠들며 점심을 먹으러 갔다. 퇴근 후엔 상가에서 쇼핑을 하고 여동생과 밤늦게까지 전화 통화를 했다. 선우가 없어도 일상은 계속되어야 하니까. 아자아자!

3

신 상무의 퇴진이 확실시되자 공 이사가 구조 조정 위원장으로 나섰다. 마치 편집국의 해결사처럼 공 이사의 시대가 도래한 것이다. 입문 사전이 피디에프 교정을 마치기까지 매일 작업 일지를 확인하던 공 이사였다. 공 이사의 이번 역할은 사무실 인원을 정리 해고하는 일이었다.

1월의 마지막 날, 공 이사와 임원들이 회의실에 모이더니 직원들을 하나하나 불러내어 퇴출 명단을 발표했다. 다들 생존의 기로에 서서 조마조마한 심정을 억누르고 있었다. 내 차례가 되어 회의실에서 공 이사와 임원들을 마주하고 앉았다. 공 이사는 평소에도 잔뜩 악의를 품은 듯한 인상을 풍기더니 결국 악역을 맡아 내게 도전해 왔다.

"김 과장은 영어 부서인데 다음번에 회사에서 재계약하지 않겠다고 합니다. 여기 정 부장님과 박 차장님은 남아 계시기로 했고요."

"네, 그게 무슨 말입니까? 회사에서 제시한 약속 기일을 지켰는데 왜 제가 그만둡니까? 저는 해고를 절대 수용하지 않겠습니다."

"회사가 어려워 최소 인원을 원하는데 다음번에 김 과장이 할 일이 없잖아요. 그래서 할 수 없이 감원하는 것이니 그렇게 아세요."

혹시나 우려했던 일이 현실로 나타난 것에 나는 경악했다. 신 상무와의 악연이 끝내 발목을 잡는 거라는 직감이 들었다. 신 상무가 못 먹는 감 찔러나 보자는 식으로 나를 해고자 명단에 올렸던 것이다. 공 이사가 기다렸다는 듯이 가세했을 테고.

"부장님과 같이 일을 잘해 보려 했는데 해괴한 일이 생겼네요."

"이게 웬 날벼락이오? 일 끝나자마자 사람을 내친다는 게 말이 되는 소리요?"

정 부장은 나에게 미안한 마음에 눈물까지 왈칵 쏟았다. 정 부장의 눈물은 진심이었지만 나를 보호해 줄 힘은 없었다. 정 부장이 마지막 카드를 꺼내 들었다.

"사장에게 영어 사전 기획안과 건의서를 내 볼 생각이오. 아이들을 위주로 한 영어 사전이니까 김 과장이 맡아서 해야 될 거요."

"고맙습니다. 만약 일이 계획대로 안 풀려도 부장님은 너무 신경 쓰지 마세요. 부장님이라도 남아 계시니까 다행이네요."

"내가 보기에 이번 일엔 공 이사의 입김이 많이 작용한 것 같소. 원래는 박 차장을 정리 해고 대상자로 삼았는데 김 과장으로 교체해 버린 거요. 박 차장이 비위를 잘 맞추니까 자기 사람으로 쓰려고 작정한 거죠."

"부장님, 저는 무슨 일이 있어도 사직서를 제출하지 않을 거예요. 법적 수단을 동원해서라도 제 권리는 꼭 지킬 거고요."

남들은 교정이나 보며 신선놀음을 하는 동안 책을 두 권이나 내면서 인성이 파괴된 시간들이었다. 신 상무의 무표정한 가면 속에 "거봐! 어른 말 안 들었으니 고꾸라질 수밖에 없지!" 하고 빈정대는 조소가 스며 있었다. 내가 아무리 실력이 있어도 나를 모함하고 해하려 하는 무리에겐 이길 수가 없었다.

정 부장의 말대로 나로선 청원서를 제출하는 길밖에 없었다. 정 부장은 준비해 둔 기획안과 내가 회사에 가장 필요한 사람임을 알리는 건의서를 제출했다. 그리고 회사에 헌신할 각오를 내비치며 성의껏 나의 입장을 변호해 주었다. 일말의 희망을 갖고 일주일을 기다린 끝에 정 부장이 내게 결과를 알려 왔다.

"강 전무가 나를 부르더니 건의서가 불발되었다고 말하더군요."

"왜요? 기획안은 처음부터 사장님이 원하셨던 일 아닌가요?"

"회사 사정이 무척 어렵대요. 1년 전만 해도 나쁘진 않았는데 지금은 최악이라는 거예요. 나로선 더 이상 방법이 없네요."

나는 억울함을 호소하며 청원서 말미에 인권 운운하는 협박조의 문구를 사용했다. 내가 특별한 성과를 내고도 정리 해고 당하는 처지에 회사에 아부까지 하면서 비굴해질 수는 없었다. 차라리 기획안이 불발된 마당에 내가 하고 싶은 말을 다 한 건 너무도 잘한 일이었다.

시작부터 잔인한 2월이었다. 나는 인터넷을 통해 노동관계 사례를 분석하고, 노무사들을 만나 부당 해고 문제를 상의했다. 또 필요한 서류들을 모두 복사해 두었고, 소형 녹취기도 성능 좋은 걸로 구입해 두었다. 그리고 총을 찬 듯 녹취기를 허리춤에 숨겨 매달고 회사 안을 의기양양하게 누볐다. 퇴근 후엔 녹취기를 목걸이처럼 매달고 셔틀버스 안에서 엠피스리를 틀어 구멍 난 가슴을 적시곤 했다. 참으로 기묘한 나날이었다.

내가 회사에 남아 투쟁하기로 결정한 반면, 미스 전은 회사의 퇴출 압력을 이의 없이 받아들였다. 사장과 면담을 마친 미스 전은 신 상무가 자기를 무능한 직원으로 낙인찍었음을 알고 분노에 잠겼다. 미스 전은 직원들을 붙들고 신 상무가 자기를 모함했다며 하소연하고 다녔다. 미스 전에게 증빙 서류라도 챙기라고 설득했지만 그녀는 전의를 상실한 듯 포기해 버렸다. 어느 날 미스 전이 내게 다가와 킥킥대며 말했다.

"회사 게시판에 대자보가 붙었어요. 나가 보세요."

"대자보가 붙다니 그게 뭔데 그래?"

내가 눈을 크게 뜨자 그녀가 고소하다는 표정으로 대꾸했다.

"누가 그랬는지 미스 양이 신 상무하고 팔짱 끼고 걷는 사진과, 서로 마주 보고 있는 사진을 확대해서 게시판에 붙여 놓았어요. 다들 수군수군 난리가 났어요."

나와 정 부장은 사무실 밖으로 뛰어나가 현관 쪽으로 향했다. 게시판 앞에는 서너 명의 직원들이 대자보를 들여다보고 있었다. 정말 얄궂고 악의적인 게시물이었다. 정 부장과 나는 얼른 그 자리를 벗어나 옥상으로 올라갔다.

"도대체 누가 대자보를 붙인 걸까요? 편집국 사람들 중에 신 상무에게 가장 불만이었던 사람이 누구죠?"

"편집국 사람은 아닌 것 같아요. 박 차장 말로는, 신 상무가 영업부 직원과 언쟁을 벌인 적이 있는데 그 직원의 소행일 거라더군요."

"회사에서 소문이 그치질 않으니까 사람을 고용해 미스 양 뒷조사를 시켰다고 하던데요. 어쩌면 신 상무의 퇴진을 바라는 쪽 사람의 소행일 수도 있겠죠."

"신 상무가 러시아어 중사전을 빌미 삼아 사장과 협상을 시도했다더군요. 미스 양만 믿고 러시아어 중사전을 자기가 끝마치겠다고 말이죠."

"하긴 신 상무가 순순히 물러설 사람은 아니죠."

퇴근하면서 보니 게시판의 대자보는 이미 치워진 상태였다. 이에 충격받은 미스 양은 사무실을 뛰쳐나가 회사에 얼굴을 내밀지 않았다. 며칠 후 신 상무도 불명예 퇴진을 하고 말았다. 사무실 문을 나서는 신 상무에게 빈말이라도 "행복하세요!"라고 말해 주었다. 신 상무는 자리에 버티고 앉아 있는 나를 의아하게 바라보았다. 나로선 회사에 도전하고 반항하는 것이 순리라고 생각했다. 회사에서 이용당하고 내쳐지는 비참한 형국을 어떻게든 반전으로 이끌고 명예롭게 살아남고 싶었다. 아니, 명예로운 퇴장을 위해 내가 해야 할 일이 남아 있었다.

4

점심시간만 되면 엄마와 통화하는 습관이 생겼다. 엄마는 선우 대신 내 인생의 조언자로서 훌륭한 이야기 상대가 되어 주었다.

"엄마, 나예요. 점심 먹고 산책 중이에요."

"문영아, 회사와 싸우지 말고 그만두는 게 어떠냐? 쉬면서 다른 직장도 알아보고, 네가 하고 싶은 글을 쓰는 것도 괜찮잖아."

엄마는 딸내미가 회사라는 조직과 맞서 싸우는 것을 안쓰러워하셨다. 어차피 희망 없는 회사 붙들고 있다가 상처를 입을까 봐 노심초사하셨다.

"엄마, 조만간 회사와 협상할 거니까 걱정하지 마세요."

"앞으로 좋은 일이 많을 테니 새로운 일을 받아들일 준비나 하렴."

하지만 나는 내 삶을 주도하기 위해 회사와 맞서 싸워야 했다. 회사가 원하는 대로 호락호락 굴복한다면 영원히 패배자가 될 것 같았다. "김 과장님, 회사와 싸워서 꼭 이기길 바라요. 힘내세요." 타 부서에서 정리 해고 통지를 받은 여직원들이 이구동성으로 나를 응원하고 떠나갔다. 웬일인지 복도에서 만난 방 이사마저 측은한 눈빛으로 나를 바라보았다. 이제 회사와의 투쟁은 나 혼자만의 일이 되었다.

오후에 자료실로 건너가 비 내리는 창밖 풍경을 바라보았다. 메마른 나무들을 적시는 빗소리가 뼛속까지 스며들었다. 가슴에 소외감 같은 것이 깊숙이 내려앉았다. 그때 내면의 여자아이가 불쑥 나타나 내게 현인기를 만나 보라고 말했다. 그에게 화를 내고 따질 것을 따져야 하지 않겠냐며 나를 닦달했다. 내면의 여자아이가 화풀이 대상으로 그를 지목한 것이다. 나는 휴대 전화에서 그와의 통화 기록을 찾아냈다.

"내가 전화하니까 어때? 반가워?"

"그럼 내 첫사랑 전화인데 반갑고말고. 안 그래도 한번 만나고 싶었어."

그는 내가 첫정이라더니 이젠 노골적으로 첫사랑이라고 말했다. 강남의 술집에서 나를 반기는 그의 순진한 표정을 보자 한숨이 절로 나왔다. 옛일을 추궁하려는 나에게 그는 자기 회사가 날로 번창하고 있다며 자랑을 해 댔다.

"그대가 잘나가고 있으니까 내가 인터뷰 좀 해도 되겠지?"

"무슨 인터뷰?"

그는 자세를 곧추세우며 놀란 말투로 물었다. 나는 강한 어조로 밀어붙였다.

"진실하게 대답해 줘야 해. 그때 왜 나를 죽이려고 했어?"

"그게 무슨 말이야? 널 죽이려고 하다니?"

그는 다짜고짜 따지는 나를 보며 어리둥절한 표정을 지었다.

"그때 한 손으로 내 목을 조르고, 다른 손으론 내 목에 칼을 겨누었잖아! 난 똑똑히 기억하거든."

"뭐? 누가 그런 끔찍한 짓을 해? 칼이라니? 말도 안 되는 소리야."

"난 지금도 생생하게 기억나는데 그댄 아니라는 거야? 나 녹음할 거야!"

나는 화가 치밀어 목에 매단 소형 녹취기의 녹음 버튼을 작동시켰다. 그가 어이없다는 눈빛으로 나를 바라보며 소리쳤다.

"네가 칼 본 적이 있니?"

"눈을 감고 있어서 칼은 보지 못했지. 그럼 내게 겨눈 그 날카로운 건 뭐야?"

그가 대답을 멈칫거리는 걸 보고 나는 불같이 다그쳤다.

"칼 맞네 뭐! 날 죽이려고 몇 달 전부터 계획했다고 말했잖아. 그래서 칼을 준비했다고 분명히 들었거든. 날 죽이는 게 목적이라고 말했어."

흥분한 나를 다소나마 진정시키려는 듯 그가 입을 열었다.

"그때 난 너를 어떻게 해 보려고 했어. 근데 네가 마구 소리쳤잖아. 입을 막으려다 그랬던 거지."

"밝은 대낮에 하얀 교복을 입은 여자아이에게 황토 흙 묻혀서 어떻게 수습하려고 그랬던 거야? 누군가 나타나자 그대로 도망쳤잖아. 내가 걱정되지도 않았어?"

그는 얼굴이 해쓱해져 잠자코 있었다. 내가 말벌처럼 쏘아붙였다.

"다행히 구세주 같은 은인 만나서 교복 빨아 다려 입고 학교까지 잘 갔지만 말야. 목에다 손수건 칭칭 감고 파스 냄새 난다고 얼마나 왕따를 당했는 줄 알아?"

그는 어쩔 줄 몰라 하다가 변명 아닌 변명을 해 댔다.

"그때 나는 폐결핵을 앓았었어. 하루에 몇십 알씩 약을 먹고 주사를 맞아야 했지. 항상 죽음을 가까이하고 있었기 때문에 나에겐 미

래가 없었어. 근데 너는 너무나 찬란한 존재였어. 난 너라는 구원의
여자가 필요했던 거야."

"그러니까 나를 껴안고 정사情死라도 하려고 했다는 거야? 왜 하
필 나였어?"

"내가 아프기 전까지 너하고는 로맨틱한 기억이 많았잖아. 넌 여
전히 빛나는 존재인데, 나는 언제 죽을지 모르는 폐결핵 환자였어."

"그래서 날 죽이려고 작정했다는 거야? 내가 뭘 잘못했기에 그렇
게 비참한 꼴을 당해야 했냐고?"

"그 이후로 5년간 폐결핵을 앓는 동안 난 거의 타락하다시피 살았
어. 운 좋게 한국그룹에 입사하고 나서 널 찾아간 적이 있지만 만나
지 못했어."

"근데 왜 나한테는 폐결핵 이야기를 꺼내지 않았던 거야?"

"네가 떠나 버릴까 봐 그 이야긴 차마 할 수 없었어."

"하마터면 내가 현인기라는 남자의 불운에 휘말려 희생양이 될 뻔
했네."

그가 빗발치는 추궁을 견디다 못해 과거의 나를 상기시켰다.

"넌 내게 한 번도 그걸 따져 묻지 않았어. 그때의 김문영은 너그럽
고 포용력 있는 여자였어. 학교 졸업하고 억지란 걸 알면서도 너를
찾아갔을 때 넌 내게 잘해 주었어. 난 그게 사랑인 줄 알았어."

"아니, 사랑 아냐. 어쩜 연민이라는 말이 정확할 거야. 독서실에
있는 날 찾아와 셔터 두드리며 꼭 만나야겠다는 남자를 그대로 뒀다
간 꽁꽁 얼어 죽겠더라고. 그래서 할 수 없이 여관에 데려다가 재우

고 그랬던 거야."

"난 인사불성이 되도록 꼬꾸라졌다가 새벽에 눈을 떠 보니 네가 그 방에 있었어. 영문도 모른 채 난 행복했었어."

"여관 여주인이 나더러 문 잠그지 말고 이불 뚤뚤 말고 자라고 했어. 다 수작 부리는 거라고 말야. 무슨 일 있으면 소리치라면서."

"당연히 수작 아니었다. 난 그걸 사랑으로 착각했던 거야."

어느새 녹취기의 녹음 버튼은 꺼 버린 상태였다. 그는 나를 첫사랑으로 미화하려 했고, 나는 그를 범죄자로 몰아세웠다. 왠지 나의 모든 불화의 근원이 그날의 모욕감에서 비롯된 것만 같았다. 그는 내게 여전히 수치스러운 존재였다.

"내가 대학으로 널 찾아갔을 때 네가 날 완강하게 거부한다는 걸 느꼈어. 더 이상 널 잡고 있을 수가 없었지."

"날 죽이려고 했던 사람을 어떻게 좋아할 수 있겠어? 난 네가 트라우마야. 외상 후 스트레스가 지금까지도 남아서 나를 괴롭히고 있어."

"내 트라우마는 너야. 너 때문에 나도 얼마나 괴로웠는지 알아?"

"눈에 보이지 않는다면 모르지만 내 앞에 나타났잖아. 자꾸만 그 기억이 떠올라서 날 힘들게 해. 난 제대로 사과를 받지도 못했잖아."

"지난번에 '네가 무척 힘들었구나!' 하고 생각했었어. 그 때문에 내가 널 잃어버렸던 거고."

"앞으로 널 영원히 파렴치범으로 낙인찍을 거야."

"널 힘들게 해서 정말 미안했다. 용서해 줄래?"

그가 팔을 뻗어 내 손을 잡으려 했지만 나는 냉정하게 뿌리쳤다.

"비록 결혼은 실패했지만 사업도 잘되고 혼자 있어서 더욱 편한 상태야. 요즘 들어 지나간 시절이 아름다워 보이기 시작한 거야."

"난 말야, 그 트라우마 때문에 남자들과 싸우듯이 살았어. 나를 괴롭히는 상사들을 보면 목을 조르고 싶은 충동을 느꼈거든. 차라리 내 앞에 나타나지 말지 그랬어. 난 그때를 떠올리면 지금도 치욕스러워."

"자, 손 좀 내밀어 봐."

취기 때문에 손을 내밀다가 다시 손을 빼 버렸다. 그가 내 얼굴을 잡고 장난스레 입을 뾰족이 내밀며 "우리 키스하자" 하고 말했다.

"이게 가능하다고 생각해?"

내가 벌컥 화를 내며 몸을 뒤로 뺐다.

"넌 예뻐, 예뻐. 난 널 생각하면 행복했어. 지금도 행복해. 근데 난 슬프다."

그는 마치 울 것 같은 표정을 지었다. 내면의 여자아이가 나에게 또다시 소리치라고 성화를 해 댔다. 나는 한 손가락으로 그를 가리키며 말했다.

"너 말야! 내가 가르쳐 줄까?"

그는 막무가내로 거칠게 행동하는 나를 절망스럽게 바라보았다. 난 한 걸음 힘차게 더 나아갔다. 트라우마를 해결하기 위해선 반드시 화내는 단계가 필요했다. 나는 있는 힘을 다해 그에게 명령했다.

"난 다시는 널 보지 않을 거야. 내 앞에서 당장 사라져! 사라지란 말야!"

그가 정말 일어나 내 앞에서 사라지기를 기다렸다. 하지만 그가 일어서더니 내 옆자리로 옮겨 와 털썩 주저앉았다. 맥이 빠졌지만 기분은 썩 나쁘지 않았다. 카운터로 가서 계산하고 엘리베이터 앞에 서 있는데 종업원이 와서 "같이 오신 손님이 자리에 계신데요" 하고 말했다. 나는 자리로 가서 고개를 푹 숙이고 있는 그를 부축해 데리고 나왔다. 그리고 빈 택시를 잡아 그를 태워 보냈다. 그는 나보다도 주량이 약한, 풀잎 같은 남자였다. 나는 그를 몰아세워 녹다운시켰다.

5

2월 말경 편집국에 빈자리가 많이 나자 공 이사가 직원들에게 자리 배치를 지시했다. 자료실 옆에 있던 영어 부서를 중앙에 재배치함으로써 내 책상을 치워 버리려는 의도가 깔려 있었다. 나는 공 이사에게 "제 자리는 어디죠?" 하고 물었다.

"회사에서 그만두라고 하는 말 못 들었어요? 이제 필요도 없는데 책상 위에 있는 사전들이나 박스에 담아서 치워 버려요!"

직원들 앞에서 나를 망신 주자는 수작이었지만 나는 까닥 않고 그를 노려보았다. 어쨌거나 공 이사의 입성이 사나워질수록 녹취기는 제 역할을 할 것이다.

"저는 분명히 인사부에서 자리 배치해 주겠다는 말을 들었거든요."

"나는 회사 지시대로 할 뿐이니까 따지려면 강 전무에게 가서 따져요."

당장 인사부로 달려가자 강 전무는 회사 사정이 어렵다는 것을 내세워 나를 설득하려 했다. 직원들을 정리 해고 하는 동안 사장은 끝내 나타나지 않았다.

"저는 사직서를 제출하지 않겠다고 회사에 제 뜻을 밝혔거든요. 회사에서 확실한 인사 지시를 내려 주셨으면 하는데요."

"회사는 본인이 원하지 않으면 절대 사직 처리하지 않아요. 책상 배치해 줄 테니까 자리에 앉아 있어요. 그럼 되잖아요."

"그럼 공 이사님을 불러서 확인해 주시겠어요?"

강 전무가 인터폰으로 공 이사를 불러 셋이 마주 앉았다. 공 이사는 나를 똑바로 쳐다보지도 않고 말했다.

"김 과장은 진작 그만두었어야 할 사람인데 아직까지 앉아 있어요?"

"네? 제가 두 번씩 사전을 책임 편집하는 동안 공 이사님은 뭘 했습니까? 온종일 컴퓨터나 들여다보면서 하는 일도 없잖아요. 게다가 실력도 없고요."

사장에게 아부나 하며 해결사를 자청한 공 이사를 반드시 응징하리라 마음먹었다. 그나마 강 전무는 원리 원칙주의자였다. 아버지 장례식장에도 선생님들을 열 분 이상 몰고 와서 자리를 채워 주신 분이었다. 공적인 업무를 수행해야 하는 강 전무의 역할을 나는 이해하고도 남았다.

그날 교보문고에 가서 노동법 관계 책자들을 들춰 보다가 밀란 쿤데라의 『무의미의 축제』와 무라카미 하루키의 『1Q84』세 권을 샀다. 기분 전환이 필요한 시기였다. 나는 저녁으로 뭘 먹을까 여기저기 기웃대다가 회전 초밥집에 들어갔다. 그리고 레일 위를 돌아가는 초밥 접시를 쌓아 올리며 마음껏 골라 먹었다. 배를 채우자 허전함이 조금 가시는 것 같았다. 유독 선우가 초밥을 좋아했던 일이 떠올랐다.

이걸 이심전심이라고 하는 걸까. 버스 정류장에 서 있는데 마침 선우가 전화를 걸어왔다. 그가 미국에 간 지 벌써 한 달여가 지나 버렸다. 나는 기뻐서 "선배! 어디예요?" 하고 목이 멘 소리로 물었다. 선우는 온유한 목소리로 "여기 미국이지. 잘 지냈어?" 하고 말했다. 그는 말벗이 필요한 애인의 속사정을 짐작이나 할 수 있을까.

"처남 회사에서 전자 제품 잡지 만드는 일을 시작했다. 회사는 별일 없고?"

"덕분에 입문 사전은 잘 나왔어요. 건강하고요?"

"응. 건강하지. 문영아! 네가 그리워 미치겠다."

"나도 선배가 너무너무 그리워요. 이제 우리 언제 만나죠?"

"여기 일 적응한 뒤엔 어머니 때문에라도 곧 가게 될 거야. 『셰익스피어 인 드림』은 진도 나가고 있겠지?"

"요즘은 생각 좀 하느라 자료만 모으고 있어요."

"장편은 마라톤이야. 호흡 고르기가 중요하지. 넌 잘해 낼 거야."

선우에게는 회사에서 잘린 소식을 전하지 않았다. 만날 수도 없고 목소리밖에 들을 수 없는 선우에게 나쁜 소식을 전하고 싶지 않았다. 또 선우의 아내를 의식한 탓도 있었다. 선우가 여기 있다면 회사의 경영진에 분개하며 나를 대변해 줄 것이었다. "그래, 차가운 지성으로 대처하자. 우리 귀여니. 언제나 지혜롭기를! 언제나 용기 있기를!" 나는 선우가 의당 내게 해 줄 말을 떠올리며 혼잣말로 중얼거렸다.

6

오랜만에 경민에게 전화를 걸었더니 불통이었다. 연말에 현진과의 일로 서먹해져서 나는 일부러 연락하지 않았다. 다음 날 수신함을 열자 '홍콩 체류 중입니다. 귀국 후 연락드리겠습니다. 서경민'이라는 메시지가 도착해 있었다. 문자 메시지를 받으니 그를 본 것처럼 반가웠다. 며칠 후엔 신촌에 있다며 나를 호출하는 전화가 걸려 왔다. 나는 콜택시를 타고 약속한 레스토랑에 먼저 가서 경민을 기다렸다. 그가 노타이의 흰 와이셔츠에 감색 슈트를 입고 말쑥한 모습으로 내 앞으로 걸어왔다.

"입문 사전은 잘 나왔겠죠?"

"그럼요. 가져왔는데 구경할래요?"

나는 가방에서 사전을 꺼내 그에게 건넸다. 그는 "야! 좋은데" 하며 책장을 열었다. 그리고 연신 "예쁘게 잘 만들었네요. 탐나는데요" 하며 감탄해 주었다. "그 사전 가져도 돼요." 내 말에 그가 씩 웃었다. 종업원이 다가오자 그는 내 의향을 묻더니 연어 해물 스테이크와 보르도산 레드 와인을 주문했다.

"이번에 사장이 승진시켜 준대요? 월급도 올려 주고요?"

그가 내 마음을 넘겨짚고 능청스레 물었다.

"요즘 난 몸은 편한데, 마음이 불편하네요."

그가 즉각 내 말을 알아듣고는 이렇게 응수했다.

"미리부터 겁먹지 말고 잘 대처하면 돼요. 회사에서 함부로 직원을 자를 수는 없거든요. 노동청이나 지방 노동 위원회에 구제 신청할 수 있어요."

"노무사들도 만나 봤고 서류도 다 준비되어 있거든요. 우선 회사에서 자리 배치해 준다고 했으니 기다려 봐야죠."

종업원이 음식을 날라 오자 그가 내 잔에 와인을 따르며 말했다.

"회사 일은 잊고 와인 마시며 즐거운 이야기나 해요."

나도 그에게 와인을 따른 뒤 글라스를 부딪치며 건배했다.

"인생이 마음먹은 대로 안 되네요. 모든 게 거꾸로 가는 세상 같아요."

"전화위복이라는 말도 있잖아요. 모든 게 '체험 삶의 현장'이라고 생각하면 돼요."

경민은 마치 명문사 퇴사 후원회장이라도 된 양 나를 위로해 주었다. 문득 그에게 연락하길 잘했다는 생각이 들었다.

♣

"아, 참. 셰익스피어에 들린 여자 이야기를 쓰고 싶다고 했죠?"

"맞아요. 프롤로그만 써 놓고 회사 일 때문에 주춤하고 있어요."

"내가 좋아하는 작품은 「햄릿」이에요. 햄릿이야말로 현대인의 표상 아닌가요? 사느냐 죽느냐 그것이 문제로다. 선택의 기로에서 항상 갈등하며 살아가지요. 「햄릿」에서도 의도와 운명은 상반되기 마련이고 계획대로 잘 안 되는 게 인생이라고 하잖아요."

"정말 내가 그 말에 딱 맞는 상황에 처해 있네요. 요즘 나는 줄리어스 시저가 되살아나서 시민들에게 억울하다고 탄원하는 장면을 상상하곤 해요."

경민이 금테 안경을 코 위로 밀어 올리며 말을 꺼냈다.

"줄리어스 시저는 수많은 전투에서 이겼지만 내부 결탁자들의 손에 죽잖아요. 황제 대관식을 앞두고 브루투스의 칼에 쓰러지죠. 브루투스 너마저도! 라는 명대사도 있고요."

"브루투스는 시저와 절친한 사이였지요. 만약 시저에게 위험을 감지하고 갈등을 조절하는 능력이 있었다면 부하들에게 암살당하지 않았을 거예요."

"그러게 성격이 운명이라고 하잖아요. 시저가 많은 적들을 가진 것은 극에 달한 오만 때문이었죠. 그가 좀 더 겸손했다면 주변 사람들에게 열등감과 사적인 원한을 심어 주지 않았을 거예요."

경민이 내 처지를 빗대어 말했다.

"근데 그대는 회사에 서약서도 쓰지 않았고 상사들과도 잘 지내지 못했다고 했죠? 조직에 복종하지 않으면 쓴맛을 보게 돼 있어요."

"그럼 내가 회사에서 토사구팽 당한 게 당연하다는 거예요? 조금 위로가 된다 싶었는데 불난 데다 기름을 통째로 부어 넣는군요."

"이참에 셰익스피어의 교훈을 되새겨 보는 것도 괜찮잖아요. 셰익스피어가 극장의 인기를 얻고 왕실의 총애를 받으면서 살아남을 수 있었던 것도 타인과의 조화를 이루는 균형 감각 때문이었죠."

"아유, 눈물 날 정도로 고마운 충고네요. 이러다 줄리어스 시저가 자기 험담한다고 무덤에서 벌떡 일어나겠는데요."

"브루투스도 시저만큼이나 자만에 찬 인간이었죠. 브루투스가 공화정을 보호하기 위해 시저를 살해했다고 하지만 어떤 경우에도 살인은 정당화될 수 없죠."

경민은 권력자에 대해 말하는 데는 나보다 한 수 위였다. 그는 회사 경영자이기 때문에 「줄리어스 시저」만큼은 꿰뚫고 있노라고 말했다. 그가 설명을 덧붙였다.

"여기서 설득의 대가 안토니를 떠올리지 않을 수 없겠죠. 안토니는 시저의 유언장을 공개하며 시저가 로마 시민들을 얼마나 사랑했는지를 강변하지요. 결국 로마 시민들은 폭도로 변해 브루투스 일당을 역적으로 내몰게 되고요."

"하긴 브루투스가 안토니에게 추도 연설을 맡긴 것이 결정적인 실수였지요. 안토니는 군중을 꿰뚫어 보는 심리와 정치적 수완을 갖추었잖아요. 수사학에 능한 그는 시저의 공적과 시민 사랑을 입증하면서 청중을 선동하는 데 성공했고요."

"안토니의 연설문은 정치가들에게 교본으로 쓰일 정도지요. 그만큼 대화의 기술은 오늘날도 리더나 경영인에게 중요한 자질인 셈이죠."

경민은 상대방을 속속들이 파악하고 있는 영민한 존재였다. 넉넉

하고 자유로운 선우와 달리, 자기중심적이고 이기적인 성향이 있었다. 약간 지친 표정을 짓는 내게 그가 말했다.

"자기가 똑똑한데도 현실 감각이 떨어지는 건 이상주의자라서 그럴 거요."

"자기는 현실주의자라서 지혜롭게 잘 헤쳐 나가고 있다는 걸 말하고 싶은 거겠죠?"

밖으로 나오자 그는 나를 가볍게 끌어안고 볼에 살짝 입맞춤을 하며 "사랑해요!"라고 말했다. 순간 마법의 향기에 취한 듯 나는 전율을 느꼈다. 나는 대기하고 있던 콜택시에 타고 창문을 내밀며 "갈게요!"라고 말했다. 근데 그가 갑자기 창 안으로 한 손을 넣어 내 가슴을 잽싸게 만지며 "잘 가요!" 하는 거였다. 나는 깜짝 놀라 "야, 너!" 하고 소리쳤다. 그가 손을 흔들며 짓궂게 웃고 있었다. 나는 기가 차서 헛웃음만 나왔다. 남의 가슴을 장난감처럼 다루려는 그의 매너가 생뚱맞아 보였다. 그럼에도 그의 거친 손길이 계속 머릿속에서 둥둥 떠다녔다.

명검의 여자

뱅코: 이상하게도 악마들은 사람을 해치고자 사소한 일엔 진실을 보여 유혹을 하나, 참으로 중대한 순간엔 우리를 속여 치명상을 입히죠.

맥베스: (방백) 이 신통한 유혹은 흉조도 길조도 아니다. 만약 그것이 흉조라면 왜 먼저 진실을 일러 주어 성공의 증거를 나에게 보여 주었을까? 우선 나는 코더 영주가 되었다. 만약 그것이 길조라면 왜 내가 그런 유혹에 빠지는 걸까? 그 끔찍한 광경을 생각만 해도 머리칼이 곤두서고, 안정된 나의 심장이 늑골을 세차게 두드리는 걸까? 상상 속 공포에 비하면 현재의 불안쯤 문제도 아니다. 시역弑逆이란 생각은 아직은 공상에 불과하건만 왜 이다지 내 약한 인간성을 뒤흔드는지, 온갖 망상으로 분별력은 마비되고, 환영밖에는 아무것도 눈앞에 보이지 않는구나. (방백) 내가 왕이 될 운이 있다면, 가만히 있어도 운명이 나에게 왕관을 갖다 씌워 줄 것 아닌가.

맥베스: 내일, 내일, 또 내일은 정해진 시간의 마지막 음절까지 하루하루 짧은 걸음으로 소리 없이 기어서 가고, 우리의 모든 어제 일들은 바보들이 티끌로 돌아가는 죽음의 길을 비추어 왔다. 꺼져라, 꺼져라, 단명하는 촛불이여! 인생이란 걸어 다니는 그림자에 지나지 않는다. 잠시 동안 무대 위에서 활개 치고 떠들어 대지만, 시간이 지나면 잊히고 마는 가련한 배우에 불과하다. 인생이란 아무런 의미 없는 헛소리와 분노로 가득 찬 백치들이 지껄이는 이야기일 뿐이다.

—「맥베스」 제1막 제3장, 제5막 제5장

1

3월이 되자 업무 일지에서 내 이름이 빠졌다. 공식적으로 내 업무가 없어진 것이다. 며칠 뒤에는 내 컴퓨터도 빼앗아 갔다. 업무 박탈자는 방의 책임자로 앉은 공 이사였다. 강 전무에게 대기 발령이냐고 물으니 회사에 일이 없어서 그냥 앉아 있게 한 것이라고 말했다. 월급은 그대로 주고 연말까지라도 본인이 있고 싶을 때까지 있어도 된다고 했다. 나는 강 전무에게 한 번 더 인사 지시를 확인했다.

"언제 해고할 겁니까? 두세 달 있다가 해고하는 것 아닙니까?"

"해고는 안 시킵니다. 날 믿으세요. 공 이사 말로는 일도 없다 합디다."

"지금 영어 오케이 교정지도 남아 있거든요. 저는 나름대로 일을 하겠습니다."

나는 책상 위에 진행 중인 영영한사전 교정지를 펼쳐 두었다. "회사에 일이 없으면 당당하게 노십시오. 그건 업무 지시를 하지 않은 상사 잘못이지 당신 탓이 아니니까요." 이렇게 조언한 노무사의 말을 떠올리며 나는 사무실에서 앉아 있는 시간을 최대한 나를 위해 배려했다. 이참에 셰익스피어 작품들을 심도 있게 읽어 나갈 생각이었다.

허리춤에 매단 녹취기에는 하루 일과가 그대로 녹음되고 있었다. 쥐 죽은 듯 조용한 사무실은 공 이사의 목소리와 발소리로 점령되었다. 공 이사는 공사판 십장처럼 여직원들에게 반말 조로 명령하며 시시콜콜한 것을 지시했다. 하루는 내가 「맥베스」를 펼쳐 보고 있는데 공 이사가 정 부장에게 다가가 말했다.

"김문영 씨는 왜 책상 정리를 안 하는 거요? 해고 조치 했으면 알아서 처신해야죠."

나는 자리에서 일어나 공 이사에게 버럭 되받아쳤다.

"공 이사님! 저는 분명히 인사과에서 제 자리를 배정받았거든요. 직원들 일해야 하니까 자료실에 가서 저랑 이야기 좀 하죠!"

공 이사는 일부러 직원들 앞에서 나를 향해 비아냥거렸다.

"김문영 씨, 계속 앉아 있으면 강제 퇴사 조치시킬 거요. 지금 서류 절차 밟고 있으니까 조만간 짐 정리해서 집으로 보낼 거요."

"공 이사님, 제 책상 치우면 손괴죄에 해당되는데 그 책임을 어떻게 지려고 합니까? 공 이사님 하실 일은 제게 업무를 지시하고 업무를 진행하는 일입니다."

내가 그렇게 말하는 근거에는 법무사인 제부의 조언이 바탕에 깔려 있었다. 제부는 대책을 상의하는 내게 공 이사만큼은 자신이 나서서 명예 훼손죄와 모욕죄로 처리해 주겠다고 약속했다. 녹취기 하나면 공 이사의 과실이 그대로 드러나기 때문이었다. 공 이사는 이렇듯 상대방이 어떤 패를 쥐고 있는지 판단도 못하는 인간이었다.

"공 이사가 왜 내 일을 가지고 부장님을 괴롭히는 거예요?"

퇴근 후에 카페에서 정 부장과 마주 앉았을 때 미안한 심정을 전했다. 그도 심하게 얼굴을 구기며 맥주만 연거푸 들이켰다. 아마 회사의 압력이 있는 듯싶었다.

"회의 시간에 공 이사가 그럽디다. 김 과장과는 가까이하지 말라고요. 아예 김 과장 스스로 퇴진하게 하려는 것 같소."

"사람은 얼굴만 보고는 속마음까지 알 수 없는가 봐요. 공 이사는 겉모습은 유약해 보이는데 심성이 아주 고약하잖아요."

♣

"「맥베스」에서 던컨 왕도 사람의 겉보기와 진실에 차이가 있다고 말하잖아요. 그도 맥베스의 사악한 속셈을 모르고 다가갔다가 살해당하지요."

정 부장이 내 책상 위에 놓아둔 「맥베스」의 책 표지를 본 모양이었다. 문득 그와 스스럼없이 셰익스피어 이야기를 나누던 시절이 그리웠다. 요즘은 회사 분위기가 살벌해서 챈도스화가 실린 셰익스피어 평전을 집에 피난시켜 두었다.

"맥베스도 충성스러운 장군이었는데 왕이 될 거라는 마녀들의 예

언에 현혹되어 암살자로 변하지요. 맥베스 부인도 맥베스의 야망을
부추겨 던컨 왕 살해에 동참하고요."

"「맥베스」에선 선이 악이 되고, 충신이 역적이 되는 이야기가 나
오죠. 세상만사 모든 것이 양면적이고 가변적이라는 거죠. 맥베스가
왕권을 차지한 행복감이 왕권을 빼앗길지 모르는 두려움으로 변해
가잖아요."

어쩌면 정 부장에게도 내가 예전엔 보물단지였지만 지금은 애물
단지로 느껴질 것이다. 명문사 최고 편집자를 꿈꾸던 긍지가 한순간
에 타격을 입었으니 말이다.

"그래요. 처음에 양심의 가책으로 갈등하던 맥베스는 냉혹한 살인
마로 변모하고요. 맥베스는 왕권을 유지하려고 뱅코와 맥더프의 처
자식까지 죽이고 말잖아요. 뱅코의 망령을 본 다음부턴 공포감에 잠
도 못 이루고요."

"사람이 죄짓고는 못 사나 봐요. 맥베스 부인은 몽유병에 걸려 성
위에서 뛰어내리고, 맥베스도 반란군에 맞서 싸우다가 맥더프에게
죽잖아요. 계속 손에 피를 묻혔으니 제명대로 살 수 없었겠죠."

정 부장이 잠시 멈추었다가 다시 말을 이었다.

"모든 게 인과응보요 사필귀정이죠. 맥베스 부부가 목숨을 잃은
건 그간 쌓은 죄업의 필연적 결과라고 해야죠."

"그런데 우리가 살아가는 세상에는 정의가 순리적으로 적용되지
않는 것 같아요. 악한 자들이 착한 자들보다 더 잘 먹고 더 잘 사는
세상이잖아요."

"하긴 나쁜 일은 착한 사람에게 더 자주 일어나더라고요. 요즘 세상에선 하늘이 스스로 돕는 자를 돕지 않는 경우가 허다하죠."

나야말로 마녀들의 장난에 속아 넘어간 어리숙한 직원에 불과했던 걸까? 나는 「맥베스」 첫 장부터 등장하는 마녀들의 소란스러운 주문을 떠올리며 말했다.

"맥베스는 마녀들의 예언을 잘못 알아듣고 끝까지 살아남을 줄 알잖아요. 버남 숲이 움직일 때까지는 죽지 않는다고 했는데 병사들이 나뭇잎으로 위장해서 숲처럼 이동해 왔잖아요. 마녀들의 애매모호한 말에 맥베스가 속아 넘어가고 말았죠."

"원래 마녀들은 이중 의미로 사람을 속여서 파멸로 이끄는 존재들이니까요. 어찌 보면 마녀들은 인간의 욕망이 만들어 낸 내면의 환영인지도 모르죠. 마녀들의 예언을 자기 방식대로 상상해서 현실로 만들어 낸 사람은 맥베스 자신이잖아요."

"맞아요. 순전히 자기 자신이 결정해서 행동한 결과를 놓고 마녀 탓만 하면 안 되겠죠. 「맥베스」에서 리더 격인 마녀도 '방심은 인간의 큰 적'이라고 말하잖아요. 저도 정신 바짝 차리고 대응해야겠어요."

"회사에서 내가 직접 도움이 돼 주지 못해 미안해요. 나도 공 이사하고 사이가 나빠서 앞날이 불투명하니 말이오."

정 부장을 걱정시키지 않으려고 나는 씩씩하게 말했다.

"앞으로 회사에선 아는 체하지 말아요. 무슨 일 있으면 전화로 상의 드릴게요. 그게 부장님을 위하는 길이죠."

"회사와의 협상이 잘 타결되었으면 좋겠네요. 요즘은 노동 위원회에 고발하면 회사가 꼼짝 못한답니다."

정 부장은 기획안에 미련이 남아 있는지 내게 말했다.

"내가 만든 기획안은 언젠가 쓸모 있을 거요. 사전의 명가에서 영어 사전을 안 만들면 어찌 되겠소? 때를 기다립시다."

그날 나는 맥베스의 저주를 피하기 위해 「베니스의 상인」에 나오는 로렌초의 대사 "마음 평안하고 무사태평하기를 바랍니다"를 계속 되뇌었다. 간혹 가다 「햄릿」의 대사 "천지신명이여, 이 몸을 보우하소서"도 끼워 넣으면서. 「맥베스」 연극 공연 때 우연히 나타났던 징크스라 할지라도 나쁜 일이면 함부로 간과할 일이 아니었다. 게다가 「베니스의 상인」은 행운을 주는 연극이라고 하지 않는가.

2

오전에 경민에게서 '굿 모닝! 오늘 점심 같이해요'라는 문자 메시지가 왔다. 요전번의 흰수작은 잊어버리고 나는 자료실에서 그에게 전화를 걸었다. 회사라는 바늘방석에서 왕따의 형벌을 겪고 있는 나에겐 경민이 구원 투수로 보였다.

"오늘 점심은 내가 살게요. 오리구이 괜찮아요?"

"좋아요. 근데 회사에 조퇴하면 안 돼요?"

공 이사에게 조퇴서를 제출하고 나는 신바람 나게 회사를 빠져나왔다. 지금으로선 회사에 대해 케이스 바이 케이스 방식으로 대처하는 것이 편했다. 경민이 나를 따분한 회사 생활로부터 도피처를 마련해 준 셈이다. 경민의 차를 타고 교하 단지 쪽으로 달리다가 오리 구이집에 주차하고 홀 안으로 들어섰다.

"우리가 만난 지 벌써 1년하고도 두 달이나 지났네요. 세월 참 빠르죠?"

경민이 자리에 앉자마자 센티한 감상에 젖어 말했다.

"근데 내가 파주를 곧 떠나게 생겼으니 왠지 미련이 남네요."

아마 나도 모르게 출판 단지에 아쉬움을 갖고 있나 보았다. 경민은 불판 위에 오리 주물럭을 올리고는 내 잔에 막걸리를 가득 따랐다. 나도 그의 잔을 채워 준 뒤 잔을 부딪쳤다. 그가 나를 바라보며 흥분한 목소리로 물었다.

"우리 회사에서 일하면 안 돼요? 보수는 지금 받는 만큼 주면 되겠죠?"

"고맙지만 그건 안 될 말이죠. 난 누구 밑에서 일하고 싶지는 않거든요."

경민의 배려에 나는 감격했다. 그냥 패배감을 안고 출판 단지를 떠나기엔 안타까움이 남아 있었다. 물론 새 출판사에 자리를 얻어 돌아올 수도 있었다. 어쨌거나 그런 제안만으로도 나에겐 충분했다.

"요즘 회사 일 때문에 열 받아서 누군가에게 위로받고 싶었나 봐요. 나는 허무주의에 빠졌어요. 자꾸 경민 씨한테 기대고 싶은 걸 보면 말예요."

"아니, 허무주의 때문이 아니라 처음부터 날 좋아했던 거죠."

"아뇨. 경민 씨를 요주의 인물로 생각하고 경계했던 거예요. 근데 오늘은 왠지 경민 씨가 내 마음에 꽂혔어요.”

　나는 현기증에 사로잡혀 경민에 대한 호감을 드러내고 말았다. 잔을 주거니 받거니 하다 정신이 몽롱해진 탓일까. 경민이 자리에서 일어나더니 “여기서 나가요!” 하며 나를 재촉했다. 내가 차 문을 열고 좌석에 앉자마자 그가 두 손으로 내 얼굴을 감싸고는 키스를 퍼붓기 시작했다. 순식간에 입술을 빼앗긴 채 나는 온몸을 파고드는 감미로운 전율을 느꼈다. 그의 깊은 키스 세례를 거부할 수 없었다.

　그가 호젓한 장소로 가서 차를 멈추었다. 그리고 다시 내게 강렬한 키스 세례를 퍼부었다. 순간 나는 열정의 한가운데로 그를 받아들이기로 결정했다. 욕망 바이러스가 그에게서 급속히 감염된 것이다. 경민은 내가 처음부터 자기 여자임을 느꼈다고 했다. 나는 파주에 미련이 있어 그곳에 그라는 인연을 남겨 놓고 싶었는지도 모른다. 케 세라 세라. 결국 우리는 모텔에 들어가 광란의 정사를 치렀다.

　커튼을 친 컴컴한 실내에서 서로 낯선 신체를 받아들였다. 그를 감당하기에 벅찰 만큼 온몸의 신경 세포가 팽팽하게 긴장했다. 열화 같은 그의 애무에 나는 아찔한 현기증을 느꼈다. 그는 나를 힘껏 끌어안고 계속 혼미의 상태로 몰아넣었다. 온몸이 땀범벅이 되어 서로 쾌감에 떨며 희열의 시간을 나누었다. 하지만 서로를 탐하면 탐할수록 그 앞에서 발가벗긴 채 심사당하는 듯한 수치심을 느꼈다. 선우에 대한 죄의식 때문이었을까?

　“난 자길 좋아하나 봐. 자긴 지적이고 순수하고 사랑스러운 여인이야.”

차를 타고 도로를 달리면서 그가 먼저 입을 열었다. 그는 나를 중간에 내려 주고 회사로 들어가야 한다고 말했다.

"이렇게 될 줄 알았어요?"

"그럼 알았지. 어젯밤 꿈에도 봤는걸."

해죽 웃는 그의 옆모습이 귀여웠다. 나도 그가 좋았다. 하지만 입에선 다른 말이 튀어나왔다. 이런 식으로 선우를 배반한다는 것이 실감 나지 않았다.

"난 애인이 있는데 어떡하죠?"

"애인? 애인은 서경민 하나로 충분해!"

그가 잠자코 듣고만 있는 내게 힘주어 말했다.

"자기 영원한 애인은 바로 나라고!"

어느새 그의 말투가 반말 조로 바뀌어 있었다. 그는 편의점 앞에 잠깐 차를 세우더니 담배와 초콜릿을 사 가지고 왔다. 그러고는 내게 초콜릿을 내밀며 말했다.

"자, 먹어요. 시내에 나갔다가 같이 저녁 먹었으면 하는데, 어디서 만날까?"

"아무래도 자기하곤 어려울 것 같아요. 내게 전화하지 말아요."

나는 까탈스럽게 말하곤 차에서 내렸다. 이상하게 그와는 자꾸만 어긋난다는 느낌이 들었다. 그를 허용하면서 함께 걸어갈 자신이 없었다. 나는 후회의 감정에 사로잡혀 휘청거렸다. 「사랑의 헛수고」에서 "사랑은 이상하게 부담스럽고, 철부지처럼 변덕스럽고, 분별없고, 어리석은 일로 가득 차 있다"라고 나와 있듯이.

하지만 시오노 나나미가 "사랑이 찾아오는 건 신비로운 일이고, 일어나기 어렵기 때문에 다가오는 사랑은 받아들이라"라고 조언했다. 그를 만난 것도 어쩌면 운명이다. 선우가 떠나고 때가 되니 그가 어필해 오고, 그와 결합한 것이다. 소설을 쓰기 위해서는 그런 감정의 진폭이 필요한지도 모른다. 이거야말로 셰익스피어의 농간 아닌가? 두 권의 책과 두 장의 연서를 선물 받은 나는, 반드시 대가를 치러야 한다는 셰익스피어의 경고를 떠올린다. 그래, 셰익스피어가 말한 대가란 바로 '작품'을 뜻한다. 시간이 많지 않다. 빨리 『셰익스피어 인 드림』을 써야 한다.

3

아침에 급히 발걸음을 옮기다가 길에서 넘어져 굴렀다. 무릎이 쓰라리고 아프더니 왠지 마음까지 초조해졌다. 마침 셰익스피어의 『소네트집』을 뒤적이고 있는데 경민에게서 전화가 걸려 왔다. 그가 "휴!" 하고 긴 한숨 소리를 냈다.

"언제 한가할 때 시간 좀 내. 점심시간엔 빨리 들어가야 되잖아."

"그럼 내일 퇴근 후에 만나요."

"난 오늘 당장 보고 싶은데."

이미 그와의 게임은 시작되었다. 그러니 게임이 끝날 때까지는 광기에서 벗어날 수 없으리라. 그는 쾌락의 남자이다. 짐승의 시간을 상상하는 그에게 내일까지 기다리는 것은 광기의 형벌이 될 것이다. 이쯤에서 그를 구원해 주기로 한다. 저녁 술을 마시고 둘만의 공간에서 격정적인 시간을 보냈다. "넌 결코 날 떠날 수 없을 거야." 그는 자아도취에 빠져 제왕처럼 군림했다. "난 자유예요." 내가 말했다. 내가 기억하는 것은 거기까지였다. 이상하게 필름이 끊겨 그 이후의 일이 기억나지 않았다. 경민이 내 기억을 일깨우려 했지만 허사였다. 우리는 밤의 카페에 마주 앉았다.

"처음에 난 경민 씨를 나쁜 남자로 생각했어요. 책에 보니까 나쁜 남자에 대해 자세히 말해 주더라고요."

"난 나쁜 남자 아냐. 매너가 좀 거칠 뿐이지."

"시몬 보부아르도 사르트르라는 나쁜 남자 만나서 파멸했잖아요."

"사르트르 주변엔 여자가 들끓었지. 키도 작고 못생긴 남자가 지적인 여자들을 말로 다 사로잡은 모양이야."

"시몬 보부아르는 마음의 평화를 사르트르에게 팔아먹은 게 끔찍한 실수였다고 해요. 나중에 연하의 작가 애인 만나서 전부 보상받긴 했지만요."

그가 신기하다는 듯 나를 바라보며 벙글거렸다. 그 참에 내가 밀어붙였다.

"자긴 내가 허락할 때까지 절대 떠나선 안 돼요. 나한테 성실할 의무가 있어요."

"좋아. 그렇게 하지. 그럼 언제 내게서 떠날 건데?"

"그건 내 마음이 움직이는 대로 할 거예요."

사랑은 줄다리기 게임일까? 그가 사랑의 망상에 취해 있으면 그걸 깨는 역할을 매번 내가 맡는다. 그와 좋은 감정을 이어 가다가도

자꾸만 파열된 감정을 갖는 건 왜일까? 그는 매력적이지만 믿음직하지 않고 이기적인 면이 있었다. 어느 날인가 그도 나처럼 느꼈는지 볼멘소리를 했다.

"내 소설 한 권이라도 읽었니?"

"한 권 읽었어요. 그것도 군데군데요. 조만간 다 읽어 볼게요."

경민은 만난 지 얼마 안 되어 내게 자기 소설을 세 권 건네주었다. 시간 여유가 없던 탓에 그의 소설을 사무실 책장에 쌓아 두었다. 그가 받고 싶어 하던 메일도 나는 보내지 않았다. 행복주의자인 그가 몽환적인 이야기나 주고받길 원했기 때문이다.

"내 소설을 읽어야 이야기가 될 텐데 말야. 그래 가지고 언제 소설 한 편 쓰겠어? 자긴 지적이지도 않고 말이지. 결국 자기가 쓰겠다는 그 소설도 못 쓸 거야."

"이미 쓰기 시작했는데 그게 무슨 소리예요?"

이게 동업자들끼리 해야 할 소리인가? 지적이지 못하다니, 이게 무슨 어깃장 놓는 소리인가? 그가 날 전적으로 무시한다고 생각하니 정신이 확 깨 버렸다.

"멸시하고 깔보는 게 나쁜 남자의 의식 중 하나거든요. 진지해질 만하면 꼭 평가 절하 프로그램을 작동시킨다고 하더군요."

"뭐야, 열났니? 열났구나."

경민이 사태를 파악하고 재빨리 수습에 나섰다.

"내가 실수한 것 사과할게. 자긴 반드시 그 소설을 잘 쓸 거야."

그는 자기 과시가 강하고 자기 위주로 사는 남자이다. 그는 날 배려해 주고 보호해 주고 책임져 줄 위인이 아니다. 그에게 몰입해 있다간 크게 상처받을 수도 있다. 그를 거부하는 것이 최선의 방책이다. 나는 마음을 다잡고 그에게 선언했다.

"우리 다신 만나지 말아요. 자긴 애인으로서 실격이에요."

말이 한번 나오더니 제멋대로 튀어 올랐다. 경민이 내 말을 되받았다.

"난 널 좋아했어. 네가 날 좋아하는 것 같았지. 그래서 나도 널 정말 좋아했다."

나는 그의 얼굴을 쓰다듬으며 그가 계속 말하도록 내버려 두었다. 마음은 가라앉았지만 그의 살가운 태도가 싫지 않았다.

"나 냉혹한 것 이해해 줘. 나 어렸을 적에 고생 무지 많이 했다. 아버지가 어머니를 1년씩이나 쫓아냈어. 어머니가 두 번째 부인이었거든. 아버지는 용서를 모르는 분이었어. 나는 배다른 형제들의 다툼 속에서 힘들게 살았지."

그는 내게 자기를 이해시키려고 애썼다. 하지만 이미 엎질러진 물이었다.

"건강하게 재미있게 잘 살아요. 여기서 나가요."

"네가 정을 떼려고 아예 작정했나 보구나. 그래, 좋아. 나는 냉혹해서 다시는 네게 전화 안 한다. 대신 네가 나 보고 싶으면 전화해."

허탈한 표정을 짓는 그를 뒤로한 채 나는 택시를 잡아타고 집으로 돌아왔다. 시간이 흐를수록 감정의 상처를 받기 때문에 빨리 물러서야 했다. 주말 내내 그에 대한 생각으로 우울하고 힘들게 지냈다. 월요일 아침부터 무기력하게 늘어져 있는데 "나야, 점심 어떻게 해?" 하는 그의 전화 목소리를 들었다. 무겁던 머리가 그의 목소리를 들으니 다소 가벼워지는 듯했다. 그도 내게 우울증을 호소하며 말했다.

"우리 친구 사이로 남을까?"

"자긴 날 쉽게 잊을 수 있어요? 아니, 쉽게 지울 수 있어요?"

"아니. 지금도 같이 있고 싶어."

그는 고개를 저으며 힘없이 말했다.

"나는 자기를 제의로 받아들였거든요. 제사 의식 말이에요."

"제사 의식이라면 뭘 말하는 거지?"

나는 경민과의 만남에 '제의祭儀'라는 낱말을 끌어다 붙였다. 그건 셰익스피어가 인도한 두 번째 남자라는 의미였다. 나는 꿈속 셰익스피어의 연인이 준 손수건 연서 두 장을 두 번의 사랑, 두 명의 연인으로 해석했다. 셰익스피어의 주술에 빠진 선우도 일찌감치 그걸 수긍한 바 있지 않던가. 경민이 믿거나 말거나 상관없었다. 여하튼 나는 그에게 하고 싶은 말을 다 했다. 그를 조금은 이해할 것 같았다.

4

점심시간에 보물섬 책방에 들렀다가 장선우 장편소설 『사막의 별』 초판본을 발견했다. 실제로 선우를 만난 듯 반가웠다. 책을 구할 수 없는데 꼭 간직하고 싶어서 책을 통째로 복사했던 기억이 났다. 선우는 내가 도서관에서 『사막의 별』을 빌려다가 복사까지 한 것에 감격했다고 말했다. 그때야 비로소 자기 존재를 내게 알리게 된 것 같아 마음이 놓였다고 했다. 나는 그 소설의 주인공에게 매료되었다.

언젠가 그에게 "『사막의 별』을 재발행하는 게 어때요?"라고 권했다. 그때 그는 "'그가 죽다'라는 제목으로 다시 낼 생각이야" 하고 말했다. "어, 제목이 마음에 안 드는데요" 하고 내가 맞받았다. 그토록 멋진 소설의 진가가 나쁜 제목을 따라 추락하는 느낌마저 들었다. 보통 가수들도 자기가 부른 노래 제목과 같은 운명을 걷게 된다고 하지 않던. 소설에선 주인공이 실종되는 걸로 처리되었지만 '그가 죽다'라는 표현은 독자들을 실망시킬 것 같았다. 독자들은 주인공의 해피 엔딩을 원하기 때문이다.

퇴근 후에 집에서 컴퓨터를 열어 보니 선우가 메일을 보내왔다. 선우는 아내를 따라 교회에 나가서 교포들과도 교류하고 있다고 했다. 선우는 어김없이 『셰익스피어 인 드림』을 언급했다. 사실 소설은 진도를 나아가지 않고 한쪽으로 제쳐 두었다.

아침 길에 솔 벨로의 말을 생각했어. 내 문학은 종교와 섹스를 통해 삶과 존재의 진실을 알고자 하는 탐구였다. 문득 『셰익스피어 인 드림』의 여정에도 그 문제가 끼어들어야 하는 게 아닌가 하는 생각을 했어. 베이비, 무얼 추구하자는 건가? 초점을 맞출 필요가 있겠다. 그래, 우리 귀여니는 해낼 거야. 해내고말고. 장편은 무엇보다 리듬을 유지해야 하지. 마라톤이거든. 우리의 정염조차도 지혜롭게 쓰기. 결론은 무시무시한 진실을 무시무시한 미학으로 이야기하는 것! 달리 답이 없네요.

며칠 후, 선우의 아내가 미국에서 전화를 걸어왔다. 그것도 편집국이 아니라 총무부를 통해 나를 바꾸게 한 것이다.

"회사 전화니까 간단히 말할게요."

그녀의 목소리에 긴장한 나는 전화기를 귀에 바짝 밀착시켰다. 그녀라는 불청객은 딱한 내 처지를 이용해 내 양심에 경종을 울리려는 것 같았다.

"앞으로 남편과는 전화도 메일도 주고받지 말아요. 두 번째 부탁하는 거예요."

"아, 그것 때문이라면 잘 알았어요."

"내가 다시 회사에 전화하지 않게 해 줘요. 약속할 수 있겠죠?"

나는 서둘러 전화를 끊고 회사 옥상으로 올라갔다. 멀리 산이 보이고 강이 보이고 차들이 달려가는 것이 보였다. 처음 선우를 만나기 위해 회사 옥상에서 전화를 걸었던 일이 떠올랐다. 다음에 보자는 그를 나는 굳이 만나겠다고 억지를 부렸다. 그는 내 수다를 들어주고 내 부족한 것을 채워 준 영혼의 짝이었다. 셰익스피어가 현몽해서 만난 솔 메이트가 아니었던가? 하지만 이젠 더 이상 연결해선 안 되었다. 어쩔 수 없이 나는 선우의 메일을 수신 차단하기로 마음먹었다. 앞으로 경민과는 어찌 될지, 또 회사와는 어찌 매듭지어야 할지 전망이 불투명했다.

그날 저녁때 이대 앞 사주 카페를 찾아 나섰다. 카운터에 효주가 말한 차 선생 이름을 대고 모카커피를 마시며 창가에 앉아 기다렸다. 30여 분 뒤에 차 선생이란 역학자와 마주 앉았다. 그가 내 생년월일을 받아 적고 사주 명식을 작성한 후에 풀이를 시작했다.

"강금剛金의 사주로 금과 불이 강하고 물이 있네요. 그러니까 강한 암석을 불에 단련시켜 물로 담금질해서 예술품을 얻는 일을 하겠네요."

"그걸 연금술이라고 하잖아요. 결국 황금을 얻긴 얻습니까?"

"그렇지 않으면 내 손에 장을 지지지요."

차 선생이 자기 손을 펼쳐 보이며 과장되게 말을 이었다.

"4월 들어서면 회사에 위너로서 이기는 게임을 하겠군요. 예전엔 황학동 벼룩시장에 숨은 녹슨 검이었지만 올해는 왕실을 지키는 명검으로 바뀌는 운이 도래했어요."

말끝에 그는 나의 운세를 명리학으로 상세히 풀이해 주었다. 나는 인터뷰하듯 수첩에 메모해 가며 그에게 궁금한 점을 질문했다.

"좋은 운이 왔는데 왜 회사에선 토사구팽 당한 거죠?"

"이를테면 새 술을 새 독에 담기 위해 묵은 독을 비우는 과정이라고 봐야죠. 앞으로 20년간 전성기를 누리게 될 거예요. 그 뒤에도 호운好運이 계속 이어질 거고요."

"그럼 회사 생활을 계속할 수 있을까요? 아니면 재능을 발휘하는 일을 하게 될까요?"

"본인이 원한다면 두 가지 다 하게 될 겁니다. 대신 목표를 위해 피나는 노력을 쏟아야 됩니다."

차 선생의 말을 듣고 나니 이보다 더 좋을 수 없는 운세 풀이였다. 어느 심리 상담사보다도 차 선생은 내게 훌륭한 카운슬러가 되어 주었다.

"아, 참. 남자 운은 어떻게 되는 거죠?"

"마찬가지죠. 이제까지 만난 남자는 녹슨 검의 남자였고, 앞으로 만날 남자는 명검의 남자가 되겠죠."

"돈은 좀 벌겠나요?"

"명예를 통해 재물을 얻지요. 나중에 자선 사업을 하면 더 좋겠네요."

오늘 일진이 좋은 탓인가. 차 선생은 귀인처럼 내가 평소 원했던 말만 늘어놓았다. 그러고 나선 빙그레 웃으며 한마디 토를 달았다.

"지금까지 거침없이 살았지만 좋은 운이 한 번도 없었네요."

현재보다 좋은 미래가 기다리고 있는데 무얼 두려워하랴. 게다가 왕실을 지키는 명검이라지 않는가? 나는 독수리 날개를 달고 날아가는 심정으로 집으로 돌아왔다. 이제 회사를 향해 명검을 휘두를 일만 남아 있었다. 아자아자!

5

다음 날 오전에 나는 틈틈이 작성했던 영어 학습 사전 작업 계획서를 공 이사의 책상 위에 올려놓았다. 이건 회사와의 싸움을 준비하기 위해 노무사가 권유했던 것이다. 오후에 자료를 들춰 보고 있는데 공 이사가 내 자리로 다가오는 기척이 느껴졌다.

"고양이처럼 살금살금 다니면서 자리만 차지하지 말고 빨리 책상 정리해요! 책상 치울 수도 있는데 안 하는 건 알아서 정리해 주길 바라기 때문이오."

나는 그의 말에 대응하지 않고 묵묵히 침묵을 지켰다. 직원들 앞에서 공개적으로 모욕하고 사직을 강요하는 단서를 공 이사가 제공했기 때문이다. 공 이사가 서두를수록 나도 단단히 준비할 필요가 있었다. 아닌 게 아니라 공 이사가 여직원에게 박스 세 개와 끈을 가져오라고 지시하는 소리가 들렸다. 드디어 행동을 개시할 시간이 왔음을 감지하고 나는 강 전무를 찾아갔다.

"저는 완전히 망가졌네요. 공 이사가 책상 치우려고 하는데 혹시 시키신 겁니까?"

"아뇨. 난 비열한 짓은 절대 안 합니다."

"강 전무님과는 좋은 사이인데 나쁘게 하고 싶지 않습니다. 그런데 공 이사는 비인간적이어서 안 봐줍니다. 개인적으로 처리할 생각입니다."

강 전무가 어안이 벙벙해서 내게 물었다.

"그게 무슨 뜻이죠?"

"공 이사를 명예 훼손에 모욕죄로 형사 고발하겠습니다. 제부가 법무사인데, 경찰서로 와서 소장 써 주기로 했어요. 그동안 증거 자료도 있고 녹음도 다 되어 있습니다."

강 전무는 나의 강경 발언에 몹시 놀라는 기색이었다.

"그럼 되나요? 공 이사도 회사를 위해 그런 건데요."

"이 경우엔 회사가 책임인 것 다 아시죠? 공 이사 불러서 말씀하세요."

법이 무섭긴 무서운 모양이었다. 공 이사는 강 전무 방에 다녀오더니 발소리부터 조용해졌다. 자칫 내 심사를 건드렸다간 불명예스러운 일에 연루될 게 뻔했기 때문이다. 자기 행동거지가 일거수일투족 녹음된다는 걸 알고선 공 이사는 한결 예의 바르게 여직원들을 대했다. 그리고 겁먹은 고양이처럼 나를 살살 피해 다녔다.

점심 후에 정 부장과는 주변 출판사 건물 휴게실에서 만나 차를 마시곤 했다. 한동안 마음의 평화가 찾아오는가 싶었는데 정 부장이 충격적인 소식을 전해 왔다.

"지식사 주 전무님이 3월 말로 퇴직한다네요."

"정말예요? 주 전무님이 사장님과 가장 가까운 분 아니었나요?"

"주 전무님마저 그만두게 됐으니 회사엔 더 이상 희망이 없는 것 같아요."

사임 인사차 주 전무가 편집국에 들러 직원들 자리를 한 바퀴 돌았다. 그분은 어른답게 예의를 갖춰 직원들과 일일이 악수를 나누었다. 간부 회의에서 그도 날이면 날마다 직원들 해고 문제를 놓고 골머리를 앓았을 터였다. 정작 본인이 구조 조정을 당할 줄 상상이나 했으랴. 세 라 비! 그것이 인생이다.

일주일 뒤 강 전무로부터 나를 만나자는 내선 전화가 걸려 왔다.

"사장님께서 김 과장을 어떻게 하려는지 물어보시더군요."

"연말까지 영영한사전을 끝내고 선생님들과 함께 명예롭게 퇴진했으면 하는데요."

사실 나도 심신이 지쳐 있던 터라 회사와는 적당한 선에서 정리하고 싶었다. 강 전무가 자리에서 일어나더니 사무실 문을 닫고는 내게 협상을 제안했다.

"이번 달에 그만두는 조건으로 두 달 치 더 드릴게요."

"그건 조건이라고 할 수 없죠. 야근비 문제로 노동부에 진정서를 낼 수도 있어요. 그냥 1년 치 더 주십시오."

"야근비라면 이미 지불했던 것 아니오? 현재 야근 명세서도 전부 없어졌고요."

강 전무가 목소리를 키워 가며 강경한 어조로 덧붙였다.

"만약 이번에 협상 안 되면 관리과로 발령 낼 수밖에 없어요. 거기서 판권 붙이는 일이나 하고 싶어요?"

"자꾸 인사권을 변경하면 법의 도움을 받을 수밖에 없습니다."

나로선 회사에 대해 개인적인 감정은 없었다. 다만 위너로서 깨끗하게 이기는 게임을 하고 싶었다. 주 중에 일산 노동 지부 민원실을 방문해 '연장 근로 수당에 관한 진정서'를 제출했다. 회사 규정에 의한 지급액과 근로 기준법에 의한 지급액이 세 배가량 차이 났기 때문에 그 차액을 신청한 것이다. 지난 2년 동안의 연장 근로 수당을 통상 임금의 1.5배로 계산하고 철야 비용을 계산하니 미지급액이 반 년 치 월급이 되었다. 민원 상담원이 내가 제출한 진정서를 살펴보며 물었다.

"회사에서 미지급분만 받으면 되지 않나요?"

"아뇨. 만약 회사와 협의가 되지 않으면 사업주를 형사 고발할 생각입니다."

내가 사업주의 처벌 규정을 강조하자 상담원은 잘되길 바란다며 독려해 주었다. 보름 후에 근로 감독관과 면접할 때 연장 근로 증명 자료를 제출하라고 덧붙였다. 물론 나는 노동 지부장에게 제출할 청원서까지 준비해 두었다. 노동 지부 주변에는 노무사와 변호사 사무실이 밀집해 있었다. 문득 20대를 마감하며 직장에서 겪었던 불화 하나가 떠올랐다. 그해 겨울 저작권 문제로 변호사를 만나고 다녔던 일 말이다.

나는 근무 중에 저작해 왔던 소책자의 저작권을 보호받기 위해 회사에 사표를 던지고 반 정도 빼 버린 원고를 반납한 적이 있었다. 고의라기보다는 언제든 사람을 이용하려는 그들의 폭력에 대비한 것이었다. 출판 기일을 앞두고 그들은 수시로 소책자의 편집 계획을 수정하며 나를 재촉해 왔고 종국엔 내 의사를 무시하면서 나를 꼭두각시로 만들었다. 내가 아무리 피고용인이었지만 비인간적으로 행동하는 그들에게 완성된 원고를 넘긴다는 것을 결코 용납할 수 없었다. 설사 원고 때문에 내가 철창에 갇히는 한이 있어도 그들에게 도전해야 한다는 의무감이 들었다.

그들은 내게 출판계에서 악동으로 찍힌다는 둥 경찰서에 입건된다는 둥 하면서 회유의 편지를 보내왔다. 그들은 여자와의 충돌로 인해 출판사에 오점을 남기고 싶지 않아서였는지 끝내 원고를 회수해 가지 못했다. 결국 소책자는 빛을 보지 못했지만 나는 모든 것을 내 임의대로 처리했기에 홀가분할 수 있었다. 그렇다. 나는 나를 억누르는 삶의 조건들로부터 자유로워지기 위해 쉴 새 없이 일했다. 그럼에도 불구하고 삶은 언제나 나를 무겁게 짓눌렀다. 아자아자!

6

금요일 오후 유은성 선생님의 출판 기념회에 가기 위해 경민의 차를 타고 광화문에 닿았다. 세종 홀에는 유 선생님의 칠순을 축하하기 위해 250여 명의 지인들이 참석했다. 축하 화환이 꽉 들어찬 입구에서 유 선생님 부부는 제자들에 둘러싸여 계셨다.

"선생님! 축하드려요!"

"어서 와요!"

유 선생님이 내 어깨를 토닥이며 웃음으로 반기셨다. 옆에서 사모님이 내게 말을 거셨다.

"저쪽에 기다리는 사람이 있어요."

사모님이 가리키는 곳을 보니 친지석에 앉은 현인기의 모습이 보였다. 그는 옆 좌석의 노부인에게 귀를 기울이고 있었다. 나는 지인들이 모여 있는 중앙의 테이블로 찾아갔다. 현진이 권 주간과 함께 앉아 있다가 나를 보고 아는 척을 했다. 경민이 옆 테이블로 옮겨 가자 현진이 내게 말을 걸어왔다.

"출판 단지는 언제 가도 참 좋아요. 그저께 거기 다녀왔거든요."

"아, 그래요? 또 원고 때문에 왔었나 보죠?"

"아뇨. 서 선배한테 뭐 좀 상의하려고 갔었죠. 내가 일이 좀 있어서요."

난 속으로 조금 놀랐다. 그저께라면 경민이 나와의 저녁 약속을 취소한 날이기 때문이다. 경민이 현진과의 일을 숨겼다는 것이 마음에 걸렸다.

멀리서 현인기를 지켜보고 있노라니 그에게 옛일을 파헤쳤던 일이 부질없게만 생각되었다. 시간이 흐를수록 꺼림칙한 감정만 난무하며 나 자신을 괴롭히는 것 같았다. 어느 결에 출판 기념회가 끝나고 지인들과 몰려가서 유 선생님 부부와 기념 촬영을 마쳤다. 다들 홀 가장자리에 차려진 뷔페식 상차림으로 저녁 식사를 시작했다. 접시에 음식을 담다가 현인기를 발견하고 나는 반가운 어투로 말했다.

"우리 테이블에 가서 같이 식사해. 지난번에 만난 문인들도 와 있어."

"아냐. 저쪽에 기다리는 일행이 있거든."

그가 방어적인 태도를 취하자 껄끄러운 느낌마저 들었다. 그에게 당장 눈앞에서 사라지라고 소리쳤을 때는 언제고 말이다. 테이블로 돌아가니 경민과 현진이 도란도란 이야기하고 있었다. 경민이 디저트를 가지러 갔을 때 현진에게 말을 걸었다.

"연말에 경민 씨가 마음고생 좀 했나 보던데요. 남편하고는 오해가 풀렸나요?"

"아뇨. 남편이 서 선배를 들먹여서 힘들었죠. 사실은 나 집 나온 지 며칠 됐어요."

현진은 전에 없이 퉁명한 목소리로 대답했다.

"지금 친구 집에서 신세 지고 있어요."

"그러다 남편하고 화해 못하면 어쩌려고요?"

"그럼 갈라서야죠. 남편하고 불화한 지 오래돼서 각오하고 있어요."

경민이 자리에 돌아오자 이번엔 현진이 그에게 말을 시켰다.

"서 선배! 나는 언제부터 출근하면 되나요?"

"무슨 출근 말하는 거야? 그동안 경력도 없이 편집 일을 할 수 있겠어?"

"내가 사보 편집 경험 있다고 말했잖아요. 오케이해 놓고 딴소리 하는 거예요?"

현진이 경민에게 매달리는 걸로 봐서 두 사람 사이가 상상 이상일 지도 몰랐다. 왠지 경민에게 진정성이 느껴지지 않는 이유를 알 것만 같았다. 마치 내가 들러리로 앉아 있는 듯싶어 은근히 부아가 솟구쳤다. 나는 눈으로 현인기를 찾았으나 그의 모습은 보이지 않았다. 뭔가 현인기와 나눠야 할 이야기가 있는 것처럼 느껴졌다. 다들 호프집으로 몰려갔지만 나는 도망치듯 광화문을 빠져나왔다. 마침 빈 택시가 내 앞에 서서 무턱대고 차에 올랐다. 차창에 머리를 기대고 있는데 경민이 "왜 안 오는 거야?" 하며 전화를 걸어왔다. 그의 책망하는 말소리가 이어졌다.

"내가 마음 약해질 때 자기가 날 좀 붙잡아 주면 안 돼?"

"평소 하던 대로 해요. 나 때문에 자꾸 노선 바꾸지 말고요."

나는 그에게 짜증스레 말하곤 전화를 끊어 버렸다. 만사가 파괴로 치닫는 것 같아서 울화가 치밀어 올랐다. 내 모든 것을 줏대 없이 흔들리는 경민에게 내줄 수는 없었다. 팡팡거리며 터져 올랐던 불꽃놀이를 이제 끝내야 할 때였다.

　그때 라디오에서 「포 더 굿 타임」이 흘러나왔다. 선우가 감미로운 목소리로 들려주곤 했던 노래였다. "우리 무인도에 가서 「포 더 굿 타임」이나 부르면서 살자." 선우가 입버릇처럼 했던 말이었다.

　Lay your head upon my pillow. Hold your warm and tender body close to mine…… And make believe you love me one more time, For the good times.

　당신 머리를 내 베개에 뉘어요. 따뜻하고 부드러운 당신 몸을 바짝 내 몸에 붙여요. 창문을 두드리는 빗방울들의 속삭임을 들어 봐요. 당신이 날 사랑한다는 걸 한 번 더 믿게 해 줘요. 행복했던 시간들을 생각해서. 나는 천천히 가사의 의미를 반추하며 선우와의 추억에 잠겼다.

우주로 간 마법사

프로스페로: 너야말로 날 수호해 준 천사였어! 내가 슬픔에 잠겨 넘치는 눈물로 바닷물을 불리고 있을 때, 넌 하늘이 내린 용기를 지닌 듯 방실방실 웃고 있었단다. 그런 네 얼굴을 보자 죽었던 힘이 되살아나고 어떤 고난이 닥치더라도 견뎌 내겠다고 결심했단다.

미란다: 어머나, 신기하기도 해라! 여기 이렇게 훌륭한 분들이 와 계시다니! 인간이란 얼마나 아름다운 존재인가! 이런 사람들이 살고 있다니, 아, 멋진 신세계야!

프로스페로: 이제 저의 마법은 끝났습니다. 제게 남은 힘은 미약하기 그지없습니다. 그러니 여러분이 저를 여기에 잡아 두시든 나폴리로 보내 주시든 마음대로 하십시오. 그러나 여러분의 마법으로 저를 이 무인도에 묶어 두지는 마십시오. 이제 저는 왕국도 되찾았고, 저를 속인 자들도 용서했으니까요. 부디 여러분의 박수갈채로써 저를

동료 일당에게서 해방시켜 주십시오. 여러분의 상냥한 입김으로, 제가 탄 배의 돛을 부풀게 해 주시기 바랍니다. 그렇지 않으면 여러분을 기쁘게 해 드릴 제 계획이 수포로 돌아가고 맙니다. 이제는 부려먹을 요정도 없고 술법도 힘도 없습니다. 여러분의 기도로 구원받지 못한다면, 저는 절망의 나락에 떨어질 수밖에 없습니다. 그 기도야말로 저 성스러운 대자비를 감동시켜, 제가 범한 모든 죄과를 용서하게 해 줄 겁니다. 여러분이 죄에서 용서를 바라시는 것처럼, 저를 관대하게 놓아주시기 바랍니다.

―「폭풍우」 제5막 제1장, 에필로그

1

"김 과장, 어서 와요."

부처님처럼 온화한 강 전무의 시선에서 해결의 실마리가 느껴졌다. 드디어 노동 지부 근로 감독관에게서 연락을 받은 모양이었다. 근로 감독관은 내가 준비한 야근 명세서만 가지고도 충분한 증거 자료라고 말했었다. 내가 조심스레 말을 꺼냈다.

"연말까지 있다가 상의해 보려 했는데요, 순리대로 하다 보니까 그렇게 됐습니다."

"괜찮습니다. 차라리 잘됐어요. 잘했어요!"

나는 강 전무가 입을 열기를 다소곳이 기다렸다.

"김 과장이 신청한 대로 다 드릴게요. 노무사에게 알아보니 법대로 다 지급해야 한다더군요."

"이해해 주셔서 고맙습니다."

강 전무가 머뭇거리는 태도로 말을 이었다.

"그건 그렇고요. 이번에 김 과장이 퇴사 문제를 결정해 주세요."

"제 퇴사 문제는 진정서 건과는 별개거든요."

퇴직 건에 대해선 일이 되어 가는 순서대로 해결할 생각이었다.

"나도 김 과장 때문에 무척 힘들어요. 자다가도 새벽에 일어나서 김 과장에게 어떻게 해 줘야 하나 걱정합니다."

"저도 참 힘드네요. 일이 없으면 쉬울 줄 알아도 시간이 흐를수록 화가 납니다."

"김 과장이 날 좀 도와주세요. 의견을 말하면 반영할게요."

마음이 약해진 나는 회사의 의견을 먼저 듣고 싶다고 청했다.

"퇴직금은 별도로 하고 신청분을 포함해서 1년 치를 더 계산해 드릴게요."

애초에 내가 제시한 조건과 얼추 비슷해서 나는 흔쾌히 수락하기로 했다.

"고마워요. 그동안 회사 일 하느라 고생이 많았죠?"

"명문사가 쉽게 무너질 회사가 아닌데 왜 이렇게 됐는지 모르겠어요. 아무리 사전이 안 팔린다고 하지만 말예요."

그제야 강 전무도 나도 긴장을 풀고 회사 이야기로 돌아왔다. 강 전무는 손가락으로 자판 두드리는 흉내를 내며 열을 올렸다.

"참고서도 교육 방송 때문에 안 팔리고, 단행본만 실용서로 팔리죠. 학생들 책상에 어디 사전이 있나 한번 보세요. 전부 전자사전 두

드리고 컴퓨터 두드리면 나오니까 사전 안 사 봅니다."

이야기 말미에 나는 직속 상사인 정 부장의 안위를 걱정했다.

"정 부장님은 실력도 있으시고 명문사에서 가장 필요한 분이거든요. 회사를 위해 정 부장님과 같이 일하고 싶었는데 아쉽네요."

"나중에 회사가 정상화되면 다시 모실 겁니다."

강 전무는 현명하고 덕망 있는 상사였다. 그는 자칫 방심했다가는 더 큰 파장에 휘말리게 되리라는 것을 예측했다. 나라는 여자는 비인간적인 처사에 단호하게 대항하리라는 것을 파악했던 것이다. 점괘가 들어맞았다. 4월 중에 해결된다더니 4월 중순 넘어서자마자 바로 결판이 난 것이다.

2

사무실에서 공 이사만 빼고 정 부장은 물론 직원들과 송별회를 치렀다. 두 번씩 차를 가지고 출근해서 600여 권의 책을 실어 나르고 3년간 잘 키운 화분까지 챙겨 짐 정리를 끝냈다. 나는 출판 단지와의 이별을 위해 영미와 효주까지 불러냈다. 심학산 아래 한정식집에서 코스 음식을 나누며 수다를 떨었다.

"참, 현인기 그 사람 요즘도 만나니?"

효주가 느닷없이 현인기 이야기를 꺼내기에 내가 대꾸했다.

"왜 직접 연락해 보지 그러니? 그때 너도 명함을 받았잖아."

호기심에 가득 찬 효주의 눈빛이 나의 발설 욕구를 자극했다. 기회는 이때다 싶었을까? 나는 친구들에게 고해 성사 하듯이 현인기와의 옛일을 털어놓았다. 내가 이야기를 마치자 그녀들은 각각 다른 반응을 보였다.

"현인기 그 사람 분명히 어렸을 때부터 뭔가가 있어. 조심해야 될 사람이야."

영미는 내게 주의하라고 당부했다. 그런 반면 효주는 내 잘못을 지적했다.

"사람들은 자신도 모르게 잘못을 저지를 수 있어. 하지만 그가 네게 그토록 심하게 했던 데는 뭔가 이유가 있을 거야. 한번 잘 생각해 봐."

효주의 말은 벼락처럼 내 뇌리를 때렸다. 그때 까마득하게 잊고 있던 끔찍한 기억 하나가 떠올랐다. 그건 내 무의식이 깡그리 삭제하라고 명령한 기호 같았다.

"별이 총총한 밤이었는데 그와 나는 언덕에 앉아 이야기하고 있었어. 근데 그가 나를 쓰러뜨리더니 갑자기 키스를 하기 시작하는 거야. 난 깜짝 놀라서 빠져나가려고 반항했지. 그가 내 입술을 오래도록 놓아주지 않아서 난 위협을 느꼈어. 그래, 나의 꿈은 반짝이는 저별처럼 스타가 되는 거였지. 나는 함부로 그에게 나를 허용할 수 없었던 거야. 나는 그를 떼어 놓기 위해 그의 혀를 꽉 깨물었어. 아, 무섭다! 그 기억이 이제야 떠올랐다니……."

"아, 혀가 얼마나 아팠을까!"

두 친구가 기겁하며 동시에 소리쳤다. 효주가 나를 비난했다.

"세상에나! 그동안 무슨 마음으로 만났던 거야? 그렇게 애정이 없없니?"

"키스 정도는 애교로 받아 줄 수도 있지 않았니? 그래서 복수심을 품었을 거야."

이번엔 영미까지 가세하여 나를 공격했다. 억울한 마음에 나를 변호하고 나섰다.

"키스도 정도껏 해야지. 난 나를 방어하려 했던 거야."

나는 친구들의 말을 정리하여 옛일의 엑스파일을 이렇게 결론지었다.

"말하자면 테러의 발단은 내가 혀를 깨문 그날의 키스 사건에서 비롯되었던 거야. 내 생애 첫 키스가 그처럼 테러블했다니."

"그래. 네가 하고 싶은 이야기 다 토해 놨으니 네 트라우마는 지워질 거야."

돌아오는 길에 친구들과 이채 영화관에 들러 「비긴 어게인」이라는 영화까지 보았다. 상영 도중에 강 전무에게 전화가 걸려 와서 복도로 나가 전화를 받았다.

"실은 합의서에 도장 찍어서 빨리 제출해야 하거든요."

다음 날 강 전무 방에서 소파에 앉아 있던 방 이사와 마주쳤다. 방 이사는 정중히 내게 자리를 권하고는 바로 나가 버렸다. 강 전무가 내민 합의서를 읽어 보고 서명란에 내 상아 도장을 찍었다. 그때 경리부 오 부장이 퇴직금 정산서를 가져와서 말했다.

"강 전무님이 김 과장에게 잘해 주려고 얼마나 애쓰셨는데요. 원래는 두 분이 좋은 사이였지만 회사 일 때문에 그런 거였잖아요."

"도와주셔서 감사합니다. 다들 잘되어야 할 텐데 걱정이네요."

이제껏 적으로만 대했던 오 부장이 푸근하게 대해 줘서 나도 기분이 좋아졌다. 강 전무가 안도의 한숨을 내쉬며 말했다.

"좋은 사람들끼리 소송하고 그러면 얼마나 비극입니까. 김 과장과 진정서 선에서 끝내고 잘 화해했으니 얼마나 다행이에요."

강 전무가 성격이 화통하고 대인처럼 보였다. 인상 한 번 안 찡그리고 나를 잘 보내 줄 수 있는 것도 능력이라면 능력이었다. 이어 젊은 부사장에게도 연로하신 사장에게도 감사하다, 건강하시라 깍듯이 인사했다. "이거 더 좋은 일이 있었어야 하는데요." 사장이 뭔가 더 나에게 말하고 싶은 기색이었지만 나는 얼른 발길을 돌렸다. 사장은 내 등 뒤에 대고 "그동안 고생 많았어요!" 하고 큰 소리로 말했다. 그 말이 내게 인간적으로 따스하게 느껴졌다. 떠나면서 공 이사에게도 마음고생했다며 한마디 건넸다.

명문사와는 유감도 많았지만 결말만큼은 훈훈하게 끝났다. 끝이 좋으면 다 좋은 것이다. 알고 보니 방 이사도 내 뒤를 이어 퇴직할 거라고 전해졌다. 정 부장 말마따나 명문사 퇴사 후원회라도 만들어야 할 판이었다. 나는 가벼운 마음으로 회사를 빠져나왔다. 이제 처음부터 내 퇴사를 도와준 경민을 만날 차례였다. 룰루랄라.

3

경민은 도로변 카페 앞에 차를 대기하고 있었다. 나는 그에게 손짓을 해 보인 후 근처 편의점에 들어갔다. 현금 지급기에서 돈을 찾고 통장 잔액을 확인해 보니 회사에서 약속한 거금이 입금되어 있었다. 오, 해피 데이! 속으로 콧노래를 부르며 나는 경민의 차에 올랐다. 우리가 찾아간 곳은 종로에 있는 정갈한 레스토랑이었다.

"요즘 회사 일도 잘 풀려서 골프 회원권도 샀어. 자기 만나면서 모든 일이 잘되어 가는 것 같아."

경민은 나의 한쪽 손을 잡더니 입으로 하모니카 불듯이 손가락을 애무하며 즐거워했다. 오늘따라 그는 유달리 행복 타령을 해 댔다.

"자기 회사 그만둔 기념으로 로마에 일주일 정도 같이 다녀올까? 어때?"

"로마는 한 번 가 봤잖아요. 사양할래요."

"자기 소설에 베로나가 나오잖아. 나도 그곳에 가 보고 싶어."

유럽 여행 갔을 때 베네치아 섬으로 가기 전에 들른 장소가 베로나였다. 혼자여서 자유로웠지만 언젠가 선우와 함께 다시 가 보기를 원했던 장소였다.

"그곳에 줄리엣의 집이 있다고 말했죠. 줄리엣의 젖가슴을 만지면 사랑이 이루어진다고 해서 사람들이 줄지어 서서 사진을 찍었죠."

"나도 꼭 찾아가서 줄리엣의 젖가슴을 만지고 싶어."

경민의 농기 어린 표정을 보면서 무심결에 나는 속마음을 드러내고 말았다.

"난 자기가 어떤 사람인지 모르겠어요. 아직 자기 성격도 파악하지 못했으니까요."

"내가 그렇게 복잡한 성격인가? 하지만 나를 플레이보이로 생각하진 말아 줘."

"앞으로 자기는 프리니까 마음 놓고 좋은 여자들 만나도 돼요."

얼핏 그간의 일을 정리해 보니 경민과는 몸 따로 마음 따로일 때가 많았다. 어쩌면 경민을 사랑한 것이 아니라 한 가닥 매혹에 사로잡힌 건지도 몰랐다. 아마 서로의 뇌 속에 흥분 호르몬 도파민이 작용해서 감정을 이리 뛰고 저리 뛰게 했을 것이다.

"어째 오늘따라 불길하다 했어."

"부디 날 이해해 줘요. 그곳에 있을 땐 사랑하는 것이 쉽게 느껴졌어요. 이제 떠나가게 되니까 좀처럼 다가가게 될 것 같지 않아요."

"난 말야, 자기가 내 방황을 끝내 줄 여자라고 믿었거든."

"내 마음은 그대로 있어요. 우리 이제 친구 사이로 남기로 해요."

그는 눈을 감고 이마를 잔뜩 찌푸리더니 결심한 듯이 말했다.

"대신 우리 어디 가서 이야기 좀 더 하자."

밖으로 나온 우리는 카페 '사하라'를 찾았다. 마침 진 감독 부부가 나와 있어 우리를 반겨 주었다. 진 감독이 맥주잔을 들고 와서 경민 옆에 앉으며 말했다.

"장선우 씨가 지성문학상을 수상하게 됐대요."

"그거 잘됐네요. 근데 장 선배가 시상식 때 올 수 있을까요?"

경민이 선우의 소식을 듣고자 내게 의미심장한 시선을 던졌다.

"저도 통 소식을 모르거든요. 경민 씨가 직접 연락해 봐요."

"알았어요. 당장 미국에 축하 전화라도 해야겠네요."

나는 곧 선우를 보게 되리라는 기대감에 가슴이 두근거렸다. 한편

원인 모를 불안감이 뇌리에 똬리를 틀었다. 만약 선우가 경민과의 일을 알게 된다면 어떻게 변명해야 할까? 아무래도 나를 부추긴 건 셰익스피어라고 핑계를 댈 수밖에 없다. 선우가 수사자처럼 달려들기 전에 나의 진짜 셰익스피어 연인은 선우라고 말해 줘야지. 그는 나의 자유를 존중하니까 나를 이해해 줄 거야.

진 감독이 자리를 뜨자 경민이 정색하고 말했다.

"혹시 현진 때문은 아니겠지? 한때 현진을 좋아했지만 지금은 아니거든. 그냥 의리상 챙겨 주고 있는 거야."

"그건 아니고요. 나는 직장이건 사랑이건 다 쉬고 싶어요."

그는 자기 의사가 묵살되자 화난 목소리로 말했다.

"앞으로 난 절대 연락하지 않을 거야!"

"그래도 내가 찾아가면 무람없이 대해 줘요."

글쎄, 내가 그를 찾아갈 수 있을까? 어쩌면 그와의 마지막 헛된 약속이 될 것이다. "난 여기 그대로 있거든. 다시 돌아올 수 없겠니?" 내가 전철 안에서 전화를 걸자 그는 애원하듯 말했다. 그걸로 끝이었다. 뭔가 아련함이 남아 있어서 내 마음 한쪽이 아렸다. 한 인간과 인연이 있어 인생의 한 점을 찍고 이렇게 끝을 맺는 게 개운치 않았다. 처음부터 그와는 오래갈 사이라 생각하지 않았다. 그와의 사랑은 요정 여왕과 당나귀 탈을 쓴 사내의 한여름 밤 꿈처럼 끝나 버렸다.

4

월간문예사에 갔다가 권 주간에게서 선우가 5월 시상식 날 한국에 도착하리라는 소식을 전해 들었다. 이제 회사 눈치를 볼 필요가 없는 나는 그와의 전화 수신 차단 상태를 해제했다. 모순 같지만 나는 매일같이 설레는 마음으로 선우의 소식을 기다렸다. 선우를 만나면 아도니스를 사랑한 비너스처럼 100번의 포옹과 100번의 키스를 하리라 생각했다. 마침내 선우가 샌프란시스코 공항에서 전화를 걸어왔다.

"문영아, 보고 싶었다. 그동안 복잡한 일 많아서 소식 못 전했어."

"선배! 수상을 축하해요! 나도 변화가 좀 있었어요."

"그럼 시상식장에서 보자. 네게 할 이야기가 있어."

시상식 날 선우가 공항에서 로밍해 온 전화로 "오늘 끝나고 꼭 만나야지" 하며 다짐을 두었다. 나는 꽃다발을 들고 '문학 회관'에서 선우와 감격적인 해후를 했다.

"여전히 미인이십니다!"

선우는 내 두 손을 따뜻이 잡아 주며 활짝 웃었다. 경민과는 가벼운 눈인사 정도만 하고 현진과 나란히 자리에 앉았다. 시상식이 진행되는 동안 선우의 수상에 이어 수상 소감이 이어졌다. 그 중간중간 낯익은 선우의 목소리가 들려왔다.

"인간이란 무엇인가? 이 화두야말로 나로 하여금 문학을 하게 만드는 동인이었습니다. 그리하여 내 문학이 인간학에서 비롯되고, 인간학으로 귀결되는 것임을 자부하는 이유입니다. 우리는 지금 인문학이 위기를 맞았다고 탄식합니다. 그러나 모든 예술의 고향이며 근원은 바로 인문학입니다. ……작금의 모든 예술이 그러하듯 문학도 끊임없이 진화해야 합니다. 그러므로 어제의 문학과 다른 새로운 문학이 등장해야 합니다. 디지털 시대에 독자에게 사랑받는 문학이 되기 위해선 문학 스스로 부단히 변화해 가야 합니다."

시상식이 끝난 후 선우를 중심으로 지인들이 뒤풀이 장소로 우르르 몰려갔다. 둘러보니까 현진의 출판 기념회에 참석했던 멤버들이 거의 자리를 차지하고 있었다.

"미국에 있으니까 진짜 소주 맛이 그립더군요. 빨리 고국에 돌아와야겠어요."

"장 작가는 체질적으로 미국 생활이 안 맞을 거야. 여기 이렇게 좋은 사람들이 많은데 돌아오고 싶겠지."

권 주간의 말에 선우가 눈주름을 잡고 웃으며 대답했다.

"문학상 받은 지도 10년이 넘었어요. 이건 본격적으로 글에 정진하라는 의미로 받아들여야겠어요."

현진이 옆에서 선우에게 말을 걸었다.

"장 선배! 미국 생활은 어때요? 거기 가니까 좋아요?"

"아직 영어에 서툰 편이에요. 잡지 일도 영어로 해야 하니까 한계를 느끼죠."

그런데 떠들썩한 자리에 아까부터 경민이 보이지 않았다. 가방 안 휴대 전화에서 신호음이 들려왔다. 메시지를 열어 보니 경민이 보내 온 것이었다.

문학 회관 옆 선 카페에 와 있어. 네게 꼭 전해 줄 게 있어.
지금 좀 와 줄래? 기다릴게. 서경민.

나는 현진에게 화장실에 다녀오겠다고 말하곤 자리에서 일어났다. 선 카페로 들어서자 경민이 창가에 앉아 있다가 손을 치켜들었다. 경민은 내게 차를 권하더니 입을 뗐다.

　"그동안 나도 화가 나서 자기 말대로 하려고 노력해 봤어. 그런데 결론은 나는 자기를 좋아하고, 자기가 필요하다는 거야. 우리 다시 시작하자."

　"고마워요. 나를 좋아해 줘서요. 하지만 그럴 수 없어요."

　"난 자기하고 꼭 로마에 가고 말 거야."

　경민이 재킷 호주머니에서 봉투를 꺼내더니 내게 내밀었다.

　"자, 열어 봐. 다음 달 로마행 티켓이야."

　"아무래도 난 자격 미달인 것 같아요."

　나는 봉투를 열어 보지도 않고 단호하게 말했다. 그러자 경민이 내게 떼쓰듯 말했다.

　"자, 내 옆으로 와 봐! 나, 자기와 키스하고 싶어."

　경민은 내 옆자리로 옮겨 앉더니 막무가내로 내 양 볼을 감싸고 키스를 해 왔다. 나는 그를 뿌리치지도 못하고 얼결에 그의 입술을 받아들였다. 회식 후에 선우와 만나기로 되어 있는데, 경민과 키스하고 있다는 사실이 황당하기만 했다.

　"서 선배! 어쩜 이럴 수가 있어요?"

　경민을 겨우 수습하고 내가 고개를 들자 현진이 다가오며 소리쳤다. 아마 경민을 찾으러 나왔다가 우연히 창가에 비친 장면을 본 것 같았다. 현진이 경민의 뺨을 때리려 하자 경민이 그녀의 팔을 붙잡았다. 나도 놀라서 그녀를 지켜보았다.

"내겐 진심이 아니었어요? 난 서 선배만 믿고 집을 나왔다고요."

"그래서 어쩌라고? 내가 그대 부군에게 얼마나 시달렸는지 몰라서 그래?"

"그럼 나한테 오피스텔 비밀번호는 왜 알려 준 거죠? 왜 그랬죠?"

"그건 그대가 딱해서 잠시 빌려 주려 했던 거야. 한데 그대 부군이 연락해 왔더라고. 난 당장 비밀번호 바꿨거든."

"그럼 날 그냥 시험대에 올려 본 거였어요? 알았어요. 나중에 후회하지 말아요!"

현진이 흥분해서 문 쪽으로 달려갔다. 내가 다급하게 말했다.

"어떡해요? 빨리 가서 현진 씨 붙잡아요!"

경민이 뒤쫓아 가는 중에 현진은 문을 열고 들어오는 남자와 세차게 부딪쳐 쓰러지고 말았다. 경민이 현진을 일으켜 세웠지만 의식을 잃고 만 것이다. 갑작스러운 사태에 우왕좌왕하고 있는데 선우까지 나타나 구급차를 불러 다 같이 응급실로 향했다. 선우는 담배를 피우러 밖에 나왔다가 카페 안 풍경을 목격하게 된 것이다.

이 무슨 운명의 장난이란 말인가! 부디 선우가 늦게 나타나 경민과의 키스 장면을 보지 않았기를 바랐다. 그래선지 선우는 내게 전혀 내색하지 않고 아무것도 묻지 않았다. 현진의 남편이 내 전화를 받자마자 병원으로 달려왔다. 다행히 현진은 의사의 처치를 받고 바로 의식을 회복했다. 과로에 따른 빈혈 증세라서 며칠 쉬면 나을 거라고 의사가 설명했다. 내가 침대에 누워 있는 현진에게 말했다.

"조금 놀랐는데 괜찮다고 하니까 편히 쉬어요."

"정말 창피해 죽겠네. 내 꼴이 말이 아니죠?"

현진이 두 손에 얼굴을 묻으며 말했다.

"나하고 경민 씨는 특별한 사이 아니니까 신경 쓰지 말아요."

"내가 조울증이 있어서 감정이 왔다 갔다 해요. 남의 속도 모르면서 편한 사람한테 마구 기대게 되고요. 바보 같죠?"

여자들끼리 속내를 털어놓으면서 현진이 내게 한 발짝 가깝게 다가왔다. 앞으로는 현진과도 세상사를 토로할 친구가 될 수 있을 것 같았다. 경민과 선우는 나에게 보호자 역할을 맡겨 놓고 한 걸음 물러서 있었다. 전후 사정을 모르는 현진의 남편이 다가와 안쓰럽다는 듯 그녀의 이마를 쓰다듬었다. 두 사람은 겉보기엔 잉꼬부부처럼 어울려 보였다. 그들이 다시 행복해지길 기도해 주고 싶었다. 경민과 선우와 나는 병원 밖으로 빠져나와 도로에서 차를 기다렸다. 선우가 내게 말했다.

"문영 씨는 먼저 집에 가요. 우린 진 감독한테 가서 술 한잔 더 해야겠네."

그러자 경민도 고개를 끄덕이며 거들었다.

"난리 통에 진 감독이 뒤풀이 수습하느라 애썼거든. 기다리고 있다니까 가 봐야지."

나는 섭섭한 마음에 선우에게 "미국에는 언제 갈 거예요?" 하고 물었다.

"나흘 뒤로 예약해 두었어. 어머니가 아프셔서 내일 중엔 시골에

우주로 간 마법사 339

가야 해."

"선배하고 오늘 꼭 이야기하고 싶었는데 어떡하죠?"

"내일 오전에 내가 꼭 전화할게. 오늘 고마웠고 반가웠어."

그날 선우를 독차지하려 했던 내 계획은 무산되고 말았다. 선우와 나는 악수를 나누며 애틋한 눈빛을 교환했다. 우리 서로가 경민을 염두에 두고 있어 속마음을 드러낼 수 없었다. 마치 선우와 나는 새날이 밝기만 기다리는 견우와 직녀 같았다.

나는 뒤숭숭한 마음에 여동생 집에 가기 위해 청량리로 향했다. 버스 안에서 캄캄한 차창 밖을 바라보며 나는 선우와 경민을 번갈아 생각했다. 두 남자가 술을 마시며 나눌 이야기는 불을 보듯 뻔했다. 내일 선우를 만나게 되더라도 떳떳하게 그를 마주 볼 자신이 없었다. 나는 선우에게 '지금 수동 여동생 집에 가고 있어요'라는 문자 메시지를 전송했다. 어쩌면 경민이나 선우나 둘 다 내게 전화할지도 몰랐다. 나는 골치 아픈 상상으로 차올라 여동생 집에 도착하자마자 휴대 전화를 꺼 버리고 말았다. 차라리 그편이 밤새도록 두 남자의 연락을 기다리는 것보다는 나았다.

5

다음 날 아침 8시가 넘어서야 나는 곤한 잠에서 깨어났다. 휴대 전화를 켜 보니 선우에게서 부재중 전화가 세 번이나 와 있었다. 전화를 건 시간은 새벽 3시부터 새벽 5시 사이에 걸쳐 있었다. 나는 급히 선우에게 전화를 걸었다. 그러나 계속 신호음만 들릴 뿐 전화를 받지 않았다. 온종일 나는 불길한 예감으로 그의 전화를 기다렸다. 아무래도 이상해서 다시 통화를 시도해 보니 젊은 남자의 목소리가 들려왔다.

"저는 조카 되는 사람인데요. 오늘 새벽에 삼촌이 추돌 사고로 돌아가셨어요."

"장선우 씨가 돌아가셨다니요? 이게 웬 날벼락이에요."

"새벽같이 차를 가지고 나가셨거든요. 하필 외곽 커브 길에서 가드레일에 부딪쳐 사망하셨어요. 제 짐작엔 삼촌이 운전 중에 심장 마비가 온 것 같아요."

"심장 마비라니오? 도저히 믿기지가 않네요."

"사실은 저희 집안에 심장병 가족력이 있거든요."

"아! 너무도 참담하네요. 근데 사고 지점이 외곽이라면 어디쯤이었나요?"

"그게 남양주 가는 길목이라고 들었어요."

청천벽력이 따로 없었다. 내가 잠든 새벽에 선우가 나를 향해 달려오다 사고를 당한 것이 틀림없었다. 갑작스러운 선우의 죽음을 감당할 수 없어 나는 집 옆 시냇가에 나가 통곡을 했다. 큰 소리로 울음을 토해도 토해도 눈물이 그치질 않았다. 이럴 수가, 이럴 수가! 가슴에서 통한의 절규가 터져 나왔다.

해 질 녘 시냇가에 금빛 햇살이 스며들어 찰랑거리는 물소리가 들려왔다. 석양빛에 반사된 나무들이 금빛 우수를 띠며 바람결에 흔들렸다. 어느 결에 선우와 함께 꿈꾸었던 황금 다리가 무너지고 있었다. 꿈속에서마저 황금 잉어가 튀어 오르던 광경을 선우와 함께 보며 감탄하지 않았던가. 그렇다면 모든 것이 꿈에 불과했던 걸까? 그의 육신이 숨을 쉬지 않는다니 어찌 된 일인가? 어딘가에서 선우의 목소리가 생생하게 들려오는 것만 같았다.

"오오, 대단한 꿈! 황홀을 넘어서는 극치! 꿈은 이루어지리! 베이비, 옛 사원의 기둥 같은 크리스털 수족관 안에 저 황금 잉어 수백 마리가 춤추고 있었단 말이지! 이 세상에 누가 있어 그런 꿈을 꿈꾸기조차 할 수 있으리. 나도 덩달아 황홀하고 행복하구나. 장관 아닌가. 환상적이고 몽환적인 세트야. 저 베로나에 내 귀여니가 세울 세 기적 비밀의 사원, 과연 그 사원에서 무슨 일이 일어날 것인가! 『셰익스피어 인 드림』은 우리에게 익숙한 그리고 당연시되어 온 서사 구조를 과감히 깨부수고 나가는 것도 한 방법론일 듯. 그런 생각을 했구나."

선우는 내 꿈을 환상적으로 해몽해 주었다. 황금 다리, 황금 잉어, 황금 수족관. 선우를 몽환의 꿈으로 인도했던 그 모든 것이 그로 하여금 죽음을 향해 돌진하게 만들었다는 생각이 들었다. "너라는 황금 다리를 건너 위대한 소설을 쓸 거야." 그렇게 그는 나라는 황금 다리를 '연금술의 불'로 치켜세워 주었다. 하지만 사랑과 증오와 정의와 권력도 죽음 앞에선 어리석은 장난에 불과했다. 허무, 허무가 엄습해 왔다.

다음 날 장례식장에 도착한 나는 그의 영정 앞에 차 안에서 휘갈겨 쓴 편지를 올려놓았다. 영정 앞에 절을 하고 나서 선우와 눈으로 이야기를 나누었다. 선우가 소년처럼 해맑게 웃고 있었다. 오래오래 살아서 좋은 작품 쓰고 싶다던 그 포부, 그 희망 모두 후배한테 넘기고, 자유로이 훨훨 편한 세상으로 날아가길 바랐다. 자유의 존재, 자유의 영혼 그대로. 나는 그와 무언의 약속을 하고 일어났다.

"장 선배가 왜 새벽같이 차를 가지고 나간 거예요? 무슨 말 없었어요?"

나는 상주 대신 서 있는 조카에게 새벽의 정황에 대해 캐물었다.

"삼촌이 많이 취하신 것 같아서 제가 말렸어요. 근데 꼭 만나야 할 사람이 있다며 서두르시더군요. 대리 기사도 마다하고 그냥 나가셨으니까요."

조카의 말로는, 선우의 아내가 아들과 함께 밤늦게나 미국에서 도착할 거라고 했다. 선우의 어머니는 병석에 계셔서 일부러 모시지 않았다고 했다. 영안실을 둘러보니 선우를 아끼는 지인들이 거의 다 모여 있었다. 그의 호쾌한 웃음과 선량한 성격을 떠올리며 다들 그를 잃은 슬픔에 젖어 있었다. 경민과 지인들이 밤새 영안실을 지키고 발인에 참석할 거라 했다. 경민은 선우의 죽음으로 공황 상태에 빠진 듯했다. 두 사람이 새벽까지 술을 마신 후에 일어난 사고사라서 그랬을 것이다.

"어떻게 사람이 그렇게 무모할 수가 있어? 그 새벽에 왜 차를 가지고 나갔냐고?"

"혹시 그날 밤 장 선배한테 우리 일에 대해 말했나요?"

경민이 나와의 연애 과정을 털어놓아 선우를 자극한 건 아닐까 궁금했다. 선우가 마지막으로 눈을 감으며 무슨 상상을 했을지 마음이 괴로웠다. 내 눈에서 뜨거운 눈물이 주르르 흘러 볼을 적셨다.

"장 선배가 하늘에 가서도 자길 원망하진 않을 거야. 내가 자길 좋아하는데 자기가 날 거부했다고 말했거든. 그러니까 안심해도 돼."

"그래요. 난 장 선배를 사랑했어요. 그 마음 지금도 변함없어요."

"장 선배는 아내의 허락을 얻어 한국에 돌아오기로 했다더군."

발인 날 새벽녘에 나는 그의 영혼이 내 창가를 다녀가는 소리를 들었다. 잠결에 눈을 떠 보니 "책! 책! 책!" 하는 청량한 소리가 또렷하게 내 귓가에 울려왔다. 누군가 창가에 다녀간 것 같은데 왠지 모르게 행복하고 안온한 느낌이 들었다. 생각해 보니 그건 바로 '책'이라는 메시지였다. 그가 내 거실의 블라인드에 온 영혼을 부딪쳐 만들어 낸 마지막 소리였다. 그는 『셰익스피어 인 드림』이란 '책'을 통해 자신을 기억해 주길 원했던 것이다. 그렇게 그는 그만의 유쾌한 방식으로 선물을 주고 갔다. 언젠가 그는 내게 말했다.

"베이비, 진실만 한 무기는 없어! 이 진리는 문학에서도 마찬가지야. 『셰익스피어 인 드림』은 뭐니? 소설가가 본 진실의 세계야. 그래서 가짜 처부수기가 작가 몫의 하나 아닌가! 내가 너를 사랑한다. 너캉 가고 싶다. 저 사막 고비! 또는 타클라마칸! 자유는 현실 또는 현상으로부터 쟁취하지 않으면 안 되지. 너, 자유! 네가 마땅히 가야 할 길이 『셰익스피어 인 드림』에 구현될 것을 믿는다. 베이비, 사랑한다."

선우의 장례식이 있은 지 며칠 후에 그가 샌프란시스코 공항에서 부친 우편물이 도착했다. 나는 뜻밖의 우편물을 테이블 위에 올려놓고 떨리는 마음으로 바라보았다. 겉포장을 뜯고 리본으로 묶인 핑크색 상자를 풀자 몇 가지 향수들이 보석처럼 빛나고 있었다. 나는 향수를 하나하나 집어 들고 그 향기를 음미했다. 그러고는 안에 꽂혀 있는 카드를 읽어 보았다.

왜 아니 그립겠는가, 마포 시절. 저 공원의 11월 밤의 키스로부터. 그리고 우리가 함께했던 음식점들. 아니, 그보다 먼저 저 '별들의 고향!' 그래서 생긴 '별밤'이라는 낱말. 그 찻집을 잊을 수 없지. 커피 한 잔에 호시탐탐 뽀뽀. 어느 검도관 복도에서 훔친 입맞춤……. 난 아침마다 널 기다렸다가 '레쓰비' 캔을 전하던 그 약국 앞을 생각하지. 드디어 건너편에서 나타나 차창으로 '선배!' 하고 소리치던 모습. 네 손짓의 독특한 율동. 어이 잊으리. '아름다운 미침'이었어. 저 마포 시절……. 그리하여 난 너에게 돌아가기로 했어. 난 너와 함께 소설이라는 위대한 성취를 이룰 거야. 그래, 사랑아. 네 사랑 없이 내가 어찌 존재하겠니. 같이 가자. 저 높은 마루. 가서 우리 함께 포옹하고 야호! 하자고. 사랑해.

장례식 날 이후 경민에게선 아무런 연락을 받지 못했다. 대신 권 주간이 선우의 사십구재에 참석하라고 연락해 주었다. 선우의 사십

구재를 위해 경민이 주도하여 지인들을 불러 모으고 모든 절차를 준비했다고 말해 주었다. 그날 나는 혼자 가까운 절에 찾아가 부처 앞에서 그의 천도를 빌었다. 선우가 자유로운 영혼으로 날아갈 수 있도록 행복한 모습을 보일 필요가 있었다. 그가 좋은 곳에 가도록 자유로이 놓아줘야 했다. 그를 붙들고 슬퍼하고 있으면 못 떠난다고 하지 않던가.

며칠 후 그가 망각의 강 건너편에서 나를 바라보고 있는 꿈을 꾸었다. 하얀 옷을 입은 선우가 편안한 표정으로 멀리서 나를 주시하고 있었다. 나는 맑은 강을 건너 그가 있는 곳으로 가려다가 물살이 세어져서 뒤돌아섰다. 아니, 바위 위에 놓고 온 노트북 가방을 가져오려고 도중에 발길을 돌렸다. 그 바위 위에 어떤 남자가 걸터앉아 긴 낚싯줄을 드리우고 상념에 잠겨 낚시를 하고 있었다. 바로 그 남자 옆에 내 노트북 가방이 놓여 있었다. 나는 노트북 가방을 챙기려고 다가갔다. 얼핏 고개를 든 남자의 얼굴은 경민도 인기도 셰익스피어도 닮지 않았다. 그저 낚시를 하는 미지의 남자였다.

6

나는 선우를 애도하기 위해 날마다 국회 도서관에 나갔다. 셰익스피어의 작품을 읽으며 그의 돌연한 죽음의 이유를 캐묻고 싶었다. 셰익스피어는 결국 그를 제물로 삼아 나로 하여금 영원한 사랑의 길로 인도하려 했던 걸까? 아니면 그를 셰익스피어로 환생시켜 나로 하여금 『셰익스피어 인 드림』을 쓰게 하려 했던 걸까? 곰곰이 생각해 보니 이 모든 게 셰익스피어의 시나리오라는 결론에 도달했다. 아니, 틀렸다. 그것은 셰익스피어에 대한 나의 갈망이 빚어낸 우연한 스토리텔링이었다.

우연은 신의 뜻이며 필연이다. 우연이 선우와 나를 셰익스피어의 환상에 빠지게 했다면 신의 뜻이 개입했을 것이다. 어쩌면 셰익스피어라는 기억 정보가 우주를 떠돌다 나의 환상과 맞아떨어져 현실에 발현된 것인지도 모른다. 나의 환상이 선우의 머릿속에 뿌리를 내리고 서로의 영혼이 결합하여 셰익스피어의 영혼과 교류한 것이다. 하여 그가 사라지기 전에 강렬하게 사랑한 기억을 갖고 떠날 수 있어 행복했던 거라고 위로하자. 살아남은 자의 의무는 그 사랑을 기억하고 기록하여 그가 바란 대로 위대한 작품을 쓰는 일이다. 그가 생전에 소망했던 바를 이루게 하는 것이다. 행복할 것, 무조건 쓸 것, 위대한 성취를 행할 것, 저 마루에 닿을 것. 그가 주문처럼 내게 말하지 않았는가.

어느 날 나는 국회 도서관에 가려고 버스를 탔는데 그만 한 정거장을 지나치고 말았다. 다시 돌아가려고 길을 건너는데 한강 둔치가 보였다. 나는 둔치 공원으로 내려가 계단에 걸터앉아 강물을 바라보았다. 흐르는 강물처럼 시간이 흐르고 있었다. 문득 선우와 그곳에서 강물을 바라보며 나누었던 마법사 이야기가 떠올랐다.

♣

"내가 마법사라면 마법을 부려서 어떻게 하고 싶은 줄 아니? 당장 너를 괴롭히는 상사들도 혼내 주고, 네가 힘들어 하는 편집 일도 뚝딱 해치우게 해 주고 싶어."

"그건 너무 시시한 것 아니에요? 나라면 마법으로 세계적인 소설을 쓸 거예요."

"그야 바람직한 일이지. 마법사나 소설가나 새로운 세계를 창조한다는 의미에선 같으니까. 아름다움을 빚는다는 의미에서도 같을 거고."

"셰익스피어도 「폭풍우」에서 마법사를 등장시켜 딸 결혼도 시키고 자기를 밀어낸 귀족들을 혼내 주고 용서도 해 주잖아요. 「폭풍우」에 등장하는 프로스페로라는 마법사가 바로 셰익스피어의 분신 아닐까요?"

"「폭풍우」가 셰익스피어가 쓴 마지막 작품인 걸 보면 극작가로서 은퇴를 선언한 걸로 봐야지. 근데 마법사가 마법을 그만두면 남는 건 죽음밖에 없을 텐데 성공한 극작가치곤 너무 쓸쓸한 결말 아닌가?"

"셰익스피어도 말년에 고향으로 돌아가서 아내와 딸 곁에서 편히 쉬고 싶었나 보죠. 그동안 배우 하랴 작품 쓰랴 사업하랴 에너지를 소진했을 테니까요."

"하긴 「폭풍우」에서도 권력의 정점에서 마법의 지팡이를 버리고 공작 신분으로 복귀하잖아. 마법사로 누렸던 절대 권력을 포기하고 선량한 인간으로 돌아갔으니 유종의 미를 거두었다고 할 수도 있지."

"프로스페로 공작은 세상 권세에는 욕심이 없었던 인물이잖아요. 서재에서 마법을 연구하다 동생에게 무능한 군주로 몰려 망망대해로 쫓겨나는 신세가 되었고요."

"다행히 어린 딸과 함께 무인도에 상륙한 뒤엔 마법사가 되어 섬

을 지배하잖아. 아마 딸에 대한 책임이 없었다면 절해고도에서 살아
남기 어려웠을 거야."

"그래요. 순진무구하게 자란 딸이 지쳐 빠진 그의 영혼과 마음을
달래 줬겠죠. 결국 자기 딸이 그 섬에서 조난당한 귀족 청년과 사랑
에 빠져 결혼도 시키잖아요."

"정말 내가 마법사가 된다면 무인도에서 너와 함께 살아 보고 싶
어. 섬에서 폭풍우도 일으키고 요정도 부리고 하루하루가 얼마나 신
기하겠니?"

"그렇다면 나는 마법사의 연인이 되는 건가?"

"아니. 나는 네가 마법사의 딸이 되길 바라거든. 딸을 애지중지 키
워 육지에서 좋은 신랑감도 데려오고 말이지. 그게 싫다면 네가 딸
을 하나 낳아 주든가."

여기까지 생각이 미쳤을 때 선우가 마법사이기를 포기하고 우주
로 떠났다는 사실이 실감 났다. 선우는 작가라는 붓을 꺾고 영혼을
쉬기 위해 우주라는 근원의 고향으로 돌아갔던 것이다. 나는 인터넷
에 저장된 그의 사진을 꺼내 보았다. "보고 싶다, 마법사. 지금 우주
어디에 있는 거야?" 나는 혼잣말을 되풀이했다.

그러다가 휴대 전화에서 현인기의 전화번호를 찾아 눌렀다. 한 시
간쯤 뒤에 인기와 내가 찾아간 곳은 고즈넉한 한정식집이었다.

"자기한테 화를 내면 속이 시원할 줄 알았는데, 아니더라고. 그래
서 나를 위해 자길 용서하기로 했어. 우리가 누군가를 용서하면 신

도 우리를 용서한다잖아.”

말없이 미소 짓는 그를 바라보며 나는 말을 이었다.

“내면의 여자아이는 가파른 세상을 헤쳐 나가느라 힘들었어. 이제 여자아이를 달래 주고 잘 떠나보내야 해. 자, 내면의 여자아이를 위해서 건배해!”

“덕분에 나도 마음의 빚을 덜어 버린 느낌이 든다.”

인기와 나는 잔을 부딪치며 건배했다. 인기가 잠자코 나를 바라보았다.

“그 시절 아파했던 내면의 남자아이를 위로해 주고 싶어. 그 남자아이도 많이 괴롭고 힘들었잖아. 자, 내면의 남자아이를 위해서 건배해!”

“고마워. 내면의 남자아이를 위로해 주어서.”

그제야 인기는 얼굴을 펴고 웃었다. 실로 오랜만에 누리는 평화로운 교감이었다.

“혹시 나한테 분노나 복수심 같은 것 있어?”

“그런 것 없어. 넌 내 첫사랑이야.”

문득 그가 의문의 꽃바구니를 보낸 주인공이라는 생각이 스쳤다.

“내 생일날 꽃바구니 보내 준 것 고마워.”

“어, 그걸 어떻게 알았지?”

“옛날에 자기가 내 생일날 자수정을 선물한 적 있잖아. 그래서 알았지.”

“난 어떻게든 너한테 사과하고 싶었어. 자, 내면의 여자아이를 위해 악수하자.”

택시에서 내려 아파트 광장을 지나다가 밤하늘을 올려다보았다. 저 멀리 광채와도 같이 푸르게 빛나는 별을 향해 장선우라는 이름을 불러 보았다. 저 우주라는 무한의 공간에서 그가 나를 감싸며 보호해 주고 있는 듯했다. 그가 주장했던 사랑론을 떠올리며 나는 피식 웃었다. 존재의 빛을 발하는 그의 목소리가 밤하늘에 울려 퍼졌다.

아냐, 아냐, 사랑은 있어. 사랑만은 있다고! 사랑의 실체가 에로스임이 확실해지는 단계가 있지. 그러나 그 너머 또 여러 계단이 있거든. 아가페는 신이 피조물을, 부모가 자식에게, 그런 도식을 넘어 연인 사이에도 존재해. 그런 지극함이 왜 수직적으로만 작용해야 하는지 나는 모르겠어. 수평으로 작용하는 아가페를 흔히 플라토닉이라는 용어로 얼버무렸지만, 내 생각은 그렇지 않아. 뭐냐 하면 우정과 사랑이 공존해서 한 대상에게 작용할 수 있다는 말을 하고 싶은 거야. 가 보자고. 실증으로 우리가 보여 주자. 오케바리! 그런데 여기서 '바리'는 뭐니? 사전 담당께서 아시면 알리도고. 사랑해.

에필로그

나는 종각 전철역에서 내려 3번 출구를 향해 급히 발걸음을 옮겼다. 시계를 보니 선생님들과 만나기로 한 2시 약속 시간에서 3분이 지나 있었다. 나는 1분이라도 빨리 가기 위해 겅충겅충 출구로 난 계단을 뛰어 올라갔다. 이마에 진땀이 맺히면서 마치 출근 시간에 지문 인식기를 향해 뛰어가는 기분이었다.

"어서 와요."

허겁지겁 출구 앞에 다다르자 정 부장이 맨 먼저 나를 맞았다.

"안녕하세요? 조금 늦었네요."

나는 지각생이 된 것을 쑥스러워하며 말했다. 곁에 서 있던 남 차장과 안 이사도 환한 웃음으로 반겨 주었다. "잘 지내셨죠?" 나는 명랑하게 인사하며 선생님들과 악수를 나누었다. 우리 일행은 골목에 있는 바다횟집으로 가서 방 안에 자리 잡고 앉았다.

나를 포함하여 세 분 선생님은 명문사 퇴사 멤버들이다. 내가 회사를 그만둔 지도 두 해가 훌쩍 지나갔다. 두 달에 한 번씩 만나 명문사를 추억하는 모임인 만큼 화제는 항상 회사 이야기부터 시작된다. 소식통인 정 부장이 먼저 입을 열었다.

　"요즘 회사 소식 들었는데 부사장이 사장에게 물러나라고 했나 봐요. 그런데 사장이 안 나가려고 끝까지 버티고 있다더군요."

　"아무래도 사장님이 명문사를 이끌어 가는 게 낫지 않을까요?"

　내가 놀라서 의견을 말하자 안 이사가 끼어들었다

　"사장이 명문사에 투자한 것도 있는데, 아마 쉽게 그만두지는 않을 거예요."

　남 차장이 공 이사 이야기를 꺼냈다.

　"공 이사는 부사장 라인이라서 끄떡없겠네요. 승진은 했대요?"

　"승진은 안 하고 그냥 그 자리에 있는가 봅디다. 러시아어 중사전도 중단했다네요."

　"정 부장님이 맡았으면 어떻게든 끝냈을 거예요."

　정 부장은 나를 바라보며 해사하게 웃었다. 정 부장은 작년에 명문사를 그만두고 최근에 미국 작가 아나이스 닌의 산문집 번역을 끝마쳤다. 사촌 형님이 운영하는 출판사가 출판 단지에 사옥을 짓고 이사 가는데 책임자로 와 달라는 부탁을 받았다고 했다.

　회 정식 코스 요리가 차려지는 동안 우리는 술잔을 부딪치며 건배했다. 직장에서 아군이었던 선생님들이 이젠 허물없는 친지 같았다. 안 이사가 생각났다는 듯 말을 꺼냈다.

"며칠 전 삼청동에 갔다가 신 상무와 미스 양을 만났지 뭐예요."

"지금까지도 두 사람이 붙어 다닌단 말예요? 참 희한하네요."

남 차장이 목소리를 키웠고, 내가 장단을 맞추었다.

"회사에서 그 망신을 당하고도 헤어지지 않은 걸 보면 서로 인연이 깊은가 봐요."

"근데 미스 양 아버지가 돌아가셨다고 하더군요."

정 부장이 여직원에게서 들은 소식을 전하자 남 차장이 말했다.

"하긴 신 상무가 100억대 상속녀인 미스 양을 등한시할 이유가 없죠."

경제통인 신 상무가 이익을 좇아 행동한 것은 그다운 생존 방식일까? 어쩌면 그들은 그들 나름대로 사랑하고 있는지도 모른다.

"근데 신 상무하고 전화 연락 같은 건 안 하나요?"

"그때 회사 그만두면서 자기한테 일절 연락하지 말라고 합디다."

내가 고개를 끄덕이다가 정 부장에게 물었다.

"참, 사촌 형님 출판사는 파주 출판 단지로 이전했나요?"

"다음 달 초에 한답니다. 그때 나도 정식으로 출근할 거고요."

"혹시 기획안은 사촌 형님께 보여 드렸나요?"

"사촌 형님이 기획안에 관심을 보이더군요. 아무래도 김 과장이 날 좀 도와줘야겠어요. 나랑 다시 일해 보는 게 어때요?"

"아유, 저야 영광이죠. 장편소설을 끝마치고 나니까 슬슬 일하고 싶어지네요."

내 소설 『셰익스피어 인 드림』은 이름 있는 문학 전문 출판사에 발탁되어 출간을 기다리고 있다. 인문학이 중시되는 시점에서 셰익스피어는 세계적으로 읽히는 인기 있는 코드이다. 굳이 인문학의 미래를 인류의 미래에 빗대지 않더라도 인간의 자유와 행복에 관심 갖는 독자라면 셰익스피어를 마다할 이유가 없다. 고맙게도 편집장은 국내 시장뿐만 아니라 세계 시장을 노려 보자며 야심을 발했다. 독자에게 꾸준히 사랑받는 스테디셀러 작가가 되는 것이 내 목표이다. 내 소설은 운 좋게도 시작부터 탄탄한 길을 걷고 있다. 랄랄라.

"그럼 다음 달 중순부터 출판사에 출근하는 걸로 합시다."

"고맙습니다. 저를 챙겨 주는 분은 역시 부장님밖에 없어요."

남 차장이 부러운 눈빛으로 한마디 보탰다.

"정 부장 곁에 끈질기게 서 있더니 줄 선 보람이 있네요."

남 차장은 혼자 사진 전시회에 다니면서 영화관에도 종종 가고 다시 책을 사 모으기 시작했다. 종로 5가에 가면 새 책을 30퍼센트 할인해서 구입할 수 있다고 했다. 안 이사는 일요일이면 교회에 나가고 친구들과 등산을 다니며 시간을 보낸다고 했다. 아내와 함께하는 친목 모임에서 가끔씩 해외여행도 다니면서 말이다. 안 이사가 나를 향해 말했다.

"요즘은 시간이 많아서 책 읽기에 재미를 붙였어요. 성경 말고도 사람의 마음을 치유해 주는 책들을 주로 읽지요."

"저도 책 쓰기를 끝내고 나선 철학서를 골라 읽게 되더라고요. 시간이 흐를수록 삶이 엄숙해지고 치열해진다는 느낌을 갖게 돼요."

정 부장이 얼굴에 생기를 띠며 말을 받았다.

"셰익스피어 희극 중에「끝이 좋으면 다 좋아」라는 작품이 있잖아요. 제목처럼 끝이 좋으면 다 좋은 것 같아요. 끝이 좋아야 명예가 따라붙고요."

"맞아요.「끝이 좋으면 다 좋아」는 여주인공이 온갖 고난을 겪어내고 사랑을 쟁취하는 이야기죠. 시련 끝에 꽃을 피우는 해피 엔딩 스토리잖아요."

"여주인공이 현대 여성 못지않게 자기 사랑 찾기에 적극적이잖아요. 셰익스피어가 여성에게 자발성을 부여한 거죠."

내 말에 이어 남 차장이 의견을 덧붙였다. 선생님들과 나는 만날 때마다 셰익스피어 작품을 화제 삼아 이야기를 나누곤 했다. 오늘도 한 차례는 셰익스피어가 등장해야 우리 모임이 끝나는 것이다.

"유선 방송에서「햄릿」을 흑백 영화로 방영해서 봤는데요. 나는 햄릿을 연기한 로런스 올리비에가 그렇게 좋더라고요."

"로런스 올리비에가 햄릿 연기로 나이트 작위까지 받았잖아요. 우리 시절에도 셰익스피어가 얼마나 인기 있었는데요."

"「맥베스」나「오셀로」도 얼마나 멋져요? 오선 웰스라는 배우가 맥베스와 오셀로를 연기했는데 표정 연기가 기막히잖아요."

"오선 웰스가 라디오에서「우주 전쟁」이라는 작품도 연출했는데요. 어찌나 실감이 났던지 진짜 우주 전쟁이 터진 줄 알고 영국 사회가 발칵 뒤집혔잖아요."

그렇게 셰익스피어를 거론하다 보면 이야기가 끝없이 재생산되었다. 선생님들은 셰익스피어 이야기에 신명이 나서 눈을 반짝였다.

은연중에 선생님들도 나와 더불어 셰익스피어 이야기에 전염된 것이다. 이만하면 명문사 퇴사 멤버들을 나의 아름다운 상사들이자 최고의 사전 전문가들이라고 자랑할 만하다.

　나는 선생님들과 헤어져 인사동 쪽으로 발걸음을 향했다. 종로에서 효주와 만나기로 약속했지만 아직 한 시간쯤 남아 있었다. 기왕 온 김에 도예과 교수가 운영하는 도자기 가게에 들러 보고 싶었다. 그곳을 찾아 들어가니 종업원이 친절하게 맞아 주었다. 내가 진열장의 도자기를 둘러보며 말했다.

　"도자기들 모양이 특이하고 멋지네요."

　"그렇죠? 외국인 관광객들이 많이 찾아와서 사 가는 편이에요."

　거기서 나는 선우가 새긴 도자기를 찾아 두리번거렸다. 선우가 도자기에 새긴 '일체유심조', '영', '주거도 조아'의 글자들이 떠올랐다. 왜 하필이면 '주거도 조아'였을까? 선우가 너무도 날 사랑한 탓에 셰익스피어가 시샘해서 제물로 데려갔을까? 선우와 꿈꾸었던 모든 것이 꿈이 되고 말았다. 선우와의 시절은 꿈처럼 내 기억의 갈피에만 남았다. 그런데도 기억은 저절로 재생되는 마력이 있는 듯했다.

　"혹시 김 작가 아니에요?"

　바로 그때 경쾌한 남자의 목소리가 뒤에서 들려왔다. 뒤돌아보자 뜻밖에도 도예과 교수가 잔잔히 미소 짓고 있었다. 그가 나를 손님용 테이블로 안내해서 못 이기는 척하고 앉았다. 그가 우수에 젖은 듯한 목소리로 말했다.

"장선우 씨 돌아간 지 벌써 2주기가 지났네요."

"시간이 화살처럼 지나갔네요. 요즘도 작품 활동은 활발하게 하시죠?"

"제자들 가르치고 도자기 굽고 하는 게 제 천직인걸요. 김 작가도 불후의 명작 쓰고 있겠죠?"

"하하하. 덕분에 불후의 명작 넘겼거든요."

"와아, 애쓰셨네요. 장선우 씨가 살아 있으면 무척 기뻐할 텐데요."

"그러게 말예요. 내 출판 기념회도 해 주겠다고 말해 놓고는 가 버렸어요."

"무정한 친구 같으니라고. 뭐 그리 급하다고 빨리 갔을까?"

"여기보다 더 좋은 데 가서 잘 지내고 있을 거예요."

"그 친구 거기서도 작가들끼리 모여서 토론하고 지낼 걸요."

실제로 선우는 내 꿈속에 나타나 나에게 커다란 위안이 되어 주었다. "나는 너의 도우미가 될 거야!" 생전에 그랬듯이 그는 나의 수호 성인을 자처했다. 나는 꿈속의 그가 자랑스러워 새삼 벅차오르는 기쁨을 느꼈다.

나는 작가들과 함께 산 전체가 문인들의 묘지로 꽉 찬 산사의 사당을 방문하고 있었다. 산 아래에서 돌아가신 은사들을 뵙고 산 정상 가까이 올라가며 선우가 있는 곳을 찾아보았다. 나는 맑은 물이 퐁퐁 샘솟는 돌 수조에 도자기들이 가득 담긴 것을 발견하고 호기심에 그쪽으로 가 보았다. 그때 선우가 아주 잘생긴 모습으로 나타나서는 자기 있는 곳을 손으로 가리켜 보여 주었다. 갑자기 하늘문이 열리고 나이아가라 같은 장엄한 폭포수가 산 전체를 뒤덮으며 우렁차게 쏟아져 내렸다. 산 중앙을 가르고 거대한 장막처럼 쏟아져 내리는 맑은 물의 세계가 힘차게 펼쳐졌다. "자기는 물이 너무 많아!" 내가 경탄해서 선우에게 들려준 찬사였다. 마음속 한편으론 '자기는 흙이 좀 필요하지 않을까?' 하고 느끼면서 말이다. 영혼은 물과 같은 자연이라더니 이제 선우는 그곳 세계에 정착할 만큼 안정되어 보였다.

"소설책 나오면 연락 주세요. 빨리 읽어 보고 싶네요."

도예과 교수의 기대에 찬 목소리가 나를 현실로 되돌려 놓았다.

"제 소설책 나오면 사인해서 보내 드릴게요."

"아니에요. 내가 서점에서 직접 사 볼게요. 그게 더 낫잖아요."

나는 대답 대신 함박웃음을 터뜨렸다. 벽시계를 쳐다보니 효주와의 약속 시간이 다 되어 가고 있었다. 나는 그와 작별 인사를 나누고 도자기 가게를 나왔다. 그에게 선우가 새긴 도자기의 소재에 대해 물을까 하다가 그만두었다. 도자기는 누군가에 의해 간직되거나 소실되거나 어딘가에서 제 길을 갈 것이었다.

나는 서둘러 종로에 있는 카페 '사하라'를 향해 걸어갔다. 선우와의 추억이 서린 그곳을 일부러 약속 장소로 택했다. 거리에는 젊은

이들이 넘쳐 났다. 살갗에 와 닿는 여름 공기가 마음을 한결 가뿐하게 했다. '사하라'에 들어서니 효주가 먼저 와서 기다리고 있었다. 그런데 그 앞에 뜬금없이 경민이 앉아 있어 깜짝 놀랐다.

"어, 웬일이에요? 경민 씨를 여기서 만나네요."

나는 효주 옆에 앉으며 경민에게 손을 내밀었다. 경민이 일어서서 내 손을 덥석 잡고 흔들었다.

"진 감독 만나러 왔다가 효주 씨를 봤는데 자기 온다기에 함께 기다렸지."

"일부러 약속한 것도 아닌데 만나다니, 어쨌든 반갑네요. 사업은 잘돼 가죠?"

"글쎄. 영화 사업까지 벌여서 아직은 정신이 없네."

"지금 건재하다는 것만으로도 감사할 일이죠."

"오늘 저녁은 내가 쏠 테니 뭐든 시켜요."

"진 감독은 안 보이는 것 같던데요. 아직 안 왔나요?"

"진 감독이 나한테 들르라고 해 놓고선 안 나타나네. 오늘 내에 오겠지."

눈을 감다시피 웃는 경민이 여전히 귀엽게 느껴졌다. 그와 함께 있으니 나도 기분이 좋아졌다. 종업원에게 맥주와 요리를 주문하고 나자 효주가 공개 발언을 했다.

"이번 가을에 제가 결혼하기로 했어요."

"드디어 독신에서 해방되는군요. 축하해요!"

경민의 덕담 끝에 내가 믿기지 않아서 되물었다.

"네가 결혼한다는 게 사실이야?"

"네게 상의할까 하다가 말았어. 대신 영미하고는 이야기 많이 나눴지."

"뭐야. 영미하고 너하고만 둘이서 합의를 봤다 이거지?"

하긴 중요한 인생사에 영미의 지혜를 빌리면 만사가 수월하다. 그런 영미가 현모양처로 집 안에만 틀어박히기엔 재능이 아깝다는 듯 꿈틀하기 시작했다. 남편이 건강을 되찾자 집에서 세끼 식사만 챙기기엔 진저리가 난다고 했다. 요즘 영미는 댄스 스쿨에 나가고 명상 수련회에 참석하고 있다. 무엇보다 힐링이 필요한 이 시대에 '사랑의 전화' 봉사자로도 활동하기 시작했다. 영미는 마음을 열고 우주를 껴안고 매일매일 보람 있게 살아가고 있다. 그건 그렇고, 효주의 결혼 상대가 누굴까?

"네가 그동안 소설 쓰느라 바빴잖아. 나 말야, 현인기 씨하고 결혼하기로 했어."

"그래? 어쩌다 현인기 씨하고 연결이 됐니?"

"처음엔 사촌 여동생을 소개시키려고 했는데 그게 뜻대로 안 되더라고."

"네가 그 사람 편들 때부터 알아봤어야 했는데. 어쨌든 축하한다!"

나는 충격을 받은 탓에 맥주를 단숨에 들이켰다. 현인기를 효주 남편으로 볼 생각을 하니 기분이 떨떠름했다. 참말로 대단한 인연이라니! 이제 우정의 힘으로 두 사람의 미래를 축복해 줘야 했다. 경민도 박수를 치며 즐거워했다.

"고마워요. 앞으로 좋은 소식 있으면 들려주세요."

"나야 사업 재미에 푹 빠져서 외로울 틈도 없어요. 젊은 친구들이 어찌나 전화를 해 대는지 귀찮을 정도예요."

경민은 영화 관계 일을 하다 보니 풋풋한 새내기들에게 에워싸여 지내는 듯했다. 자유롭게 사는 그에겐 시끌벅적 사는 방식이 어울려 보였다. 경민이 나를 향해 한쪽 눈을 찡긋하며 물었다.

"자기는 그동안 도서관에만 틀어박혔던 거야?"

"권 주간한테 내 소식 들어서 알고 있을 텐데요."

"물론 나야 잘 알고 있지. 내 안테나가 항상 자기를 향해 있으니까."

나는 하도 신기해서 효주에게 고개를 돌려 한마디 더했다.

"네가 영국 여행 갈 때부터 짝을 만나려고 작정했구나. 히스로 공항에서 나는 친구를 만났고, 너는 인연을 만났잖니."

"그래 경애하는 셰익스피어가 내 간절한 소망을 저버리지 않았던 거지."

셰익스피어는 스트랫퍼드까지 찾아간 효주에게 짝을 구해 주었다. 나에게서는 짝을 빼앗아 간 대신 자기를 찬양하는 글을 쓰게 했다. 셰익스피어의 꿈을 꾼 대가치고는 가혹했지만 작가로서는 천복이었다.

"자기하고는 아직 로마 여행이 유효한 거지?"

효주가 잠깐 자리를 비운 틈에 경민이 테이블 위로 손을 뻗었다. 나는 그의 손에 잡힌 내 손을 내버려 두었다가 살짝 빼냈다.

"아직도 로마 여행 타령이에요? 그건 이미 시효가 끝났거든요."

"그래도 로마 여행은 유효하다고 말해 줘."

"하긴 그 말마저 없으면 밋밋할 뻔했네요. 여행에의 환상을 갖는 건 좋은 일이죠."

효주가 자리에 앉자마자 핸드백에서 녹색 수첩을 꺼내더니 내게 내밀었다.

"자, 이거 네 수첩이야."

건네받고 보니 내가 히스로 공항에서 잃어버린 수첩이었다.

"이걸 어떻게 네가 가지고 있니?"

"인기 씨가 히스로 공항에서 주웠는데 미처 건네주지 못했대."

"근데 왜 네가 나한테 전하는 거니?"

"내가 인기 씨 책상에서 이걸 발견했거든. 누구라도 주인한테 돌려주는 게 맞잖아."

수첩 첫 장을 열자마자 내가 써 놓은 「소네트 122」의 문장이 눈에 들어왔다.

그대 선물, 그대 수첩. 지금 내 머릿속에 있나니

거기 잊지 못할 기억으로 꼼꼼히 기록되어 있기에,

보잘것없는 종잇장들 이상으로

모든 시대를 초월하여 영원토록 남으리라.

적어도 두뇌가 움직이고 심장이 뛰는 것이

자연의 법칙에 따라 지속되는 한에는.

그대의 기억을 완전한 망각에 내맡기기 전까지

그대의 기록은 결코 잊히지 않으리라.

그 빈약한 수첩에는 허다한 것 모조리 적을 수 없고,

나 또한 그대의 귀한 사랑을 기록할 나무쪽도 필요치 않노라.

그리하여 나는 과감히 그 수첩들을 버렸노라,

내 머리가 그대를 더 많이 기억하리라 믿고 있기에.

그대를 기록한 부속물을 간직하는 것은

내게 건망증을 초래할 뿐이라.

—「소네트 122」

경민이 수첩을 넘겨보는 나를 바라보며 분위기를 환기시켰다.

"참, 현진 씨 딸 낳았다고 하던데 소식 들었어?"

"아뇨. 임신 소식은 알았지만 그 얘기는 못 들었네요."

"현진 씨가 방황하더니 제대로 가정에 정착했나 봐. 나한테 전화
해서 아기 기르느라 정신없다고 하더군."

"다행이네요. 잃어버린 딸아이 때문에 마음고생 많이 했잖아요."

아직까지 경민이나 나나 선우의 죽음에 부채감을 안고 있었다. 그
건 현진도 마찬가지일 것 같았다. 나는 허공에 대고 선우에게 수도
없이 소리쳤다.

"사는 게 중요하지 그깟 사랑이 뭐가 중요하냐고. 막상 죽어 버리
면 실컷 쓰고 싶던 소설도 쓸 수가 없잖아. 뭐야, 자기 마음대로 사
라져 놓고 자기를 영원히 기억해 달라는 거야? 기어이 나를 기억의

미로에 갇히게 한 거냐고."

내가 잔을 치켜들며 건배를 제의했다.

"오늘은 축하해 줘야 할 사람들이 많네요. 우리 다 같이 건배해
요."

셋이서 잔을 부딪치는데 진 감독이 우리 테이블로 다가왔다.

"어이, 서 사장! 오래 기다렸나?"

내가 싱긋 웃으며 반쯤 일어나 그와 악수했다.

"어서 오세요. 오랜만이죠."

"어유, 반가워요. 너무 오랜만이네요."

그가 내 손을 잡았다가 풀더니 경민의 어깨를 툭 치며 말했다.

"오늘 특별 소식을 갖고 오느라 늦었지."

"뭔데요? 말해 봐요."

경민이 다그치듯이 묻자 진 감독이 껄껄대며 웃었다.

"역시 서 사장은 선견지명이 있어. 드디어 우리 미래 프로덕션이
큰 액수의 투자 제안을 받았거든. 시작이 좋으니까 투자자가 쏟아질
거야."

"드디어 내가 쓴 시나리오가 빛을 보게 되겠네요."

"같이 작업할 보조 작가들도 섭외해 두었거든. 이제부터 서둘러야
겠는데."

진 감독이 자리를 뜨자마자 경민이 내게 물었다.

"어때, 자기 소설도 시나리오 작업 해 볼 생각 없어?"

"일단 책 나오고 나면 셰익스피어에게 물어봐야 해요."

나는 효주와 경민을 바라보며 의자에 등을 기대고 앉았다. 그들이 시나리오 작업에 대해 언급하는 동안 나는 상념에 빠져들었다. 다들 잘 풀리고 있는데 셰익스피어는 무얼 하고 있다지? 설마 자기를 그렇게 찬양했는데 내 뒤를 돌봐 주지 않겠어? 그래, 셰익스피어가 나를 지원해 주겠지. 내 앞에 무궁무진한 이야기를 펼쳐 갈 인생의 장이 열리고 있지 않은가. 나는 가슴 설레며 새로운 미래를 지켜보면 될 거야.

아침나절 공원에서 구경한 분수 쇼가 눈앞에 어른거렸다. 노래의 강약에 따라 물줄기가 곧게 솟구치다가 포물선을 그리다가 폭포수가 되어 쏟아져 내렸다. 마치 노래의 기승전결에 맞추어 물줄기가 춤을 추는 것 같았다. 바보처럼 이 지상에서 사라져 버린 선우와의 사랑이 물줄기처럼 솟구치다가 하얀 포말로 흩어졌다. 아니, 화인처럼 생생한 선우와의 기억이 물줄기 따라 요동치다가 산산이 부서져 내렸다. 이제 선우는 나와 셰익스피어와의 기억 안에서만 현현했다. 그는 기억의 표상으로 내 마음의 우주에 각인되었다. 여전히 그가 말했다.

"사랑해. 영원 뒤까지."

셰익스피어를 사랑한 여자

초판 1쇄 인쇄일 • 2015년 1월 5일
초판 1쇄 발행일 • 2015년 1월 10일

지은이 • 최복심
펴낸이 • 임성규
펴낸곳 • 문이당

등록 • 1988. 11. 5. 제 1-832호
주소 • 서울시 성북구 동소문로 65-2 삼송빌딩 5층
전화 • 928-8741~3(영) 927-4990~2(편)
팩스 • 925-5406
ⓒ 최복심, 2015

전자우편 munidang88@naver.com

ISBN 978-89-7456-482-7 03810